文史探赜

——古代文学纵横论

姜剑云 著

人民出版社

序 一

　　河北大学姜剑云教授即付新刊向东亚学界抛出一束光。我本是在韩国以古代文学为中心来探究文学思想的学者，在很长一段时间，每每品读姜剑云教授的大作均会受到鼓舞和启发，也借此机会向姜剑云教授献上我的"告白"。最初收到《文史探赜》初稿之时，委实有些眩晕症状。那是因为本书研究范围甚广，理论甚是严谨。更是因为我深刻地感受到了一位学者所具有的真实、真挚、勤奋、卓越！

　　姜剑云教授将本书命名曰"文史探赜"，此题目恰如其分地体现了全书之性质。这正是姜剑云教授所持有的"文史会通"之问题意识，这也使得本书发掘了其他学者所未及的更深层次。本书副题又曰"古代文学纵横论"，这是对全书的进一步诠释。因为"纵"指关于古代文学研究的文学史之视角，"横"指诸如诗歌、小说等多样的文学体裁。

　　众所周知，姜剑云教授在谢灵运研究方面取得了卓越的成果，我们通过本书也可以很清楚地看到这一点。谢灵运在当时属于怀才不遇之士，他心中暗存不满，最终被以谋反之罪处刑。但是，他的文学反而因此大放异彩，丰富了文学史。他的诗摒弃"平典似道德论"的玄言诗风，全新地开辟山水诗，这可谓是一项"伟大的工程"。姜剑云教授正是把握了此点，又就谢灵运的佛教认识、佛教与文学的关系、佛经改治、山水诗、情景理之融合诗等话题，做了深入的剖析。

我们说文学思想就是关于文学的有意味的思想，本书对这句话有充分的反映。因为本书对文学思想史上一些十分重要的概念，进行了重新思考并对其进行了界说。比如：将陆机视为结合了抒情精神和艺术精神的自觉审美作家，认为傅玄与曹丕存在文体风格上的个性差异，指出陆云形成"文贵清省"之主张实有特殊的内因外缘等。又如姜剑云教授以批评史之视角审视研究太康文学，并将其作品倾向总结为"情多气少"、"袭故弥新"、"绮靡工巧"。这些都是可观的成果。

本书可以说是姜剑云教授研究成果之集大成。但是，本书各篇始终在文学史的视野中执笔完成，此点特别值得关注。本书自中国文学史上备受瞩目的孔融开始考察，继而探讨魏晋南北朝的重要文士、中唐时代的通俗诗派和雅正诗派、唐代怪奇诗派的偏善独至之艺术品格以及其衰变、金代完颜璹的佛禅意蕴、金代寺院碑文的文化意义、明代长篇小说《西游记》之主题探索，等等。这都向我们展示了纵横无尽的功力。

姜剑云教授的一系列宏论中也有给予我感动的部分，那就是研究了在文学史上不受偏爱的人物。如对傅玄的文体风格观念和左思辞赋的"尚用宜实"主张之关注。众所周知，傅玄和左思并非在中国文学史上留下显赫足迹的理论家。但是，姜剑云教授还是阐说了傅玄的"承其流而作之"和"引其源而广之"对于文学创作提供的重要理论，指出了左思的"尚用宜实"之文体观和创作意识对前代政教文学发展史进行的批判式整理。通过这些，我可以发现姜剑云教授之实践性"仁学"。

除上述以外，我们还可以看到姜剑云教授对域外汉文学的扩展。本书中对高丽大儒李穑的研究便是一例。李穑是韩国历史上的学者、作家，其生活在韩国的丽末鲜初、中国的元末明初。他参加过五次科举，其中两次在元大都，并中进士。姜剑云教授评价李穑为"东方大儒"，又在"儒释相非久"的时代浪潮中探寻他与佛教之渊源，最后对李穑"唯善亲释"的评价很是中肯。

　　姜剑云教授是一位文学研究者。因此，他才会对有关文学根源的问题进行不断地追问。通过这些努力，姜剑云教授以魏晋南北朝文学为中心发掘了诗性精神。也许这正是文学的本质。但这精神具有什么样的方向性呢？姜剑云教授也作出了客观回答，这就是"人学"。在为人类服务的文学上，文学作出服务之时文学才更像文学。我想这也许就是姜剑云教授作为学者的最终指向吧。

　　姜剑云教授和我虽处在中韩两个不同的空间中进行研究，但我们均以古典文学为中心来探究文学思想。我认为本书虽研究了中国不同时代的文学，但本书在促进东亚"共善"中会起到一定作用。姜剑云教授通过文学研究从而追求作为"人学"的"仁学"，这值得敬重和称赞。这样，我们才会认识到学问之路即是人间之路。

　　以上拙言，谨以为序。

韩国国立庆北大学　教授

岭南文化研究院 院长　郑羽洛　谨序

序 二

　　善哉！善哉！我与姜剑云教授在 2004 年结缘于香港。那年 11 月，香港佛教能仁书院为弘扬佛法，筹划文化活动，在中国辽金文学会协办下，举办"佛教与辽金元文化国际学术研讨会"。此次会议，除云集两岸三地专家学者外，还有日本及新加坡学者出席，场面盛况空前。会议筹委负责人孙昌武教授在总结会议时致辞指出："有些论文填补了历来研究的空白点；更多的论文提出了新颖见解或新鲜资料。这次会议确确实实把辽、金、元佛教和文化的研究推进了一步。同时通过这次会议，联系和团结了中、外学者，内地和港、澳、台学者。这对于进一步推动相关方面的研究必将产生长远影响。"孙氏对会议成果给予如此高度评价，实在令参会者鼓舞，其后大会出版论文集传世，以资纪念。

　　我首次拜读姜教授的文章，是他在会议中发表的《金代佛寺禅院碑记之文化内涵》一文，该篇文章内容翔实，史料新鲜，作者指出，通过对金代佛寺禅院碑记的考察，可得知金代佛教发展状况，有些碑记史料，更是"金代佛教发展的实录"，有助于填补金代佛教史的空白。此外，文中出现一些金元诗文大家名字，如朱弁、党怀英、王若虚、李俊文、元好问、雷渊等，这些熟悉的历史人物，与我的学术研究领域金元文学关系密切，故此读来倍感亲切。该篇文章结论又指出，金代佛教史的研究，除可关注"历代佛寺禅院碑记，还可以广及塔铭"，甚至"酝酿、规划与实施《历代佛寺禅院碑记全编》、《历代佛寺禅院碑记研究》之类系统的专项课题"。姜教授的识见，令我深佩其人目光远大，怀抱非凡，脑海留下深刻印象。可惜会后，双方未有机缘继续交往。

时隔十余年，日前忽接姜教授电邮连同书稿请我为其新著《文史探赜》作序，在惊讶之际，心想难得远方友人青睐，对我信任，理应配合，不假思索便回复应允，并马上披览文稿，发觉每一篇稿子虽然陌生，但越读越兴趣盎然，增添不少前所未有的知识。拜读之余，深感姜教授知识渊博，学养功深，学术研究领域广阔，上起先秦诸子，中历魏晋诗文、佛学、玄学、美学，下迄明清小说，以及当世文学思潮、中西哲学、文学批评等，都功力深厚。下笔为文议论纵横，引用文献资料，无论古今中外，都能融会贯通，挥洒自如。论证资料，古今并用，中外兼融，而且层次鲜明，立论创新而合理，令人折服。姜教授是太康文学专家，同时对于魏晋佛教文学与文化的研究，也有卓越的成就。

本书佳作如林，例如首篇《孔融之死新探》一文，文章指出"孔融之死是一个很复杂的政治问题"，因孔融"维护礼教，忠诚于汉室，反对、阻止曹操代汉"，为保皇派代表，"是维护东汉政权的一面旗帜"，当曹操势力日渐膨胀，为铲除政治最大阻力，透过借刀杀人计，嫁祸御史大夫郗虑，由他著令下属路粹枉状奏孔融，诬孔融不孝罪名予以杀害。对于孔融之死，作者申论详细，史识令人一新耳目！又例如《金源后怪奇诗派引论》一文，文中述论认为，唐代的怪奇诗派，发展到金代，大放异彩。金人师古学唐，尚怪求奇蔚成风尚。作者首倡"后怪奇诗派"之说，甚有见地。其他篇章，学术观点为前人所未发，具有很高的参考价值。

本书学术水平高，内容丰富，卓见很多，吻合书名《文史探赜》之旨，读者可细阅品味！

方润锦

二零一七年香港季夏

序三　文学批评的冷与热（代序）

潘慧琼

与姜先生的学术缘分，起于十多年前擅自为他2003年出版的著作《太康文学研究》撰写书评，那也是我人生中的第一篇书评。现在想来，会在琳琅满目的书架上抽中那一本书，主要不是因为"太康"这一年号所辐射的文学世界恰好在我的研究范围之内，而是在翻阅目录的瞬间，感觉此书作者的选题视角以及论述风格与我个人的批评直觉有着某种神奇的契合。如今，能以阅读论文集的方式集中分享他的学术成果，又能借作序之机悄悄散播一下自己的学术感悟，自然是万分欢喜。

论文集题曰"纵横论"，或许只是着意于"纵横"之自由无拘之意。我却要棒打鸳鸯，拆出其"纵"与"横"的两面来。姜先生上至魏晋下至明清的研究跨度，是"纵"向意义的追古溯源。继太康之后，姜先生对中唐雅正、通俗、怪奇三大诗歌流派的研究以及晋宋以来以谢灵运为重点个案的佛教与文学研究，是这纵向时间轴上极为突出的两个节点。姜先生关于中唐雅正、通俗、怪奇三大诗歌流派的集中研究，文风与我早年拜读的《太康文学研究》最为相似。在文学作品和文学现象面前，姜先生总是能够自然融合文艺学、政治学、心理学、生物学等多学科的视角，将文学现象放置在一个纠缠着时代政治风云和个体人格特征的立体场景中，间杂着对个人名号、子女取名等细微的人性观照，从字里行间释放出人学立场的研究能量。本是严肃高冷的研究论文，读罢心中却能生出些许悲凉。由于职业文学家的缺失，中国古代社会无论提供了多少岗位来消化这些在书面文辞表达上优于他人的文学才士，纯粹以"文学精神"为纽带而坚持下来的作家、文学家或文学流派终究是不存在的。

在这纵向的时间轴中，以谢灵运为重点研究对象，以揭示佛教与文学关系的多篇成果对我而言是比较新鲜的。不是因为宗教与文学是一个新鲜话题，而是因为宗教对文学的影响是文学研究中最难说透的话题之一。一切伟大的宗教，无一不以洞察人情人性为前提。与普通民众的盲目功利不同，知识分子对宗教的吸纳是更为理性的，或者说一直都是有所取舍的，只有那些能够在本质上与其道德追求和审美取向真正达到异质同构的部分，才有可能真正被接受和吸收。这种吸收若是以注经论道的形式出现，无论义理多么深奥，也基本能够看到当事人的态度。可知识分子对宗教义理的消化一旦与其个体日常情感体验相交融，变成文学作品，其文字组合所传达出来的常常是一种混沌的情绪。尤其面对自然景物，无论喜悲，对以情绪敏感为特征的艺术创作者来说，都有极大的偶然性，这个时候要从诗句中强行解析出宗教的成分就很艰难。正是在这层意义上，我对姜先生在继承古典文献学校勘、注疏、考证之严谨传统的同时，努力阐释诸多文学作品中的佛教审美意蕴深表敬意。

至于姜先生的"横"，主要来自论文集中最后几篇理论文章。十多年前我以"人学立场与审美发现"来统括姜先生《太康文学研究》一书的研究成就时，只觉得他的研究渗透着一股西化的文学批评精神，只是当时他在论述过程中对西方批评话语的注入并不是赤裸裸的征引。此番看到姜先生专门开篇辩论"诗性精神"、"文学精神"、"文学是人学"、"文学批评的性质"等极为抽象的命题，不但把早年研究《红楼梦》和《西游记》时期埋下的美学感受，彻底提炼成了高纯度的理论成果，而且"伶牙俐齿"，甚至有些"咄咄逼人"。如此之"横"，这在我所认识的古代文学研究学者中真是不多见的。大部分古代文学研究者在吸收西方文艺批评成果时，通常只是借其核心词汇或结论，"知其然"即可，并无意于了解其"之所以然"。这些命题中的任何一个，在我看来都因为其本质的开放性而没有科学定义的可能。而姜先生如此引经据典地雄辩，不禁让我猜测他对文学批评究竟藏着一颗怎样火热的心。

姜先生认为文学批评"应该是平等的、非功利的、非教训的、高尚的、充满人情味的、人性化的'读后感'"。这真是一个美好的愿望。因为在中国古代，文学批评的独立实在太过于艰难。大文豪曹植一句"盖有南威之容，乃可以论于淑媛，有龙渊之利，乃可以议于断割"，说者无心，却不知对后世多少想要评品文学的普通读者造成了心理障碍。因为这"批评资格"的问题，批评家如果不借助更有影响力的社会身份或创作成就，其理论对文学创作的干预度将会极其微弱，文学批评最终只能强颜欢笑，定格在"立言以不朽"的姿态中。

此番受邀作序，恰逢本人在英国伦敦大学亚非学院访学。大学图书馆和大英图书馆中存放着大量的文学批评理论成果。在这里，艺术仅以艺术本身就足以获得尊重，无须再附加任何社会功用。因此，创作的热情与冷静的批评有着同等重要的地位。正如美国著名文学批评家 M. A. R. Habib 在 *A History of Literary Criticism—From Plato to the Present*（《文学批评史——从柏拉图到现在》）一书中所倡导的，文学批评是为了获得理论，来识别和抵抗各种可能导向盲目的民族主义、沙文主义和宗教信仰的伪装，而获得理论的可靠途径就是"close, careful, critical reading"，也就是对文本进行小心仔细的批判性阅读。文学批评不是普通的读后感，而是经过仔细地、批判性的、全面地阅读之后，沉淀下来的理性智慧。姜先生的论文集，正是这样的文学批评。

2017 年 5 月 13 日　伦敦

目　　录

孔融之死新探

孔融之死在《汉书》中有详细的记载。但关于其事之评论，可谓仁者见仁，智者见智，莫衷一是。即使是《三国志》和《汉书》也有相互抵牾之处，甚至一书之中，论其原因也非一致。论者多矣，本文将从一系列具体的观点出发来分析孔融，从而探析孔融被杀的主要原因。孔融之死是一个很复杂的政治问题，我们从三个方面来探讨。

一、孔融在政治上是成熟的政治家

袁淑在《吊古文》中说"文举疏诞以殃速"；颜子推《颜氏家训·文章》称孔融"诞傲致陨"。王鹏廷先生以为："孔融反抗曹操，既无明确的目的，又乏机智权谋，仅恃才放旷，嬉笑怒骂而已。如他以书向曹操嘲讽为子纳甄氏与讨乌桓，均是取笑。"[①] 这些观点归纳起来不外乎两点：第一，孔融被杀是性格悲剧；第二，孔融被杀是政治幼稚的结果。

孔融被杀是源于其嬉笑怒骂的性格吗？建安九年，据《后汉书》记载："初，曹操攻屠邺城，袁氏妇子多见侵略，而操子丕私纳袁熙妻甄氏。融乃

---

① 王鹏廷：《建安七子研究》，北京大学出版社 2004 年版，第 55 页。

与操书，称'武王伐纣，以妲己赐周公'。"① 这则材料容易让人产生断章取义的错误，使人注意曹丕纳甄氏，而忽略"曹操攻屠邺城，袁氏妇子多见侵略"这个前提。曹操攻占邺城，进行了惨无人道的屠城。袁氏家族的妇子多见侵略，可想全城将是怎样的一种残暴的场面。其暴行与蔡琰《悲愤诗》中所写"马边悬男头，马后载妇女"何异。曹操以周公自诩，行屠城霸女之事。孔融批评的关键不在曹丕纳甄氏，深意在屠城。况且曹丕掠人之妻有伤风化，且使战争性质由朝廷统一天下之义举演变为争夺女人的荒诞。明于此，才可谓懂得孔融之苦心孤诣。这显然不是简单的取笑。

关于攻打乌桓的问题。曹操是在消灭袁氏兄弟，打败高干之后才打算北征乌桓的。此时，曹操的军队已经相当疲惫了。诸将皆反对征乌桓，理由有二：其一，"袁尚，亡虏耳，夷狄贪而无亲，岂能为尚用"；其二，如果"深入征之，刘备必说刘表以袭许"②。所以田余庆先生认为，"乌桓对曹操的威胁绝对没有刘表严重，打乌桓可能得到的好处，也绝对不能同打刘表相比"③。那么面对曹操的一意孤行，众人劝说无效的情况下，孔融换一种戏谑的方式进行劝说未尝不可。曹操事后厚赏诸将，并说"乘危以徼幸，虽得之，天所佐也，故不可以为常"④。据此可见孔融的《与曹公书啁征乌桓》就不再是无厘头的调侃与讽刺了。

孔融在政治上是幼稚的吗？关于这个问题，可以看建安前期孔融在政治舞台上的表现。张璠以《上书请准古王畿制》为例来说明孔融的"不识时务"。孔融提出的"颍川、南阳、陈留、上党三河近郡，不封爵诸侯"⑤ 等建议是切中曹操扩张势力的问题关键的，是限制曹操，维护皇权的正当理由。《上书请准古王畿制》的出台是必然的，孔融不提，别人也会提。孔融任北海相的时候，杀掉劝自己结构袁绍和曹操的左丞相，其理由是

① （宋）范晔撰，（唐）李贤等注：《后汉书》，中华书局1965年版，第2271页。
② （晋）陈寿撰，（宋）裴松之注：《三国志》，中华书局2006年版，第17页。
③ 田余庆：《秦汉魏晋史探微》，中华书局2004年版，第133页。
④ （晋）陈寿撰，（宋）裴松之注：《三国志》，中华书局2006年版，第18页。
⑤ 吴云主编：《建安七子集校注》，天津古籍出版社2005年版，第32页。

"融知绍、操终图汉室，不欲与同，故怒而杀之"①。他的立场是站于东汉王朝的角度，而不是谋求自身的生存。当刘表有"桀逆放恣，所为不轨，至乃郊祭天地，拟仪社稷"的僭越之举时，孔融从朝廷的尊严和政局的稳定出发，提出"宜隐郊祀之事，以崇国防"的对策。这个政治方略不仅显示着孔融政治上很成熟，而且说明其从大局出发看问题的意识也很强。类似的例子还有很多，如孔融代表汉献帝安抚袁绍之举，可谓政治外交上的成功。他还在给马日磾加礼、恢复肉刑等问题上也都提出了自己的意见，且被朝廷认可。

二、孔融是汉末拥护朝廷的一面旗帜

曹操多次颁布《求贤令》。其收揽的人才可分为两部分：一部分是投奔汉献帝的，或者说对东汉王朝怀有感情的人。如杨彪、孔融、荀彧、赵温、赵谦、杨修、董承、吉平、耿纪等。一是投奔曹操来的。如夏侯家与曹家的诸位将军，其他还有钟繇、郭嘉、华歆、田畴、徐晃、许褚等人。此两者，我们可称为保皇派和保曹派。三国人才，唯魏最盛，当然汉献帝的号召作用不可忽视。孔融是保皇派中的代表，换句话说孔融是维护东汉政权的一面旗帜。他是东汉朝廷在舆论上的坚决捍卫者。这种捍卫可以清晰地表现在两个方面。

其一，孔融极力维护皇权的尊严。"君君臣臣"的思想与忠君的思想是孔子思想的核心。孔融作为孔子的二十世孙，无疑是儒家思想的坚守者和践行者。孔融杀其左丞相足以表明孔融在忠君问题上的立场。曹操征孔融为少府是看中其在文化政治上的影响，孔融之所以来，看中的是曹操"奉天子"的举动。

关于太傅马日磾出使袁术无果而终一事，"朝廷议欲加礼"。孔融从

---

① （宋）范晔撰，（唐）李贤等注：《后汉书》，中华书局1965年版，第2264页。

《汉律》出发来加以反对，朝廷从之。建安五年，汉献帝二子南阳王刘冯、东海王刘祗夭折。献帝欲为其子"修四时之祭"。孔融从礼法的角度，否定这种不合礼仪的祭祀方式。在关于马日磾加礼、献帝为子修祭、刘表僭越等问题的处理上，孔融都是从维护汉室王朝的尊严和形象出发，充分地发挥了旗帜作用。

其二，孔融保护和推荐保皇派人员。孔融作为东汉末年清流派的代表人物，其幼年便以保护党人而闻名。孔融十六岁时，张俭为躲避朝廷追杀，逃到孔融家避难。值孔融兄长不在，而孔融义救张俭。孔融为张俭等党人那种疾恶如仇，伸张正义、心系苍生的壮举所感动，同时也体现了孔融本人从小就有不惧权贵的超凡胆量。事后泄，孔融勇于担当。终以坐罪孔褒结束。可以说，孔融的誉满天下，依靠的不全是孔子的祖荫，而是自己在士林活动中用命换来的。孔融的勇于担当，心系士林，是不容我们怀疑的。建安元年曹操欲杀杨彪一案，也是一个很好的例证。曹操奉天子都许昌，"见彪色不悦，恐于此图之"，"时，袁术僭乱，操托彪与术婚姻，诬以欲图废置，奏收下狱，劾以大逆"①。此事，曹操无任何杨彪的罪证，而加罪于杨彪。孔融"不及朝服"，往见曹操，责备其"横杀无辜"，并表示自己也没法在这待下去了。"操不得已，遂理出彪"。杨彪是典型的忠汉分子。有事例可以证明：第一，中平六年，杨彪因冒死反对董卓迁都而被免职。第二，兴平元年，遭李傕、郭汜之乱，杨彪"尽节卫主，崎岖危难之间，几不免于害"。第三，黄初元年，曹丕继位，欲以彪为太尉，杨彪以世代为汉臣不便侍新朝为由辞去。孔融与杨彪在尊刘忠汉问题上的一致，是救杨彪原因所在。

孔融在其政治生活中，为朝廷推荐了大批人才。如赵台卿、祢衡、盛孝章、谢该、边让等。孔融所推荐的人才，多属文化界的精英。以此可见，孔融不仅是清流派的首领影响着社会的舆论，同时也是忠于汉室的一个标志性符号，成为拥护汉廷，抵制曹氏专权的一面旗帜。

---

① （宋）范晔撰，（唐）李贤等注：《后汉书》，中华书局 1965 年版，第 1788 页。

三、孔融被杀是曹操势力膨胀的结果

曹操很清楚杀孔融是需要条件的，也是需要付出代价的。所以他需要寻找一个合适的时间和借口。建安十三年，杀孔融的时机成熟了。

《后汉书·孝献帝纪》载："十二年秋八月，曹操大破乌桓于柳城，斩其蹋顿。十一月，辽东太守公孙康杀袁尚、袁熙。十三年春正月，司徒赵温免。夏六月，罢三公官，置丞相、御史大夫。癸巳，曹操自为丞相。秋七月，曹操南征刘表。八月丁未，光禄勋郗虑为御史大夫。壬子，曹操杀太中大夫孔融，夷其族。是月，刘表卒，少子琮立，琮以荆州降操。曹操以舟师伐孙权，权将周瑜败之于乌林、赤壁。"①

由以上材料可知：建安十二年，曹操大破乌桓，北方的各股割据势力基本上被曹操消灭。此时，军事上的成功为曹操换来了更大政治资本。建安十三年，首先，罢免保皇派代表司徒赵温，这或许是向保皇派动手的一个重要信号。其次，曹操废三公，置丞相与御史大夫，这是在体制上为削弱保皇派力量。曹操自为丞相，拜郗虑为御史大夫则是在力量上进行强化。郗虑是曹操最为忠实的助手，其一生做了三件大事：一杀孔融，二杀伏皇后，三持节策命曹操为魏公。可以毫不夸张地说：郗虑的任用，是曹操大肆铲除异己的一个开始。

曹操把杀孔融的时机选择得很好。第一，曹操在军事上基本统一北方，军事力量的膨胀，使其相信自己有能力消灭南方的刘表和孙权。第二，政治上免司空赵温，自为丞相，也是拥曹派势力大于保皇派势力的结果。第三，曹操杀孔融时间的选择上，自己不在许昌，而在征伐刘表的途中进行。如此一来，曹操就可以撇清自己，而有一些嫁祸郗虑的嫌疑。其核心归结一点就是，曹操在政治上不再需要保皇派在政治上的支撑了，所以他没有必要再容

① （宋）范晔撰，（唐）李贤等注：《后汉书》，中华书局1965年版，第384页。

忍保皇派对自己的指手画脚了。

曹操煞费苦心地寻找了这样一个时机来杀孔融，显然孔融在政治斗争中的智慧不如曹操成熟。其实即使孔融的政治智慧再成熟，也难逃这样的一个宿命。因为孔融与曹操根本就没有朝着一个方向努力。孔融的立场是维护礼教、忠诚于汉室，反对、阻止曹操代汉。曹操的立场是借助于汉室的旗号，以达到代汉立魏的目的。这两个立场是截然相对的，二者之间的冲突根本就是无法避免的。这和孔融自己政治手段的成熟与否无关。荀彧可谓是曹操第一助手，曹操还"以女妻彧长子恽"。可是当荀彧反对曹操晋爵魏公后，"太祖由是心中不能平"，置荀彧于死地。这难道和政治智慧有关吗？

曹操"惧远近之议"，只能在路粹《枉状奏孔融》后再一次就孔融被杀进行说明，重申孔融被杀是因为其不孝。建安十九年，建安二十二年，曹操多次颁布《举贤勿拘品行令》。令曰："吴起贪将，杀妻自信，散金求官，母死不归……负污辱之名，见笑之行，或不仁不孝而有治国用兵之术。其各举所知，勿有所遗。"① 由此可见，曹操对人才的标准是才非孝。尤其从曹操所举吴起"母死不归"的例子来看，"孝"的思想在曹操这里从来就不是选拔人才、任用人才的考核条件。"不孝"的罪行只是在以孝治天下的汉统治思想下，杀孔融的一个看似非常正当的理由。

综上所述，孔融之死非他，而是其作为东汉末世朝廷守护者地位造成的。孔融死了，这面东汉末年清流派的旗帜倒了。曹操自为丞相是其从自诩周公到自诩周文王的一个重要过渡。在这个过渡中，那些保皇派无疑是最大的绊脚石。孔融首当其冲，成为曹操向周文王这一目标奋斗的祭旗品。

（原载《兰台世界》，署名姜剑云、张丽锋，

2014 年第 16 期，略有改动）

---

① （晋）陈寿撰，（宋）裴松之注：《三国志》，中华书局 2006 年版，第 30 页。

论魏晋之际傅玄的文体风格观念

从文学发展史的角度看，魏晋之际的傅玄并不在著名文学理论家之列。他既没有像曹丕、陆机那样撰文提出什么响亮的文学口号，也没有像钟嵘、刘勰那样著书展示独自的完整的文学理论体系。然而，自曹丕以来，到陆机，到钟嵘与刘勰，文学思想由自觉到比较成熟，未尝可以疏略傅玄这个历程与环节。

傅玄的文学思想主要体现在其对文学体裁以及文体风格的体认和实践方面。

现存能够突出地反映傅玄文学思想的文献，重要的有两则材料。一是《七谟序》；二是《连珠序》。

曹魏后期，傅玄写有《七谟序》，其曰：

> 昔枚乘作《七发》，而属文之士若傅毅、刘广世、崔骃、李尤、桓麟、崔琦、刘梁、桓彬之徒，承其流而作之者纷焉：《七激》、《七兴》、《七依》、《七款》、《七说》、《七蠲》、《七举》、《七设》之篇。于是通儒大才马季长、张平子，亦引其源而广之。马作《七厉》，张造《七辨》。或以恢大道而导幽滞，或以黜瑰夸而托讽咏。扬辉播烈，垂于后世者，凡十有余篇。自大魏英贤迭作，有陈王《七启》、王氏《七释》、

杨氏《七训》、刘氏《七华》、从父侍中《七诲》，并陵前而邈后，扬清风于儒林，亦数篇焉。世之贤明，多称《七激》工，余以为未尽善也。《七辨》似也，非张氏至思，比之《七激》，未为劣也。《七释》佥曰妙哉，吾无间矣。若《七依》之卓轹一致，《七辨》之缠绵精巧，《七启》之奔逸壮丽，《七释》之精密闲理，亦近代之所希也。①

《连珠序》曰：

    所谓连珠者，兴于汉章帝之世。班固、贾逵、傅毅三子受诏作之，而蔡邕、张华之徒又广焉。其文体，辞丽而言约，不指说事情，必假喻以达其旨，而贤者微悟，合于古诗劝兴之义。欲使历历如贯珠，易观而可悦，故谓之连珠也。班固喻美辞壮，文章弘丽，最得其体。蔡邕似论，言质而辞碎，然其旨笃矣。贾逵儒而不艳，傅毅文而不典。②

傅玄《七谟序》中所谓"通儒大才马季长、张平子，亦引其源而广之"一句中的"广"字，与《连珠序》中所谓"蔡邕、张华之徒又广焉"一句中的"广"字，含义完全相同，都可以解释为：创造性地模拟。"承其流而作之"，不过是模拟而已，所以，傅毅之《七激》尽管"世之贤明"多称其工，而傅玄则"以为未尽善也"。"引其源而广之"，就意在创造了，否则就做不到"扬辉播烈，垂于后世"，也根本不能够"陵前而邈后"。正因为这样，傅玄认为张衡《七辨》"比之（傅毅）《七激》，未为劣也"。换言之，张衡的"引其源而广之"，较之傅毅的"承其流而作之"，更值得称道赞扬。

傅玄所谓的"引源"，应该带有"宗经"的意味。如曰："登歌，歌盛德之功烈，故庙异其文。至于缋神，犹《周颂》之《有瞽》及《雍》，但说

---

① 严可均辑编：《全晋文》卷四十六。着重号为笔者所添加。
② 严可均辑编：《全晋文》卷四十六。着重号为笔者所添加。

祭餤神明礼乐之盛，七庙餤神皆用之。"① 又如曰："《诗》之雅、颂，《书》之典、谟，文质足以相副，玩之若近，寻之若远，陈之若肆，研之若隐，浩浩乎其文章之渊府也。"② 如果说傅玄"引源"有"宗经"意味的话，那么他所谓的"广"，也就有"通变"的意思了。"宗经"也允许模拟，"通变"亦即创造。模拟是手段，创造是目的。只不过这个"创造"是侧重于内容呢，还是侧重于形式呢，那就完全取决于拟作者的兴趣与动机了。例如马融（季长）、张衡（平子）"亦引其源而广之"以后所拟作之《七厉》、《七辨》，其所创造者乃在于"或以恢大道而导幽滞，或以黜瑰侈而托讽咏"，很明显是侧重于内容方面。唐人吴兢说："若傅休奕《有女》、《秋兰》、《车遥遥》、《燕美人》……并自为乐府，皆不见古词。"③ 那么，这说明傅玄在文学形式方面也是注重创造的。从傅玄的文学思想与实践可以看出，"引其源而广之"之"广"显然兼及内容与形式两个方面。比如说乐府诗创作，他在重点开拓题材之外，还"自为乐府"，这是说原创。我们看到，傅玄所"引"的是有选择性的文体，如赋、"七"体、连珠、乐府等"文体"，他之所"广"则着力在题材和风格两个方面。

可以这么说，傅玄在文学实践方面是以"引其源而广之"作为主要兴趣和任务的。具体实践方式便是尝试体裁，开拓题材，体认风格。

傅玄堪称一位多产作家。除《傅子》而外，傅玄今存诗赋文章共228篇（首）。从作品体裁角度分类，基本情况是：诗23题28首④，赋58篇（题）⑤，乐府99题（首）⑥，铭22篇⑦，其他疏奏论赞类杂文16篇⑧。

---

① 见《南齐书·乐志》摘引。
② 《太平御览》卷五九九引《傅子》。
③ 吴兢：《乐府古题要解》卷下，见丁福保辑：《历代诗话续编》，中华书局1983年版，第54—55页。
④ 另有残诗5题12句（段）未计入其中。需要补充指出的是，在傅玄这一专题中，"诗"和"乐府"是作为两个概念来讨论的，即"诗"指"乐府"之外的"诗"。
⑤ 其中包括《拟天问》、《拟招魂》、《七谟并序》、《连珠序》4篇作品。
⑥ 其中包括宫廷乐府"歌诗"61篇、乐府残篇8题，《历九秋篇》12章以1篇计。
⑦ 其中《古今画赞》8则、《席铭》4则，均以1篇计。
⑧ 包括傅玄《傅子》中的《释法》和《何曾荀顗传论》。

魏晋以来，诗人们习用的诗歌体式主要是四言和五言。傅玄在诗歌创作方面，虽然诗歌①的作品量只占其作品总数的十分之一，但他所用的诗歌体式还是相当多样的。傅玄有一首《杂言诗》曰："雷隐隐，感妾心。倾耳清听非车音。"据《初学记》所录，此《杂言诗》中并无"清"字。以此看来，这首诗是一首三言诗，或者起码是以三言为主的。那么，傅玄诗语言体制方面是丰富多样的，三言，四言，五言，七言，杂言的诗，骚体的诗，再加上乐府诗中用到的六言②，他都有了尝试。这是说语言体式。再看他的诗歌题材。傅玄有《雨诗》云："徂暑未一旬，重阳翳朝霞。厥初月离毕，积日遂滂沱。屯云结不解，长溜周四阿。霖雨如倒井，黄潦起洪波。湍流激墙隅，门庭若决河。炊爨不复举，灶中生蛙虾。"这首诗，《诗纪》题作《苦雨》。此篇乃对洪水灾害的生动报道。这在写景咏物诗中是少见的。后来陆云等亦作有"苦雨"诗。傅玄有《杂诗》云："朱明运将极，溽暑昼夜兴。裁动四支废，举身若山陵。珠汗洽玉体，呼吸气郁蒸。尘垢自成泥，素粉随手凝。"这首《杂诗》，《诗纪》题作《苦热》。诗中所写苦热之情形与心理，非常生动逼真。陆云亦有仿作。傅玄有《苦雨》诗，有《苦热》诗，并且还有《苦寒》诗。他要用他的笔，逼真地描绘万事万物及对万事万物的种种感受。这正是文学的重要职能之一，这也是诗人可贵文学精神的体现。傅玄诗歌的取材特点，与他倾向于教化的乐府诗的取材特点③，其区别是很大的。他的诗歌题材广泛，自然界中奇异事，日常生活中琐碎事，都有歌咏。显然，傅玄对乐府诗与普通的诗，划定了性质和功能上的分野，他的文学体裁的观念是比较明确的。在傅玄的文学观念中，"诗"与"乐府"，是绝对不同的两个文学概念。由此可知刘勰《文心雕龙》中《明诗》与《乐府》的实质性区别。

从前面关于傅玄作品的统计数字可以看出，傅玄是一位大写特写赋、乐

---

① 这里所说的"诗歌"中，不包括乐府诗。
② 乐府诗《历九秋篇》为整齐的六言。
③ 傅玄乐府诗既侧重于社会伦理道德题材，又侧重于教化的倾向。

府两类文体的作家。曹植有赋 42 篇①，有乐府诗 65 题（首）；陆机有赋 46
篇②，有乐府诗 68 题（首）。无论从赋还是从乐府诗之体裁看，在作品数量
方面，傅玄首先压倒了所有魏晋作家。

我们可以通过分类来看傅玄赋的题材内容。傅玄赋的题材有如下主要
类型：

1. 季候节令：阳春赋、述夏赋、大寒赋、元日朝会赋、相风赋并序。

2. 自然景象：风赋、喜霁赋。

3. 文具：笔赋、砚赋。

4. 乐器：琴赋并序、琵琶赋、筝赋并序、筋赋序、节赋。

5. 植物：紫花赋并序、郁金赋、芸香赋（序）、蜀葵赋（序）、宜男花
赋、菊赋、薯赋、瓜赋、安石榴赋、李赋、桃赋、橘赋序、枣赋、蒲桃赋、
桑椹赋、柳赋、朝华赋序。

6. 动物：雉赋、山鸡赋、鹰赋、鹦鹉赋、斗鸡赋、鹰兔赋、乘舆马赋
并序、驰射马赋、良马赋、走狗赋、猿猴赋、蝉赋。

7. 游乐：投壶赋、弹棋赋、大言赋、团扇赋、叙酒赋。

8. 德行等：辟雍乡饮酒赋、正都赋、潜通赋、叙行赋序、矫情赋序。

很显然，傅玄创作的赋，所涉及的题材内容十分地广泛。其给人的深刻
印象是，思想主题以娱乐为基本性质，创作模式以模拟为突出表现。不过，
他的大量模拟正是"引其源而广之"的动机，他的"广"，主要表现在题材
方面。虽然他赋中所体之"物"，大部分都是前人描写过的对象，属于"承
其流而作之"；但是，傅玄以一人之力，如此认真投入地广泛地重加摹写，
从文体、题材、风格诸方面重新自我揣摩和体认，这种带有集大成性质的文
学实践，其实也具有"广"的意味。这个"广"，就是以模拟的方式，多方
位、多角度、多层面地实践体会以学习和总结艺术的经验技巧。模拟，是揣

---

① 不包括《七启》。

② 不包括《七徵》、《七导》和《演连珠五十首》。

摩、体认、积累、提高，是自觉自为的文学行为。唐代李白便欲拟遍《文选》诸作。事实上，模拟的终极动机乃为创造，尽管因为悟性等因素，未必模拟就有创造。模拟，可能会画虎不成反类犬，也可能会青出于蓝而胜于蓝。关于模拟，傅玄亮出了一条不容反对者措辞的理由："昔仲尼既殁，仲尼之徒追论夫子之言，谓之《论语》。其后邹之君子孟子舆拟其体，著七篇，谓之《孟子》。"① 文学是特别的语言艺术，是"有意味的形式"。一切创造，必得经过对已有传统和积淀的体认把握与离析优选过程。拟"旧式"，是为了寻找更合适更有意味的形式载体。忽略文学之形式载体，终将失去文学本位，终将失去文学自身。任何方式的"拟旧"，最终都是为了"翻新"。不管怎么说，模拟是一种可贵的文学精神无疑。

我们再来看乐府诗的创作情况。现略依逯钦立先生所编《先秦汉魏晋南北朝诗》中傅玄乐府诗顺序点评数篇如下②。

1.《短歌行》（长安高城）：此篇用四言。从友人不义角度言教化，此亦《诗经》及传统乐府中的题材，风格略同。以对比为艺术特征。

2.《秋胡行》（秋胡子）：前述《短歌行》从友德方面批评不义；《秋胡行》从妇德方面张扬贞节观念。

3.《惟汉行》（危哉鸿门会）：赞扬临难赴义之勇。

4.《艳歌行》（日出东南隅）：傅玄此篇旨在张扬女德贞节，与《秋胡行》立意同，没有颉颃古题原作的意图。此为傅玄乐府诗创作的一贯思想，所以没有必要就艺术角度立论以讥评之。

5.《长歌行》（利害同根源）：此篇宣传国家用兵之秋，壮士应该乘时进取，有功于国。傅玄此诗大致作于平蜀、吴以前。

6.《豫章行苦相篇》（苦相身为女）：立意近于《诗经·氓》，但重在规讽。同情有德之女，批判无行之男。

7.《秋胡行》（秋胡纳令室）：《玉台新咏》此题作《和班氏诗》。此篇

---

① 《文选·辩命论》注引《傅子》。
② 为省篇幅，点评中对作品原文略而不引。

与《秋胡行》（秋胡子，娶妇三日）篇立意相同，只是情节有所展开。末句当依《玉台新咏》作"此妇亦大刚"，表达对秋胡妻的赞美。若曰："此妇亦太刚"，则与傅玄一贯思想不相吻合。

8.《青青河边草篇》（青青河边草）：立意与《古诗十九首》中同题诗略近。但妇节观点更突出。体现了傅玄人道主义与妇节观之间的矛盾。

9.《墙上难为趋》（门有车马客）：此戒骄贵，认为体中庸才是立命之道。缺乏艺术魅力，基本上是枯燥的说教。"夫唯体中庸，先天天不违。"为其主题思想。

10.《怨歌行朝时篇》（昭昭朝时日）：写弃妇怨而不怒。其与刚强决绝的《氓》诗弃妇性格相左，属温柔敦厚型。

11.《历九秋篇》（历九秋兮三春）：题一作《董逃行》。咏女性命运，但看不出有多少抗争的意识，仍结以温柔敦厚，哀而不伤。形式上十二章一以贯之，整齐的六言五句。首句第四字必为"兮"字。句句押韵，一韵到底，且入声韵分明，平仄不通押。全篇十二章，各章可以独立，但前后联缀，意思连贯。此篇用女性口吻，应是歌舞宴席间所唱。主题明确，乃抒情组诗，犹后来杂剧中旦角一人主唱之长篇曲辞。

12.《白杨行》（青云固非青）：借马之口吻，写千里马怀才不遇，壮志难逞。此斥小人当道，亦讥时之作，诗中之《马说》也。

13.《秦女休行》（庞氏有烈妇）：塑造了一位生动感人的烈女形象。此为傅玄乐府诗中的名篇之一。

14.《西长安行》（所思兮何在）：亦责男子朝三暮四也。

显而易见，傅玄乐府诗创作的主题取向以对社会民生的关注为主，内容都十分严肃，他的创作动机是藉文学以教化。教化乃乐府诗重要功能之一。傅玄继承光大这一传统，这便是他在乐府诗创作方面"引其源而广之"的实践。他的乐府诗写得多，要从多方面言教化，这是主要动机。现实意义恐在于纠偏，纠"无为"思潮中的道德沦丧。选用乐府体式，盖寓教于"乐"，以儒家传统的"乐教"思想，通过创作大众化的乐府诗达到化大众的现实目的。

特别要注意的一点是，傅玄的文体观念比较明确，对文体功能的理解有比较自觉的理论性指导，他的文学精神主要体现在诗和赋一类体裁方面。傅玄的乐府诗创作，是在理性精神与教化精神驱动之下的创作，有主题先行的迹象。关于乐府诗，他的主导思想不以审美愉悦为先，而是文以载道，所以形式技巧方面，显得用力不够。然而，他重点选取乐府这种体裁，在题材方面多所开拓挖掘，努力强化教化主题，这便突出了他区别于以往任何文人化乐府诗之题材倾向的自我风格①。傅玄乐府诗创作方面亦欲有所"广"之实践，虽说不是很成功，但却是有意义的探索。

通过以上比较可以看到，傅玄之乐府，与赋和诗创作的主题取向，决然不同，风格倾向也有所不同②，其根本原因在于创作的目的不同。而更重要的是，这说明了傅玄对不同文体的功能性质、审美特质有着清醒的认识，并且，他是在认识自觉的状态下从事创作，以期能够更好地发挥不同文体的应有作用。赋者，铺也，敷采摛藻，以体物工巧见长、见才情。由乐府诗可以观民风，知得失。乐府诗主要来自民间，亦服务于民间。上以感上，下以化下。其传播广泛，在移风易俗方面有其独特的社会作用。由对傅玄人生道路的考察，我们知道，傅玄是政治家、文学家、音乐家。乐府诗的性质是音乐和文学的结合体，傅玄大量创作乐府诗，充分地展现了他的艺术才华和特长。然而，这不是傅玄大量创作乐府诗的全部原因。傅玄作为政治家，他充分地认识并运用这种文体，他选择最贴近社会生活的题材加以表现，从而最大限度地发挥乐府诗的教化作用。在这里，傅玄将文学精神与理性精神加以结合，将艺术精神与教化精神加以结合。显而易见，傅玄遵循着一个古老的艺术原则，即"寓教于乐"。

赋，历来都不过是曲终奏雅。赋，事实上是一种地地道道的娱乐性质的

---

① 例如曹操长于以乐府写时事，曹植多以乐府抒情志，曹丕善于以乐府感喟人生。傅玄则往往以乐府教化大众。在傅玄以后，陆机着力于广泛模拟和体认乐府诗的古题古意与艺术风格。仅就乐府诗创作特点而言，三曹体现的是诗性精神（抒情精神），傅玄体现的是理性精神（教化精神），陆机体现的是文学精神（艺术精神）。
② 傅玄乐府的艺术风格近俗，而赋与诗的艺术风格趋雅。

文学体裁。要求赋奏雅和劝讽，无非为了抬高赋这种娱乐性文体的地位，使其在儒家教化文学思想的规范下合法化。然而，体物摛藻、铺张扬厉的赋，自其产生以来，一直是佐欢娱乐的贵族艺术奢侈品，从来就没有老老实实地被纳入教化文学的轨道。自汉武帝，到魏武帝，到晋武帝，到梁武帝，赋一直都是正统的属于贵族阶层文化生活中的艺术奢侈品。直到唐代科举试赋，赋的娱乐文化性质才稍有改变。魏晋之赋的发展，是汉赋繁荣之后的又一次繁荣，乃盛后再盛。魏晋赋的发展又实际经历了两次高潮，一是建安，代表人物是三曹七子，二是太康，代表人物是潘陆张左，两次高潮之间由傅玄来承前启后。傅玄正是联结建安与太康积极文学精神的重要纽带。傅玄作为文学家，广泛地体物写赋以展示才情。史称傅玄曾"以时誉选入著作，撰集魏书"①，就所考知的傅玄生活道路推断，其年青时代当主要以文学才华赢得"时誉"。

　　乐府和赋、诗之外，傅玄显然在连珠、"七"体、铭、箴等文体方面也进行了认真的探索和实践。尤其是关于连珠和"七"体。傅玄对这两种文体及其风格作了富有创见的研究。不仅如此，他还通过文学史上的多作家和多文本的比较，原始表末，以考察源流发展，又通过模拟来体认不同文体的风格。其如文体之风格方面，傅玄审察认为，"七"体作品，"若《七依》之卓轹一致，《七辨》之缠绵精巧，《七启》之奔逸壮丽，《七释》之精密闲理，亦近代之所希也"，这样的艺术风格是十分难得而可取的。关于连珠，傅玄亦有独到的认识与发见，他研究认为："其文体，辞丽而言约，不指说事情，必假喻以达其旨，而贤者微悟，合于古诗劝兴之义。欲使历历如贯珠，易观而可悦，故谓之连珠也。班固喻美辞壮，文章弘丽，最得其体。"傅玄的文体观念很明确，连珠最理想的境界是在庄谐之间，不是游戏文字，也不是枯燥说教，最好是儒而能艳、文而且典，既"喻美"而又"旨笃"，应该是一种体现"美"且"善"风格原则的文体。纵观中国文学史，大概陆机的《拟连珠五十首》符合

---

① 《晋书·傅玄传》，《二十五史》，上海古籍出版社、上海书店1986年版，总第1396页。

这样的风格原则，所以兼顾而又恪守"沉思"与"翰藻"文学标准的萧统将其全部录入《文选》。傅玄关于"连珠"这一文体及其风格的体认与规范，颇能反映他毕竟深涵审美素养的艺术眼光和自觉研究探索艺术样式的文学精神。

傅玄的文学创作受到多方面驱动力的作用，一是尊重儒教的指导思想使他在理性精神的驱动下表现出明显的教化倾向。二是傅玄长期跟从司马氏父子，他的创作带有文学侍从性质。傅玄的《矫情赋序》云："我太宗文皇帝命臣作《西征赋》，又命陈、徐诸臣作《箴》，皆含玉吐金，烂然成章。"由此序可以推断，傅玄相当部分的赋、铭、箴等当属应令应制之作。这类现象在建安时期引人注目。傅玄自然也要在文藻上多下工夫。三是傅玄的音乐家素养使他在文学创作方面天然具有一定的优越艺术条件，从而使他在乐府诗创作方面取得了一些不可否认的成绩。

傅玄所谓"引其源而广之"的文学思想，以及他关于文体及风格的体认与实践，从文学发展史上讲，有深远的意义和影响。

其一，傅玄探索、解说文体及其风格所用的讨源鉴流以辨滥觞与发展的方法，以及编纂如《七林》这样专门性作品集以供体认文体与风格的方法，给予左思《三都赋序》、皇甫谧《三都赋序》、挚虞《文章流别论》、曹摅《围棋赋序》、潘尼《乘舆箴序》、潘岳《马汧督诔序》、陆机《遂志赋序》与《鞠歌行序》、刘勰《文心雕龙》等以许多有益的启示。如"原始以表末"与"选文以定篇"以及"参古定法"，这在《文心雕龙》中已经成为刘勰诠释、规约文体及其风格的最常见也最具特点的理论表述方式。

其二，傅玄所谓"承其流而作之"与"引其源而广之"的提法与观点，对于文学模拟与创造之关系问题的思考以及相应的文学实践，提供了某种理性基点上的指导和号召。他上承扬雄、曹植，下启陆机、江淹，于是自他而后，至太康，至齐梁，以模拟企求创造，在复古中通变，一直成为涌动不息的文学潮流和文学精神。

（原载《文艺理论研究》2002 年第 5 期，略有改动）

论西晋左思辞赋"尚用宜实"之文学思想

在西晋文坛上，左思以创作成就知名而不以理论建树著称。但是，左思关于赋的创作应依本征实的文学主张，却代表了当时部分作家的文体观念和艺术倾向，因而在文学批评史上具有不可低估的影响。

左思在其《三都赋序》中旗帜鲜明地提出了他关于"赋"之文体观念以及创作思想。序曰："盖诗有'六义'焉，其二曰：'赋'。扬雄曰：'诗人之赋丽以则。'班固曰：'赋者，古诗之流也。'先王采焉，以观土风。见'绿竹猗猗'，则知卫地淇澳之产；见'在其版屋'，则知秦野西戎之宅。故能居然而辨八方。然相如赋《上林》而引'卢橘夏熟'，杨雄赋《甘泉》而陈'玉树青葱'，班固赋《西都》而叹以'出比目'，张衡赋《西京》而述以'游海若'。假称珍怪，以为润色。若斯之类，匪啻于兹。考之果木，则生非其壤。校之神物，则出非其所。于辞则易为藻饰，于义则虚而无征。且夫玉卮无当，虽宝非用；侈言无验，虽丽非经。而论者莫不诋讦其研精，作者大氐举为宪章。积习生常，有自来矣。余既思摹《二京》而赋《三都》。其山川城邑则稽之地图，其鸟兽草木则验之方志。风谣歌舞，各附其俗；魁梧长者，莫非其旧。何则？发言为诗者，咏其所志也；升高能赋者，颂其所见也。美物者，贵依其本；赞事者，宜本其实。匪本匪实，览者奚信？且夫任土作贡，《虞书》所著；辩物居方，《周易》所慎。聊举其一隅，摄其体统，归诸诂训焉。"①

左思《三都赋序》阐述的文学思想，概括起来有这样几个内容要点。

第一，"赋"源出于"诗"，乃诗"六义"之一。"先王采焉，以观土风"，"故能居然而辨八方"。赋，虽因用为体，但仍应以尚用为本。第二，汉赋大家中司马相如的《上林赋》、扬雄的《甘泉赋》、班固的《西都赋》、张衡的《西京赋》"假称珍怪"，"虚而无征"，尽管号为研精，被举为宪章，然而"虽宝非用"，"虽丽非经"。以虚妄无验之侈言为藻饰而至于丽以淫，长期以来人们习以为常，背离了"丽以则"的"诗人之赋"尚用的原则与规范。第三，创作《三都赋》虽是思摹前贤，但取材征实，言必有据。"美物者，贵依其本；赞事者，宜本其实"，所谓"依其本"就是遵循赋物咏志的尚用原则，所谓"本其实"就是赞美事物应避免虚夸以至于失实。依本征实，合乎圣人经典意旨。

一言以蔽之，左思关于"赋"之文体观念与创作主张，某种程度上体现了征圣、宗经、尚用、宜实的儒家功利主义、实用主义的文学思想。

在太康时代的文学思想界，持尚用、征实文学主张者，除左思而外，还有皇甫谧、刘逵、卫权以及挚虞②等重要人物。

据臧荣绪《晋书》记载："左思作《三都赋》，世人未重。皇甫谧有高名于世，思乃造而示之。谧称善，为其赋序也。"③ 皇甫谧为左思所作之《三都赋序》曰："古人称不歌而颂谓之赋。然则赋也者，所以因物造端，敷弘体理，欲人不能加也。引而申之，故文必极美；触类而长之，故辞必尽丽。然则美丽之文，赋之作也。昔之为文者，非苟尚辞而已，将以纽之王教，本乎劝戒也。自夏殷以前，其文隐没，靡得而详焉。周监二代，文质之

————————

① 左思：《三都赋序》，见《文选》卷四，中华书局1977年版，第74页。
② 挚虞是皇甫谧之门生，据《左思别传》作者语气来逆向推测，挚虞亦曾序注左思《三都赋》，只是其赋注今已不存。
③ 《文选》卷四十五李善注引，中华书局1977年版，第641—642页。

体，百世可知。故孔子采万国之'风'，正'雅'、'颂'之名，集而谓之《诗》。诗人之作，杂有赋体。子夏序诗曰：'一曰风，二曰赋。'故知赋者，古诗之流也。至于战国，王道陵迟，风雅浸顿。于是贤人失志，辞赋作焉。是以孙卿、屈原之属，遗文炳然，辞义可观。存其所感，咸有古诗之意。皆因文以寄其心，托理以全其制，赋之首也。及宋玉之徒，淫文放发，言过于实，夸竞之兴，体失之渐，风雅之则，于是乎乖。逮汉贾谊，颇节之以礼。自时厥后，缀文之士，不率典言，并务恢张。其文博诞空类，大者罩天地之表，细者入毫纤之内。虽充车联驷，不足以载，广夏接榱，不容以居也。其中高者，至如相如《上林》，扬雄《甘泉》，班固《两都》，张衡《二京》，马融《广成》，王生《灵光》，初极宏侈之辞，终以约简之制，焕乎有文，蔚尔鳞集，皆近代辞赋之伟也。若夫土有常产，俗有旧风，方以类聚，物以群分。而长卿之俦，过以非方之物，寄以中域，虚张异类，托有于无，祖构之士，雷同影附，流宕忘反，非一时也。……作者又因客主之辞，正之以魏都，折之以王道。其物土所出，可得披图而校，体国经制，可得按记而验，岂诬也哉！"①

　　皇甫谧的辞赋观与左思的辞赋观相比，有同有异。

　　我们先看相同的方面。其一，皇甫谧沿袭传统的"赋"生于"诗"之赋文体起源观点，与左思一样都引用并接受班固《两都赋序》"赋者，古诗之流也"之成说。其二，皇甫谧认为，"昔之为文者，非苟尚辞而已，将以纽之王教，本乎劝戒也"，这与左思"美物者贵依其本"的诗赋创作尚用思想是一致的。其三，皇甫谧批评了自宋玉以来，辞赋创作中"淫文放发，言过于实"，"虚张异类，托有于无"的现象，认为这种倾向乖乎风雅，以至于使"祖构之士，雷同影附，流宕忘反"了。显然，皇甫谧赞同左思"赞事者宜本于实"的辞赋创作主张，所以，他对左思《三都赋》"其物土所出，可得披图而校，体国经制，可得按记而验"的取材征实特点赞赏称

———————

① 　皇甫谧：《三都赋序》，见《文选》卷四十五，中华书局 1977 年版，第 641—642 页。

善，为之赋序。

再看不同的方面。其一，皇甫谧叙说"赋"起源外，还侧重考察了"赋"这一文体的发展演变，注意到了其由"质"到"文"的流变情况，在此基础之上提出"文必极美"、"辞必尽丽"的主张，认为"赋之作"正乃"美丽之文"。所谓"欲人不能加也"①，虽然重复的是扬雄关于辞赋创作的理解，但皇甫谧将尚用原则与审美理想进行兼容统一，这体现了他的比较积极的文学精神、艺术精神。其二，皇甫谧基于他的文学精神、艺术精神，对司马相如的《上林赋》，扬雄的《甘泉赋》，班固的《两都赋》，张衡的《二京赋》，以及马融的《广成赋》和王延寿的《鲁灵光殿赋》等汉赋作家作品的成就，给予很高的评价，认为"皆近代辞赋之伟也"，理由是，这些作品"初极宏侈之辞，终以约简之制"，其引人瞩目处乃在于"焕乎有文"。皇甫谧的文学批评标准兼顾了内容和形式亦即思想与艺术两个方面，这种辩证的文质并重的方法论使他避免了主观偏激，较之左思的文体观念、创作思想和批评态度要客观和公允，合乎文学发展的历史，同时也没有远离太康文学的时代主潮。

卫权关于"赋"之文体观见于他的《〈三都赋〉略解序》，其与皇甫谧《三都赋序》中的文论思想基本相似。他赞同左思"美物者宜本其实"的创作主张，认为"赋"作为丽以则的古诗之流，应当言必有据，"其山川土域、草木鸟兽、奇怪珍异，佥皆研精所由"。对于左思的《三都赋》，他之所以"嘉其文，不能默已"，而且在张载、刘逵"并以经学洽博，才章美茂，咸皆悦玩，为之训诂"的基础上，"又为之《略解》"，其原因就在于他认为"《三都》之赋，言不苟华，必经典要，品物殊类，禀之图籍，辞义瑰玮，良可贵也"②。他的评价标准落实在两个方面：赋必征实；辞必尽丽。

---

① 《汉书·扬雄传》："雄以为赋者，将以风之，必推类而言，极丽靡之辞，闳侈巨衍，竞于使人不能加也。"

② 卫权：《〈三都赋〉略解序》，见《晋书·左思传》，《二十五史》，上海古籍出版社、上海书店1986年版，第1522页。

赋必征实的见解，自左思，到皇甫谧，到刘逵以及卫权等，一以贯之，异口同声。辞必尽丽的倾向，自宋玉等楚骚作家，到枚乘等汉大赋作家，到曹植等建安作家，到陆机等太康作家，一直到江淹等南朝作家，作为一种高涨亢奋的文学精神前后延续约有八九百年之久，皇甫谧、卫权不过是这文学浩荡大军中的信号兵而已。左思"弱冠弄柔翰，卓荦观群书，著论准《过秦》，作赋拟《子虚》"①，他的文论中虽未直言尚丽，但他殚精竭虑先后十数载经营而成的《齐都赋》、《三都赋》，洋洋洒洒万千余言，极尽铺张扬厉之能事，在辞必尚丽旗帜的指引下，他与同时代的三张、二陆、两潘以及胞妹左棻②等，都是实实在在的马前卒。卫权称左思《三都赋》"言不苟华"，是就言必有据的原则要求而言，并不意味着左思一味摒弃"极丽靡之辞"与"闳侈巨衍"。在左思辞赋创作实践中，征实与瑰玮，尚用与丽靡，是统一而非矛盾的，左思未明言，但皇甫谧与卫权都已如实点出。

　　刘逵为左思《三都赋》注解其中的《蜀都赋》和《吴都赋》，又有序曰："观中古已来，为赋者多矣。相如《子虚》，擅名于前；班固《两都》，理胜其辞；张衡《二京》，文过其意。至若此赋，拟议数家，傅辞会义，抑多精致，非夫研核者不能练其旨，非夫博物者不能统其异。世咸贵远而贱近，莫肯用心于明物，斯文吾有异焉。故聊以余思为其引诂，亦犹胡广之于《官箴》，蔡邕之于《典引》也。"③左思《三都赋》撰成之初，不仅不为世人所重，而且遭到了"讥訾"，可见文人相轻、贵远贱近确实并非一时陋习。刘逵既为引诂，且加赞赏。所谓"拟议数家，傅辞会义，抑多精致"，不妨借用林纾对《三都赋》的有关解析来理解。林纾在其《春觉楼论文》中指出："东汉自光武及和帝，均都洛阳……故孟坚作《两都赋》，归美东

---

　　①　左思：《咏史》八首之一，《晋诗》卷七，见逯钦立：《先秦汉魏晋南北朝诗》上册，中华书局1983年版，第732页。

　　②　《晋书·左贵嫔传》曰："棻少好学，善缀文，名亚于思，武帝闻而纳之。……帝每游华林，辄回辇过之。言及文义，辞对清华，左右侍听，莫不称美。……及帝女万年公主薨，帝痛悼不已，诏棻为诔，其文甚酶。帝重棻词藻，每有方物异宝，必诏为赋颂，以是屡获恩赐焉。"

　　③　刘逵：《注左思〈蜀都、吴都赋〉序》，见《晋书·左思传》，《二十五史》，上海古籍出版社、上海书店1986年版，第1522页。

都……平子之叙《西京》，尤侈靡无艺……孟、张二子，皆抑西而伸东，以二子均主居东者也。左思仍之，故三都之赋，力排吴、蜀，中间贯串全魏故实，语至堂皇。以魏都中原，晋武受禅即在于邺，此亦班、张二子之旨。"①左思"拟议数家，傅辞会义"而成之赋，显然也是为了实践"美物者贵依其本"的创作思想，是为了实现文学揄扬政治的尚用目的。所谓"研核"，意谓研究考核；所谓"博物"乃指博学多识。对刘逵此序须加注意的地方是，在提倡赋必征实以及批评汉赋虚妄无验这些方面，刘逵与左思、皇甫谧及卫权的文学主张，基本上是一脉相承的，但不同的是，刘逵特意强调了"非夫博物者不能统其异"这一点。

注意到这一点，对于把握太康时代的文学倾向或文学风气来说，至关重要。

博物者，意即博识多知者。此乃"博雅君子"努力追求的一个目标。儒家功利主义、实用主义的文学观，使诗赋与博物这本不相干的两者在尚用的基点上被联结到了一起。孔子曰："小子何莫学夫诗？诗，可以兴，可以观，可以群，可以怨。迩之事父，远之事君，多识乎鸟兽草木之名。"②汉宣帝曰："辞赋大者与古诗同义，小者辩丽可喜。譬如女工有绮縠，音乐有郑、卫，今世俗犹皆以此娱悦耳目。辞赋比之，尚有仁义风谕、鸟兽草木多闻之观，贤于倡优博奕远矣！③东汉班固认为司马相如的辞赋"多识博物，有可观采"④。汉末国渊称张衡的《二京赋》乃"博物之书也"⑤。在西晋，有许多关于博物洽闻的美谈。皇甫谧博学多才，人称"书淫"，而晋武帝竟乐意借与他两车书。武帝曾问大臣以三日曲水之义，束皙的回答得到了赐金五十斤的嘉奖。张华撰有《博物志》，他以博学天下知名，《晋书》本传多

---

① 林纾：《春觉楼论文》，转引自郭预衡主编：《中国古代文学史长编》，首都师范大学出版社 1995年版，第 413 页。

② 《论语·阳货》。

③ 《汉书·王褒传》。

④ 《汉书·叙传》。

⑤ 《三国志·国渊传》。

处津津乐道。如曰："尝徙居，载书三十乘。秘书监挚虞撰定官书，皆资华之本以取正焉。天下奇秘、世所稀有者，悉在华所。由是博物洽闻，世无与比。"又曰："（张）华强记默识，四海之内，若指诸掌。武帝常问汉宫室制度及建章千门万户，（张）华应对如流，听者忘倦，画地成图，左右属目。帝甚异之，时人比之子产。"① 皇帝左右的大臣最好都应该是大学问家，随时以备顾问，"物来有应，事至不惑"②，而未露头角的总希望通过诗赋文章才华扬名天下以获仕进。左思一家便以文章显，其父左雍"起于笔札，多所掌练，为殿中御史"③，其妹左棻以"善缀文"为"武帝闻而纳之"。左思则初撰《齐都赋》，再撰《三都赋》，亦企望以辞赋才华一鸣惊人。博物需要真才实学，避忌虚妄，诗赋则王者采焉，以观土风，基于这样的时代需要与文学观念，所以左思特意批评汉赋名家夸饰无验的弊端，特别主张文必尚用、言必征实。在西晋文坛，炫耀博学尤其成为文人士子的普遍心态，因而，左思旗帜鲜明的辞赋观及其十年精心结撰而成的《三都赋》，论其实质，正是一个时代之文人心态的产物和反映。

以左思为代表的辞赋"尚用宜实"文体观，在文学发展史上存在着哪些意义和影响呢？

关于这个问题，概括起来有这样几点。

第一，文学尚用思想，适合了司马氏以晋代魏后，寻求儒家政教文学观念支撑的现实需要，是西晋歌功颂德、点缀升平文章连篇累牍、堆案盈箱的一个内在因素。仅以我们讨论的太康群才中代表作家为例，可以看到不少这方面的作品，如：傅玄的《辟雍乡饮酒赋》、《正都赋》、《元日朝会赋》、《答程晓诗》以及数十首宫廷歌诗；张华的《太康六年三月三日后园会诗》以及许多宫廷歌诗；张载的《平吴颂》、《元康颂》；陆机的《皇太子宴玄圃

---

① 《晋书·张华传》，见《二十五史》，上海古籍出版社、上海书店1986年版，总第1368页。

② 孔融：《荐谢该书》。

③ 《左思别传》，见余嘉锡：《世说新语笺疏》，中华书局1983年版，第246页。按，"掌练"或当为"掌谏"。

宣猷堂有令赋诗》、《皇太子赐燕并序》、《元康四年从皇太子祖会东堂诗》、《桑赋并序》；陆云的《盛德颂》、《大将军宴会被命作此诗》、《征西大将军京陵王公会射堂皇太子见命作此诗》；潘岳的《为贾谧作赠陆机诗》、《藉田赋》、《世祖武皇帝诔》；潘尼的《上巳日帝会天渊池诗》、《桑树赋》、《释奠颂》、《后园颂》；左思的《三都赋并序》。颂赞之音不绝于耳，虽说其中不无应酬文字与官样文章，但以诗赋文章进仕的现实可能性，也使得文学在艺术审美功能之外，在尚用思想的驱动下，被烧铸成了谋取利禄的"敲门砖"。尚用思想驱动下的创作，正是因理性精神生成的文学，总体上看往往存在乏味之弊，这一点即便是有过洛阳纸贵效应的《三都赋》亦未能免。

　　第二，取材贵真、藻饰宜实的主张，有力地助推着"文贵形似"审美思潮的发展。由两汉，到曹魏，到两晋，文学的发展经历了一些比较复杂的型态转换。沈约说："自汉至魏，四百余年，辞人才子，文体三变：相如巧为形似之言；班固长于情理之说；子建、仲宣以气质为体。并标能擅美，独映当时。"① 倘转换表述方式，则可以说，西汉时代，司马相如的艺术精神较为突出；东汉时代，班固的教化精神较为突出；曹魏时代，曹植和王粲的抒情精神较为突出。对于不同时代各具代表性的文学型态，沈约给予了热情的肯定和赞美。汉魏之后的文学型态如何呢？刘勰说："自近代以来，文贵形似……故巧言切状，如印之印泥，不加雕削，而曲写毫芥。"② 齐梁时代刘勰《文心雕龙》中所谓的"近代以来"实际是说"晋宋以来"。具体分析的话，西晋"贵形似"之"文"主要是咏物诗赋，东晋及宋、齐以后"贵形似"之"文"主要是山水诗赋。较之东汉与曹魏，西晋所咏之"物"，范围尤其宽泛，似乎无所不包，季候节令、自然景象、植物动物、文具乐器、游乐技艺等都是所"体"之"物"，过去的京都题材依然赋咏，山水题材也逐渐受到注意。东晋人讲知足，尚超脱，他

---

① 沈约：《宋书·谢灵运传论》。
② 刘勰：《文心雕龙·物色》。

们赋咏山水意在观照山水以玄思，"览通群妙，凝神玄冥，灵虚响应，感通无方"①，由实入虚，体悟逍遥。西晋人口说玄虚，骨子里却贵有求实，追名逐利，他们咏物体物，大多为了炫耀博学与施逞才艺。所以，"写物图貌，蔚似雕画"，"拟诸形容，则言务纤密，象其物宜，则理贵侧附"②，"虽离方而遁圆，期穷形而尽相"③。因为尚用则求博物之趣，为求博物之趣则当务实，体物宜实则非形似逼真不行。尚用是目的，宜实是原则，博物是手段，形似是境界和效果。这便是西晋尚用宜实文学观念与博物形似文学现象之间奇妙复杂的因果关系。

第三，尚用宜实的文体观和创作思想，一方面是对以往政教文学发展史的批判性总结；另一方面也是对当下缘情绮靡时代审美主潮的反动。然而，这毕竟只代表和反映了太康时代部分"诗人"追求"丽以则"的艺术倾向。这样的"诗人"群体，与为数众多的另一部分追求"丽以淫"的"辞人"群体，使整个太康时代的作家群落，构成的是一种多样风格类型的混合编队，从而避免了艺术趣尚的乏味单调。出现较劲的对台戏，存在风格的对立面，艺苑才不会寂寞冷落，文坛才会呈现繁荣的景象。且不管谁是谁非，仅就这样的时代性文学精神而言，就十分难得。换言之，尚用宜实，与绮靡自妍，共同促成了太康的"文章中兴"。

（原载《古代文学理论研究》第20辑，2002年，略有改动）

---

① 支遁：《大小品对比要钞序》。
② 刘勰：《文心雕龙·诠赋》。
③ 陆机：《文赋》。

论陆机"谢朝花于已披，启夕秀于未振"的文学精神

"谢朝花于已披，启夕秀于未振"，语出陆机文学理论经典著作《文赋》。通过考证，我们可以确认，陆机的《文赋》撰成于永康元年（300），即完成于作者四十岁时①。

在此之前，陆机的文学实践情况我们也能够大致做些推断。

关于陆机闭门退居时的作品，姜亮夫先生在《陆平原年谱》中列出的篇目有：《拟古十二首》、《君子行》、《从军行》、《豫章行》、《当置酒》、《饮马长城窟行》、《燕歌行》、《月重轮行》、《日重光行》、《百年歌》、《秋胡行》、《七徵》、《吴丞相江陵侯陆公诔》、《吴丞相陆公铭》、《吴大帝诔》、《吴贞献处士陆君诔》等。就《拟古十二首》的创作，姜亮夫先生说："审其文义，皆就题发挥，绅绎古诗之义，盖拟模实习之作，且辞义质直，情旨平弱，即有哀感，哀而不伤，不类壮岁以后饱经人事之作，疑入洛前构也。其中虽不无可以牵合身世际会之语，故国黍离之悲，究难认为中年后作也。又云与机书，多论机文，大抵入洛后作，而无一言及

① 关于陆机《文赋》撰作年代问题，可参见姜剑云：《〈文赋〉撰年疑案新断》，见《中国古典文献学》（丛刊），天津人民出版社 2003 年版。

此，则其为入洛前作允矣！"① 姜亮夫先生的推论，理由比较充分可信。又如论《当置酒》曰："言宴佳宾，临飞观，情味冲融，景物全是江南而非朔北，三益四始，正少年苦读时也，非入洛后作无疑。"② 二陆入洛，三张减价。潘岳《为贾谧作赠陆机诗》曰："长离云谁，咨尔陆生。鹤鸣九皋，犹载厥声。况乃海隅，播名上京。爰应旌招，抚翼宰庭。储皇之选，实简惟良。英英朱鸾，来自南冈。曜藻崇正，玄冕丹裳。如彼兰蕙，载采其芳。"③陆机自"海隅"而"播名上京"，主要地就是以杰出的文章才华闻名，所以，臧荣绪《晋书》称陆机"誉流京华，声溢四表……天才绮练，当时独绝，新声妙句，系踪张蔡"④。又张华初见陆机时所谓"人之作文，患于才少；至子为文，乃患太多"⑤ 云云，这些都说明陆机早年取得的文学成就已经相当突出了。陆云《与兄平原书》35 封书信，写于陆机撰《文赋》之际及以后不久，书中说"集兄文二十卷"⑥。显然，陆机四十岁时撰著而成的《文赋》，原是在纵跨了晋武帝太康（280—289）、晋惠帝元康（291—299）二十多年相当丰富坚实的文学实践经验基础之上的结晶。

上述情况表明，《文赋》产生的基础，首先以个人长期大量的创作实践作为主体条件。当然，《文赋》所诞育的复合基因之中，亦无疑地包括了文学历史地发展的理论淀积。其如建安时期曹丕《典论·论文》对文学地位的见解，对文体风格的初步认识；其如正始时期傅玄关于文体风格的再探讨，对于模拟等问题的基本态度；其如太康时期左思、皇甫谧、刘逵、卫权等有关诗赋方面的体裁观念，有关虚与实以及丽与则的创作主张等。前人及同时人的有关文学思想，自然成为陆机理论探索的一些有益的思想资源与铺

---

① 姜亮夫：《陆平原年谱》，古典文学出版社 1957 年版，第 40 页。按姜亮夫先生所说的"入洛"，实指"太康末"之"入洛"。

② 姜亮夫：《陆平原年谱》，古典文学出版社 1957 年版，第 41 页。

③ 《晋诗》卷四，见逯钦立先生辑编：《先秦汉魏晋南北朝诗》，中华书局 1983 年版，第 629—630 页。

④ 《文选·文赋》李善题注引臧荣绪：《晋书》。

⑤ 《世说新语·文学》引《文章传》。

⑥ 陆云：《与兄平原书》，见黄葵点校：《陆云集》，中华书局 1988 年版，第 147 页。

垫，或者作为有意义的对立性观点的参考。不过，总体上来讲，在陆机之前，关于文学理论方面的建树堪称出奇的贫乏，并且又基本上未摆脱与哲学、伦理、政治等学科的密切关系，显得十分支离和琐碎，缺乏完整性和系统性。在文学批评史上，陆机《文赋》空前的原创意义主要表现在：真正地从文学本体上研究文学；真正地从艺术审美角度研究文学；真正地构建了相当系统的文学创作理论。《文赋》是陆机对于"谢朝花于已披，启夕秀于未振"这一文学精神的承诺和张扬。

作为中国古代文学理论中的瑰宝，《文赋》是陆机创作实践的总结和创作甘苦的自白。在作者情绪饱满、文采斐然的理论总结和甘苦自白中，我们几乎是心醉神迷地感受到了陆机文学精神的强烈和执着。

陆机强烈而执着的文学精神从许多方面得到表现。深入分析《文赋》，我们便可这样来评价陆机。

第一，陆机首先是一位多愁善感缘于情的"诗人"。

《文赋》曰："遵四时以叹逝，瞻万物而思纷。悲落叶于劲秋，喜柔条于芳春。心懔懔以怀霜，志眇眇而临云。"陆机似乎对自然物候、四时代序的变化特别敏感，他的相当多的诗赋作品实际正是由于外物的感触而情动于中、发于言的结果。从文学生成类型上看，此即"物感说"所描述的现象。其实，陆机的多愁善感其来有自。通过考察陆机的生活道路与人格精神，我们看到了一个出身高贵、文武才艺兼备、有理想有抱负的悲剧者的形象。他的一生，令人唏嘘不已。亡国破家，身世失落苦痛，亲友凋落殆尽，人生苦短，仕途多艰，疏离异俗，功名邈远；迁逝感，失落感，责任感，紧迫感；亡国意识，功名意识，生命意识，等等，种种这些都说明了他多愁善感作品产生的缘由，"感于物"只不过是说由于外在媒介的触发，而其真正的原动力实际如他自己所说的，乃是"缘于情"。陆机所"缘"之"情"又多是悲哀之情："彼离思之在人，恒戚戚而无欢，悲缘情以自诱，忧触物而生端"[①]；"顾旧要于遗存，

---

①　陆机：《思归赋并序》，见金涛声点校：《陆机集》，中华书局 1982 年版，第 18—19 页。

得十一于千百，乐颓心其如忘，哀缘情而来宅"①。陆机又曾经在他的《遂
志赋并序》中说："穷达异事，而声为情变。"② 这一命题很值得注意，它十
分精要地说明了"情"对于文学特质、文学型态的决定性作用。这样看来，
"感物说"毋宁称为"缘情说"，感于物只是表象而已，缘于情才是实质。
正因为这样，《文赋》界定每种文体时，无不紧扣两个方面的要素，一是情
感特质，二是这种情感特质所决定的风格特征。例如说：缘情而绮靡；缠绵
而凄怆；博约而温润；顿挫而清壮；优游以彬蔚；平彻以闲雅；炜晔而谲
诳；等等。从关于文体特质与风格特征的界定可以看出，其中所蕴含的艺术
哲学原理便是："声为情变。"

　　陆机由于特殊的身世经历，情感体验更为丰富、深刻和敏锐，因而，当
这种心理质素一旦被引入文学思想与文学创作的机制，其"文学生成缘于
情"命题的提出也就完全合乎文艺心理学的逻辑与规律了。陆机"文学缘
情说"的提出，是对汉儒以来解经说诗家"言志说"的反动，是对"诗三
百"时代"诗人"原始诗性精神的理性回归。陆机的"文学缘情说"，产生
于他个人的沧桑经历，同时又产生于经学崩溃而玄学风行、"人的自觉"意
识空前恢张的时代，这样的历史的巧合，使他这一崭新的、动人的文学口号
产生了广泛的共鸣，具有了开创文学新时代的历史性的里程碑式的意义。陆
机之所以能在文学理论建树方面领风气之先，一个特别重要的内在原因是，
作为一个"亡国之余"，他的志气高爽的风度品格，使他尽管游宦异邦却又
疏离异俗并从而更重视自己的主体精神。这种强烈的主体精神便是浓烈的抒
情精神。而抒情精神实质上就是诗性精神。因而，陆机作为一个极具原创精
神的文学理论家，乃在于他首先是一位多愁善感缘于情的"诗人"。

　　第二，陆机尤其是一位辞务索广重绮靡的"辞人"。

　　《文赋》曰："诗缘情而绮靡。"陆机关于诗当"绮靡"的主张，并不

---

① 陆机：《叹逝赋并序》，见《陆机集》，中华书局 1982 年版，第 25 页。
② 陆机：《遂志赋并序》，见《陆机集》，中华书局 1982 年版，第 15 页。

为所有的人所喜欢。贬之者如明代的谢榛云："夫'绮靡'重六朝之弊，'浏亮'非两汉之体。徐昌谷曰：'诗缘情而绮靡，则陆生之所知，固魏诗之查秽耳'。"① 清代的沈德潜还指出，陆机"诗缘情而绮靡"的观点"先失诗人之旨"②。其他如纪昀、朱彝尊等亦以教化卫道的眼光挑剔批判"缘情绮靡"。

那么，陆机所谓的"绮靡"究竟是什么意思呢？

李善注《文选·文赋》曰："绮靡，精妙之言。"③ 这个解释似乎给人以笼统或是突兀而来的感觉。余萧客《文选纪闻》注引楼颖《国秀集序》云："绮靡"乃"彩色相宜，烟霞交映，风流婉丽"之谓。以比喻之法来释词，越是富于诗意，越是给人以雾里看花的模糊印象。

关于"绮靡"一词，现当代学者们的解说还很不一致。有人分而析之："绮言其文采，靡言其声音。"④ 有人统而言之："犹言侈丽、浮艳。"⑤ 有学者说："'绮靡'当即'猗靡'，它与'赋体物而浏亮'的'浏亮'一样是连绵字。"再者，汉晋时期不少句例说明"猗靡"一词有"优美动人"之意，与后世"婀娜"、"旖旎"的意思相近，那么，"绮靡"应也是此意⑥。将"绮靡"转训为"猗靡"，显系舍近求远，并且似是而非。近年来，有学者继续索解"绮靡"之意。"绮"本义指一种素白色织纹的缯，《汉书》颜注："绮，文缯，即今之细绫也。"又，《方言》卷二："东齐言布帛之细者曰'绫'，秦、晋曰'靡'。"郭璞注："靡，细好也。"故此，有论者曰："'绮靡'连文，是同义复词，意为细好。陆机的'绮靡'说，即是以织物的精细，譬喻文采的美妙华丽。"⑦ 这个解说与李善释"绮靡"为"精妙之言"大致相符合。

---

① 《四溟诗话》卷一。
② 《说诗晬语》卷上。
③ 《文选》卷四李善注，中华书局1977年版，上册，第241页。
④ 陈柱：《讲陆士衡〈文赋〉自记》，《学术世界》1935年9月第1卷第4期。
⑤ 《魏晋南北朝文学史参考资料》，中华书局1963年版，上册，第261页。
⑥ 杨明：《六朝文论若干问题之商讨》，《中州学刊》1985年第6期。
⑦ 孙蓉蓉：《论"绮靡"说》，《徐州师范学院学报》1994年第3期。

不过，关于"绮靡"一词，似乎犹有申说之意义。《文赋》曰："诗缘情而绮靡，赋体物而浏亮。碑披文以相质，诔缠绵而凄怆。铭博约而温润，箴顿挫而清壮。颂优游以彬蔚，论精微而朗畅。奏平彻以闲雅，说炜晔而谲诳。"我们必须注意陆机界定诸文体特征之词的构词共性。"浏亮"之"浏"，通"漻"，指水深而清澈。如《诗·郑风·溱洧》曰："溱与洧，浏其清矣。"① 至于"亮"，则意思显豁。李善注："浏亮，清明之称。"诚然，"浏亮"是一个联绵词（双声），但不是单纯词。显然，李善注意到了"浏"与"亮"两字各自的意义。"彬蔚"之"彬"，意谓有文采，"蔚"意谓茂盛。故《文选》五臣向注曰："彬蔚，华盛貌。"显然，吕向亦注意到了"彬"与"蔚"两字各自的意义。"凄怆"意谓凄惨悲伤。"凄"与"怆"，意思各别。其余如"温润"、"清壮"、"朗畅"、"闲雅"、"谲诳"以及"相质"等，显然都是合成词，并且，没有一个词属于"同义复词"，更没有一个词是属于如联绵词"猗靡"（叠韵）、"旖旎"（叠韵）以及"婀娜"（叠韵）这样的单纯词。"相质"是动宾结构的合成词，其余都是联合结构的合成词。这就是说，陆机用来界说文体特征的每个词，其两个字中的每一个字都有各自词素特定的含义，漫不经心的笼统解释都难以抓住实质。比如说，把"绮靡"解释为"优美动人"，或是"美妙华丽"，或是"精妙之言"，都显得笼统。

"绮靡"之"绮"，本义指文缯，引申为华丽、精妙、华美之类意思，肯定没有问题。关于"靡"之"细好"义、"精细"义，如上文所述，已有论者注意到了，但我们尤其必须重点突出"细密"这一层意思。"靡"释为"细"或"密"，很常见。如《小尔雅·广言》中的解释："靡，细也。"又如，《楚辞·招魂》曰："靡颜腻理，遗视矊些。"王逸注云："靡，致也。"班固《西都赋》曰："碝磩彩致，琳珉青荧。"李善引《礼记》郑玄注云："致，密也。"再如，《汉书·扬雄传》曰："靡薜荔而为席兮，折琼枝以为

---

① 程俊英：《诗经译注》，上海古籍出版社 1985 年版，第 165 页。

芳。"颜师古注云:"靡,纤密也,谓纤织之也。"需要指出的是,"靡"之
释为"密",这一义项应该引起我们的特别注意。刘勰《文心雕龙·体性》
曰:"孟坚雅懿,故裁密而思靡。"①"靡"与"密",直接在同一句中对应,
两字义同。《文赋》又有论作文之"病"的句子曰:"或寄辞于瘁音,言徒
靡而弗华。"这一句中的"华",其实际的意思就是"绮"。毋庸置疑,
"靡"(细密)与"华"(美丽)存在着质的区别。我们不惮其烦地例释一
个"靡"字,为的是突出"靡"之"细密"义,为的是能够明确地将
"靡"与"绮"区分开来,避免不经意的混淆。因为弄清这个问题,对于正
确地认识陆机的文学理论主张,对于准确地把握陆机的实际创作倾向,都有
着十分重要的意义。

"靡"由"细"、"密"之义可以引申出多、广、盛、繁、富、博、赡等
良性特征义,又可以引申出缛、杂、芜、滥、淫等不良性特征义。这样一
来,我们彻底明白了,关于陆机的创作特点或倾向,张华"患太多"②云
云,陆云"微多"③云云,孙绰"深而芜"④云云,刘勰"辞务索广"⑤云
云,王世贞"多而芜"⑥云云,一个个莫不有据可依。追求"绮靡",陆机
的主张和实践是完全一致的。务求博赡,逞才斗艺,在西晋来讲,从傅玄到
张华,一直到左思,几乎可以说,太康群才,无不如此。此为时代风气使

---

① 见周振甫:《文心雕龙选译》,中华书局 1980 年版,第 140 页。周振甫先生释此句中之"靡"
为"细"。
② 张华谓陆机曰:"人之作文,患于才少;至子为文,乃患太多。"见《世说新语·文学》注引
《文章传》,《诸子集成》下册,浙江古籍出版社 1999 年版,第 1538 页。
③ 陆云《与兄平原书》曰:"兄文章之高远绝异,不可复称言。然犹皆欲微多,但清新相接,不
以此为病耳。若复令小省,恐其妙欲不见,可复称极,不审兄由以为尔不?"见黄葵点校:《陆云集》,
中华书局 1988 年版,第 138 页。
④ 孙绰曰:"潘文浅而净,陆文深而芜。"见余嘉锡:《世说新语笺疏》,中华书局 1983 年版,
第 269 页。
⑤ 刘勰《文心雕龙·才略》曰:"陆机才欲窥深,辞务索广,故思能入巧,而不制繁。"又《文心
雕龙·议对》曰:"及陆机断议,亦有锋颖,而谀辞弗剪,颇累文骨。"见穆克宏、郭丹:《魏晋南北朝
文论全编》,江苏教育出版社 1996 年版,第 440—441、357 页。
⑥ 王世贞《艺苑卮言》卷三曰:"然则陆之文病在多而芜也。"见《历代诗话续编》中册,中华书
局 1983 年版,第 992 页。

然，非啻陆机一人。淋漓尽致，穷形尽相。只是陆机尤其突出。重绮靡，辞务索广，实际上就是追求繁富艳丽，无疑地反映了一种时代审美趣尚。人人欲创作"美文"，欲"起自笔札"，欲露才扬己，"欲人不能加"。这样的倾向，归根到底是贵有崇实思想折光于文学风气的变态表现。现在我们看到，沈德潜谓陆机之"绮靡"主张，"先失诗人之旨"，这恰好说明了陆机是一位创作上"辞务索广"，"极丽靡之辞"，以至于朝"丽以淫"之歧途上误滑的"辞人"。

第三，陆机是集抒情精神、艺术精神于一体的自觉审美的文学家。

如果我们把只从事文学创作而不必研究文学的人称为作家（包括"诗人"、"辞人"）的话①，那么，我们应该把从事文学研究或者既创作又研究文学的专门家称为文学家。鲁迅说："研究文章的历史或理论的，是文学家、学者。"② 陆机作为缘情的诗人，尚丽的辞人，以及非常投入地研究文学的学者，他的文学精神特别体现在他是一位在系统创作理论指导之下，自觉地进行审美创造的文学家。

陆机创作理论的系统性主要表现在其文学理论前所未有的完整性。在《文赋》中，陆机围绕"述先士之盛藻，因论作文之利害所由"这样一个主题，比较形象具体地描述了文学的生成现象、创作构思过程，进而明确地阐述了自己的审美理想，认真地讨论了创作的技巧，最后说明了对于文学功能价值的清醒认识。

关于文学的生成，陆机认为源于两途。其一是感于物，就是说，人在遵四时、瞻万物的时候，自然而然地会感芳春而喜、知劲秋而悲，因而思绪纷纷，感慨无穷，文学于是乎生成。其二是本于学，就是说，人在颐情典籍、澡雪精神的时候，不知不觉地会钦赞先民的壮举伟业，羡慕先贤的美文丽藻，或者歌颂之，或者楷模之，于是投篇援笔，文学于是乎生成。从陆机关于文学生成现象的概括性描述中，可以看到他作为一个文学家对于文学的钟

---

① 当然，习惯上来讲，作家也是文学家的一部分，但似乎不是完整意义上的文学家。

② 鲁迅：《而已集·读书杂谈》，人民文学出版社 1981 年版。

情，看到他是如何视文学为严肃而神圣的事业。对文学的钟情，是陆机非常投入地进行文学创作与研究的根本动力，也是一种令人感动的内在的文学精神。

在陆机对创作构思过程的生动描述中，重要的一点是必须特别予以指出的。那就是，陆机所描述的构思过程，反映的是"辞人"而不是"诗人"创作的特点。"诗人"的创作是自发的、朴素的、纯任感情之流跃动的。"辞人"的创作则哪怕是在构思想象的阶段，所苦苦寻觅的乃是一种"关系"，即物、意、文三者之间的关系，力求意以称物、文以逮意。"辞人"精骛八极，心游万仞，倾群言，漱六艺，观古今于须臾，抚四海于一瞬，在痴迷忘我的想象天地中苦苦地寻觅"载体"与"形式"，这与"诗人"的任心而发、脱口而出，是迥然不同的。"诗人"的创作，不遑"选义按部"，无暇"考辞就班"，常常是"操觚以率尔"，而不可能"含毫而邈然"。"诗人"与"辞人"，创作模式有别，但都是可爱的。"诗人"以"真"为"美"，"辞人"以"美"为"美"。"辞人"苦苦地寻觅"关系"、"载体"、"形式"，实质上是在寻找"美"。因此，陆机对构思想象状态中"辞人"自我形象的塑造是真实的和可敬佩的。这是陆机以一系列特写方式表达的对"辞人"刻苦文学精神的热情礼赞。

《文赋》中所提出的审美理想，可以从所涉及的两个主要方面来审察。

第一个方面是关于文体的风格特征，其与曹丕《典论·论文》相比显示了三点不同。第一，《文赋》比《典论·论文》提到的奏、议、书、论、铭、诔、诗、赋四科八种文体多出了碑、箴、颂、说四种，减去了议、书两种。这一现象说明，非文学性的应用文体，随着文学自觉进程的加快而逐渐退出，文学在主动地与哲学、历史摆脱纠葛。第二，《文赋》所论十种文体的顺序是：诗、赋、碑、诔、铭、箴、颂、论、奏、说。这与《典论·论文》中的顺序几乎相反。这一现象说明，随着玄学对名教的超越与改造，儒家以政教为中心的功利主义文学思想，在人的主体精神、抒情精神普遍高涨的时候，已经受到了巨大的冲击，"情发于中，止乎礼"的政教规范受到了严重的挑战。文学缘情已成为时代的呼声。第三，《典论·论文》规约八种文体之理想风格的关键词只有四个字：雅、理、实、丽。而《文赋》关于十种文体之理想风貌的界说却用了四十个关键词，是《典论·论文》的八倍，而且，"理" 与 "实" 这两个乏味的关键词已被摒弃。这一现象说明，对于文学本体的认识和关注已由服务政治转向自由审美，实用主义被代之以艺术精神。

第二个方面是关于文学创作的审美标准，这便是：应、和、悲、雅、艳。陆机从创作实际出发，总结出文病五种，即：唱而靡应；应而不和；和而不悲；悲而不雅；雅而不艳。所谓 "应"，是指内容旨趣与结构布局等方面避忌短韵孤兴、枯寂单调，要像美妙音乐那样有高下往复之致，讲究呼应；所谓 "和"，是指基于 "应" 的和谐；所谓 "悲"，是指基于 "和" 的动人；所谓 "雅"，是指基于 "悲" 的高雅；所谓 "艳"，是指基于 "雅" 的艳丽。显然，应、和、悲、雅、艳，要求递增，拾级而上，这样的 "五字" 审美标准，与文学 "缘情绮靡" 的创作思想倾向是基本上一致的。这样的思想倾向，反映了陆机关于文学创作与研究的自觉而崭新的艺术审美眼光；而《文赋》中关于会意尚巧、遣言贵妍等各种创作技巧的阐说，以及关于文学功能价值的认识①，也主要是以这样的艺术的审美眼光来观照全局的。

由上述讨论可见，陆机创作理论的系统性还表现了十分可贵的原创性。其如对构思想象情境的描述，对灵感现象的体验和认识，对艺术审美规律的探索，以及对文学创作甘苦经验的总结和升华等，发前人所未发，启后人所欲思。

陆机关于创作甘苦的体验和自白给人留下了深刻的印象。《文赋》曰："余每观才士之所作，窃有以得其用心。夫其放言遣辞，良多变矣，妍蚩好

---

① 《文赋》曰："彼琼敷与玉藻，若中原之有菽。同橐籥之罔穷，与天地乎并育。" 陆机十分注重文学的审美价值，尽管他也会唱一句 "济文武于将坠，宣风声于不泯" 的老调。这正如李泽厚、刘纲纪先生所说："陆机的《文赋》整个而言，并不强调儒家的传统观念，而恰恰是强调儒家传统观念极为忽视的文学的审美的方面。"（《中国美学史》第二卷，上册，中国社会科学出版社 1987 年版，第 286 页）

恶，可得而言。每自属文，尤见其情。"时有论者就陆机《拟古诗十二首》等作发表或遗憾、或批评性的见解，以为陆机步趋古人，实无创新。究其实，乃未察陆机楷模古人之"用心"。陆机的每一首拟古诗皆老老实实地题以"拟"字，虽师其意，然而执意自铸新辞。他的拟古用心亦意在欲得"才士"为文之"用心"；然而"恒患意不称物，文不逮意，盖非知之难，能之难也"。陆机的拟古显然是为了体验为文难易的一种方法。《文赋》曰："练世情之常尤，识前修之所淑。虽潜发于巧心，或受嗤于拙目。"陆机熟知今古文章之妍蚩好恶，欲于文学事业上有所发见，有所作为，然而属文难，得知音且更难！揣"才士"为文之"用心"，莫非亦深含如此苦衷！对于文学创作，陆机善于学习前人，又勤于自我砥砺，每每以深得为文之用心为最大之快乐。因而一旦进入创作，他便全身心地进入忘我的境界："信情貌之不差，故每变而在颜。思涉乐其必笑，方言哀而已叹。或操觚以率尔，或含毫而邈然。"或悲或喜，形于颜貌，一系之以为文之得失。而更其可敬可嘉的是他真诚的创新态度与创新精神："或袭故而弥新，或沿浊而更清，或览之而必察，或研之而后精"；"必所拟之不殊，乃暗合乎曩篇，虽杼轴于予怀，怵他人之我先，苟伤廉而愆义，亦虽爱而必捐"。时人、后人莫不讥其为文繁富深芜，然而，陆机之为文意，何人能领会呢？"被金石而德广，流管弦而日新。"此为陆机为文不朽意识的自白。陆云称乃兄"文章，已足垂不朽，不足又多"①，然而陆机自谓"恒遗恨以终篇，岂怀盈而自足。"他并不以既有成就沾沾自喜，创作热情不竭，追求不息。"谢朝华于已披，启夕秀于未振"，这是作为"太康之英"的陆机为文之"用心"所在，是陆机文学事业的永恒目标，也是陆机最令人击节叹赏的文学精神。

（原载《南开学报》2003 年第 6 期，略有改动）

---

① 陆云：《与兄平原书》，见黄葵点校：《陆云集》，中华书局 1988 年版，第 146 页。

论陆云"文贵清省"的创作主张

　　陆云原本著述较多，《隋书·经籍志》著录为："晋清河太守《陆云集》十二卷。"《晋书·陆云传》记载曰："所著文章三百四十九篇，又撰《新书》十篇，并行于世。"然而，现存的陆云诗赋文章只有二百篇左右。陆云并没有系统的文论著作，他的文学观念与创作主张基本上反映在他的《与兄平原书》①中。据今存陆云《与兄书》判断，这35封书信大致写于他由淮南赴洛②以后，而其中绝大多数的书札则比较集中地写于他任职清河与邺城时期③。陆云《与兄书》篇幅不少，可是解读起来障碍较多。其中的一个原因是，文本存在比较严重的残阙、错简、颠倒、讹误等现象；另一个原因是，这些书简是亲兄弟之间的思想交流，所以，陆云不避吴楚方言，这与他诗赋创作中的用语情况存在着明显的不同④。

　　陆云的文学观点比较地支离琐碎，但一个突出之处是反复申说文贵"清省"的创作主张。"清省"的确切含义是什么，陆云没有做过直接的解

---

　　①　在本专题讨论中，陆云《与兄平原书》以下简称《与兄书》；原文以黄葵点校《陆云集》为据，见中华书局1988年版，第134—147页，以下引文不注页次。

　　②　陆云由淮南赴洛的时间约在元康（291—299）末，至迟在永康元年（300）吴王司马晏贬爵之后。

　　③　陆云于永宁二年（302）春任清河（今河北省清河县）内史，同年夏至邺，为成都王颖大将军右司马，至太安二年（303）冬，被司马颖所杀。

　　④　陆云诗赋创作中力避方言，《与兄书》曰："音楚，愿兄便定之。"

释。陆云在《与兄书》中讨论乃兄文章之得失时说："兄文章之高远绝异，不可复称言。然犹皆欲微多，但清新相接，不以此为病耳。若复令小省，恐其妙欲不见，可复称极。不审兄由以为尔不？……云今意视文，乃好清省，欲无以尚，意之至此，乃出自然。"这一段话中有这样几点意思。第一，极赞乃兄文学成就卓异。第二，指出乃兄创作上虽然总的来讲"清新相接"，但毕竟"微多"这一倾向还是存在，建议"小省"以达到极高的境界。第三，提出自己的"清省"主张，认为不加过多的雕饰，文章出于"自然"，就不会产生"微多"之"病"了。

由此看来，"清省"有两个方面的含义。一是所谓"清"，指清新自然之类意思，二是所谓"省"，主要是讲去繁尚简。

陆云《与兄书》中多次以"清"这样的字眼来评价作家作品。现依其书简之次第，摘录相关文句如下。

1. 省《述思赋》，流深情至言，实为清妙。

2. 《漏赋》可谓清工。

3. 《吊蔡君》清妙不可言。

4. 《丞相赞》云"披结散纷"，辞中原不清利。兄已自作铭，此但颂实事耳，亦谓可如兄意，真说事而已。

5. 《茂曹碑》皆自是蔡氏碑之上者。比视蔡氏数十碑，殊多不及，言亦自清美。

6. 尝闻汤仲叹《九歌》，昔读《楚辞》，意不大爱之。顷日视之，实自清绝滔滔。故自是识者，古今来为如此种文，此为宗矣。

7. 《祖德颂》无大谏语耳。然靡靡清工。

8. 兄《丞相箴》小多，不如《女史》清约耳。

9. 兄《园葵》诗清工，然犹复非兄诗妙者。

以上9例文句中，"清妙"一词出现2次，"清工"一词出现3次，其余如"清利"、"清美"、"清绝"、"清约",各出现 1 次。而其中的"清妙"、"清美"、"清绝"、"清工"这 4 个词的意思相近,"美"、"妙"、"工"、"绝",都是极赞艺术效果的,之所以能够如此,无非是因为显示了"清"的特质。而"清利"和"清约"也应该是同义词。"利"有洁净利落的意思,"约"便是凝练简约的意思。洁净利落,凝练简约,都是产生"清"之效果的途径与手段。

显而易见,陆云的文学审美取向,其重点在一个"清"字。追求"清",则必然讲究"省"。在《与兄书》中,陆云特别强调"省",以及与所谓的"省"之要求相同的如"减"、"损"、"小"、"少"等做法。我们同样摘录有关文句如下:

1.《二祖颂》甚为高伟。……又云亦复不以苟自退耳,然意故复谓之微多,"民不辍叹"一句,谓可省。……《刘氏颂》极佳,但无出言耳。二颂不减,复过所望,如此已欲解此公之半。

2. 兄文章之高远绝异,不可复称言。然犹皆欲微多,……若复令小省,恐其妙欲不见,可复称极。

3. 云今意视文,乃好清省,欲无以尚,意之至此,乃出自然。

4. 张公文无他异,正自情省无烦长,作文正尔自复佳。

5. 一日视伯喈《祖德颂》,亦以述作宜襃扬祖考为先,聊复作此颂。今送之,愿兄为损益之。欲令省,而正自辄多,欲无可如省。

6.《感逝赋》愈前,恐故当小不?然一至不复减。

7. 不知《九愍》不多,不当小减。

8. 兄二吊自美之。……文中有"于是"、"尔乃",于转句诚佳,然得不用之益快,有故不如无。又于文句中自可不用之,便少亦常。

为了"清",而"省"、"减"、"损"、"小"、"少",此为必然之要求,是避免冗长臃肿、枝蔓繁复等"文病"的直接的也是最起码的手段或技法。

当然，"清省"作为一个表达审美理想、审美境界的形容词，其中的一个"省"字，本身也具有形容词性，有精练、简约之类的意思。在这个意义上来讲，"省"，则要求以少总多，要求以少胜多，要求"警策"，有"警句"。而这一层意思，在《与兄书》中，陆云常常用"善语"、"好语"、"佳语"、"出语"、"出言"这样的词来表达。我们也摘录相关文句如下：

1. 视《九章》时有善语。大类是秽文，不难举意。视《九歌》便自归谢绝。

2.《九悲》多好语，可耽咏，但小不韵耳。

3. 云作虽时有一佳语，见兄作，又欲成贫俭家，无缘当致兄此谦辞。

4.《祠堂颂》已得省。兄文不复稍论常佳，然了不见出语，意谓非兄文之休者。前后读兄文，一再过便上口语。省此文虽未大精，然了无所识。

5.《刘氏颂》极佳，但无出言耳。二颂不减，复过所望。

在《与兄书》中，陆云有时用一个"出"字，藉以表达期盼将文章点化而成的意思。如说："前日观习，先欲作《讲武赋》，因欲远言大体，欲献之大将军。才不便作大文，得少许家语，不知此可出不？"所谓"家语"，当是称家常话、平常语一类的意思，以此作"大文"，殊难超常出奇。故此，未敢自信。又说："《九悲》、《九愁》，连日钞除，所去甚多，才本不精，正自极此。愿兄小为之定一字两字，出之便欲得。"陆云请乃兄斟酌文意、推敲字句，从其《与兄书》来看，属于极其平常之事。他说："愿小有损益，一字两字，不敢望多"；"兄小加润色，便欲可出。"有时候陆机仅笼统地总结说某文"不善"，陆云便很不满意，于是向陆机提出要求说："兄意所谓'不善'，愿疏敕其处绪，亦欲成之令出意，莫更惑如恶所在。"他希望乃兄具体地指出其"不善"之处，说出个眉目头绪，最好是能够有所点化令"出"，使之超拔精警，千万不要含含糊糊，不要总是让人莫名其妙而不知毛病之所在。

如前所说，陆云评价作家作品往往以"清"、以"省"作衡量优劣的标准。他很注重文章能够以如他所说的"善语"、"佳语"、"出言"醒人耳目，沁人心脾。他评论过蔡邕，曰："蔡氏所长，唯铭颂耳。铭之善者，亦复数篇，其余平平耳。"他评论过王粲，曰："视仲宣赋集，《初征》、《登楼》，前耶甚佳，其余平平，不得言情处。此贤文正自欲不茂，不审兄呼尔不？"前贤的文章之所以亦有"平平"不足奇处，其中或亦存在如陆云所说的"了不见""好语"、"佳语"、"出语"之现象。除此原因之外，那就应该是关于"言情"的问题了。所谓文、情并茂，陆云一方面讲究"悦泽"、"流泽"、"纬泽"，另一方面，对于"情"字，陆云也是屡屡论及的。其如《与兄书》下述文句：

1. 省《述思赋》，流深情至言，实为清妙。
2. 情言深至，《述思》自难希，每忆常侍自论文，为当复自力耳。
3. 使云作文，好恶为当，又可成耳。至于定兄文，唯兄亦怒其无遗情而不自尽耳。
4. 兄前表甚有深情远旨，可耽味，高文也。

前两句中的"深情至言"与"情言深至"，意思相同，而第三句中的"遗情"一词，显然也近似于第四句中所说的"深情远旨"。意谓文学创作应该在思想情感方面有深度，"可耽味"，余味不尽，这才是堪称"清妙"的"高文"。由此颇能充分地说明，陆云论创作，论鉴赏，是很重视"情"这一要素的。

但是，对"情"在文章中的价值与地位的认识，陆云，以及陆机，他们过去与现在的看法是有变化的。陆云《与兄书》说："往日论文，先辞而后情，尚絜而不取悦泽。尝忆兄道张公父子论文，实自欲得。今日便欲宗其言。"① "絷"，无疑乃"势"之讹，亦属鲁鱼亥豕现象。刘勰《文心雕龙》之《定势》篇中讨论"势"，也正是讨论体裁与风格问题。从陆机、陆云兄弟的生平与创作情况看，他们"往日"在模拟方面投入的时间与精力，相对于"今日"应该是更多一些。例如陆机，《拟古诗》十四首、《演连珠》五十首、"七"体赋两篇、古题乐府数十首，显然都是模拟阶段的大量产物。诗、赋、乐府、连珠、"七"，既涉及众多的体裁问题，同时也便涉及多样的题材、风格问题。通过模拟，学习前贤，研究体裁，体认风格，探索、积累创作的经验与技巧，从而形成关于文学现象的比较全面而深刻的认识，提高文学的理论及其实践的水平。这是每一个钟情于文学的爱好者在由起步入门到登堂入室这一过程中所必须要经过的一个环节。彼一时，此一时，"今日"自不同于"往日"。人生已经历了更加深刻的体验，而对文学当然也逐步形成了更加成熟的看法。因而，较之过去，文学创作中对于"情"更加重视，也便是一种符合逻辑的发展了。陆云是实话实说，然而，刘勰所谓的"先迷后能从善"，显然有些言重了。

关于文学创作，陆云有一种倾向性的认识是，创作能够解愁忘忧。这种观点，他多次提到。

> 1. 文章既自可羡，且解愁忘忧。但作之不工，烦劳而弃力，故久绝意耳。
>
> 2. 愁邑忽欲复作文，欲定前，于用功夫大小文便了，为以解愁作文，临时辄自云佳。
>
> 3. 云久绝意于文章，由前日见敦之后，而作文解愁，聊复作数篇，为复欲有所为以忘忧。

---

① 按，陆云：《与兄书》"往日论文，先辞而后情，尚絷而不取悦泽"云云，刘勰《文心雕龙·定势》作"陆云自称往日论文，先辞而后情，尚势而不取悦泽，及张公论文，则欲宗其言。夫情固先辞，势实须泽，可谓先迷后能从善矣。"显然，"絷"当作"势"。

　　认识到文学与解愁忘忧的关系，实际也便在一定意义上解释了陆云何以于文学创作与鉴赏方面重视"情"这一问题。应该看到，陆云的"重情"倾向，实际是遵循了他的"清省"原则。他把"情"视为文学的核心。从文学生成理论上来说，舒忧娱悲，抒发情感，此为文学创作的最直接的一大内驱力，所谓"愁邑忽欲复作文……临时辄自云佳"云云，正说到了文学的两个方面价值与功能，即，既寄托了情感，又满足了审美。而这种感觉与体验，正是乃兄陆机《文赋》中文学"缘情绮靡"的观点，颇有点不谋而合的意味。而他一再提到的"久绝意于文章"，是因为或"羸瘁累日"，或"顷不佳思虑，胸腹如鼓，夜不便眠，了不可"等特殊的原因，这不代表他对文学的一贯态度。事实上，陆云与陆机一样，抒情精神都很强烈，艺术精神也都很强烈，只不过趣尚爱好不尽相同，艺术倾向有所区别而已。

　　那么，陆云"文贵清省"之思想倾向产生的基础又是什么呢？这个问题可能比较复杂一些。对此，我们做以下几点简略的分析。

　　其一，史传谓陆云"性清正，有才理"①。他的"清正"个性往往表现为崇尚清简素朴，反对盈溢奢侈的思想。陆云在淮南担任吴王晏郎中令时，曾上书谏阻吴王司马晏于西园大营第室。在上吴王书中，陆云既力陈晋武帝如何"临朝拱默，训世以俭"，"厚戒丰奢"，又指陈世俗如何"家竞盈溢，渐渍波荡，遂以成风"，他希望吴王"先敦素朴"，"凡在崇丽，一宜节之以制"②。陆云"清正"的个性体现于他的为政作风之中，自然也会反映到他的为文倾向中去。又据葛洪《抱朴子》："稽君道曰：'每读二陆之文，未尝不废书而叹，恐其卷尽也。《陆子》十篇，诚为快书。其词之富者，虽覃思不可损也。其理之约者，虽鸿笔不能约也。观此二人，岂徒儒雅之士？文章之人也。'"③《陆子》是陆云的著作，"虽鸿笔不能约"之"约"，据《意

　　① 《晋书·陆云传》，见《二十五史》，上海古籍出版社、上海书店1986年版，总第1416页。
　　② 陆云：《国起西园第表启（宜遵节俭制）》，见黄葵点校：《陆云集》，中华书局1988年版，第151页。
　　③ 《北堂书钞》卷一百引。

林》引文当作"益"。所谓"理之约",其实代表了陆云创作的主导风格。就此我们这样认为,陆云"文贵清省"的创作思想,与他"清正"的品格个性,首先在人格精神方面是一脉相承的,同时,又与他持论善辩"有才理"的简约深刻之思维风格,有着内在的共通的地方。所谓"风格即人",这个精警而深刻的艺术哲学命题,从人学辩证法的角度确立了其放之四海而皆准的真理性与永恒性,也从而于人之思想性格与艺术风格之互动相生关系这一个侧面,证明了陆云"文贵清省"创作思想产生的合理性。

其二,二陆优劣之别是客观存在的,史传谓陆云"虽文章不及机,而持论过之"①,这说明陆云文学才思方面与乃兄相比,确实存在较大的差距。在《与兄书》中,陆云一方面自称"四言、五言非所长,颇能作赋",另一方面又一再表明他对于篇幅较长或者篇制较大的"大文"的创作心有余而力不足。信中说:"前日观习,先欲作《讲武赋》,因欲远言大体,欲献之大将军。才不便作大文,得少许家语,不知此可出不?故钞以白兄。若兄意谓此可成者,欲试成之。大文难作,庶可以为《关雎》之见微。"又说:"间视《大荒传》,欲作《大荒赋》,既自难工,又是大赋,恐交自困绝意。"他很想超越陈琳,但又倍感信心不足。对于创作京都题材类大赋,他多次鼓动乃兄大显身手,以超越前贤:"兄作大赋,必好意精时。故愿兄作数大文。近日视子安赋,亦对之叹息绝工矣。兄诲又尔,故自是高手。"陆云崇拜乃兄,也并不否认自己的弱项。但毕竟不是大手笔,写不了大文章,所以,与其说"清省"是陆云的特点展示,还不如说是他的弱点显现②。文学创作离不开才气这一重要因素,然而,其在父兄不能以移子弟。昆仲都钟爱文学,又常相交流切磋。陆机因才优而尚绮靡,辞妍意巧;陆云当然也只是习惯于自己的创作模式与创作体验,他不时地批评乃兄"微多"的倾向,申明自己"清省"的主张,多少有些亦攻亦守的意味。《文心雕龙》曰:

---

① 《晋书·陆云传》,见《二十五史》,上海古籍出版社、上海书店1986年版,总第1416页。

② 谓"清省"为"弱点",只是一种相对意义上的表述方式,只是为了方便于陆云"清省"之与陆机"绮靡"倾向的比较,并不意味着我们对"清省"这一风格范畴持有什么成见。

"昔谢艾、王济，西河文士，张骏以为艾繁而不可删，济略而不可益。若二子者，可谓练熔裁而晓繁略矣。至如士衡才优，而缀辞尤繁；士龙思劣，而雅好清省……若情周而不繁，辞运而不滥，非夫熔裁，何以行之乎?"① 陆机熔裁而得"绮靡"，陆云熔裁而得"清省"。才优熔裁得"繁"，思劣熔裁得"略"。对于陆机、陆云兄弟创作上繁与略的不同倾向及其形成原因，刘勰虽然只就某一方面加以揭示，但无疑是十分准确的。

其三，陆云"文贵清省"思想倾向的出现也与时代文化思潮的影响密切相关。玄学自曹魏正始以来，经过晋武帝泰始、咸宁、太康，再至惠帝元康、永康、太安之时，其间已经风行了半个多世纪。虽然西晋玄学所关注的名教与自然的关系问题，较之正始玄学、竹林玄学时期已经发生了实质性的变化，即名教与自然的对立，转换为名教与自然的融合，然而，关于言、意相互间的关系问题，却一直是玄学关注的一个热门话题。言意之辩本是先秦时代传统的哲学论题，正始时代的玄学名士们则出于对社会政治的关系，旧典新释，作了不无牵强附会意味的精致发挥。他们借助于对本末体用关系问题的思索论辩，认为理想的圣人政治家的极致便在于举本统末，执一御万。"一"是"道"，亦即"无"。玄学的精髓就在于以"无"为"本"。所谓"末"，以及"万"，即是众"有"。"有"生于"无"，此为玄学的精义所在。"言"和"意"，其间的关系正是"末"与"本"的关系。从关于本末有无之辩证法思想出发，玄学家们于是主张舍象求意，得意忘言。而"言不尽意"之命题，当其引入文学创作领域，显然会很有意味地激发关于言、象（物）、意之关系问题的探索和思辨。曹魏玄学家基本上持"言不尽意"之观点。西晋玄学家则倾向于持"言尽意"说，这与西晋崇有尚实的人生价值观以及文化思潮有关，所以西晋有玄学家如裴頠作《崇有论》，有欧阳建作《言尽意论》。这种思想认识极其广泛而深刻地反映到了文学创作的领域，其如左思的征实尚用、写实尽意主张。尽管陆机对言不尽意现象有所认

---

① 刘勰：《文心雕龙·熔裁》，见周振甫：《文心雕龙选译》，中华书局1980年版，第176—177页。

识，但他的倾向性实践是务多而流于芜，绮靡而不制繁，故《拟古诗》拟了十四首，而《演连珠》竟演了五十首。他务必要让自己的艺术理念、政治理想表达得淋漓尽致。

二陆生当玄学时代，无疑地要受到玄学不同程度的熏染。葛洪《抱朴子》有一段生动的描述很值得注意："诸谈客与二陆言者，辞少理畅，语约事举，莫不豁然，若春日之泮薄冰，秋风之扫枯叶。"① 这一段描述告诉我们，二陆有玄学的功底，参与过玄谈。不过，陆云所受到的玄学影响显然与陆机、左思等有所不同。据《晋书·陆云传》记载："初，云尝行，逗宿故人家，夜暗迷路，莫知所从。忽望草中有火光，于是趣之。至一家，便寄宿。见一年少，美风姿，共谈《老子》，辞致深远。向晓辞去，行十许里，至故人家，云此数十里中无人居，云意始悟。却寻昨宿处，乃王弼冢。云本无玄学，自此谈《老》殊进。"② 虽然这是一个荒诞离奇的故事，但我们从这样的无根之谈中毕竟截获并破译了一条重要的信息。这个信息暗示我们，关于玄学，陆云接受的是《老子》的思想，接受的是王弼的影响。而《老子》以及王弼倡说的都是一个"无"，以为大象无形，以为言不尽意。而故事中所谓的"辞致深远"，正与陆云主张的"清省"，属于同一种风格与意境范畴。

（原载《上海师范大学学报》2002 年第 4 期，略有改动）

① 《北堂书钞》卷九十八引《抱朴子》。
② 《晋书·陆云传》，见《二十五史》，上海古籍出版社、上海书店 1986 年版，总第 1417 页。

论太康文学情多气少的主题取向

　　无论在魏晋，还是在整个中国古代，太康文学总是以其高度个性化的品格引人瞩目，留下了许多令后人议论纷纷的有关文学的、美学的话题。

　　以魏晋文学的四个发展阶段而论，建安、正始、太康以及江左时代，文学的主题取向屡有变化。建安时代是一个天下纷乱但令文士足可进取的时代，文学创作以纪乱主题、从军主题、游宴主题为盛，产生了"志深而笔长，梗概而多气"的建安风骨。正始时代是一个白色恐怖而至于使名士朝不保夕的时代，文学创作以言玄主题、养生主题、忧生主题为主导倾向，出现了亦清峻亦遥深的沉重而旷远的正始之音。东晋虽然历时一百多年，相当于曹魏和西晋延续时间的总和，但是文学成就十分有限，受玄学风气的影响，诗赋文章中言玄主题流行，诗必柱下之旨，文必漆园之疏，淡乎寡味，为后人多所诟病。西晋太康文学的主题取向亦与众不同，其给予人们的深刻印象是情多气少，批评家们的态度大致是否定多于肯定。陆机《文赋》曰："诗缘情而绮靡。"文学"缘情"口号的提出很具有里程碑的意义。几乎可以这么说，太康时代是一个"文学缘情"的时代。这个"情"，不同于以往被儒家教化功利文学思想所规范了的"发乎情而止于礼"的"志"，而是指并不包含太多政教味道与社会色彩的一己之情，简单地讲，是指人的普通的情，自然的情。

　　叙情，言情，在太康时代构成了文学的一个主旋律，无论在诗歌之中，还是在辞赋之中，关于"情"的吟咏唱叹总不绝于耳。就所叙之情的内容色调来看，大致可以分别出诸如恋情、亲情、离情、哀情等这样的一些人间常情。

　　在描写男女恋情方面，潘岳的《内顾诗》抒写了他与未婚妻杨氏坚贞不渝的爱恋之情，十分挚诚感人。这是一首写自己真实婚恋情感生活的爱情诗，其篇幅的长度与刻画的细腻，在过去的文人爱情诗中是不多见的。太康作家中其他的诗人如傅玄、张载、张华等也都有描写男女恋情的代表作品。

　　傅玄颇有一些描写爱情的小诗，如《车遥遥篇》。诗这样写道："车遥遥兮马洋洋，追思君兮不可忘。君安游兮西入秦，愿为影兮随君身。君在阴兮影不见，君依光兮妾所愿。"这是一首代言体的抒情诗，语浅情笃，歌咏女性对永恒爱情的执着追求。又如《西长安行》："所思兮何在？乃在西长安。何用存问妾？香橙双珠环。何用重存问？羽爵翠琅玕。今我兮闻君，更有兮异心。香亦不可烧，环亦不可沈。香烧日有歇，环沈日自深。"诗中一方面谴责薄情男的朝秦暮楚，二三其德，另一方面同情痴心女之思悠悠与恨悠悠。再如《云歌》："白云翩翩翔天庭，流景仿佛非君形。白云飘飘舍我高翔，青云徘徊为我愁肠。"诗尽管很短，但由于巧用比兴，象以喻意，眼前宛然一刻骨相思之柔情女子在，所以此诗不仅是完整的，而且韵短情长。傅玄是音乐家，这些诗篇写得婉丽清新，情意绵绵，完全可以成为当时的流行曲辞。明代张溥对傅玄有关"儿女之情"的创作颇为激赏："《苦相篇》与《杂诗》二首，颇有《四愁》、《定情》之风。《历九秋诗》，读者疑为汉古词，非相如、枚乘不能作；其言文声永，诚诗家六言之祖也。休奕天性峻急，正色白简，台阁生风。独为诗篇，新温婉丽，善言儿女。强直之士怀情正深，赋好色者何必宋玉哉！"① 所谓"新温婉丽，善言儿女"之评价，准确地概括了傅玄有关恋情诗创作的特点和成就，而"强直之士怀情正深，

---

① 张溥：《汉魏六朝百三名家集题辞·傅鹑觚集》，见殷孟伦：《汉魏六朝百三名家集题辞注》，人民文学出版社1960年版，第105页。

赋好色者何必宋玉哉"这一句感叹，则充分地说明了即如文学描写"儿女之情"这一主题亦无不是合乎人间常情的普遍要求。

关于恋情题材，傅玄除创作之外还有拟作，如《拟四愁诗四首并序》，其中所刻画之"牵牛织女期在秋，山高水深路无由，愍予不遭婴殷忧"这样的恋人形象，既有概括性，又很真挚动人。张载早年写《濛汜池赋》曾为傅玄所欣赏和延誉，那么，他之写《拟四愁诗四首》当亦受傅玄的影响。这一现象体现了傅玄、张载诗歌创作中对于恋情主题的共同关注。

张华也是写男女情思的高手，《晋书》本传谓其"辞藻温丽"。这一风格从他的《永怀赋》能够得到体现。赋云："美淑人之妖艳，因盼睐而倾城。扬绰约之丽姿，怀婉娩之柔情。超六列于往古，迈来今之清英。既惠余以至欢，又结我以同心。交恩好之款固，接情爱之分深。誓中诚于皎日，要执契以断金。嗟夫，天道幽昧，差错缪于参差。怨禄运之不遭，虽义结而绝离。执缠绵之笃趣，守德音以终始。邀幸会于有期，冀容华之我俟。倘皇灵之垂仁，长收欢于永己。"《永怀赋》虽非完篇，但从所叙之事的情节、细节以及生活气息诸方面看，此作是他由热恋到失恋的一段情感经历的真实记录。从文学史的角度说，封建文人这样的关于失恋的写实文学，在此以前，绝无仅有。

再读他的一组《情诗》。五首之一云："北方有佳人，端坐鼓鸣琴。终晨抚管弦，日夕不成音。忧来结不解，我思存所钦。君子寻时役，幽妾怀苦心。初为三载别，于今久滞淫。昔柳生户牖，庭内自成阴。翔鸟鸣翠偶，草虫相和吟。心悲易感激，俛仰泪流衿。愿托晨风翼，束带侍衣衾。"此写"佳人"因与"君子"久别，故终朝竟夕相思落泪，忧心不解。五首之二云："明月曜清景，晓光照玄墀。幽人守静夜，回身入空帷。束带俟将朝，廓落晨星稀。寐假交精爽，觌我佳人姿。巧笑媚欢靥，联娟眸与眉。寤言增长叹，凄然心独悲。"此写"幽人"（亦即"佳人"所恋之"君子"）静夜独守空帷，寤寐思之，凄然长叹。五首之三云："清风动帷帘，晨月照幽房。佳人处遐远，兰室无容光。襟怀拥虚景，轻衾覆空床。居欢惜夜促，在戚怨宵长。抚枕独啸叹，感慨心内伤。"此从男女两端总写恋人离思之苦。五首之四云:"君居北海阳,妾在江南阴。悬邈修途远,山川阻且深。承欢注隆爱,结分投所钦。衔恩笃守义,万里托微心。"此写闺妇坚意守节。五首之五云:"游目四野外,逍遥独延伫。兰蕙缘清渠,繁华荫绿渚。佳人不在兹,取此欲谁与。巢居知风寒,穴处识阴雨。不曾远别离,安知慕俦侣。"① 此写游子思恋佳人。

据逯钦立先生校语云:"《诗纪》以'清风'、'游目'、'北方'、'明月'、'君居'等为次。今从《玉台新咏》。"比较起来看,关于张华这一组诗的诗篇次第,冯惟讷《诗纪》之所本当优于徐陵《玉台新咏》之所本。揣度张华该组诗之命意与布局,当是先总写,而后两次分写,每次分写则又先男后女。始以言游子"不曾远别离,安知慕俦侣",结以言闺妇"衔恩笃守义,万里托微心",命意前后呼应,结构首尾圆合。诗篇突出的是恋人刻苦相思,爱情永恒这样一个主题。唐代张若虚的著名诗篇《春江花月夜》在立意取材等方面,对张华此诗显然有所借鉴。《情诗》写得柔媚婉约,悱恻缠绵。如果不取贬义色彩的话,那么,以清代何焯所谓的"女郎诗"一词来形容张华的《情诗》,应该说是恰到好处的②。

在描写亲情方面,左思的《悼离赠妹诗二首》和《娇女诗》能够留给人们深刻的印象。前者写兄妹情,后者写父女情。

《悼离赠妹诗二首》之第一首分五章,第二首分八章。这些诗章既回忆左棻入宫之前聪颖超群的才艺,合家欢乐的亲情,又叙写自左棻入宫、左思迁居洛阳之后,兄妹间近在咫尺,竟暌隔二载,苦苦思念而不得相见。诗中多有回忆的情景:"穆穆令妹,有德有言。才丽汉班,明朗楚樊。默识若记,下笔成篇。行显中闺,名播八蕃。以兰之芳,以膏之明。永去骨肉,内充紫庭。至情至念,惟父惟兄。悲其生离,泣下交颈。……将离将别,置酒

———————————

① 张华:《情诗》,见逯钦立辑编:《先秦汉魏晋南北朝诗》上册,中华书局1983年版,第618—619页。

② 何焯《义门读书记》卷四云:"汉末东北之士为学最盛。张公此诗居然有端绪可寻。张公诗惟此一篇,余皆女郎诗也。"按,何焯所说的"此诗",指张华的《励志诗》。

中堂。衔杯不饮，涕洟纵横。会日何短，隔日何长。仰瞻曜灵，爱此寸光。……去去在近，上下欷嘘。含辞满胸，郁愤不舒。燕燕之诗，伫立以泣。送尔涉途，涕泗交集。云往雨绝，瞻望弗及。延伫中衢，惆忆呜唈。"诗中又多有痛苦的伤叹："惟我惟妹，寔惟同生。早丧先妣，恩百常情。女子有行，实远父兄。骨肉之思，固有归宁。何悟离拆，隔以天庭。自我不见，于今二龄。岂唯二龄，相见未剋。虽同京宇，殊邈异国。越鸟巢南，胡马仰北。自然之恋，禽兽罔革。仰瞻参商，沈忧内塞。何以抒怀，告情翰墨。"① 诗人含泪的抒怀，幽怨的倾诉，悲切而沉痛地抒发了至亲离别之情。

左思的《娇女诗》写自己一双可爱稚女的形象："吾家有娇女，皎皎颇白皙。小字为纨素，口齿自清历。鬓发覆广额，双耳似连璧。明朝弄梳台，黛眉类扫迹。浓朱衍丹唇，黄吻澜漫赤。娇语若连琐，……诵习矜所获。其姊字惠芳，面目灿如画。轻妆喜楼边，临镜忘纺绩。……从容好赵舞，延袖象飞翮。上下弦柱际，文史辄卷襞。顾眄屏风画，如见已指摘。……务蹑霜雪戏，重綦常累积。并心注肴馔，端坐理盘槅。……脂腻漫白袖，烟熏染阿锡。衣被皆重池，难与沉水碧。任其孺子意，羞受长者责。瞥闻当与杖，掩泪俱向壁。"② 小姐妹俩伶俐却又胡闹，专心而又任意，一副天真娇嗲，令人既嗔且爱的模样。作为专门描写儿童形象的诗篇，左思的《娇女诗》出现得最早，并且完整而又生动，对于东晋陶渊明的《责子》、盛唐杜甫的《北征》、晚唐李商隐的《娇儿诗》，其创作方面的某些启示或影响无疑是客观存在的。

在太康时期，抒发离情的作家作品很多。陆机在他的《文赋》中曾提出过"应、和、悲、雅、艳"的审美理想，将是否动情感人作为评价作品优劣的一项重要的艺术标准。陆云文学创作与鉴赏中亦比较注重"悲苦"

---

① 左思：《悼离赠妹诗二首》，见逯钦立辑：《先秦汉魏晋南北朝诗》上册，中华书局 1983 年版，第 731—732 页。

② 左思：《娇女诗》，见逯钦立辑：《先秦汉魏晋南北朝诗》上册，中华书局 1983 年版，第 735—736 页。

之情，他曾在《与兄平原书》中批评陆机的作品说："《答少明诗》亦未为妙，省之如不悲苦，无恻然伤心言。"① 这个批评从一个侧面说明，陆云与陆机一样，他们都主张"文学缘情"之观点。

事实上，抒发悲苦离情的诗赋在陆机的创作中，占有不小的比重。写离情的诗篇主要有：《赴洛二首》、《又赴洛道中二首》、《于承明作与士龙》、《赠从兄车骑》、《答张士然》、《赠弟士龙诗十首并序》等。写离情的辞赋主要有：《感时赋》、《思亲赋》、《怀土赋并序》、《行思赋》、《思归赋并序》、《愍思赋并序》、《述思赋》、《叹逝赋并序》等。

陆机之所以有大量抒写离情的诗赋作品，原因很多。

一是数千里游宦，山高水远，跂足望乡而不可见，异乡为异客，孤独感使他不能不生离情。陆机有《赠从兄车骑》曰："孤兽思故薮，离鸟悲旧林。翩翩游宦子，辛苦谁为心。仿佛谷水阳，婉娈昆山阴。营魄怀兹土，精爽若飞沉。寤寐靡安豫，愿言思所钦。感彼归途艰，使我怨慕深。安得忘归草，言树背与襟。斯言岂虚作，思鸟有悲音。"② 漂泊在外，无时无刻不思念着家乡的一片热土。

二是羁宦经年，岁月如梭，亲友日渐凋落，每每忆想，每每伤叹，迁逝感使他不能不生离情。陆机有《愍思赋并序》曰："予屡抱孔怀之痛，而奄复丧同生姊。衔恤哀伤，一载之间，而丧制便过。故作此赋，以纾惨恻之感。时方至其倏忽，岁既去其婉晚。乐来日之有继，伤颓年之莫纂。览万物以澄念，怨伯姊之已远。寻遗尘之思长，瞻日月之何短。……仆从为我悲，孤鸟为我鸣。"③ 又《思亲赋》曰："悲桑梓之悠旷，愧蒸尝之弗营。指南云以寄款，望归风而效诚。……羡纤枝之在干，悼落叶之去枝。……天步悠长，人道短矣，异途同归，无早晚矣。"④ 为什么要久违家园、远离亲人呢？

① 陆云：《与兄平原书》，见黄葵点校：《陆云集》，中华书局 1988 年版，第 135 页。
② 陆机：《赠从兄车骑》，见金涛声点校：《陆机集》，中华书局 1982 年版，第 50—51 页。
③ 陆机：《愍思赋并序》，见《陆机集》，中华书局 1982 年版，第 19—20 页。
④ 陆机：《思亲赋》，见《陆机集》，中华书局 1982 年版，第 14 页。

为什么不能及时共天伦、同悲欢呢？抒情的诗人没有清晰的答案，字里行间只一味流露着无穷的愧痛和万般的无奈。

三是昔日南金竟成"亡国之余"，而今不得已而违愿仕于异邦，疏离感使他不能不生离情。陆机有诗《答张士然》曰："余固水乡士，总辔临清渊。戚戚多远念，行行遂成篇。"① 又《思归赋并序》曰："余牵役京室，去家四载，以元康六年冬取急归。而羌虏作乱，王师外征，职典中兵，与闻军政。惧兵革未息，宿愿有违，怀归之思，愤而成篇。……彼离思之在人，恒戚戚而无欢。悲缘情以自诱，忧触物而生端。……冀王事之暇豫，庶归宁之有时。"② 陆机虽然多次赴洛，且能够"职典中兵，与闻军政"，但是为什么反而"恒戚戚而无欢"、"戚戚多远念"呢？他的《诣吴王表》话中有话："臣本吴人，靖居海隅。朝廷欲抽引远人，绥慰遐外，故太傅所辟。殿下东到淮南，发诏以臣为郎中令。"③ 言外之意是，他作为吴人而仕晋乃与"宿愿有违"。根本就没有内在的亲和感，岂能不生离情！

四是晋室自相残杀，仕途上总是铤而走险，如履薄冰，危机感使他不能不生离情。陆机有《述思赋》曰："情易感于已揽，思难戢于未忘。嗟伊思之且尔，夫何往而弗臧。骇中心于同气，分戚貌于异方。寒鸟悲而饶音，衰林愁而寡色。嗟余情之屡伤，负大悲之无力。苟彼途之信险，恐此日之行戾。亮相见之几何，又离居而别域。观尺景以伤悲，抚寸心而凄恻。"④ 为何"思未忘"？为何"情屡伤"？为何"负大悲"？若明若暗中总感觉到仕途是畏途，是险途。离居别域而又这般骇戚悲愁，如何不生离情！

五是春花春草秋月秋蝉极易牵惹骚人情、客子思，这种源于民族传统的文化心理机制是陆机"文学缘情"说产生的重要的主客观依据。陆机在《怀土赋序》中称述他作此赋的缘由时这样说："余去家渐久，怀土弥笃。

---

① 陆机：《答张士然》，见《陆机集》，中华书局1982年版，第51页。
② 陆机：《思归赋并序》，见《陆机集》，中华书局1982年版，第18—19页。
③ 陆机：《诣吴王表》，见《陆机集》，中华书局1982年版，第175—176页。
④ 陆机：《述思赋》，见《陆机集》，中华书局1982年版，第23—24页。

方思之殷，何物不感？曲街、委巷，罔不兴咏；水泉、草木，咸足悲焉。故述斯赋。"于是《怀土赋》曰："背故都之沃衍，适新邑之丘墟。遵黄川以葺宇，被苍林而卜居。悼孤生之已晏，恨亲没之何速。排虚房而永念，想遗尘其如玉。眇绵邈而莫觏，徒伫立其焉属。感亡景于存没，惋隙年于拱木。"① 因感于物而发乎情，文学于是乎生成。所以，与其说长于写离情，毋宁说写离情亦为基于"缘情"理论的一种自觉实践。

人有生必有死，因而叙写哀情也便是人之常情。

潘岳的哀诔文字很多，不仅在魏晋，即使在整个中国古代文学史上，潘岳亦以大量创作哀诔诗文著称。潘岳今存诗文八十篇左右，叙写哀情的文字几占其半。在他的三大类哀文中，祭悼皇室死者的一类自然可以被视为应酬性质，如《世祖武皇帝诔》、《皇女诔》、《南阳长公主诔》、《景献皇后哀策文》等；哀悼故主故友等死者的属于友情类哀文，如《太宰鲁武公诔》、《夏侯常侍诔并序》、《贾充妇宜城宣君诔》、《司空密陵侯郑袤碑》等；数量最多的是哀悼家人亲属中死者的亲情哀文，如《悼亡诗三首》、《杨氏七哀诗》、《思子》、《怀旧赋并序》、《悼亡赋》、《寡妇赋并序》、《杨荆州诔并序》、《杨仲武诔并序》、《为任子咸妻作孤女泽兰哀辞》、《哀永逝文》、《哭弟文》、《妹哀辞》、《金鹿哀辞》、《伤弱子辞》、《荆州刺史东武戴侯杨使君碑》、《从姊诔》、《为杨长文作弟仲武哀祝文》、《阳城刘氏妹哀辞》等，他所哀悼的亲人有爱妻、弱子、娇女、胞弟、胞妹、从姊、岳父、内兄、妻侄、姨侄等。在上述列举潘岳哀情文字中，《悼亡诗三首》、《悼亡赋》、《哀永逝文》等皆为名篇，所以刘勰《文心雕龙》称"潘岳为才，善于哀文"②。

"潘才似江"，潘文很美，潘岳无疑是个辞人。但潘岳没有城府，由外到内，几乎一览无遗，他总是直抒胸怀，他无疑又是一位诗人。潘岳的文学风格是"浅而净"，他的作品意蕴不烦深钻苦求。每每读潘岳文集，每每眼

---

① 陆机：《怀土赋并序》，见《陆机集》，中华书局1982年版，第16—17页。
② 刘勰：《文心雕龙·指瑕》。

前浮现一饱受丧妻失子巨痛而日日以泪洗面的潘岳，令人不能不掬一把同情之泪。

　　从以上对有关作家作品的例说可见，太康诗人多叙写恋情、亲情、离情、哀情，太康确实称得上是一个重情、多情的时代。钟嵘《诗品》论张华曰："其源出于王粲。其体华艳，兴托不奇，巧用文字，务为妍冶。虽名高曩代，而疏亮之士，犹恨其儿女情多，风云气少。谢康乐云：'张公虽复千篇，犹一体耳。'今置之中品疑弱，处之下科恨少，在季、孟之间矣。"①张华由于"儿女情多"，其创作被目为"女郎诗"。潘岳善叙哀情，其创作总体上呈现一种悲而不壮，哀而不怒的格调。以叙情言情为重，反映了太康文学风貌的一个主要方面。但也应该看到，在太康文学中其实不乏"风云之气"、"慷慨之气"，这从张载的《榷论》、《剑阁铭》等作，从陆机的《辨亡论》、《豪士赋序》等作，以及从潘岳的《关中诗》、《马汧督诔》等作品中都可以感受到，更何况左思的《咏史诗》以及《招隐诗》等作抱负远大，气势不俗，赢得了"左思风力"之盛誉。

　　太康文学之所以存在情多气少的现象，其原因比较复杂，概括地讲，主要有以下几个方面的因素。

　　其一，西晋统治者表面上存重儒教，实质上却背弃了名教之要义，于是无形中造成了西晋士人的信仰危机。司马氏以所谓的"禅让"手段夺得政权，取之不以"义"。而且，晋武帝向来偏袒谋夺政权过程中的"有功之臣"以及世家大族，晋惠帝则皇权旁落，形同傀儡，国家长期以来政无准的②。所以，西晋无法培养士人诸如正义感、责任感等崇高的情感素质，而"慷慨之气"、"风云之气"所必需的那种饱含着正义质素的激昂情绪，也就始终处于匮乏与枯竭的状态。

---

　　① 钟嵘：《诗品》。按，着重号为笔者所添加。又，"兴托不奇"，《诗人玉屑》作"兴托多奇"；"今置之中品疑弱，处之下科恨少"，《诗人玉屑》作"今置之甲科疑弱，处之下品恨少"。
　　② 关于西晋"政失其本"问题，罗宗强先生阐证甚详，令人信服。详参罗先生两部力著：《玄学与魏晋士人心态》，浙江人民出版社 1991 年版；《魏晋南北朝文学思想史》，中华书局 1996 年版。

其二，玄学任情之风对文学风貌产生了深刻的影响。随着经学的崩溃和老庄思想的盛行，名教地位一落千丈，士人在失落了礼教规范和社会约束的同时，个性精神获得了相当程度的解放，因而，士人也多由对社会的关注，转为对个体的关怀。过去被政教文学原则严加规范的种种个人情感，在玄学对名教的超越中，纷纷顺其自然地涌进了文学的园囿。当然，名教之中反映着人之伦常的一些合理内核，并不会轻易失去其存在的意义，仍然会持久地、执着地发挥其影响，只不过在玄风炽盛的时候，表现了某种潜在的或隐性的特征。儒典记载："樊迟问仁。子曰：爱人。"① 仁是什么呢？《说文》曰："仁，亲也。"《礼记·经解》曰："上下相亲谓之仁。"仁，其本义是博爱，谓人与人相互亲爱，这是古人一种含义极广的道德观念，孔子以之作为最高的道德标准。而这样的一个最高的道德标准，其实建立在人之本性之上，不仅与道家思想不相抵触，而且内在精神是一致的。西晋名教与自然能够相互融合，首先在于两者之间客观存在着根本的契合点，其如对于人之本能之情性、普通之情感、自然之情感的同样重视。由此可以看到，在太康名教与自然相融合这样一个特殊的时代，名教对人之伦理，自然对人之个性，各自产生相应的作用力，并且正是这样奇特的作用力，激发了"儿女情多"之文学的产生。"人禀七情，应物斯感，感物吟志，莫非自然。"② 刘勰认为，人有喜怒哀惧爱恶欲等种种本能之情、普通之情，当其受到外物的刺激便会有所感发，产生了感发便会吟咏情志，没有不是自然而然的。南朝文学理论家对文学抒情本质的认识，很难说不是因为以往长期玄学思辨带来的成果。理论是对实践经验的概括和升华，这便从另一方面说明了玄学任情之风，业已对文学缘情思想，产生了多么广泛而深刻的意义。

其三，特殊政局形势对文学风貌产生了相应影响。世运时序的变化并不以人的意志为转移。刘勰在《文心雕龙》中曾经这样分析建安文学风貌产生的原因："观其时文，雅好慷慨，良由世积乱离，风衰俗怨，并志深而笔

---

① 《论语·颜渊》。
② 刘勰：《文心雕龙·明诗》。

长，故梗概而多气也。"很清楚，"梗概而多气"的关键因素是："世积乱离，风衰俗怨。"①

西晋太康是安定统一、繁荣升平的时代，相对来说，不存在"风衰俗怨"现象，而恰恰是所谓"时平则才伏"②的时候，所以，士人难以指望建安那样的"招才之嘉会"。在这样的时代，文士欲出人头地，可以考虑的路子是像左思那样，十年磨一剑，露才扬己。创作大赋，作为逞才炫博的一种选择。但以此谋求仕进，未必奏效如愿，未必合于时宜，因为其时吏政的腐败现象是"世胄蹑高位，英俊沉下僚"③。刘勰说："晋虽不文，人才实盛。"④尽管晋武帝亦有重视辞藻的表现，但他毕竟不像汉武帝那样热衷于辞人之赋，也不像魏武帝那样本身就是文坛领袖，晋惠帝则痴愚弱智，更不知文学为何物。因而，西晋一朝虽说人才济济，但一来平吴之役摧腐拉朽，用不着文士们投笔从戎以期建功立业，二来晋帝"不文"，文士们尽管才如江海，但真正"以文章显"而飞黄腾达而春风得意者，实在罕见。所以，西晋并没有创造出令文章之士大显身手的良好环境，虽说"人才实盛"，但大多没有用武之地。汉武帝曾以安车征枚乘，魏武帝曾不计前嫌而爱重陈琳。西晋文士则几乎可以说是生不逢时，怀才不遇，他们缺乏意气风发、昂扬进取的必要的政治环境。失落了慷慨之气、风云之气得以产生的客观基础，文士们的精神空间自然地愈发窄狭萎缩，愈发流连身边的琐细生活与感受，愈发专意于体味并抒写喜得患失的一己之情。

元康时期虽有乱象，但局限在京都，甚至主要表现为频繁的宫廷政变，动乱的结果只在于最高权力中心的替换转移，影响到文士的便是随之而来的个人利益的得和失。在这种无所谓正邪是非的"有限性动乱"之中，士人们凭着运气投注，得则喜，失则悲，要么总是为仕与隐的矛盾而困扰，反映

① 刘勰：《文心雕龙·时序》。
② 张载：《榷论》。
③ 左思：《咏史诗》。
④ 刘勰：《文心雕龙·时序》。

到诗赋创作之中，所抒写的大多是这样的个人的一己之情。待永康以后"八王之乱"全面爆发，"永嘉之乱"接踵而至，社稷颠覆，人民流离，于是建安时代那种"世积乱离，风衰俗怨"的动荡再度出现，于是过去太康作家群中的张协、潘尼，以及"二十四友"中的刘琨，才终于有机会写出"志深而笔长，梗概而多气"的诗篇。钟嵘《诗品》说："（刘）琨既体良才，又罹厄运，故善叙丧乱，多感慨之词。"意识是存在的反映，文学是时代的镜子。用刘勰的话说，"时运交移，质文代变"，"文变染乎世情，兴废系乎时序"①。一句话，"儿女之情"与"风云之气"的"多"和"少"，并不完全取决于作家主体，世运时序也是一个至关重要的因素。此为文学生成规律，原始以要终，虽百世可知也。

（原载《河北大学学报》2002 年第 3 期，略有改动）

---

① 刘勰：《文心雕龙·时序》。

论太康文学袭故弥新的体裁范型

"袭故而弥新",语出陆机《文赋》。关于如何深刻地认识学古与创新的辩证关系及其重要性问题,宋代文学理论家张表臣《珊瑚钩诗话》卷一中的一段议论很值得我们深思。他说:"古之圣贤,或相祖述,或相师友,生乎同时,则见而师之;生乎异世,则闻而师之。仲尼祖述尧、舜,宪章文、武,颜回学孔子,孟轲师子思之类是也。……扬雄作《太玄》以准《易》,《法言》以准《论语》,作《州箴》以准《虞箴》;班孟坚作《二京赋》拟《上林》、《子虚》;左太冲作《三都赋》拟《二京》;屈原作《九章》,而宋玉述《九辩》;枚乘作《七发》,而曹子建述《七启》;张衡作《四愁》,而仲宣述《七哀》;陆士衡作《拟古》,而江文通述《杂体》。虽华藻随时,而体律相仿。……善学者当先量力,然后措辞。未能祖述宪章,便欲超腾飞鬻,多见其嗟嗒而狼狈矣。"① 张表臣议论的主题思想是:前贤的经典对于后学有重要的沾溉意义,后学欲"超腾飞鬻",必能"祖述宪章",而不善模拟,恐怕就无从措辞了。

模拟是太康文坛上非常突出的一个文学现象,而对于这一现象,后人所持的态度常常是批评多于褒赞。关于太康模拟之风,我们分以下几个方面来谈。

---

① 张表臣:《珊瑚钩诗话》卷一;见《历代诗话》上册,中华书局1981年版,第450页。

一、喜好模拟的太康作者不在少数

关于这一点，我们只要扫描一下严可均辑编的《全晋文》所收录的作品情况，便可以获得深刻的印象。关于诗的模拟方面，现据逯钦立先生辑编《先秦汉魏晋南北朝诗·晋诗》所收录之作品，略排列有关作者如下：傅玄、张华、夏侯湛、潘岳、邹湛、束皙、石崇、何劭、陆机、陆云、左思、张载、张协等。从这个名单可以看到，傅玄、张华以及"潘陆张左"这些重要的太康作家都在其中。由此可见，其时文坛上模拟之风气确实非常盛行。

二、太康作者模拟的情形多种多样

首先，从模拟作品所涉及的体裁看，诗、赋、铭、箴、颂、赞、七、连珠、乐府以及楚骚等，几乎应有尽有，但总体上看，以诗歌、乐府、辞赋等文体为主。

其次，从有无明确模拟对象的情况看，大致有这样的一些类型：一是直接于文题或文序中说明被模拟的对象。前者如傅玄的《拟马防诗》，这是最早的标明被模拟作者名字的作品；后者如傅玄的《拟四愁诗四首并序》，序云："昔张平子作《四愁诗》，体小而俗，七言类也。聊拟而作之，名曰《拟四愁诗》。"① 二是虽然不加说明，但基本上也能判断是属于模拟性质。这种情况比较常见，特别是《游仙诗》、《招隐诗》、《挽歌》、《七哀诗》这样的一些诗篇，后人所作者大多出于模拟。其如张载《七哀诗》，宋代葛立方《韵语阳秋》卷四说："《七哀诗》起曹子建，其次则王仲宣、张孟阳也。释诗者谓病而哀、义而哀、感而哀、悲而哀、耳目闻见而哀、口叹而哀、鼻

---

① 《晋诗》卷一，逯钦立辑：《先秦汉魏晋南北朝诗》，中华书局1983年版，第573页。

酸而哀，谓一事而七者具也。子建之《七哀》，哀在于独栖之思妇；仲宣之《七哀》，哀在于弃子之妇人；张孟阳之《七哀》，哀在于已毁之园寝。"由此可见，曹植的《七哀诗》是原作，张载的《七哀诗》是拟作。三是借模仿以补亡，补亡实亦模拟。如夏侯湛《周诗》之《叙》云："周诗者，《南垓》、《白华》、《华黍》、《由庚》、《崇丘》、《由仪》六篇，有其义而亡其辞。湛续其亡，故云《周诗》也。"① 束皙的一组《补亡诗》也与夏侯湛一样，其所模拟者都是《诗经》中诗篇。

最后，从模拟的目的看，有的旨在模拟原作的立意或主题，有的旨在模拟原作的语言或风格。

前一种类型如陆机的相当一部分的拟乐府之作，以及他的《拟行行重行行》、《拟今日良宴会》、《拟迢迢牵牛星》等十二首模拟《古诗十九首》之类的作品。对于陆机拟乐府中的《齐讴行》，吴兢分析指出："旧说齐人以歌其地。陆士衡'营丘负海曲'，述齐地之美。"又对《吴趋行》分析指出："旧说吴人以歌其地。陆士衡'楚妃且勿叹'是也。"② 陆机《拟古诗十二首》的特点是易其辞而拟其意。揣其"用心"，他似乎在尝试转换一种"话语"，即由"俗"而"雅"的"辞"，看是否能够做到"意以称物，文以逮意"。然而，对于陆机在模拟方面所作的努力并没有多少人加以褒赞。李重华《贞一斋诗说》批评说："陆士衡《拟古诗》，名重当时，余每病其呆板。"黄子云《野鸿诗的》批评曰："平原五言乐府，一味排比敷衍，间多硬语；且踵前人步伐，不能流露性情，均无足观。"

后一种类型如陆机的《遂志赋并序》。序云："昔崔篆作诗，以明道述志，而冯衍又作《显志赋》，班固作《幽通赋》，皆相依仿焉。张衡《思玄》，蔡邕《玄表》，张叔《哀系》，此前世之可得言者也。崔氏简而有情，《显志》壮而泛滥，《哀系》俗而时靡，《玄表》雅而微素，《思玄》精练而和惠，欲丽前人，而优游清典，漏幽通矣。班生彬彬，切而不绞，哀而不怨

① 《晋诗》卷二，逯钦立辑：《先秦汉魏晋南北朝诗》，中华书局1983年版，第593页。
② 吴兢：《乐府古题要解》卷下，见《历代诗话续编》上册，中华书局1991年版，第47页。

矣。崔、蔡冲虚温敏，雅人之属也。衍抑扬顿挫，怨之徒也。岂亦穷达异事，而声为情变乎！余备托作者之末，聊复用心焉。"赋之正文更有句云："拟遗迹于成轨，咏新曲于故声。"① 这篇《遂志赋并序》十分重要，它明确地昭示了陆机袭故拟古、依仿旧式的"用心"所在。可以回顾一下陆机苦心经营的模拟之作，可以体会一下他用心模拟的作品系列：古诗十四首；并不重复的乐府古题数十篇；"七"体两篇；"欲使历历如贯珠，易观而可悦"的由五十篇短文连缀而成的《演连珠》；以及依仿古典又聊复用心时拟作之种种题材与风格的辞赋；等等。这个系列显示，陆机的模拟不是随便的，不是凭兴之所至的，而是有目的和有计划的。当其拟作一种体裁之先，与傅玄一样，考源镜流，排比旧典，品评风格，比较优劣，探其得失所由，而后或承其流而作之，或引其源而广之，通过体认，通过实践，以期对文体规约某种范式，对风格规约某种范型。陆机《文赋·序》曰："余每观才士之所作，窃有以得其用心。夫其放言遣辞，良多变矣，妍蚩好恶，可得而言。每自属文，尤见其情。恒患意不称物，文不逮意，盖非知之难，能之难也。故作《文赋》以述先士之盛藻，因论作文之利害所由。"② 陆机的《文赋》撰写于他的庞大而有序列的文学模拟之作完成之后，是对过去长期模拟实践与研究的理论性总结与发挥。可以毫不夸张地断言，如果陆机没有先期的模拟之作，那么，他将绝无写出瑰奇《文赋》的可能。

三、太康作者模拟的效果千差万别

太康模拟之作堆案盈箧，水平参差，有得有失。概括地讲，有四种情况：1. 拟而能似之者；2. 拟而反劣之者；3. 拟而改造之者；4. 拟而终胜

---

① 陆机：《遂志赋并序》，见《陆机集》，中华书局 1982 年版，第 15—16 页。按，"漏幽通"之"漏"，《艺文类聚》卷二十六汪绍楹校记曰："疑当作'陋'。"
② 陆机：《文赋》，见《陆机集》，中华书局 1982 年版，第 1 页。

之者。现分别论说如下。

其一，拟而能似之者。模拟原作倘能肖其面貌或能得其精神，这样的拟作应该说是比较成功的。事实上，太康作家群中颇有这方面的能手。明代胡应麟曾经指出："晋以下，若茂先《励志》、广微《补亡》，季伦《吟》、《叹》等曲，尚有前代典型。"① 胡应麟列举的张华、束皙、石崇等三个作者都是太康作家。张华的《励志诗》为四言形式，共分九章，诗中句云："山不让尘，川不辞盈"；"复礼终朝，天下归仁"；"进德修业，晖光日新"。自励之辞颇多，格高调古，"大抵去汉不远，犹存张、蔡之遗"②。明代安磐颇推许此诗，谓："《三百篇》后，能以义理形之声韵以自振者，才见此耳。晋风浮荡不检，茂先以圣贤自励，可谓独立不群矣。史称其自少修谨造次必以礼度，有由然哉？"③ 如前所述，束皙的《补亡诗》乃借模仿以补亡，而补亡实亦模拟。他一方面补了《诗经·小雅》中"有其义而亡其辞"的六篇"笙诗"；另一方面也体现了太康时期以四言为雅声、以颂赞为主调的一种文坛时尚。束皙的《补亡诗》从语言形式到命题立意以及手法风格都有雅诗的味道，萧统将其列于《文选》诗之首，由此可见这组诗确实拟而似之，达到了相当的水平。石崇之《吟》、《叹》，当指其《大雅吟》、《楚妃叹》等乐府歌曲。《楚妃叹》有序曰："歌辞《楚妃叹》，莫知其所由。楚之贤妃，能立德著勋，垂名于后，唯樊姬焉。故今叹咏之声，永世不绝。"④左思曾在他的《悼离赠妹诗二首》中这样美赞左棻："穆穆令妹，有德有言。才丽汉班，明朗楚樊。"这证明了《楚妃叹》在当时的确是流行歌曲。而这"永世不绝"的"叹咏之声"，时人又"莫知其所由"，这说明流行的歌辞《楚妃叹》乃乐府古辞，那么石崇所作实是拟作。观其所作，则纯为四言，内容雅正，既用古题，亦拟古意，显然正是胡应麟所称的"尚有前

① 胡应麟：《诗薮》内编卷上。
② 张溥：《汉魏六朝百三名家集题辞》。
③ 安磐：《颐山诗话》。
④ 石崇：《楚妃叹并序》，见《先秦汉魏晋南北朝诗》，中华书局 1983 年版，第 642 页。

代典型"者。

　　其二，拟而反劣之者。这方面的教训不少，且以傅玄为突出。傅玄有《拟四愁诗四首》仿张衡《四愁诗》，又有《艳歌行》仿乐府民歌《陌上桑》，然而不仅未能声名鹊起，反而引来后人的再三讥訾。明代王世贞嘲笑道："平子《四愁》，千古绝唱，傅玄拟之，致不足言，大是笑资耳。玄又有《日出东南隅》一篇，汰去精英，窃其常语，尤有可厌者。本词：'使君自有妇，罗敷自有夫。'于意已足，绰有余味。今复益以天地正位之语，正如低措大记旧文不全，时以己意续貂，罚饮墨水一斗可也。"① 明代谢榛亦有讥评曰："傅玄《艳歌行》，全袭《陌上桑》，但曰：'天地正厥位，愿君改其图。'盖欲辞严义正，以裨风教。殊不知'使君自有妇，罗敷自有夫'，已含此意，不失乐府本色。"② 显然，无论从艺术效果还是从思想主题而言，傅玄上述拟作都与原作相形见绌。又如傅玄《美女篇》云："美人一何丽，颜若芙蓉花。一顾乱人国，再顾乱人家。未乱犹可奈何。"③ 此作所拟对象是西汉李延年的《歌》。李延年歌云："北方有佳人，绝世而独立。一顾倾人城，再顾倾人国。宁不知倾城与倾国，佳人难再得。"④ 两相一比较，审美感受是大不相同的。由原作可进一步想象佳人入宫，名花倾城，君王带笑的情景；由拟作则会令人联想到"美女蛇"的故事，想起"女人是祸水"的训教。清代王士禛曾笑话傅玄"呆拙之甚，所谓点金成铁手也"⑤，真是一点不假。这篇拟作之所以不及原作，问题在于傅玄替换了一个关键词。"倾城倾国"之"倾"，乃形容佳人艳丽，貌压全城。"乱人国、乱人家"之"乱"，实质上是"乱亡"之意，指亡国亡家。傅玄在文学模拟方面，失败多于成功。一个至关重要的原因是，他的"引其源而广之"的"广"，大

---

　　① 王世贞：《艺苑卮言》卷三。

　　② 谢榛：《四溟诗话》卷一。

　　③ 傅玄：《美女篇》，见逯钦立辑校：《先秦汉魏晋南北朝诗》上册，中华书局1983年版，第565页。

　　④ 李延年：《歌》，见逯钦立辑校：《先秦汉魏晋南北朝诗》上册，中华书局1983年版，第102页。

　　⑤ 王士禛：《带经堂诗话》卷一。

多呈现教化的取向，尤其在乐府诗的写作方面。这一倾向与他的文体观念有关，与他的一贯文学主张有关。教化功利目的常常会淡化、削弱甚至破坏文学作品的艺术美感，所以傅玄在文学模拟方面，成功者不多，成就有限。

其三，拟而改造之者。对原作的改造一般见于语言形式与艺术手法等方面。左思的《招隐》，可以作为前一个方面的代表。唐人吴兢在他的《乐府古题要解》中有一段分析说："右《招隐》本《楚辞》，汉淮南王安小山所作也。言山中不可以久留。后人改以为五言。若晋左思'杖策招隐士'等数篇，最为首出。"① 汉初淮南王刘安文士集团中人所作之《招隐士》本为骚体，左思拟其意，但变楚辞长短句为整齐的五言形式。陆机的《挽歌》之作，可以作为后一个方面的代表，这一例是关于《挽歌》的格调范型问题。颜之推在他的《颜氏家训》中有这么一段议论说："挽歌辞者，或云古者《虞殡》之歌，或云出自田横之客，皆为生者悼往告哀之意。陆平原多为死人自叹之言，诗格既无此例，又乖制作本意。"② 陆机《挽歌》变"生者悼往告哀之意"为"死人自叹之言"，与其说是"乖制作本意"，不如说是改造。他拟之而能翻新，哀叹之"本意"未失，却妙在变换了表现的手法和角度，从而自创一种"诗格"。这可以说是通而能变，精于复变之道，是陆机在"袭故而弥新"之模拟与创新辩证法理论指导下进行实践的又一个生动例证。

其四，拟而终胜之者。当然，拟作胜于原作就不仅仅属于画工速写或素描那种既"似"亦非的水平层次了，而是在神会"复变之道"这一阶基之上，并以诗性精神（抒情精神）来行气运笔的提升和超越。左思的《咏史诗》以班固《咏史》等为模拟对象，然较之班固原作，气象弘大，

---

① 吴兢：《乐府古题要解》卷下"招隐、反招隐"，见《历代诗话续编》上册，中华书局1991年版，第60页。

② 《颜氏家训·文章》，见穆克宏、郭丹：《魏晋南北朝文论全编》，江苏教育出版社1996年版，第511页。

调高思壮，可谓后出转精，拟作远远誉过原作之上。这个成功的例子，批评家们尤其乐于称道："《咏史》之名，起自孟坚，但指一事。魏杜挚《赠毋丘俭》叠用八古人名，堆垛寡变。太冲题实因班，体亦本杜，而造语奇伟，创格新特，错综震荡，逸气干云，遂为古今绝唱。"① 张载有《七哀诗二首》，其二首之二云："秋风吐商气，萧瑟扫前林。阳鸟收和响，寒蝉无余音。白露中夜结，木落柯条森。朱光驰北陆，浮景忽西沉。顾望无所见，唯睹松柏阴。肃肃高桐枝，翩翩栖孤禽。仰听离鸿鸣，俯闻蜻蜥吟。哀人易感伤，触物增悲心。丘陇日已远，缠绵弥思深。忧来令发白，谁云愁可任。徘徊向长风，泪下沾衣襟。"② 诗中所描写刻画者当为西晋末世乱象之写照。张载是西晋的同龄人，亲历一朝之盛衰，所以身当乱世，感慨良多。此与奋发有为时期之积极进取精神相比，已是两种风貌了。如前所论，张载《七哀诗》本属拟作，但"秋风吐商气"这一首读来令人兴哀不已，所以王夫之认为其成就超过了曹植和王粲，"是第一首《七哀诗》，子建、仲宣皆其宇下。"③ 青出于蓝而胜于蓝，张载果真亦后来居上，拟作胜过了原作。

四、太康成就杰出的作家既以模拟为能事，亦能独树一帜，形成较有个性化色彩的自我艺术风格，并且能够成为被后人模拟的对象

太康潘陆张左，无人不有模拟之习作。陆机是模拟专家，不下工夫模拟，也许他根本成不了"太康之英"。潘岳的《家风诗》、《离合诗》、《杨氏七哀诗》亦属于模拟性质。张协有重要诗篇《杂诗》、《咏史》、《游仙

---

① 胡应麟：《诗薮》外编卷二。

② 张载：《七哀诗二首》，见逯钦立辑校：《先秦汉魏晋南北朝诗》上册，中华书局 1983 年版，第741 页。

③ 王夫之：《古诗评选》卷四，见张国星校点：《王夫之品诗三种·古诗评选》，文化艺术出版社 1997 年版，第 190 页。

诗》，左思有重要诗篇《咏史诗》、《招隐诗》、《杂诗》，这些诗题均非即事名篇，而是皆有依傍。虽然不能得出结论说，他们成就的取得应完全归功于模拟，但至少应该看到模拟文学亦自有其不可忽略的意义。

江淹是齐梁时代艺术成就很高的一位文学家。而正是这样的一位杰出作家，他对前贤自成一格并赖以名家的体裁风格尤其着力研究，而且逐一用心体认模拟。为什么要模拟前贤呢？江淹在其《杂体诗三十首》之《序》中说得很清楚："夫楚谣汉风，既非一骨，魏制晋造，固亦二体。譬犹蓝朱成彩，杂错之变无穷，宫角为音，靡曼之态不极。故蛾眉讵同貌，而俱动于魄。芳草宁共气，而皆悦于魂。不其然欤？……然五言之兴，谅非变古，但关西邺下，既已罕同。河外江南，颇为异法。故玄黄经纬之辨，金碧浮沉之殊，仆以为亦各具美兼善而已。今作三十首诗，学其文体。虽不足品藻渊流，庶亦无乖商榷云尔。"① 他认为：不同时代、不同作家各有不同的格调与风格，而且各"具美兼善"；以优秀作家为模拟对象，既"学其文体"，亦"品藻渊流"，从而能够真正体认和重视特色鲜明的风格类型与范式，兼收并蓄，博采众长。从江淹的《杂体诗三十首》可以看出，他所模拟的对象是从西汉到南朝宋数百年之间非常杰出的作家，如李陵、班昭、曹丕、曹植、刘桢、王粲、嵇康、阮籍、张华、潘岳、陆机、左思、张协、刘琨、郭璞、陶渊明、谢灵运、鲍照等。二十九位诗人中，有太康群才中的张华等五位诗人。

翻开钟嵘《诗品》可见，在全部十一位上品诗人中，有陆机、潘岳、张协和左思。太康作家占其四，占了总数的三分之一。在钟嵘的艺术眼光中，只有风格独特、成就卓越的诗人，才能得上品之目。上品诗人之风格范型，往往是中、下品诗人风格之所从出，因而，潘陆张左亦为后人所重视和模拟的对象。

---

　　① 江淹：《杂体诗三十首并序》，见逯钦立辑校：《先秦汉魏晋南北朝诗》中册，中华书局 1983 年版，第 1569 页。

五、模拟与创新之间存在着辩证的关系，应该充
　　分地认识并肯定太康作家"袭故而弥新"的
　　文学精神

艺术创新离不开对既有经验或过去传统的承继，一般不主要表现为破旧立新，不是以破坏为创造。楷模经典，扬长避短，或巧为改良，融进新意，亦为创造。艺术创新必须寻找并凭藉所赖以生发生新的母胎，离开母胎便无从汲取营养并从而成长为新的自我。换言之，新以旧为存在的方式和基础，艺术创新必须以旧典为抬步向上的基阶。这便是模拟之所以值得肯定和激励的艺术哲学依据。唐人的格律诗奇彩纷呈。然而，唐人格律诗脱胎于齐梁"永明体"；"永明体"的出现，沈约他们的"四声八病"理论功不可没。"声病"说不能被认为与晋人的宫商意识没有联系，陆机就很重视"音声迭代"犹"五色相宣"的艺术境界；而陆机的音声思辨成果，莫不是得力受益于他对汉魏以来"先人之盛藻"中日益骈俪化现象的认真细致的把玩、味索、楷模和体认。可以想象，由汉魏到晋代，再由齐梁到唐代，这样一条文学声律从萌动，到孕育，到滋长直至脱胎的艺术之路是多么地漫长，竟有一千年之久。由此，我们看到，傅玄的"承其流而作之"与"引其源而广之"的辩思和实践，未尝不是可取之法，亦由此可见，陆机"袭故而弥新"的艺术思想，其实体现了一种真诚的踏实求新的文学精神。

太康作家的创新大多与袭故存在着联系。潘岳善为哀诔之文，然而"潘岳构意，专师孝山，巧于序悲，易入新切，所以隔代相望，能征厥声者也。"① 刘勰还提示说，"及潘岳继作，实踵其美。观其虑善辞变，情洞悲苦，叙事如传；结言摹《诗》，促节四言，鲜有缓句，故能义直而文婉，体旧而趋新。《金鹿》、《泽兰》，莫之或继也。"② 潘岳能够趋新，但他学习的是前人，

① 刘勰：《文心雕龙·诔碑》。
② 刘勰：《文心雕龙·哀吊》。

采用的是旧体。左思亦推陈出新，把《咏史》写成《咏怀》，"或先述己意而以史事证之；或先述史事而以己意断之；或止述己意而史事暗合；或止述史事而己意默寓"①。虽说他貌丑口讷，但在创作方面却能够会意尚巧，"似孟德而加以流丽，仿子建而独能简贵，创成一体，垂式千秋"②。陆机在仿古翻新方面苦下了一番工夫，当然也取得了令人认可的成就。其如《连珠》这种体式在先秦时代已经产生，但汉代以来，拟者间出。那杜笃、贾逵之曹，刘珍、潘勖之辈，欲穿明珠，却多贯鱼目，无非邯郸学步，东施效颦。陆机则有所不同，刘勰赞赏说："唯士衡运思，理新文敏，而裁章置句，广于旧篇……足使义明而词净，事圆而音泽，磊磊自转，可称珠耳。"③ 陆机广泛学习前人，研练旧典，探求文章利病得失，应该说，他是精于复变之道的。

太康作家在"文学自觉"的时代，立即将艺术视角由文学的外部投注入文学的内部，珍视古典，钟情形式，注重模拟，承其流而作之，引其源而广之，其"为文之用心"何在呢？一言以蔽之，欲"袭故而弥新"也。

（原载《沈阳师范大学学报》2003 年第 1 期，略有改动）

---

① 张玉谷：《古诗赏析》卷十一。
② 陈祚明：《采菽堂古诗选》卷十一。
③ 刘勰：《文心雕龙·杂文》。

晋宋"文义"与谢诗"玄学尾巴"成因

"玄学尾巴"这个称谓含有贬义的色彩，用在诗歌品评上，总含有不成熟、不完善意味。我们认为：谢诗带有"玄学尾巴"是由时代学术思潮、个人气质性情和思维方式等因素决定的，它只是诗歌创作的一种技巧，一种特定的思维方式和创作习惯，就好像诗文创作中有人喜欢卒章显志一样。

魏晋时期，玄学盛行，从曹魏后期到晋宋之际，玄学经历了三个形态。一是曹魏后期的"政治的玄学"，二是西晋时期的"哲学的玄学"，三是晋宋之际的"艺术的玄学"。受时代学术思潮的影响，文学创作也呈现不同的风貌。以正始为代表的曹魏后期文学创作"有玄无文"，以太康为代表的西晋时期文学创作"有文无玄"，以陶、谢为代表的晋宋之际文学创作"有文有玄"，文义并重。

一、"政治的玄学"与"有玄无文"

称曹魏后期的玄学为"政治的玄学"，与当时政治形势有关。魏明帝景初三年（239），司马懿与曹爽辅政。不久以后，明帝驾崩，太子即位。此时，主弱臣强，辅臣争权，曹魏政权危机四伏。嘉平元年（249）正月，司马懿发动高平陵之变，趁机控制了局势，然后罗织罪名，将曹爽同党一网打尽，全部杀害，并且夷灭三族，其中就有玄学名家何晏。从此以后，司马氏就掌握了曹魏的实际政权。嘉平六年（254），废掉皇帝曹芳，立曹髦为帝。甘露五年（260），又杀害曹髦，拥立幼主曹奂为帝。

面对着政局的突变，文人士大夫阶层出现了思想混乱的局面。按照儒家伦理纲常来讲，司马氏的行为极为不忠。是积极入世还是消极避世？积极入世就是同司马氏合作，认同实际由司马氏操纵的政权；消极避世就是一种不合作的态度，是对司马氏政权的消极对抗。考察当时思想界的情形，儒家思想还是主流意识形态，名士们还以儒家思想作为立身行事的标准，他们对司马氏的弑君专权极为不满，对曹魏政权寄予深厚的同情。因此，以正始末年司马氏专权为限，前后出现了两种截然不同的哲学思想。

正始十年（249）以前，曹氏执政，名士们以儒家思想为旨归，多采用积极用世的态度。王弼（226—249）、何晏（？—249）是当时玄学界的巨擘，又同曹魏政权有着千丝万缕的联系，他们的哲学思想是服务于统治阶级的。在名教与自然的关系问题上，提出"名教出于自然"。什么是名教？《汉语大词典》解释说："（名教）是指以正名定分为主的封建礼教。"什么是自然？"自然"，是事物的存在和发展变化都合乎"道"的一种状态。认为"名教出于自然"，就是认为名教是末，自然是本；名教是有，自然是无，有胜于无。那么，为政者就应该"崇本以息末"，清静无为。"王弼表面上认为'仁义'、'礼法'并不重要，但实际上他是企图用所谓提倡'无为'来巩固名教，使名教起到更好地维护封建统治秩序的作用。"① 所以说，以王弼、何晏为代表的正始玄学主要是在为政治服务，是"政治的玄学"。

正始十年以后，司马氏掌权。名士们既以曹魏为正统，必以司马为篡逆，因此是抱着抵制名教的态度。以阮籍、嵇康为代表的竹林名士提出"越名教而任自然"（嵇康《释私论》），认为名教有违自然之道，"君立而虐兴，臣设而贼生；无君而庶物定，无臣而万事理"（阮籍《大人先生

---

① 北京大学哲学系中国哲学教研室：《中国哲学史》，北京大学出版社2003年版，第155页。

传》），否认名教存在的合理性。他们否认名教与自然的关系，把名教与自然对立起来，这样，名教就失去了存在的合理依据。阮、嵇提倡"任自然"，实际是追求行为上的逍遥放任，他们提倡的精神是道家的。不过，在内心深处，他们还是坚定的儒者。汤用彤先生说："嵇阮愤激之言，实因有见于当时名教领袖（何曾等）之腐败，而他们自己对君臣大节太认真之故。嵇康《家诫》即说不要作小忠小义，而要作真正之忠臣烈士。"① 他们的人格可以称为"内儒外道"。由此可见，他们的"越名教而任自然"并没有探讨二者的关系，或者就根本否认二者有关系。从感情上讲，我们欣赏阮籍、嵇康的反抗精神，不愿去反思其哲学思想的缺陷；从学理上讲，他们的论证远不如王弼、何晏等人精密。他们的玄学理论充满了浪漫的激情，很多是愤激之言，有"逞口舌之强"、"宣泄斗气"的意味，其主要思想倾向还在于政治斗争。因此可以说，正始以后的竹林玄学仍然是"政治的玄学"。

我们知道，在与经济基础相对应的上层建筑中，哲学对文学的影响是巨大的。由于这一时期的哲学打上了政治的烙印，其主要功用在于政治斗争，所以，名士们在意的是玄理的争辩，并没有潜心于文学创作，因此，我们可以把这一时期的文学创作总结为"有玄无文"。所谓"有玄"，是指这一时期的学术思潮倾向于玄理的论争，文士们把主要精力放在了玄学的研究、著述上。所谓"无文"，是指这一时期不注重文学创作，对文学创作的艺术技巧没有刻意的追求。

"文"有广义、狭义之分，刘勰把广义的"文"界定为三层含义：一是道之文。他说："夫玄黄色杂，方圆体分，日月叠璧，以垂丽天之象；山川焕绮，以铺理地之形：此盖道之文也。"二是世间万物之文。他说："傍及万品，动植皆文：龙凤以藻绘呈瑞，虎豹以炳蔚凝姿；云霞雕色，有逾画工之妙；草木贲华，无待锦匠之奇。"三是言语之文，泛指所有体裁的文章。他说："心生而言立，言立而文明，自然之道也。"（《文心雕龙·原道》）亦

---

① 汤用彤：《魏晋玄学论稿》，上海古籍出版社 2001 年版，第 149 页。

即只要语言表达出来的心中所思所感，都可以称为文。狭义之文就是今天所谓的文学作品，注重艺术手法的运用。萧绎（508—555）说："吟咏风谣，流连哀思者，谓之文。……至如文者，惟须绮縠纷披，宫徵靡曼，唇吻遒会，情灵摇荡。"（《金楼子·立言》）萧纲（503—551）说："立身之道，与文章异；立身先须谨重，文章且须放荡。"（《诫当阳公大心书》）他们部分地道出了文的特征、特质。当然，狭义的"文"不见得非要"流连哀思"、"情灵摇荡"不可，也不一定"且须放荡"，"文"允许多种风格的存在。

　　本文所谓的"无文"，是指文学精神的低迷，并不是说没有文学。那么，什么是"文学精神"呢？"所谓文学精神，正是指为了艺术的与审美的，自觉为文的精神。"① 如西晋时期，陆机提出"诗缘情而绮靡"（《文赋》），其中，"绮靡"就是对艺术形式的自觉追求。齐永明时期（483—493），"吴兴沈约、陈郡谢朓、琅琊王融以气类相推毂，汝南周颙善识声韵，（沈）约等文皆用宫商，以平上去入为四声，以此制韵，不可增减，世呼为'永明体'"（《南齐书·陆厥传》）。这些都体现了为了艺术与审美的自觉为文的精神。相对于历史上这些文学精神高涨的时期，曹魏后期无疑是文学精神低迷的时期。

　　考察当时的创作情况，我们发现，曹魏后期名士非无文学之才，实乃无意于文学。王弼"字辅嗣，何劭为其传曰：弼幼而察慧，年十余，好老氏，通辩能言"（《三国志·魏书》）；何晏"少以才秀知名，好老庄言，作道德论及诸文赋著述凡数十篇"（《三国志·魏书》）；阮籍"博览群籍，尤好《庄》《老》"（《晋书·阮籍传》）；嵇康"早孤，有奇才，远迈不群，身长七尺八寸，美词气，有风仪，而土木形骸，不自藻饰，人以为龙章凤姿，天质自然"（《晋书·嵇康传》）。他们的才华为世人称许，但很少人刻意进行文学创作。他们的作品以玄学论文居多，其文学作品也大都是"忧生之嗟"，很少在艺术和审美方面着意追求，并非为文学而文学。王弼主要有

---

①　姜剑云：《太康文学研究》，中华书局2003年版，第214页。

《老子注》、《周易注》等玄学著作；何晏主要有《论语集解》、《老子道德论》等玄学著作，有《韩白论》、《九州论》、《无名论》等玄学论文，今存其诗《言志诗》二首，也只为了表达"长恐矢网罗，忧祸一旦并"的忧生之嗟。阮籍的作品相对来说要多一些，但其主要的成就还在于玄学。其完整的文章今存 10 篇，其中有论 4 篇，分别是《通易论》、《通老论》、《达庄论》、《乐论》，都是玄学论文。余者多为奏记、书信等应用文，唯有一篇《大人先生传》较为特殊，体裁难以确定。它虽抒发对礼法君子的痛恶之情，但不难看出，它是用文学的笔法表达玄学的观念。其诗歌作品主要是政治抒情组诗《咏怀诗》五言者 82 首、四言者 13 首。史载："籍能作文，初不留思，作《咏怀诗》八十余篇，为世所重。"（《晋书·阮籍传》，下引同）这说明阮籍在创作技巧方面并没有过多的追求，而是"初不留思"。再者，当时"天下多故，名士少有全者"，人人自危，阮籍为了保全性命，行为谨慎，"发言玄远，口不臧否人物"，并且"不与世事，遂酣饮为常"。因此，追求艺术技巧，对于阮籍而言，既无外在的激发，亦无内在的努力。嵇康是玄学大家，今存完整的文章 14 篇，其中玄学论文 9 篇，为魏晋玄学家现存论文最多的一位。其诗五十余首，多抒写玄学志趣，诗歌饱含哲理玄思。

总之，这是一个玄思涌动的时代，名士们纷纷撰述，表达自己的哲学立场、政治观点。这又是一个文学精神匮乏的时代，其诗其文是其气质性情、思想观点的自然流露，并没有措意于诗文的形式美的追求。因此可以说，曹魏后期的文坛是"有玄无文"。

二、"哲学的玄学"与"有文无玄"

西晋时期的玄学可以称为"哲学的玄学"。玄学本是中国传统哲学的表现形式之一，为什么用哲学来界定玄学呢？这是就其时代特色的差异相对而言的。西晋建立，天下一统，朝廷内部不再有尖锐的权力之争，相应地，与政治密切相关的玄学也在悄悄转型。虽然西晋时期的哲学也服务于政治，但政治斗争的色彩已经不复存在，体系的严密，纯学术的探讨，已经成为其主要特征。

高平陵事变之后，司马氏大肆屠杀异己，致使"天下名士少有全者"，为西晋政权的建立扫清了障碍。西晋建立以后，天下承平、四海晏安，晋武帝司马炎一改父祖阴狠、残忍的作风，表现得相当宽容大度，政治文化环境也因此而宽松。宽松的政治文化环境是孕育多元文化的温床，儒学和玄学都得到了发展。出于政治的需要，晋武帝把儒学立为官学，研究儒家经典的经学也得以传承。就其社会效果来讲，出现了傅玄、杜预等一代大儒，对于端肃朝风、净化世风起到了一定的作用。就学术而言，经学无多建树，相对于两汉经学，乃是一种衰败的趋势。与儒学同时发展的是玄学，玄学清谈是西晋社会重要的文化现象。西晋政权从篡夺中得来，使朝廷很难以伦理纲常教化民众，这种政治上的尴尬使其先天地与玄学相适应。再者，在统治者的心目中，儒和道是并重的，清谈玄理的能力甚至被作为择才任用的标准。武帝在答复傅玄的奏疏时说："举清远有礼之臣者，此尤今之要也。"（《晋书·傅玄传》）显然，"清远"是道家人格；"有礼"是儒家人格，而选择具备儒道双重人格的人才竟然是"今之要"，可见统治者的人才观是儒道并重。另据《晋书》记载："吏部郎缺，文帝问其人于钟会。会曰：'裴楷清通，王戎简要，皆其选也。'于是以楷为吏部郎。"（《晋书·裴楷传》）朝臣举荐人才也以清谈论"英雄"，这种政治上的导向更为玄风的兴起增加了助力。很多文士遂以"自然"相标榜，崇尚清谈，玄学始盛。

此时的玄学，主要表现形式是清谈，注重的是名士"风神"，展示的是论辩的技巧。《世说新语》载："裴散骑娶王太尉女，婚后三日，诸婿大会，当时名士，王、裴子弟悉集。郭子玄在坐，挑与裴谈。子玄才甚丰赡，始数交，未快；郭陈张甚盛，裴徐理前语，理致甚微，四坐咨嗟称快。"① 这段

① 余嘉锡：《世说新语笺疏》，中华书局1983年版，第209页。

文字描绘了当时的清谈场面：诸婿大会上，郭象首先发难，主动与裴楷论辩。郭象学识丰富，饶有辩才，词锋犀利。裴楷不慌不忙，逐一反驳，说理辨析入微。又载："卫伯玉为尚书令，见乐广与中朝名士谈议，奇之曰：'自昔诸人没已来，常恐微言将绝。今乃复闻斯言于君矣！'命子弟造之，曰：'此人，人之水镜也，见之若披云雾睹青天。'"①卫玠对清谈高手非常欣赏，尤其欣赏乐广的"微言"，对他大加赞赏。看来，清谈的高级境界，注重一个"微"字。无论是裴楷的"理致甚微"，还是乐广的"微言"，都为时人所称道。"微"意为"精妙"，人们对玄言清谈的要求很高，希望有高度抽象细致的思辨，即刘勰所谓"锐思于几神之区"。这里需要说明的是，无论他们如何重清谈、重技巧，其论辩内容已经不再有尖锐的政治斗争色彩，而是加重了学术思辨色彩。

关于清谈的内容，历史上并无明确记载。不过，我们仍可以就现存的文献做大致的推理。《世说新语·文学》记载了两则故事：

> 裴成公作《崇有论》，时人攻难之，莫能折。唯王夷甫来，如小屈。时人即以王理难裴，理还复申。②

> 卫玠总角时问乐令"梦"，乐云"是想"。卫曰："形神所不接而梦，岂是想邪？"乐云："因也。未尝梦乘车入鼠穴、捣齑啖铁杵，皆无想无因故也。"卫思"因"，经日不得，遂成病。乐闻，故命驾为剖析之。卫即小差。乐叹曰："此儿胸中当必无膏肓之疾！"③

从以上两则材料可以看出，裴頠与人争论的仍然是"崇有"与"贵无"的问题，而卫玠思考的是关于梦的一些问题，他们谈论的都是抽象的哲学问

---

① 余嘉锡：《世说新语笺疏》，中华书局1983年版，第434页。
② 余嘉锡：《世说新语笺疏》，中华书局1983年版，第201—202页。
③ 余嘉锡：《世说新语笺疏》，中华书局1983年版，第203页。

题。另外，《世说新语》记载了东晋初期清谈的内容："旧云，王丞相过江左，止道声无哀乐、养生、言尽意，三理而已，然宛转关生，无所不入。"不过，这些辩题在曹魏后期、西晋时期早已出现过。嵇康曾经写过两部重要著作：《声无哀乐论》、《养生论》；向秀写过《难养生论》；欧阳建曾经写过《言尽意论》。因此，可以推断，"声无哀乐论"、"养生论"、"言尽意论"，是魏末至东晋一以贯之的论辩话题。在著述方面，郭象的《庄子注》代表了这一时期的玄学最高水平。此著论证严密，许抗生说该书"以反对无中生有说为起点，而提出自生无待说；进而由自生无待说推至独化相因说，并由独化说导致足性逍遥说为中间环节，最后由足性逍遥说得出宏内游外，即名教与自然合一说，为其哲学的最后归宿"①。

　　总之，西晋时期的玄学淡化了政治色彩，出现了"养生论"、"言尽意论"等形而上命题的进一步论争，思辨性强，哲学意味浓厚，出现了郭象的《庄子注》这样体系严密的哲学著作。因此可以说，西晋时期的学术味道很浓的玄学，是"哲学的玄学"。

　　西晋时期的文学，我们可以概括为"有文无玄"。所谓"有文"，是指该时期在文学渐趋自觉的大背景下，文学创作注重艺术技巧，追求形式华美，文学理论开始有所建树。所谓"无玄"，并非指该时期没有玄学，而是指文学作品很少玄言色彩。当时玄学家大多不作诗，文学家也没有玄学著作。玄学和文学异轨前行发展，玄学渐成体系，文学渐趋自觉，二者分流并进，没有结合在一起。

　　西晋时期的文学以太康时期为代表，钟嵘《诗品序》曰："太康中，三张、二陆、两潘、一左，勃尔复兴，踵武前王，风流未沫，亦文章之中兴也。"太康文学之所以中兴，我们认为，除了政治稳定、思想自由之外，还与学术思潮、时代精神有关。正如前文所述，曹魏后期"有玄无文"，与当时的玄学精神高涨和文学精神低迷有关。这里，西晋时期"有文无玄"，与

---

① 许抗生：《三国两晋玄佛道简论》，齐鲁书社 1991 年版，第 140 页。

当时的玄学品格的世俗化和文学精神的高涨有关。

西晋初期的玄学是清谈的玄学，他们在玄理上无甚发明创获，在任达的作风上却颇有发展。阮籍、嵇康的任达乃是为了反对虚伪的礼教，与司马氏政权对抗，"外坦荡而内淳至"，内儒外道。西晋的玄学名士却遗神取貌，只学习他们放达的行为，甚至发展为任诞；并没有"淳至"的内心世界，甚而至于道德沦丧、寡廉鲜耻。《世说新语》载王戎吝啬之极："王戎有好李，卖之，恐人得其种，恒钻其核。"①《晋书·谢鲲传》载谢鲲厚颜无耻："邻家高氏女有美色，鲲尝挑之，女投梭，折其两齿。时人为之语曰：'任达不已，幼舆折齿。'鲲闻之，敖然长啸曰：'犹不废我啸歌。'"这样的例子不胜枚举，士人品格渐趋低下，社会风气极其败坏，以至于有识之士想著书立说来改变这种风气。裴頠著《崇有论》，主张儒学礼法，反对虚无放荡。郭象也持"崇有论"，建立了更为完整系统的学说，调和名教和自然的关系。但是，社会效果并不明显。

西晋士人的放达任诞固然有伤风化，但从另一个方面来讲，也有解放人性的意义，与放达任诞的作风相伴的是真情的袒露。我们仍以王戎、谢鲲为例，《世说新语》载："王戎丧儿万子，山简往省之，王悲不自胜。简曰：'孩抱中物，何至于此？'王曰：'圣人忘情，最下不及情。情之所钟，正在我辈。'简服其言，更为之恸。"②千载之后，读之亦令人唏嘘。又载："卫洗马以永嘉六年丧，谢鲲哭之，感动路人。"③若无真情，何以至此？在西晋文学作品中，我们可以感觉到浓烈的情感，梁钟嵘《诗品》评价晋司空张华说："虽名高曩代，而疏亮之士，犹恨其儿女情多，风云气少。"以钟氏此语来评价西晋文学，倒也恰当。

文学的发展除了受文化思潮的影响，还有自身发展的惯性。曹丕《典论·论文》的出现，标志着文学自觉时代的开始。至西晋，对文学艺术技

---

① 余嘉锡：《世说新语笺疏》，中华书局1983年版，第874页。
② 余嘉锡：《世说新语笺疏》，中华书局1983年版，第638页。
③ 余嘉锡：《世说新语笺疏》，中华书局1983年版，第639页。

巧的追求达到了建安之后又一个高潮。士人虽有缺乏道德操守者，但在追求功名这一点上是一致的，其中，以文章显名于世，也是他们的奋斗方向。相比较曹魏后期来说，作品数量明显增多，体裁不断多样化，形式不断创新。看阮籍、嵇康的作品，多是千篇一律的五言诗，还有少量的四言诗，总量有限，体裁单调，风格缺少变化。太康时期则有明显的不同。以傅玄为例，各种体裁的文学作品157篇（首），体裁有诗、赋、疏、铭、赞、议、箴、诫、颂、七体、歌行、乐府、连珠体、拟作体等，几乎应有尽有。再说陆机，其文学作品从体裁到作品总量都超过傅玄，并且他以一篇《文赋》奠定了其文学理论上崇高的地位。不可否认，陆机的《文赋》受到了玄学的影响，但在他的文学作品中，很少找到玄学的影子。"没有激情的一代士人，创造了缺乏激情的华美文学。"① 西晋文学的特质是：其主题取向，情多气少；其体裁范型，袭故弥新；其风格时尚，绮靡工巧②。由此可见，时代的文学精神在高涨，而玄学精神却没有渗透到文学精神中来，因此我们说，西晋时期的文学，"有文无玄"。

三、"艺术的玄学"与"有文有玄"

晋宋之际的玄学是"艺术的玄学"。这里的"晋宋之际"并非是指晋宋易代的时间转折点，而是指一个历史时期，大致包括东晋中后期到刘宋前期。因为这一时期的玄学已经不同于西晋及东晋初期的玄学，而是具备了新的品格。

异族入侵，永嘉南渡，对士人的内心震动很大，他们也开始思索败亡的原因。然而，在西晋时期形成的清谈习尚还是沿袭了下来。其内容延续了曹魏、西晋以来的老话题，"止道声无哀乐、养生、言尽意，三理而已"③，常

① 罗宗强：《魏晋南北朝文学思想史》，中华书局2002年版，第85页。
② 姜剑云：《太康文学研究》，中华书局2003年版，第158—183页。
③ 余嘉锡：《世说新语笺疏》，中华书局1983年版，第211页。

常"既共清言，遂达三更"①，甚至"达旦微言"；其做派亦如西晋名士，放诞纵欲，醉心女色。东晋中后期，清谈内容及风格发生了很大的改变，有四点值得关注：一是佛学的渗入；二是玄言诗的产生；三是任诞转变为雅趣；四是玄学与艺术的结合。

佛学自两汉之际传入中国，至西晋，佛经开始大量传译，僧人与名士开始交游。不过，当时人们对佛学理解尚浅，佛道不分。东晋前期，对佛学义理的探讨逐渐深入，出现了所谓的"六家七宗"。由于文化底蕴的不同，思维方式的差异，人们对佛学的解释采用"格义"的方法，用道家的语汇解释佛经，因此还残留着道家本体论的思想。随着时间的推移，清谈的内容没有新的发展，越来越谈不出新意。佛学的传入，为清谈注入了新的生机。尤其是支遁用佛理诠释庄子的《逍遥游》，则使名士们叹服，称为"支理"。

> 庄子逍遥篇，旧是难处，诸名贤所可钻味，而不能拔理于郭、向之外。支道林在白马寺中，将冯太常共语，因及逍遥。支卓然标新理于二家之表，立异义于众贤之外，皆是诸名贤寻味之所不得。后遂用支理。②

也就是从此开始，玄学开始由"三玄"变为"四玄"，形成了一种新玄学。应该看到，佛学不是作为可有可无的成分跻身于玄学之中的，而是后来居上，成为主流的玄学思想，名士们以能够谈佛理为时尚。

东晋玄言诗产生于清谈之中。东晋名士著书立说的很少，畅谈之余往往把玄理形诸咏歌。刘勰《文心雕龙·时序》曰："自中朝贵玄，江左称盛，因谈余气，流成文体。是以世极迍邅，而辞意夷泰，诗必柱下之旨归，赋乃漆园之义疏。"③他认为，玄言诗赋的形成是清谈所促成的，是借着清谈的

---

① 余嘉锡：《世说新语笺疏》，中华书局 1983 年版，第 212 页。
② 余嘉锡：《世说新语笺疏》，中华书局 1983 年版，第 220 页。
③ 周振甫：《文心雕龙注释》，人民文学出版社 2002 年版，第 479 页。

"余气" 演变生发而成的文体。另据《世说新语》载："支道林、许、谢盛德，共集王家，谢顾诸人曰：'今日可谓彦会，时既不可留，此集固亦难常，当共言咏，以写其怀。'"①支道林、许询、谢安、王濛等玄学家雅集彦会，他们的言咏，应该既包括文，也包括诗。不过，这种场合产生的玄言诗的内容主要是表现玄理的，和清谈的内容一般无二，只是形式上一为散文一为诗歌而已。同时，佛理既入清谈，亦应入诗。《世说新语·文学》注引檀道鸾《续晋阳秋》道："正始中，王弼、何晏好庄老玄胜之谈，而世遂贵焉。至过江，佛理尤盛，故郭璞五言始会合道家之言而韵之，询及太原孙绰转相祖尚，又加以三世之辞，而诗骚之体尽矣。"②

东晋名士们在清谈时手执麈尾，时而高谈阔论，时而咏之以诗，可见其旨趣与西晋大有不同，西晋名士的任诞放达已被东晋的高雅之趣所取代。他们不再追求物质享受，而是清谈玄理、畅游山水、临流赋诗、诗赋唱答、书画往还，全然一派高雅名士的风范。王羲之的《兰亭集序》记载了一次名士雅集的盛况，集中反映了名士的高雅之趣：

> 永和九年，岁在癸丑，暮春之初，会于会稽山阴之兰亭，修禊事也。群贤毕至，少长咸集。此地有崇山峻岭，茂林修竹；又有清流激湍，映带左右，引以为流觞曲水，列坐其次。虽无丝竹管弦之盛，一觞一咏，亦足以畅叙幽情。是日也，天朗气清，惠风和畅，仰观宇宙之大，俯察品类之盛，所以游目骋怀，足以极视听之娱，信可乐也。

王羲之把这次活动中的诗结集，写了这篇序。从诗集现存作品中可以看出，与之同游的名士孙绰、李充、许询、支遁等既用诗歌敷述玄理，还用来表达萧散的人生态度，时而兼有景物描写，与东晋前期的淡乎寡味的玄言诗大异其趣。他们置身于大自然中，饮酒赋诗，畅叙幽情，完全洗去了西晋的庸

① 余嘉锡：《世说新语笺疏》，中华书局 1983 年版，第 237 页。
② 余嘉锡：《世说新语笺疏》，中华书局 1983 年版，第 262 页。

俗，取而代之的是一种纯精神满足的诗化的审美化的人生。

此时的玄学具备了艺术的精神，促进了各种艺术的发展。本来，玄学的核心是道家的理论，而道家的理论本身就有超越功利的艺术精神，但是，玄学自产生以来，就以追求抽象的理论思辨为目标，忽视了其中的艺术精神。到了东晋中后期，与偏安的心态相适应，名士们才开始追求一种诗化的人生、审美的人生，由追求玄学哲理思辨的理性精神，转化为兼取审美的艺术精神。他们大多有自己独特的爱好，或爱山水，或爱园林，或爱琴棋书画，这些爱好超越了功利目的，为着一种精神的享受。如支遁养马，不是为了骑行，而是"爱其神骏"；他还养鹤，却因为它本"冲天之物"，遂放它冲天而去。王子猷为了欣赏笛声，竟然让右将军桓伊为他吹笛；桓伊不顾身份差别，竟然下车上船，为他吹奏三弄梅花之调，吹毕登车而去。他们都超越了世俗的功利，获得了审美的愉悦（《晋书·桓伊传》）。在这样的人文环境下，各种艺术得到了长足的发展。书法、绘画、音乐、园林等各项艺术水平达到了历史上前所未有的高度。因此，我们把这一时期诗意化的、审美型的玄学，称为"艺术的玄学"。

受这种时代氛围的影响，文学创作也发生了微妙的变化，在注重玄理的同时，也开始注重词采、韵律、情感、格调。东晋前期的文学，钟嵘评之曰："理过其词，淡乎寡味。"（《诗品序》）东晋中后期的文学，刘勰说："袁孙已下，虽各有雕采，而辞趣一揆，莫与争雄。"（《文心雕龙·明诗》）反过来看，虽然是"辞趣一揆"，但"袁孙以下"已经"各有雕采"了。孙绰（314—371）作《游天台山赋》，向他的朋友范荣期炫耀说："卿试掷地，要作金石声也。"[1] 每读到诗文佳句，总是说："应是我辈语。"[2] 这至少说明，他在诗赋的韵律上很有讲究，在词采上亦有所追求。袁宏（328—376）被誉为"一时文宗"（《世说新语·文学》注引《续晋阳秋》），其最被推崇的是《东征赋》，词采新奇精警，气势不凡，情韵兼美。刘勰赞曰：

---

① 余嘉锡：《世说新语笺疏》，中华书局 1983 年版，第 267 页。
② 余嘉锡：《世说新语笺疏》，中华书局 1983 年版，第 267 页。

"彦伯（袁宏字）梗概，情韵不匮，亦魏、晋之赋首也。"王羲之（303—361）以一篇《兰亭集序》传诵千古。该篇文辞清新，格高调逸，韵味悠长，是玄学人格与文学艺术结合之上品。晋宋之际，更是出现了具有划时代意义的田园诗人陶渊明、山水诗人谢灵运。东晋后期的陶渊明，"任自然"的玄学品格，已经诗意般地内化为他的人格精神，他虽然没有刻意的艺术追求，却达到了冲淡自然的艺术境界，是玄学精神与艺术精神结合的典范。晋末宋初的谢灵运，以其玄学的修养与佛学的造诣，站在了时代的前沿，时代的艺术精神也达到了新的高峰。其诗刻画入微，清新自然，同时含有深刻的玄理。纵观这一时期的文学，可以概括为"有文有玄"。

四、注重"文义"的时代风尚

此处的"文义"并非偏正词组"文章的义理"，而是并列词组，意为"文采和义理"。注重"文义"的时代风尚，追根溯源，还要从西汉讲起。

汉武帝时代置五经博士，开始研究、注解儒家经典，以后相继出现了今文经学、古文经学两大派别。今文经学注重儒家经典的"微言大义"，古文经学注重儒家经典本义的考证、训诂，郑玄融合两家之长，成一家之言，结束了两派之争。魏晋时期，经学逐渐为玄学所取代。王弼就是一个玄学化的经学家，他注解《易经》不是根据传统的象数之学，而是根据道家本体论的学说，从义理思辨的角度注解经典。从此开始，一直到晋宋之际，玄学渐兴，经历了"政治的玄学"、"哲学的玄学"、"艺术的玄学"三个阶段。

无论玄学以何种形式出现，它的本质总是一种哲学，理性精神乃是它固有的价值取向。所以，它与文学的或分离、或融合，也就造成了不同的文学风貌。曹魏后期"有玄无文"，"文"之不存，"义"将焉附，所以，这一时期不以"文义"称许。西晋时期，"有文无玄"，玄学与文学分离，玄学家不甚措意于文学，诗文家也不太经意于玄学。但是，这一时期已经开始注重"文义"，史载：

左贵嫔，名棻。……体羸多患，常居薄室，帝每游华林，辄回辇过之。言及文义，辞对清华，左右侍听，莫不称美。

——《晋书·后妃列传》

（祖）纳字士言，最有操行，能清言，文义可观。

——《晋书·祖纳列传》

（司马）保字景度，少有文义，好述作。

——《晋书·宗室列传》

陈頵，字延思，陈国苦人也。少好学，有文义。

——《晋书·陈頵列传》

何充，字次道，庐江灊人，魏光禄大夫祯之曾孙也。祖悑，豫州刺史。父睿，安丰太守。充风韵淹雅，文义见称。

——《晋书·何充列传》

以上材料充分说明，西晋时期注重"文义"有它自己的特色：一是清谈注重"文义"。左思的妹妹左棻是晋武帝的贵嫔，每当武帝与她谈话，"言及文义，辞对清华"，其义清远，其词华美。祖纳是祖逖之兄，《晋书》直言他在清谈时"文义"可观。二是对"文义"本身不甚重视。祖纳"文义可观"，司马保、陈頵"有文义"，唯独何充，"以文义见称"。看来，"文义"还是值得称道的，但相对于晋宋之际，重视程度不够。三是文学与玄学的分离。上述"有文义"者，"以文义见称"者，在文学上都没有什么建树。以文学闻名的"三张"、"二陆"、"两潘"、"一左"，史书上都没有说他们"文义"如何。"言及文义，辞对清华"的左棻，如今仅存其诗一首《感离诗》，诗中并没有体现玄学义理，只有浓浓的悲情。

东晋中后期至晋宋之际，赏好"文义"蔚成风气。其重视程度之深、范围之广，皆非西晋所能及。以"文义"称赏，以"文义"赏会，以"文义"居官，以"文义"见妒，"文义"成了世人宗尚的热潮，成了衡量人才的标准。上至帝王朝臣，下至名士隐者、士子学人，无不喜好"文义"。今分类列举材料如下：

1. 帝王皇族

　　（明帝）好读书，爱文义，在藩时，撰《江左以来文章志》，又续卫瓘所注《论语》二卷，行于世。

　　　　　　　　　　　　　　　　　　——《宋书·明帝本纪》

　　（刘义庆）为性简素，寡嗜欲，爱好文义，文词虽不多，然足为宗室之表。

　　　　　　　　　　　　　　　　　　——《宋书·宗室列传》

　　义真聪明爱文义，而轻动无德业。

　　　　　　　　　　　　　　　　　　——《宋书·武三王传》

　　义恭涉猎文义，而骄奢不节。

　　　　　　　　　　　　　　　　　　——《宋书·武三王传》

　　建平宣简王宏，字休度，文帝第七子也。……子景素，少爱文义，有父风。

　　　　　　　　　　　　　　　　　　——《宋书·文九王传》

　　太祖思弘经略，诏群臣曰：吾少览篇籍，颇爱文义，游玄玩采，未能息卷。

　　　　　　　　　　　　　　　　　　——《宋书·索虏》

　　"爱文义"之风在皇家父兄子孙中代代相传，竞相推波助澜，简直成为帝王文化的一种新时尚。这里注意，"游玄玩采，未能息卷"是对"颇爱文义"的注解，"玄"即"义"，"采"即"文"，"未能息卷"正说明了"颇爱"。而且，这番话是太祖诏告群臣百官之语，意在希望他的这一精神能够得到发扬光大，希望天下共习"文义"，作为必修课来做。这里的"太祖"，即宋文帝刘义隆，"元嘉"就是他的年号。帝王之诏告，颇有视"文义"为"经国之大业，不朽之盛事"的意味。

2. 名士朝臣

孙绰、李充、许询、支遁等皆以文义冠世，并筑室东土，与羲之同好。

——《晋书·王羲之传》

时尚书令傅亮自以文义之美，一时莫及，延之负其才辞，不为之下，亮甚疾焉。

——《宋书·颜延之传》

晦美风姿，善言笑，眉目分明，鬓发如点漆。涉猎文义，朗赡多通，高祖深加爱赏，群僚莫及。

——《宋书·谢晦传》

混风格高峻，少所交纳，唯与族子灵运、瞻、曜、弘微并以文义赏会。

——《宋书·谢弘微传》

（谢）朗字长度。父据，早卒。朗善言玄理，文义艳发，名亚于玄。

——《宋书·谢朗传》

义庆闻如此，令周旋沙门慧观造而观之。（王）僧达陈书满席，与论文义，慧观酬答不暇，深相称美。

——《宋书·王僧达传》

（何）尚之雅好文义，从容赏会，甚为太祖所知。

——《宋书·何尚之传》

（尚之）爱尚文义，老而不休，与太常颜延之论议往反，传于世。

——《宋书·何尚之传》

先是，会稽孔宁子为太祖镇西咨议参军，以文义见赏，至是为黄门侍郎，领步兵校尉。

——《宋书·王华传》

（殷）仲堪虽谨于细行，以文义著称，亦无弘量，且干略不长。

——《宋书·殷仲堪传》

（荀）伯子族弟昶，字茂祖，与伯子绝服五世。元嘉初，以文义至中书郎。

——《宋书·荀伯子传》

侍中颜竣至是始贵，与（何）偃俱在门下，以文义赏会，相得甚欢。

——《宋书·何偃传》

（沈）演之昔与同使江邃字玄远，济阳考城人。颇有文义。官至司徒记室参军，撰《文释》，传于世。

——《宋书·沈演之传》

（刘）勔少有志节，兼好文义。

——《宋书·刘勔传》

琳之强正有志力，好文义，解音律，能弹棋，妙善草隶。

——《宋书·孔琳之传》

高简寡欲，早有清尚，爱好文义，未尝违舍。

——《宋书·殷淳传》

孙绰、许询、王羲之、支遁、李充、傅亮、颜延之、刘义庆、王僧达、何尚之、慧观①，以及殷仲堪等名流与朝臣，个个都是玄学精英，或"以文义冠世"，或"以文义著称"，或"以文义见赏"，或"以文义至中书郎"，因"文义"而仕途得意，因"文义"而扬名天下。爱尚文义，使人陶醉，"深相称美"，"相得甚欢"，"老而不休"，"未尝违舍"；爱尚文义，使人疯狂，或"自以文义之美，一时莫及"，或"负其才辞，不为之下"，以致令人忌恨，"甚疾焉"。爱尚文义，成为持久

---

① 关于慧观其人以及与谢灵运的交往，亦可参见姜剑云：《谢灵运与慧严、慧观》一文，载《河北大学学报》2005 年第 6 期。

而声势浩大的社会文化运动，似乎意味着不参与则不成其为"名士"，以此而升迁，才更让人艳羡。顺带就上引材料中谢氏家族"好文义"者列一个名单：谢玄、谢朗（谢灵运祖辈）、谢混（谢灵运父辈）、谢灵运、谢瞻、谢曜、谢弘微（谢灵运昆仲辈）。谢氏家族世代"并以文义赏会"，"文义艳发"，可见"爱尚文义"这一奇特的时代文化价值取向对谢灵运的深刻影响。

3. 隐士

　　（宗炳）妙善琴书，精于言理，每游山水，往辄忘归。征西长史王敬弘每从之，未尝不弥日也。乃下入庐山，就释慧远考寻文义。

——《宋书·隐逸传》

　　昙生好文义，以谦和见称。

——《宋书·隐逸传》

　　宗彧之，字叔粲，南阳涅阳人，炳从父弟也。蚤孤，事兄恭谨，家贫好学，虽文义不逮炳，而真澹过之。

——《宋书·隐逸传》

　　（王素）爱好文义，不以人俗累怀。

——《宋书·隐逸传》

　　关康之，字伯愉，河东杨人。世居京口，寓属南平昌。少而笃学，姿状丰伟。下邳赵绎以文义见称，康之与之友善。特进颜延之见而知之。

——《宋书·隐逸传》

　　康之其春得疾困笃，小差，牵以迎丧，因得虚劳病，寝顿二十余年。时有闲日，辄卧论文义。

——《宋书·隐逸传》

另外，还有一则材料说明天下士人对"文义"的态度。

时天下无事，士人并以文义为业。炳素高节，诸子群从皆好学；而（宗）悫独任气好武，故不为乡曲所称。

——《宋书·宗悫传》

由以上资料可以看出，刘宋时期尚好"文义"蔚然成风。这首先是因为魏晋以来，时代的玄学文化潮流使然，玄学本身固有的理性精神使然。其次是帝王的爱好和提倡。楚王爱细腰，宫中多饿人。帝王好"文义"，天下皆宗尚。第三是文人们的以"文义"相互欣赏、相互标榜，此风得以激扬。总之，"文义"，不仅成了衡量一个人文章水平、理论素养的标准，是统治者选拔人才的重要参考指标，也是文士们引以为荣的资本。追求"文义"兼美，成为当时文人的努力方向。

谢灵运处于这样一个赏好"文义"的时代，自身又具备高度的玄学修养，他不仅重"文"，"情必极貌以写物，辞必穷力而追新"，而且重"义"，体现在诗歌创作中，就是颇受争议的"玄学尾巴"。"玄学尾巴"是他展示"文义"的刻意表现，是引以为荣的玄学水平、文学水平的标志。

五、谢灵运的玄学修养与价值取向

在时代赏好"文义"的大潮中，"庄老告退，山水方滋"。从文学史实来看，实际是庄老告退而未及退，山水方滋而未成熟。这是文学转关的特殊时期，是文学转型的过渡期。晋宋之际，玄学调解融合了儒道释，并且越来越不动声色地渗透于文学创作之中，尤其是诗歌创作。陶渊明、谢灵运恰恰诞生于同一个历史时代。从体裁与题材的角度看，他们一写田园诗，一写山水诗，而从深层内蕴分析，两者实质上都是"柱下之指归"的玄言诗。"山水以形媚道"，晋宋之际山水田园诗人藉之山水田园题材，就东晋以来风行的玄言诗实施"淡化工程"，只不过陶渊明的"淡化"手法与效果要优于谢灵运罢了。陶渊明的"淡化"结果，是把玄学真意溶化在诗歌中。我们在诗中可以看到优美的田园风光，体味到深长的玄学"真意"，却看不到"道家之言"，恰似盐溶于水，浑化无迹。谢灵运"淡化"的结果，是把玄学理趣寄寓在山水中，出现了大量的山水描写，结尾有一个"玄学尾巴"，来申明悟出的玄理。为什么"玄学尾巴"单单出现在谢灵运诗歌中？同为一代名士，为什么陶渊明诗歌中没有玄学尾巴？这要在玄学修养、价值取向等个人因素方面找原因。

首先，陶、谢的玄学修养各有特色。陶渊明的玄学可以说是"实践的玄学"，谢灵运的玄学可以说是"理论的玄学"。

陶渊明生活在晋、宋易代之际，大部分时间生活在东晋。从小就受儒道两家思想的影响。陶渊明自幼学习儒家经典，其《饮酒》诗曰："少年罕人事，游好在六经。"同时，还受时代玄风熏染及其家庭的影响。渊明《命子》诗曰："于皇仁考，淡焉行止；寄迹风云，冥兹愠喜。"说明其父淡泊名利，性格平和。渊明年少时，父亲便已去世。因此，他从少年时代起，就生活在贫困之中，同时也养成了"不慕荣利"的品格。他的外祖父孟嘉是当代名士，"行不苟合，年无夸矜，未尝有喜愠之容。好酣酒，逾多不乱；至于忘怀得意，傍若无人"（陶潜《晋故征西大将军长史孟府君传》）。这些因素对少年时期陶渊明性格的形成也有深远的影响。所以，陶渊明的一生服膺儒、道两家思想，既有儒家用世的一面，又有道家任真的一面，儒道两家思想在他身上得到了有机的统一。他的《感士不遇赋》倾向于儒家思想，其中说，人生在世应该"或击壤以自欢，或大济于苍生"，现在，"密网裁而鱼骇，宏罗制而鸟惊，彼达人之善觉，乃逃禄而归耕"。正是由于天下无道，贤人被奸人陷害，那些善于察觉形势的达人才逃避官场，躬耕陇亩。"原百行之攸贵，莫为善之可娱。奉上天之成命，师圣人之遗书。发忠孝于君亲，生信义于乡间。"（陶潜《感士不遇赋》）推究各种行为的可贵之处，莫过于行善。遵循自然规律，学习圣人经典。对君要忠，对亲要孝，对乡亲要讲信义。结尾表达坚决隐居的决心。赋中有很多儒家的伦理观念，也反映了一种"达则兼济天下，穷则独善其身"的儒家思想。道家思想方面，受魏晋以来"任自然"精神的影响，陶渊明讲究适性、自然，毫无矫饰。第一次入仕是因为"亲老家贫，起为州祭酒"，第一次辞官是因为"不堪吏职"，没有别的原因，只因为不合他"任真"的个性，"少日自解归"（《晋书·陶潜传》）。辞去彭泽令时，也是因为"世与我而相违"（《归去来兮辞》），虚伪的官场、对长官的逢迎，都与他的个性格格不入。陶渊明的玄学没有玄理可讲，他是把玄学思想贯穿于自己的日常行为中，所以我们说他的玄学是"实践的玄学"。

说谢灵运的玄学是"理论的玄学"，是因为谢灵运精通玄学义理，却没有很好地用来指导自己的人生。他在追求参与权要的过程中，屡屡受挫，由于对统治者还抱有幻想，他常常隐忍不发，后来入朝为官了，仍然被"以文义处之"。他为此极其痛苦，所以遨游山水，"经旬不归"，从山水中感悟玄理来缓解痛苦。然而，他却不能真正地超脱，仕而隐，隐而仕，仕隐反复，最终在政治漩涡中被莫名地推上了断头台。他精通玄学义理，儒释道融会贯通，每一门学问都达到了相当高的水平。其实，玄学中的这三门学问是智慧的结晶，能够教人正确对待现实人生。在失败面前，儒家教人们"道不行，乘桴浮于海"（《论语·公冶长》）；道家教人们顺应自然，随遇而安；佛家教人们去执去无明，觉悟万法皆空之理，从而获得了脱生死之道。谢灵运在诗中引经据典，融通三教，顺手拈来，即入诗章，对于玄学理论不可谓不精，然而终不能超脱，究其原因，乃在于他只把玄学作为理论来研究，不作为信仰来遵奉。所以，我们称他的玄学为"理论的玄学"。

陶潜把玄学化为人生的信仰，融入自身的人格，其诗歌创作质朴自然。我们能从田园风光的描绘中，从"种豆南山下"（《归园田居》）的劳动描绘中，从"采菊东篱下"（《饮酒》）的诗意生活中，体会其中的玄味，却不能总结或绎出其中的玄理，因为这种精神已经融入字里行间。谢灵运把玄学作为理论来研究，在诗中作为主旨来表现，又常常"卒章显志"，这样创作出来的诗歌，就会带有"玄学尾巴"。

其次，陶、谢的玄学价值取向不同。陶渊明的道家思想，倾向于接受恬退隐逸思想的影响，躬耕陇亩，体道于自然，悟道于心。感悟到田园生活蕴含的"真意"时，"欲辨已忘言"，所以，其田园诗深藏玄机，但不落言筌，玄味深长。他在《归去来兮辞》中说："实迷途其未远，觉今是而昨非。"何谓"今是"？何谓"昨非"？为什么今日归隐就对？为什么过去身在官场就错？对在哪里？错在哪里？其中的原因是什么？他没有回答，也不想理会这些纷纷扰扰的问题，只在自然中默默体会宇宙人生的大道。他认为自己"质性自然"（《五柳先生传》），因此，对他来讲，适性即自然，合乎自己的本性就应该去做，违反自己的本性就坚决不做。与人交往，他要顺性自然，反对"矫厉"。而身在官场，难免迎来送往，虚与委蛇。"起为州祭酒"时，"不堪吏职，少日自解归"；任彭泽令时，"郡遣督邮至县，吏白应束带见之"，他便"解印去县"（《晋书·陶潜传》），都是因为不合自己"质性自然"的本性。他向往的是平等的、自然的、真诚的人际关系，与他交往的多为邻里农夫。他与下层的农民来往频繁、无话不谈，"邻曲时时来，抗言谈在昔"；置酒招客，从没认为自己高人一等，"过门更相呼，有酒斟酌之"（《移居》）。偶有朝臣名士与之交往，也属于志趣相投，平等的交往，没有结纳笼络之意。对于生活，并不在意物质享受，只求精神的超脱，他想做的或是"怀良辰以孤往，或植杖而耘籽，登东皋以舒啸，临清流而赋诗"（《归去来兮辞》），或是"开荒南野际，守拙归园田"（《归园田居》其一）。虽"草盛豆苗稀"又当如何？"但使愿无违"（《归园田居》其三）即可。虽"环堵萧然，不蔽风日，短褐穿结，箪瓢屡空"（《五柳先生传》）又当如何，他仍然泰然处之，"晏如也"。面对生死，他委运任化，"乐夫天命"。他认为"人生似幻化，终当归空无"（《归园田居》其四），所以"纵浪大化中，不喜亦不惧。应尽便须尽，无复独多虑"（《形影神》）。事事处处顺应自然，体道于自然。他在诗中没有刻意去"辨"，也无须去"辨"，因为无论是生活、思想还是作诗，一切皆自然。从另一个角度看，谁又能"辨"得清呢？"自然"是什么？其中的"真意"是什么？没有人能够回答。

谢灵运则不同，他的创作高峰期在陶之后，正当刘宋好尚"文义"的风潮。他的骨子里是儒家思想，有积极进取的一面。虽然是玄学名士，但没有淡泊豁达的玄学人格。文章是他谋取政治地位的筹码，由于他的诗文"文义"兼善，文帝甚为赏识，即位以后，让他"寻迁侍中"，还"日夕引见，赏遇甚厚"。文章也是他自傲的资本，"王昙首、王华、殷景仁等，名位素不逾之，并见任遇"，他忿忿不平，"多称疾不朝直"。文章还是他的"护身符"，当议者欲置之于死地时，文帝还是爱惜他的才华，百般袒护，下诏"降死一等，徙付广州"。所以，他诗文的"文采"和"义理"是一种刻意的展现，是显示文才的手段。加之志不获逞，隐而不甘，故虽有所"悟"，却按抑不住欲"辨"，终未达到"得意忘言"的境界。由于"辨"而生出的尾巴，以山水诗发展史之角度审视，总体上看属多余之物，乃山水诗"方滋"之时未与正"告退"之庄老握手言别之际彻底摆脱纠葛的时代产物。

　　以上，我们从两个方面论证了谢灵运山水诗"玄学尾巴"出现的原因。从思想学术史、文学发展史的角度看，玄学经历了"政治的玄学"、"哲学的玄学"、"艺术的玄学"三个形态，相应地，文学也经历了"有玄无文"、"有文无玄"、"有文有玄"三个形态。"文"与"义"的分合，其实是玄学与文学的分合。在晋宋之际，玄学与文学紧密结合，爱好"文义"成为时代风尚，谢灵运"玄学尾巴"是时代风潮的产物。从创作个体角度看，谢灵运的玄学修养当世无匹，使其在诗中展示玄理成为可能。谢灵运玄学修养的特色是"理论的玄学"，在他身上不能形成任达淡泊的玄学人格，使其在诗中展示玄理成为需要。所以，我们说，谢灵运"玄学尾巴"的出现，是在玄学逐渐与文学结合的时代学术思潮下，作者主体玄学思想与际遇感悟相融合的情况下，形成的一种特定的创作现象。

　　当然，我们承认山水诗在谢灵运的手中是在草创，还有很多不完善的地方，可以说带有"玄言的尾巴"，是山水诗不成熟的标志。但是，反过来尤其必须看到，山水诗有其动态的发展转型过程。"小谢"以后的山水诗以山水为描写对象，亦以山水审美为主要目的；"大谢"时代，人们发现"山水以形媚道"，观照山水乃在"悟赏"大道，这种山水诗是对以往玄言诗实施"淡化工程"之后的"新玄言诗"，山水是形，玄趣是实。从这个角度来说，谢灵运的山水诗是浑然一体的，具有整体的和谐美感。

（原载《保定学院学报》2012 年第 6 期，

署名姜剑云、霍贵高，略有改动）

论谢灵运对涅槃佛性的认识与诗文创作

涅槃，是梵语词 nirvana 的音译，或译为"泥洹"、"泥日"等，意译为"灭"、"寂灭"、"寂静"、"灭度"等。或称"般泥洹"、"般涅槃"，意译为"圆寂"（parinirvana）等。涅槃，是佛教理论的枢机，是佛教思想的核心，也是佛教追求的终极目标。《杂阿含经》卷十八曰："涅槃者，贪欲永尽，瞋恚永尽，愚痴永尽，一切诸烦恼永尽，是名涅槃。"《大乘义章》卷十八曰："外国'涅槃'，此翻为'灭'。灭烦恼故，灭生死故，名之为'灭'。离众相故，大寂静故，亦名为'灭'。"《中论》卷三曰："诸法实相即是涅槃。"在佛教发展的不同阶段中，在纷繁众多的佛教宗派里，各家关于"涅槃"的根本义显然是"解脱"，谓悟脱了"生死"轮回，摆脱了烦恼痛苦，指一种觉悟了的超脱的精神境界。

迄至谢灵运的时代，传入中土的"涅槃"类佛经主要有以下一些。西晋白法祖所译《佛般泥洹经》二卷，无名氏所译《般泥洹经》二卷，东晋法显所译《大般涅槃经》三卷等，上述三种属于小乘涅槃类经典。东晋义熙十四年（418），佛陀跋陀罗共法显译出《佛说大般泥洹经》六卷，北凉玄始十年（421）昙无谶译出《大般涅槃经》四十卷，元嘉七年（430），谢灵运与慧严、慧观一起，参照六卷本《佛说大般泥洹经》，将昙无谶所译四十卷本《大般涅槃经》（即北本），改治成三十六卷本《大般涅槃经》（即南本）①，上述三种属于大乘涅槃类经典。

据《高僧传》卷七《慧严传》云："《大涅槃经》初至宋土，文言至善，而品数疏简，初学难以措怀。严乃共慧观、谢灵运等，依《涅洹》本加之品目。文有过质，颇亦治改。始有数本流行。"与《北本涅槃经》相比较，谢灵运、慧严、慧观等改治的《南本涅槃经》有这样几点值得注意：第一，篇幅、内容没有增减，但品目、卷次分合不同："'北本'但十三品成四十卷，'南本'二十五品成三十六卷。"② 第二，较之"北本"的文字质朴，"南本"则表现了畅达的文风。第三，"南本"求雅求达，但在忠于原著方面似乎求信不够。唐代释慧琳《一切经音义》卷二十六解释《北本涅槃经》中"手抱脚蹋"一词曰："《说文》正作桴，或作抱，同。鲍交反。《玉篇》云：引取也。蹋，徒盍反，践弃也。此喻渡烦恼河。勤修二善，是抱取义也。勤断二恶，是践弃义。《南经》谢公改为'运手动足'，言虽是巧，于义有阙疏也。"慧琳认为，"南本""言虽是巧"，但难免有未合佛旨处，而其文责所属则在"谢公"，即谢灵运。

关于谢灵运之与《大般涅槃经》，还有两条材料值得注意。其一，智升《开元释教录》卷十一曰："其《涅槃经》宋文帝元嘉年中达于建业，时有豫州沙门范慧严、清河沙门崔慧观、陈郡处士谢灵运等，以谶前经品数疏简，乃依旧《泥洹经》加之品目。文有过质，颇亦改治。结为三十六卷，行于江左。比于前经，时有小异。有《论》一卷，略释《大经》，又《论》一卷，释《本有今无》一偈。"其二，赞宁等《宋高僧传》卷六《唐彭州丹景山知玄传》曰："有杨茂孝者，鸿儒也，就（知）玄寻究内典，直欲效谢康乐注《涅槃经》。多执卷质疑，随为剖判。"就这两条史料分析可以认为，谢灵运不仅参与甚至主持改治新编了《大般涅槃经》，并且还在此基础

---

① 关于谢灵运与慧严、慧观的交往，可参见拙文：《谢灵运与慧严、慧观》，《河北大学学报》2005 年第 6 期。

② 释智圆述：《涅槃玄义发源机要》卷四，《大正藏》第 38 册，第 36 页。

上进行过相关的注解与研究工作，而其所作出的重要成果之一，便是对慧睿有所请教后所撰著的《十四音训叙》，也就是后世经疏著作中常常提到的《谢论》。

从前引《杂阿含经》、《中论》等关于"涅槃"的界说可以认为，了知诸法实相即是涅槃，入于涅槃便是成佛。这一重大理论问题解决之后，下一步便是解决实际的问题：众生能否成佛？怎样就算成佛？前一个问题是关于成佛的可能性的问题，后一个问题是关于成佛的方法问题。晋宋之际，谢灵运与竺道生等一道，参与了关于这两个重大问题的热烈讨论。①

在晋宋僧俗界，由成佛可能性问题的讨论，自然而然地引出了关于涅槃佛性问题的大讨论。在佛教经籍中，大乘涅槃类经典虽然出现的时代比较晚，但显然并非成于一时一地一人之手，所以，关于涅槃佛性的理论主张颇有不尽一致甚至矛盾之处。元嘉七年（430）传入建康的北本《大般涅槃经》，与义熙十四年（418）佛陀跋陀罗共法显译出的《大般泥洹经》相比较，多出了"阐提成佛"的思想。史载竺道生"孤明先发"，在六卷本《大般泥洹经》译出之后，在北本《大般涅槃经》传入建康之前，大胆提出"一阐提人皆得成佛"的主张，在当时僧俗界引起了巨大的震撼，并因此约在元嘉五年（428）被逐出建康青园寺。其实，论"孤明先发"，谢灵运犹在竺道生之先。义熙九年（413），谢灵运应庐山慧远之请撰写了《佛影铭并序》②，序中明确提出："飞鸮有革音之期，阐提获自拔之路，当相寻于净土，解颜于道场。圣不我欺，致果必报。"既言"获自拔之路"，则谓阐提之人自具佛性，亦能成佛，所以谢灵运下结论说，"当相寻于净土"，"致果必报"。谢灵运《佛影铭》中还说："弱丧之推，阐提之役；反路今睹，发蒙兹觌。"这里意思是说："参见佛像能使弱丧迷途者知返，能使阐提无援

　　①　参见关于谢灵运与竺道生的交往，可参见拙文：《谢灵运与"涅梁圣"竺道生》，《广州大学学报》2005 年第 9 期。

　　②　参见关于谢灵运与慧远的交往，可参见拙文：《谢灵运与庐山慧远考论》，《太原师范学院学报》2005 年第 2 期。

者觉悟。"① 佛经云："一切众生，悉有佛性。" 谢灵运信解佛说，认为"圣不我欺"，所以期生净土，坚信"致果必报"，必当成佛。所谓"阐提获自拔之路"，与"一阐提人皆得成佛"之说，意思相同。但关于"阐提成佛"之思想认识及其见解的提出，要比竺道生超前十四五年。并且，更令人惊奇的是，谢灵运这一思想的提出竟然还在大乘涅槃类经典初传建康之前！竟然超前了五年！当然，至于为什么未引起轰动，可以认为，原因有两个：第一，法显携归之六卷本《佛说大般泥洹经》此时还未译出，"阐提是否自具佛性并能成佛"的问题在汉译经典中还没有提出，所以尽管谢灵运倡言"飞鸮有革音之期，阐提获自拔之路"，但时人未曾在意。何况此言亦怨言，乃针对庐山慧远而发。第二，谢灵运既非僧团中人，则僧团中人不得加之以"妄语"之罪。姑妄言之，姑妄听之也。

　　关于众生能否成佛，尤其是阐提之人能否成佛的问题，谢灵运通过《佛影铭并序》一文，作出了颇具前瞻性意味的和肯定的并且也是形象的和有力的回答。关于怎样才算成佛的问题，谢灵运则在竺道生"顿悟"之说的基础上提出了"折中儒释，顿悟成佛"的新思维、新思想。

　　谢灵运《辨宗论》曰："释氏之论，圣道虽远，积学能至，累尽鉴生，方应渐悟。孔氏之论，圣道既妙，虽颜殆庶，体无鉴周，理归一极。有新论道士以为，寂鉴微妙，不容阶级，积学无限，何为自绝。今去释氏之渐悟，而取其能至；去孔氏之殆庶，而取其一极。一极异渐悟，能至非殆庶，故理之所去虽合各取，然其离孔、释远矣。" 谢灵运说：佛家认为，成佛之路尽管艰难，但如果精进不懈，就能觉悟成佛。牵累灭除了，佛性也就显现了。这个过程，正与"渐悟"之法相应证。儒家认为，成圣之路非常微妙，即使像颜渊那样的大贤，也只能称作"亚圣"。圣人之道，实在很难探其究竟，依理而推，成圣是一蹴而就的，是直接领悟神圣之理念而实现成圣之结果的。竺道生的新观点认为，了知真如实相的那种境地是十分微妙的，并不

---

① 李运富编注：《谢灵运集》，岳麓书社 1999 年版，第 349 页。

是以循序渐进的方式达到的。如果以为可积学渐进，那么等于说成佛之路永无止境。谢灵运认为，佛者流的"渐悟"之论和儒者流的"殆庶"之谈应该摈弃，所可取者，乃佛者流的"能至"说和儒者流的"一极"说。谢灵运通过"辨划二家，斟酌儒道"而后各有取舍扬弃，虽说折中了儒、佛，却也不再是原来意义上的儒、佛了。因此可以说，谢灵运不仅赞同和发挥了竺道生的"顿悟"说，而且对于晋宋之际以后儒、佛在理论形态上趋于合流也起到了推波助澜的作用。

在晋宋之际，对佛教既崇信而又能反省之僧俗名流只有三人，那就是名僧竺道生、释慧琳和名士谢灵运。竺道生敢破敢立，独倡"善不受报"、"佛无净土"与"顿悟成佛"之说。谢灵运"笃好佛理"，时有新颖深刻之见：如曰："飞鸢有革音之期，阐提获自拔之路"，实乃"孤明先发"；又曰："渐悟"、"殆庶"之谈可舍，"一极"、"能至"之说可取，"敢以折中自许，窃谓新论为然"，则又说明了谢灵运敢于支持新论并有所发展，也是以其所谓的"慧业"作为重要基础的。释慧琳"邪说"迭出，竟至在谢灵运"辨划二家"，折中儒佛之后不久，假设"白"、"黑"二先生辩难而撰《均善论》，这显然也反映了谢灵运与释慧琳在儒佛融合之思想的起承转合的关系。此三子者，乃同时代的名流，亦为佛学思想方面相互激扬的法友。尤其在"顿、渐悟之争"的大讨论中，他们积极策划和参与，扮演了十分重要而且活跃的论辩角色，特别引人注目。应该看到，此三子笃好佛理，探赜索隐，敢破敢立，互相激发，体现和代表了晋宋之际僧俗界名流好佛理、尚文义的新玄学风尚①。并且，也正是伴随着这样的一种时代风尚，才迎来了自南朝开始的佛教中国化。

谢灵运一方面在铭序、论难、书信等应用性文体中表述与阐证关于成佛可能性以及方法的认识与见解；另一方面，在诗、赋、赞等文学性的体裁中也往往流露或表现他对涅槃佛性思想的信解与证悟。这一方面的作品有

---

① 关于谢灵运与慧琳的交往，可参见拙文：《谢灵运与"黑衣宰相"慧琳》，《宗教学研究》2007年第 2 期。

《和范光禄祇洹像赞并序》、《山居赋并序》、《石壁精舍还湖中作》以及《从斤竹涧越岭溪行》等诗文。

《和范光禄祇洹像赞并序》作于景平二年（424）二月。序云："范侯远送像赞，命余同作。神道希微，愿言所属。辄总三首，期之道场。"范侯，即范泰（355—428），字伯伦，东晋末为中书侍郎、尚书，刘宋初官紫金光禄大夫，后加位特进。据《广弘明集》卷十五，范泰有《佛赞》一篇："精粗事阻，始末理通。舍事就理，即朗祛蒙。惟此灵觉，因心则崇。四等极物，六度在躬。明发储寝，孰是化初。夕灭双树，岂还本无。眇眇远神，遥遥安如。愿言来朝，免兹沦湑。"谢灵运的《和范光禄祇洹像赞》共有三首。赞云：

> 惟此大觉，因心则灵。垢尽智照，数极慧明。三达非我，一援群生。理阻心行，道绝形声。
>
> ——《佛赞》
>
> 若人仰宗，发性遗虑。以定养慧，和理斯附。爰初四等，终然十住。涉求至矣，在外皆去。
>
> ——《菩萨赞》
>
> 厌苦情多，兼物志少。如彼化城，权可得宝。诱以涅槃，救尔生老。肇元三车，翻乘一道。
>
> ——《缘觉、声闻合赞》

第一首赞佛陀。大觉，指释尊之觉悟。佛彻悟宇宙与人生之真理，觉行圆满，故称为大觉。三达，即所谓天眼、宿命、漏尽。天眼了知未来生死因果，宿命了知过去生死因果，漏尽了知现在烦恼而断灭之。知道并且明了谓之"明"，明了并且通达谓之"达"。《大乘义章》曰："'明'共二乘，'达'唯如来。"在罗汉谓"三明"，在佛则谓"三达"。"非我"，谓此身亦不过地水火风假合而成，本无有我。此赞词中之"理"、"道"与"大觉"，意思相同，实指彻悟实相真如的涅槃，其境界是"垢尽智照，数极慧明"的"三达"，自我已解脱，复解脱众生。这首赞词诠解的是佛的觉行圆满的涅槃境界。

第二首赞菩萨。"菩萨"，是梵语"菩提萨垂"的简称，意谓上求菩提正觉，下化有情众生。既位次于佛，则曰"仰宗"。"宗"，即下文的"和理"，亦即上一首赞词中的"理"、"道"与"大觉"，亦即佛的涅槃境界。"性"，乃佛性。"虑"，指俗念。以下谓行于六度，渐修精进，四部众终然能得"大顿悟"。这里特别突出般若六度的重要性："以定养慧，和理斯附。"佛经曰："无慧者无定，无定者无慧。兼具定与慧，彼实近涅槃。"① 这首赞词诠解的是菩萨仰宗、显佛性、近涅槃之路径。

第三首合赞缘觉、声闻二乘。"缘觉"，指性乐寂静，独自悟道而不事说法教化的修行者，所以又称"独觉"。"声闻"，指听闻佛陀说法而依教向道的修行者。"化城"，谓幻化出来的城邑。化城得宝，为"法华七喻"之一，佛经中以此比喻小乘的涅槃果位。② "诱以涅槃，救尔生老"，这是声闻与缘觉的共同特征，谓其以灰身灭智为涅槃，注重个人证悟解脱而不致力于救拔众生，此正所谓"厌苦情多，兼物志少"。声闻与缘觉，谓之"二乘"，若共菩萨，则谓之"三乘"。三车，即羊车、鹿车、牛车，比喻三乘之人，意谓声闻以"四谛"为乘，缘觉以"十二因缘"为乘，菩萨以"六度"为乘，各以运度之法，运出"生死"轮回三界，而归于共同的涅槃境地。此即所谓"肇元三车，翻乘一道"。"一道"，犹一乘，谓修证佛果之法，实非有二乘、三乘，即或八万四千法门亦皆为悟入涅槃之方便权门。所以佛经云："一切无碍人，一道出生死。"③ 以此可见，一道即一如之道，即入涅槃之道，悟入涅槃，为成佛之不二法门也。这首赞词讲说的是缘觉、声闻二乘的修持特点，也从中突出了谢灵运对大乘涅槃思想的信解。

---

① 见三国吴维只难等所译：《法句经·比丘品》，《大正藏》第 4 册。
② 见《法华经》卷三《化城喻品》，《大正藏》第 9 册（下），第 25 页。
③ 见六十卷本《华严经》卷五《明难品》，《大正藏》第 9 册（中），第 429 页。

《石壁精舍还湖中作》一诗作于初隐始宁时，以诗中所描写的景物看，当在景平二年（424）之夏。诗云：

> 昏旦变气候，山水含清晖。清晖能娱人，游子憺忘归。出谷日尚早，入舟阳已微。林壑敛暝色，云霞收夕霏。芰荷迭映蔚，蒲稗相因依。披拂趋南径，愉悦偃东扉。虑澹物自轻，意惬理无违。寄言摄生客，试用此道推。

石壁精舍即招提精舍。湖，指巫湖。谢灵运在《游名山志》中记载说："巫湖三面悉高山，枕水渚，山溪涧凡有五处。南第一谷，今在所谓石壁精舍。"诗中"游子"谓游赏之人，乃作者自称。"清晖能娱人，游子憺忘归"两句，由屈原《九歌》中"羌声色兮娱人，观者憺兮忘归"化用而来。游赏所见的景象是：早晚之气候因时而异，早晨出发时日光和煦，傍晚回归时夕照朦胧。山林溪谷渐渐隐于暝色之中，山色云气慢慢模糊起来。湖面上芰菱与荷莲相互辉映，蔚郁多彩；湖水中葛蒲与稗草彼此牵扶，倚傍依托。山水气候，风光景物，一切的一切，都是那么的自然、安然，与时推移，随遇而安。"清晖能娱人，游子憺忘归"，"披拂趋南径，愉悦偃东扉"，人在景中，人亦为景同化，物我合一。清心寡欲，恬静无碍，这正是"娱人"与"愉悦"的因子，领会了这层意蕴，也便悟出了涅槃真如之理。

纪游和写景是谢灵运山水作品中的主干部分，其次则有抒怀部分与言玄部分。纪游部分往往或描述行程之远，或叙说历时之久，刻画出一个沉湎山水，"肆意游遨"，"所至辄为诗咏，以致其意焉"① 的诗人自我形象。庐山慧远之弟子宗炳说，"山水以形媚道"，谢灵运沉湎山水，亦在于"澄怀观道"，去滞灭累。这在他的山水作品中有比较明确的表述。如《游名山志并序》中说："夫衣食，人生之所资；山水，性分之所适。今滞所资之累，拥其

---

① 见《宋书》卷六十七《谢灵运传》。

所适之性耳。"又如《山居赋》中说:"研精静虑,贞观厥美。怀秋成章,含笑奏理。"又自注云:"谓少好文章,及山栖以来,别缘既阑,寻虑文咏,以尽暇日之适。便可得通神会性,以永终朝。"抒怀与言玄部分常常结合写景,表达作者顿悟灭累的惬意之情。如《从斤竹涧越岭溪行》中说:"情用赏为美,事昧竟谁辨。观此遗物虑,一悟得所遣。"诗中所谓"物虑",意为"俗念";"一悟",则是"顿悟"之意。又如《山居赋》中说:"山中兮清寂,群纷兮自绝。周听兮匪多,得理兮俱悦。"赋中所谓"群纷",亦乃"俗念"之意;"得理",则与"一悟"意同。写景部分时见脍炙人口的名句。例如:

白云抱幽石,绿筱媚清涟。

——《过始宁墅》

池塘生春草,园柳变鸣禽。

——《登池上楼》

白芷竞新苕,绿蘋齐初叶。

——《登上戍石鼓山》

泽兰渐被径,芙蓉始发池。

——《游南亭》

野旷沙岸净,天高秋月明。

——《初去郡》

芰荷迭映蔚,蒲稗相因依。

——《石壁精舍还湖中作》

初篁苞绿箨,新蒲含紫茸。海鸥戏春岸,天鸡弄和风。

——《于南山往北山经湖中瞻眺》

蘋萍泛沉深,菰蒲冒清浅。

——《从斤竹涧越岭溪行》

原隰荑绿柳,墟囿散红桃。

——《从游京口北固应诏》

袅袅秋风过，萋萋春草繁。

　　　——《石门新营所住，四面高山，回溪石濑，茂林修竹》

山头方石静，洞口花自开。鹤背人不见，满地空绿苔。

　　　　　　　　　　　　　　　　　　　　　——《委羽山》

从上引诗文句例看，谢灵运山水作品中的选景取象以清虚寂寞者为多，所描写的景物与事象常显现出摇曳多姿与无碍自足的天趣与特征。佛经云："一切众生皆有佛性。"谢灵运曰："物有佛性，其道有归。"① 显而易见，谢灵运描写景物的佛学取意乃倾向于表达"无情有性"这一涅槃佛性思想，此正所谓"青青翠竹尽是真如，郁郁黄花无非般若"② 也。

（原载《中国诗歌研究动态》2008 年第 4 辑，
署名姜剑云、王岩峻，略有改动）

---

① 谢灵运：《辨宗论·答慧琳问》，《全宋文》卷三十二，严可均校辑：《全上古三代秦汉三国六朝文》，中华书局 1958 年版，第 2614 页。
② 见《五灯会元》卷三，中华书局 1984 年版，第 945 页。

论谢灵运对般若性空的认识
与诗文创作

　　般若，是梵语词 Prajna 的音译，意译为"智慧"、"明"等。全称是"般若波罗蜜"，译为"智度"，意思是通过智慧达于涅槃之彼岸。这种智慧是成佛所需的特殊认识，非世俗人所能有。其理论之内核在"缘起性空"四个字。这种观点认为，万事万物以及各种世俗认识、精神现象，皆为因缘和合而生，并无自性，诸行无常，万法皆空。所谓万法无生无灭，无相无想，无住无得，自性为空。"自性"总是名言概念，虚幻不实，亦名"无我"。故曰："众生空，法空，终归一义，是名'性空'。"（《大智度论》卷三十一）能如此解悟，便成就般若智慧，超越世俗认识，把握诸法实相。般若性空之智慧，能够去无明，断一切惑。

　　佛法东渐。到了谢灵运的时代，佛教中般若类重要经典基本上已经译介流播于中土。

　　最早译介《般若经》的僧人是东汉的支娄迦谶。他译成的《般若道行品经》十卷，与三国吴支谦所译《大明度无极经》四卷、后秦鸠摩罗什所译《小品般若波罗蜜经》十卷，乃同本异译。西晋先后两译《大品般若》：太康七年（286），竺法护所译为《光赞般若经》十卷；元康元年（291），无罗叉与竺叔兰所译为《放光般若经》二十卷。后秦鸠摩罗什所译般若类经典有：《摩诃般若波罗蜜经》二十七卷、《小品般若》十卷、《金刚般若波罗蜜经》一卷、《仁王般若波罗蜜经》二卷、《摩诃般若波罗蜜大明咒经》一卷。

学界研究认为，在大乘经中，般若类经出现得最早，而在般若类经中，又数《金刚经》出现得最早。

在中土，最早译《金刚经》的是鸠摩罗什。汉译《金刚经》有六七种，一般认为第二译为元魏菩提流支所出。但北宋僧人文莹《玉壶清话》卷二有这样一段故事："江南边镐初生，其父忽梦谢灵运持刺来谒，自称前永嘉守，修髯秀彩，骨清神竦，所被衣巾轻若烟雾，曰：'欲托君为父子。顷寄浙西飞来峰翻译《金刚经》，然其经流分中有未合佛旨处，愿寄君家刊正。无他祝，慎勿以荤膻哦我，及七岁放我出家为真僧，以毕前经。'梦讫，镐生。眉貌高古，类梦中者，父爱之，小字康乐。"谢灵运十五岁之前在钱塘杜明师道馆中生活了十二年之久，道馆附近有飞来峰灵隐寺、下天竺寺这样的佛教名刹，且有东晋咸和（326—334）初，兼通梵汉的印度高僧慧理所创建的翻经院。谢灵运的佛、道涵养相当程度上当是在这个时期培养起来的，并且，对梵语的学习与掌握也应该是在这个时候。这一点，从他后来参加润改《华严经》，改治《大般涅槃经》，又撰写《十四音训叙》等重要佛教活动，可以推知。另外，钱塘灵隐山北坞有"客儿亭"，南坞有"翻经台"，传说都与谢灵运有关（见契嵩《镡津文集》卷十二）。种种这些文献记载与因果联系促使我们相信：谢灵运曾经翻译过《金刚经》。而果真如此，谢灵运便成为《金刚经》众译家中的第一位华人和在家佛教修行者。再者，果真谢灵运译《金刚经》于钱塘是在十五岁之前，那么这不仅比菩提流支早了一百年左右，而且比鸠摩罗什还要早出数年。

谢灵运通梵文，又信解佛教，所以，注解《金刚经》，他兼具了主、客观两方面的条件。不少史料文献中提到了谢灵运的《金刚经注》。例如唐代李俨《〈金刚般若经集注〉序》中说："然此梵本，至秦弘始，有罗什三藏于长安城创译一本，名舍卫国。暨于后魏宣武之世，有流支三藏于洛阳城重翻一本，名舍婆提。……兼有秦世罗什、晋室谢灵运、隋代昙琛、皇朝慧净法师等，并器业韶茂，博雅洽闻，耽味兹典，俱为注释，研考秘赜，咸骋异义。"（见唐释道宣《广弘明集》卷二十二）又例如宋代王安石《进二经札子》中说："切观《金刚般若》、《维摩诘所说经》，谢灵运、僧肇等注多失其旨。又疑世所传天亲菩萨、鸠摩罗什、慧能等所解，特安人窃藉其名，辄以己见，为之训释。"对于谢灵运注释《金刚经》，唐人李俨称美，宋人王安石有所贬抑，态度不一。谢灵运《金刚经注》之全貌今已不可睹，所可考见者，仅有两处共十四条佚文。两条见于唐代李善《文选注》，十二条见于明代朱棣《金刚经集注》。从这有限的存世佚注中，我们约略能够窥见谢灵运关于佛教尤其是般若性空理论的一些认识：

其一，谢灵运于注文中反复表达了他对佛教"圣者"及其"菩提妙果"的崇拜与赞美之情。

《金刚经》云："须菩提，菩萨无住相布施。福德亦复如是不可思量。须菩提，菩萨但应如所教住。"谢灵运《金刚经注》云："圣言无谬，理不可越，但当如佛所教而安心耳。"①

按，谢灵运有一句名言说："六经典文，本在济俗为治，必求灵性真奥，岂得不以佛经为指南耶？"② 以佛经为人生指南，这是谢灵运对儒、佛经典进行了比较之后所作出的结论和抉择，其与"圣言无谬，理不可越，但当如佛所教而安心耳"之论，在人生价值取向之思考方面，精神内涵是完全一致的，可互为注脚与印证。比较起来看，谢灵运一生中，佛学方面的建树远远大于儒学。

《金刚经》云："复次，须菩提，随说是经乃至四句偈等，当知此处，一切世间天人、阿修罗，皆应供养如佛塔庙。"谢灵运《金刚经注》云："封殡法身谓之塔，树像虚堂谓之庙。圣体神仪，全在四句。献供致敬，宜尽厥心也。"

---

① 朱棣：《金刚般若波罗蜜经集注》，上海古籍出版社据明永乐内府刻本影印，1984 年。下引同。
② 见《高僧传》卷七《慧严传》宋文帝引谢灵运、范泰语，《大正藏》第 50 册，第 368 页。

按，佛经中的偈颂，多以四句为一偈，往往能够涵盖经论要义，所以说，哪怕是以四句偈教人，也是功德无量的。经云："劝诸众生，同发此心，以真实法一四句偈施一众生，使向无上正等菩提，是名真实波罗蜜多。"① 又据《隋唐嘉话》卷下记载，元嘉十年（433）谢灵运于广州临刑时，还将髭须施为南海祇洹寺维摩诘须。可见他对圣体神仪是何其崇拜，而献供致敬又是何其尽心。

《金刚经》云："须菩提，如来是真语者、实语者、如语者、不诳语者、不异语者。"谢灵运《金刚经注》云："真，不伪。实，无虚。如，必当理。不诳，则非妄语。不异，则始终恒一。圣言不谬，故宜修行也。"

《金刚经》云："须菩提，当知是经义不可思议，果报亦不可思议。"谢灵运《金刚经注》云："万行渊深，义且难测，菩提妙果，岂有心之所议？"

其二，谢灵运信解并阐说般若性空思想。

《文选》卷五十九王简栖《头陀寺碑文》中有句云"是以如来利见迦维"，李善注曰："如来，佛号。谢灵运《金刚般若经注》曰：'诸法性空，理无乖异，谓之为如。会如解故，名如来。'"据昭明太子所分三十二品《金刚经》之文本，"如来"二字最早出现在第二品《善现启请分》："如来善护念诸菩萨，善付嘱诸菩萨。"以此看来，李善所引谢灵运的这一条佚注当是解释《金刚经》该句中"如来"二字的。所谓"诸法性空，理无乖异"，与前所引谢注"圣言无谬，理不可越"和"圣言不谬，故宜修行也"以及"菩提妙果，岂有心之所议"云云者，所表达的思想内涵是一致的，表明了谢灵运对般若性空理论的信解与赞美。谢灵运对般若空观的认识与阐说又见于以下一些佚注：

《金刚经》云："须菩提言：'甚多，世尊。''何以故？''是福德，即非福德性。是故如来说福德多。'"谢灵运《金刚经注》云："福德无性，可以因缘增多。多则易著，故即遣之。"

---

① 见《大乘本生心地观经》卷二，《大正藏》第3册（下），第300页。

《金刚经》云："'须菩提，于意云何？阿罗汉能作是念：我得阿罗汉道不？'须菩提言：'不也，世尊。''何以故？''实无有法名阿罗汉。世尊，若阿罗汉作是念：我得阿罗汉道。即为着我、人、众生、寿者。'"谢灵运《金刚经注》云："阿罗汉者，无生也。相灭生尽，谓之无生。若有计念，则见我、人起相也。有注云：阿罗汉者，生已尽，行已立，所作已辨，不受后有。故于诸相诸法实无所得，更不于三界内受生，故名不生。"

《金刚经》云："'须菩提，于意云何？三千大千世界所有微尘，是为多不？'须菩提言：'甚多，世尊。''须菩提，诸微尘，如来说非微尘，是名微尘；如来说世界，非世界，是名世界。'"谢灵运《金刚经注》云："散则为微尘，合则成世界。无性，则非微尘世界；假名，则是名微尘世界。"

《金刚经》云："复次，须菩提，是法平等，无有高下，是名阿耨多罗三藐三菩提。"谢灵运《金刚经注》云："结成菩萨义也。人无贵贱，法无好丑，荡然平等，菩提义也。"

其三，谢灵运继承和发挥的是大乘佛教我法两空、有无并遣的中观思想。

《金刚经》云："'何以故？''如来所说法皆不可取，不可说，非法，非非法。'"谢灵运《金刚经注》云："非法，则不有；非非法，则不无。有、无并无，理之极也。"

《金刚经》云："须菩提，说法者，无法可说，是名说法。"谢灵运《金刚经注》云："教传者，说法之意也。向言无说，非杜默而不语，但无存而说，则说满天下。无乖，法理之过。无存，谓不著诸相，心无所住也。"

谢灵运关于般若性空的信解，不仅明确地表述于《金刚经注》中，而且也往往体现到了他的诗文创作之中。

元熙二年，谢灵运著《庐山法师碑》，其中写道："法师藉旷劫之神明，表今生之灵智。道情深邃，识鉴渊微。般若无生之津，道行息心之观，妙理与高悟俱彻，冥宗与深心等至。"这里所说的"般若"、"道行"，即指《般若道行品经》等般若类经典。"无生"，与"息心"亦意思相同。所谓"无生"，亦称"无生法"，认为种种事物与现象的生灭与变化，皆为世俗虚妄分别的产物，故其本质在于"无生"，而既无生，则亦无灭。所以，一切法，一切相，皆由心生，唯"息心"则"无生"，寂静即涅槃，此乃诸法"实相"。慧远法师栖寄庐山，"俯仰尘化之域，游神无生之门"，"自枕石漱流，始终一概，恬智交养，三十余载"。谢灵运认为，慧远法师息心空谷，俯深怀清，实乃深悟般若性空之"妙理"者。所以，慧远去世四年之后，谢灵运再一次撰写哀悼之文，"扬德金石"，对慧远法师之般若妙智表达了由衷的钦赞之情。

元嘉二年，谢灵运在另一篇哀祭文章《昙隆法师诔并序》中，以叙写昙隆变服出家的过程，表达了对于般若空义的思考："悠悠白日，凄凄良夜。年往欢流，厌来情舍。苦乐环回，终卒代谢。弃而更适，生速名借。谁能易夺，何术推移？精粗浑淆，善恶参差。即心有限，在理莫规。试核众肆，庶获所窥。道家踬近，群流缺远。假名恒谁，傍义岂反？独有兼忘，因心则善。伤物沉迷，羡彼驱遣。"世俗之人饱受贪嗔痴因缘三毒，今生后世身心苦痛，生死轮回。试想生命何其短暂，名利终属虚妄，而世人迷乱堪悲，达士避世足羡呵。还是内求诸己，即心成佛矣。正由于悟出了世事迁流变幻不已，诸行无常之理，昙隆法师终于"变服京师，振锡庐顶，长别荣冀，永息幽岭，舍华袭素，去繁就省，人苦其难，子取其静"。从谢灵运的描述中，我们还可以看到，昙隆法师既是一个灰身灭智的头陀僧，又是一个"节苦在己，利贞在彼"，"乘心即化，弃身靡叹"的大乘菩萨行思想的修行者。如诔序中写道："（昙隆法师）旅舟南溯，投景庐岳。一登石门香炉峰，六年不下岭。僧众不堪其操，法师不改其节。援物之念，不以幽居自抗。同学婴疾，振锡万里相救。"昙隆法师一方面悟空遣有，独善其身，又一方面则慈悲为怀，普度众生。谢灵运引昙隆法师以为同调，辞永嘉而山居始宁后，"承风遥羡"，"颇以山招"，与昙隆法师"茹芝术而共饵，披法言而同卷者，再历寒暑"。其谓自我感觉曰："非直山阳靡喜愠之容，令尹一进已之色；实明悟幽微，祛涤近滞，荡杳澡垢，日忘其疾。"可以认为，谢灵运之所以在永嘉太守任仅一年，便不顾亲朋的一再劝阻而毅然归隐，其中一个重要的原因乃在于他对佛教般若空观的深彻信解。

谢灵运深入体悟般若性空思想的作品又有著名的组诗《维摩经十譬赞》，共八首。诗云：

水性本无泡，激流遂聚沫。即异成貌状，消散归虚壑。君子识根本，安事劳与夺。愚俗骇变化，横复生欣怛。

　　　　　　　　　　　　　　　　　　——《聚沫泡合》

性内相表状，非炎安知火。新新相推移，荧荧非向我。如何滞著人，终岁迷因果。

　　　　　　　　　　　　　　　　　　——《焰》

生分本多端，芭蕉知不一。含萼不结核，敷华何由实。至人善取譬，无宰谁能律。莫昵缘合时，当视分散日。

　　　　　　　　　　　　　　　　　　——《芭蕉》

幻工作同异，谁谓复非真。一从逝物过，既往亦何陈。谬者疑久逝，达者皆自宾。勿起离合情，会无百代人。

　　　　　　　　　　　　　　　　　　——《聚幻》

觉谓寝无知，寐中非无见。意状盈眼前，好恶迭万变。既悟眇已往，惜为浮物恋。孰视娑婆尽，宁当非赤县。

　　　　　　　　　　　　　　　　　　——《梦》

影响顺形声，资物故生理。一旦挥霍去，何因相像似。群有靡不然，昧漠乎自己。四色尚无本，八微欲安恃。

　　　　　　　　　　　　　　　　　　——《影响合》

泛滥明月阴，荟蔚南山雨。能为变动用，在我竟无取。俄已就飞散，岂复得攒聚。诸法既无我，何由有我所。

　　　　　　　　　　　　　　　　　　——《浮云》

倐烁惊电过，可见不可逐。恒物生灭后，谁复核迟速。慎勿空留念，横使神理恶。发己道易孚，忘情长之福。

——《屯》

　　八首诗描写了大千世界中的十种事物或现象，涉及了人事的、自然的、精神的等种种习见的事物现象。篇幅上除《焰》一首为六句外，其余皆为八句。结构上大致为前半部（多为四句）说因缘和合而生种种"相"，后半部则即此悟言般若性空之"理"。如《聚沫泡合》一首。前四句言水因激流而生泡、聚沫，随环境、条件的变异而有种种不同的状态，但因缘灭而泡、沫随之灭。后四句以议论指出，"君子"能够透过现象认识到本质，而"愚俗"则起颠倒想，动不动就作无谓的喜悦或悲伤。《聚幻》一首意谓：玩魔术的人能够演变出非常逼真的假象，令人信以为真。世间种种相稍纵即逝，变幻莫测，而一切又无不成为过去，化为乌有，还有什么可追说与值得留恋的呢？不明真相者总怀疑万法性空之理，了知实相者则能随缘无我，以为一匆匆过客而已。世无百代之人，何必为生离死别而生悲喜之情呢？《影响合》一首说，阴影随形而生，回响依声而起，都有所凭藉，不能自我主宰。一旦间所依附者销声匿迹，那也会跟着灰飞烟灭。世间万物无不如此，都在混沌迷茫中随生随灭。地水火风，四大皆空，青黄赤白，四色诞幻①。既然万法并无自性，那么，所谓坚湿暖动色香味触之八微者②，则无依无凭，并无准的了，还执着什么呢？

　　《维摩诘所说经·方便品第二》云："维摩诘因以身疾，广为说法：'诸仁者，是身无常，无强无力无坚，速朽之法，不可信也。为苦为恼，众病所集。诸仁者，如此身，明智者所不怙。是身如聚沫，不可撮摩；是身如泡，不得久立；是身如焰，从渴爱生；是身如芭蕉，中无有坚；是身如幻，从颠

---

　　① 佛经中有"四色"之说，指青、黄、赤、白四色。见《顶生王因缘经》卷四，《大正藏》第3册（中），第401页。

　　② 佛经中有"八微"之说："言八微者，坚、湿、暖、动、色、香、味、触者是也。"见《华严五教止观》卷一，《大正藏》第45册（下），第509页。

倒起；是身如梦，为虚妄见；是身如影，从业缘现；是身如响，属诸因缘；是身如浮云，须臾变灭；是身如电，念念不住。'"①谢灵运之《维摩经十譬赞》组诗便是因喻设题，分别咏叹。诗有八首，而主题只有一个，即《金刚般若波罗蜜经》佛告须菩提所言："一切有为法，如梦幻泡影，如露亦如电，应作如是观。"②

在中国文学史上，谢灵运被冠以"山水诗派之鼻祖"的殊荣。我们看到，般若性空思想也反映到了谢灵运的山水诗创作之中。

《石壁立招提精舍》是谢灵运的山水名篇之一。诗云："四城有顿踬，三世无极已。浮欢昧眼前，沈照贯终始。壮龄缓前期，颓年迫暮齿。挥霍梦幻顷，飘忽风电起。良缘迨未谢，时逝不可俟。敬拟灵鹫山，尚想祇洹轨。绝溜飞庭前，高林映窗里。禅室栖空观，讲宇析妙理。"诗题中"石壁"指始宁庄园中的石壁山，"招提"为梵语，意为四方。"招提精舍"指供游方僧息肩以布教的寺院。这首诗与作者的其他山水诗篇颇有些不同，写景句不多，却见幽寂之境，令人羡慕向往。此境之中，象不纷繁，只有庭前飞瀑，映窗高林，但淡淡数语点染，尺幅之中尽展山水万里，已令读者身临其境，以为山已高不可攀，林亦深不可测。联系前面的议论，后面的抒怀，则此处的摹景已写足了佛法无边、禅趣深缈之意。谢灵运是山水诗人，亦为著名画家，其在宗教题材的"佛菩萨相"绘画方面，有着"独步一时"的历史地位与影响。③ 即以《石壁立招提精舍》一诗来看，飞瀑、深林、精舍，以及说法的人，静中有动，又以动衬静。于是，一种闲适自足、真空妙有的禅境出现了。后四句实乃诗中有画，而前面的十二句悟解般若空观的议论，则渐次成为产生这一禅境的铺垫，令读者渐次认识到"是身如幻"，"是身如梦"，"是身如电"，"是身如影"④，从而于不知不觉中身临禅那之境，领悟

---

① 见《维摩诘所说经·方便品第二》，《佛学十三经》，北方文艺出版社1997年版，上册，第48页。

② 见《金刚经·应化非真分第三十二》，《佛学十三经》，北方文艺出版社1997年版，上册，第14页。

③ 参郑午昌：《中国画学全史》，上海书画出版社1985年版，第74页。

④ 见《维摩诘所说经·方便品第二》，《佛学十三经》，北方文艺出版社1997年版，上册，第48页。

到般若空观之"妙理"。

《委羽山》是新发现的谢灵运的一首山水诗:"山头方石静,洞口花自开。鹤背人不见,满地空绿苔。"① 委羽山在今浙江黄岩市城南五里,道家称为天下第二洞天。《舆地纪胜》卷十二记载:委羽山"山东北有洞,世传仙人刘奉林于此控鹤轻举,尝坠翮焉,故以为名。"道家者流炼丹服丹,求长生成仙,然而无论历史与现实都说明了求仙成仙纯属痴心妄想。谢灵运此诗仅四句二十字,以客观和冷静的写景,去滞遣有,形象地表达了诸行无常、万法皆空的佛教般若思想。

(原载《保定学院学报》2012 年第 3 期,
署名姜剑云、许海岩,略有改动)

---

① 《光绪黄岩县志》卷四十,转引自徐逸龙:《谢灵运(瓯)江北游踪考述》,见黄世中编选:《谢灵运在永嘉(温州)》,广西师范大学出版社 2001 年版。

谢灵运山水诗艺术特征辩说

关于谢灵运山水诗的艺术特征，文学史上有两种看似矛盾的观点值得我们深思。一种观点认为谢诗尚"巧似"。钟嵘说："其源出于陈思，杂有景阳之体。故尚巧似，而逸荡过之，颇以繁芜为累。"① 与此相关，论及谢灵运诗歌创作态度时，宋人黄庭坚云："谢康乐、庾义城之诗，炉锤之功，不遗余力，然未能窥彭泽数仞之墙者。二子有意于俗人赞毁其工拙，渊明直寄焉。"②（《韵语阳秋》）清人方东树云："康乐固富学术，而于《庄子》郭注及屈子尤熟，其取用多出此。至其调度运用，安章琢句，必殚精苦思，自具炉锤，非若他人掇拾饾饤，苟以充给，客气假象为陈言也。"③ 二人都提到了谢诗创作中的"炉锤"之功。而所谓"炉锤"之功，就是在诗歌创作中，对词语进行精心选择、反复推敲、刻意加工。经过这样千锤百炼、穷力追新，以此来"极貌以写物"，以此达到"巧似"之境界。

另一种观点认为谢诗风格"自然"。鲍照在评论谢灵运与颜延之诗之优劣时说："谢五言如初发芙蓉，自然可爱。"④ 汤惠休说："谢诗如芙蓉出水。"⑤

---

① 见钟嵘：《诗品》卷上。
② （清）何文焕辑：《历代诗话》，中华书局1981年版，第507页。
③ （清）方东树著，汪绍楹校点：《昭昧詹言》，人民文学出版社1961年版，第146页。
④ 见《南史》卷三十四《颜延之传》。
⑤ （清）何文焕辑：《历代诗话》，中华书局1981年版，第13—14页。

二人都是在赞美谢诗风格的自然。与此相关，论及谢灵运诗歌的创作态度时，就不是强调"炉锤"之功了，而是另外一种说法。宋人吴可《学诗》曰："学诗浑似学参禅，自古圆成有几联？春草池塘一句子，惊天动地至今传。"唐皎然《诗式》曰："康乐公早岁能文，性颖神澈。及通内典，心地更精，故所作诗，发皆造极。得非空王之道助邪？夫文章，天下之公器，安敢私焉？曩者尝与诸公论康乐为文，直于情性，尚于作用，不顾词彩，而风流自然。"①把谢诗风格之自然归诸"参禅"、"性情"、"空王之道"（即佛道）。

然则谢灵运山水诗之艺术特征究竟是"巧似"还是"自然"？谢灵运之于诗歌创作是不废"炉锤"之功还是得"空王之助"、"直于性情"、妙手偶得？二者是矛盾的，还是具有某种辩证关系？我们认为，谢灵运在诗歌创作中不废"炉锤"之功，反复推敲，摛藻炼句，力求"巧似"，山水景物描写努力追摹自然之真、巧夺造化之妙，以至于有些句子达到了"自然"之境界。

一、"巧"，即思巧，指构思方面，使作品具有"理趣"或"神理"

诗歌中山水描写贵在传神。诗人往往遗貌取神，抓住事物的主要特征，留下广阔的想象空间，山水景物之神韵就会在读者的想象中产生。谢灵运则不然，他的笔下"大必笼天海，细不遗草树"（白居易《读谢灵运诗》），对所写景物进行细致的描摹刻画。然而这样做的弊病就是容易使景物过于实在，从而失去其神韵。但是，谢灵运经过巧妙的构思，抓住景物的"神理"，使琐屑的景物各个自足，展现出生命的美。

在文学创作中，"神"这一概念有两种含义：一是创作主体之"神"。如在《文心雕龙》中，有《神思》篇，其中的"神思"指创作主体的联想和想象。二是创作客体之"神"。指作者笔下所描写的人物或自然景物所具

---

① 皎然著，李壮鹰校注：《诗式校注》，人民文学出版社 2003 年版，第 118 页。

有的精神风貌。此处，我们讨论的正是创作客体之"神"，具体来说，就是谢灵运笔下的山水景物的精神风貌。

"理"可以理解为规律，是谢灵运的最高哲学概念，他所信奉的各种学说，终归一个"理"字。"理"既存在于诗人的主观意识里，还存在于宇宙万物中，就像道家所讲的"道"，佛家所讲的"真如"。谢灵运在描写山水景物的时候，经过巧妙的构思，使"神理"贯注其间，使景物描写不仅形似，而且气韵生动。

如何才能使"神理"贯注其间呢？清人沈德潜《说诗晬语》说："大约匠心独造，少规往则，钩深极微，而渐近自然，浏览闲适中，时时浹洽理趣。"① 就是说创作主体要抛弃一切规则的束缚，驰骋神思，体会、把握山水景物的规律和极细微的特色，再用语言表现出这种规律和特色，追求与自然的无限接近。万物之所以呈现这样或那样的状貌，自然有它的道理，亦即"万物有成理而不说"（《庄子·知北游》），把握住了这种"理"，所描写的山水景物就会接近自然。在谢灵运的诗歌中，我们发现，凡是传神的景物描写，首先必然符合自然之理；其次，诗歌是人类的精神产品，蕴含着作者独有的情感意趣。自然之理与作者的情感意趣相融合，诗歌才能具有神韵理趣。今撷取几例，试作分析：

　　　　白云抱幽石，绿筱媚清涟。

——《过始宁墅》

以上两句诗烘托出一种静谧的氛围。没有一丝风，白云在山间弥漫，青黑的山石在其间若隐若现，好像被白云环抱。如果风吹云走，白云就抱不住幽石了。山石、白云虽然无言，一个"抱"字却传达出静谧的信号，隐含着自然之理。翠绿的竹子倒映在清清的溪流中，既无激流猛浪，又非死一般

---

① （清）沈德潜：《说诗晬语》，《清诗话》，上海古籍出版社 1978 年版，第 532 页。

的沉寂，而是回荡着阵阵涟漪，平添了灵动的韵味。关于作者的情感意趣，体现在两个动词的运用上：一是"抱"，白云好像有了生命，有了情感，轻轻拥抱沉睡的幽石；二是"媚"，绿筱仿佛绿衣少女，与清涟眉目传情。绿筱与清涟之间融入了作者独到的体验，使景物描写韵味悠长。

　　岩下云方合，花上露犹泫。

——《从斤竹涧越岭溪行》

　　诗句描写黎明时分诗人沿溪而行所见的景色。山岩之下，云雾涌动开合；花瓣上露珠晶莹，滚动欲滴。首先说自然之理：黎明的山间，太阳还没有出来，云雾较多，时开时散。浓浓的雾气容易结为露珠，露珠多了，就会滚动滴落。其中，"方"字、"犹"字用得传神。"方"是方才，云雾方才合拢，说明云雾起初是散开的状态，这样就描画了一幅云雾开合涌动的图景。再者，诗句中只出现了"合"的动作，"开"的动作需要你用联想去补充，形成云雾涌动的想象效果。"犹"是仍然，花瓣上的露珠仍然在滴落，说明雾气之重，露珠之多。这两个字的运用，不仅使画面具有立体感，还暗示了时间的长度，更接近自然的真实。这两个字的运用，诚可谓巧矣！

　　大自然生生不息，变化无端。按照佛家的观点，一山一水、一草一木都是佛的化身。"空即是色，色即是空"，山水景物表象为"色"，空幻而灵动。这种自然，也是蕴含了作者佛家观念的自然。面对这景物，作者的情感是由欣赏而生的淡淡的喜悦和轻松的心情。作者说："情用赏为美。"又说："观此遗物虑，一悟得所遣。"（《从斤竹涧越岭溪行》）两句之中，融合了作者的自然之理、佛家之意、喜悦之情。

　　密林含余清，远峰隐半规。

——《游南亭》

诗句描写了作者游南亭时傍晚所见的景色。大雨过后，稠密的山林中清凉怡人；红日西坠，远远的山峰遮住了半个太阳。作为自然之理，雨后本该清凉，此不必说。关键是清凉存在的状态，作者用一个"含"字把这种状态表现无遗。雨后的清气，视之不见，即之可感，弥漫在密林之间，一个"含"字恰如其分的写出了这种状态。作者巧用这一字，达到了妙造自然的效果。

作者所描绘的山林落日图是一幅立体的图景。"密林"乃是近景，与远峰对比就可以想见。"余清"是触觉描写，更暗示了"密林"之近。落日为远景，作为衬托的远峰，可谓中景。这样，近景密林、中景远峰、远景落日构成了一幅立体的雨后山林落日图。作者用巧妙的构图，力求追摹自然之真，若非得自然之神理，何以至此？

至于作者的情感意趣，只能结合全篇来看。作者感慨时光匆匆、老年将至，流露出决心归隐的情绪。这两句的景物描写，清冷的山林恰似作者落寞的心情，半隐的落日更会勾起伤逝的情怀。

谢灵运巧妙地把自然之理、个人的情感意趣，融入景物描写之中。在构思过程中，作者可能没有这么细致的理论思考，但他强调的是"匠心独造"、"钩深极微"，尽量让诗句符合心中的自然，无论是冥思苦想，还是妙手偶得，最终的目的是心中的神理意趣"猝然与景相遇"（叶梦得《石林诗话》），也就是刘勰所谓"契机者入巧"（刘勰《文心雕龙·丽辞》），这样就达到了创作中的大巧。

二、"似"，即形似，指刻画方面，极貌写物，穷形尽相。力争夺造化之功，臻神似之境

刘宋时期，"情必极貌以写物"（《文心雕龙·明诗》）成为创作风气。在这种风气影响下，谢灵运笔下的山水景物追求形似。但不是一般的形似，而是极貌写物、穷形尽相，追求自然主义的细节的真实。同时，他又高出自

然主义，蕴含着玄学的所谓"真意"。这样，谢灵运笔下的山水就不是徒具其表的无生命的"山水"，而是蕴含自然真意，具有生命活力的"真"山水。

细节的真实首先包括水流、山石、花草等事物的形状的如实描写，往往一字传神。如："乱流趋孤屿，孤屿媚中川。"（《登江中孤屿》）一个"乱"字，描画出水流的形状。江宽流急，虽没有浪花飞溅，但急流激起的水波呈混乱的流线状，如一幅工笔画，细微传神之处如在目前。一个"媚"字，把孤屿写活了。我们似乎看到孤屿有了生命，在江流中呈现娇媚的风姿。传统的中国文论认为这种手法叫做移情；西方的格式塔心理学派认为，任何形式都具有表现性；而在谢灵运看来，或许是山水在以形媚道，传达着难以言传的真意。再如："白芷竞新苕，绿蘋齐初叶。"（《登上戍石鼓山》）从状物的角度讲，"绿蘋齐初叶"五个字之中，就有三个字在状物。"绿"描写水草的颜色，"齐"描写水草叶子的形状，"初"代表叶子刚刚抽出，是嫩叶。真是穷形尽相，极力巧构形似之言。不过，能够传达景物神韵的还是第一句，描写白芷和新发芽的芦苇竞相生长，一个"竞"字，烘托出水草蓬勃的生机。他描画的不是一幅画，而是真正的自然。

谢灵运不仅是文学家，还是当时著名的画家，其诗歌创作不可避免地受到绘画观念的影响，明代谢榛评论道："谢灵运'池塘生春草'，造语天然，清景可画，有声有色，乃是六朝家数，与夫'青青河畔草'不同。"① 因此，在他的诗里非常注意色彩、光线、色调以及绘画技法的运用。在《从游京口北固应诏》一诗中，有"白日"、"绿柳"、"红桃"等意象。在《入华子岗是麻源第三谷》一诗中，有"碧涧"、"红泉"等意象。如果把谢灵运的诗歌比作一幅画的话，它不是素雅的水墨画，而是秾丽的水粉画，着色鲜明的意象为他的诗歌增添了斑斓的色彩。至于光线的运用，也不乏其例。如他的《过瞿溪山饭僧》，作者起首写道："迎旭凌绝嶂，映泫归溆浦。"交代了

---

① （明）谢榛著，宛平校点：《四溟诗话》，人民文学出版社 1961 年版，第 46 页。

诗人的游踪：早晨，诗人迎着初升的太阳，沿着崎岖陡峭的山路攀登。又在流水朝阳的辉映中，来到小溪的岸边。诗人的行踪笼罩在流水朝阳的辉映中，给人的感觉明媚而神圣。他的另一首《石壁精舍还湖中作》描写了傍晚的暮色："林壑敛暝色，云霞收夕霏。"由于林密壑深，到了傍晚，山间光线暗淡了下来；晚霞也变得模糊起来。高明的画家为了表现微妙繁复的自然，不仅注意光线的运用，还要注意色调的运用。如："青翠杳深沉"，"夕曛岚气阴"（《晚出西射堂》），运用的是暗色调；"野旷沙岸净，天高秋月明"（《初去郡》），运用的是明色调。说到绘画技法运用方面，首先要知道谢灵运本身就是画家，在当时画坛占有一席之地。就当时绘画技巧来讲，已经注意到了构图的层次和近大远小的透视关系，宗炳《画山水序》曰："去之稍阔，则其见弥小。"恰好说明了这一点。谢灵运把这种绘画的手法也运用到了诗歌的构图中了，如前所述，诗句"密林含余清，远峰隐半规"（《游南亭》），诗中有画，就运用了近大远小的透视关系。另外如："石浅水潆潋，日落山照曜"（《七里濑》）；"近涧涓密石，远山映疏木"（《过白岸亭》）。这些都是远景与近景对举。他的《登江中孤屿》也是先描绘了近景"乱流"和"孤屿"，然后再描写空水一色、云日辉映的远景作为背景，这样就出现了绘画的立体效果。

　　谢灵运不仅注重字词的锤炼，力求一字传神，把山水景物的形象逼真地呈现在读者眼前，还把绘画的技法运用于诗歌创作，注意色彩、光线、色调等技法的运用。我们知道，诗歌是一种艺术，不是自然，但是，谢灵运调动一切表现手法，追摹自然。从他的创作实践可以看出，他的某些诗句确实达到了形神兼备、接近自然的境界。为了追求"巧似"，谢灵运殚精竭思、苦苦心摹神会，宋朝的张镃说他"炉锤之功不遗力"（《诗学规范》）[1]，刘克庄说他"一字百炼乃出冶"（《江西诗派小序》）[2]，足见其用功之深。《诗品》转引《谢氏家录》说："康乐每对惠连，辄得佳语。后在永嘉西堂，思

①　郭绍虞辑：《宋诗话辑佚》，中华书局1980年版，第616页。
②　丁福保辑：《历代诗话续编》，中华书局1983年版，第481页。

诗竟日不就，寤寐间忽见惠连，即成'池塘生春草'。故尝云：'此语有神助，非我语也。'"①也说明他诗中妙句来自于苦苦思索后的灵感闪现，并非全凭才气率意而为。

当然，谢灵运的山水诗并非大部分达到了"自然"之境界，历代诗评家所称道的诗句也屈指可数，他的很多诗句也有艰深晦涩、生造词语之弊。由此可见，力求"巧似"是谢灵运山水景物描写努力的方向，为数不多的句子达到了"自然"之境界。少数如"初发芙蓉"的诗句并非一味妙悟而得，也并非"直于情性，尚于作用，不顾词彩，而风流自然"。而是在千锤百炼的基础上，穷力追新、力求"巧似"，"巧似"之极，便达到了"自然"之境界。

（原载《山西大学学报》2009年第2期，
署名姜剑云、王岩峻，略有改动）

---

① （清）何文焕辑：《历代诗话》，中华书局1981年版，第14页。

论谢灵运诗情、景、理之圆融

清代的黄子云评价谢灵运诗说："康乐于汉魏外别开蹊径，舒情缀景，畅达理旨，三者兼长，洵堪睥睨一世。"[①] 谢灵运志大才高却屡遭贬抑，满腔忧愤无以抒发，乃寄情于山水之间。他面对山水感悟玄理，从而排解心中的郁闷。在他的诗中，"景"是"理"的感性显现，"理"是"景"的内在灵魂；"情"借"理"来抒发，"理"附"景"而默存；情、景之间借"理"来沟通。因此，其诗中的情、景、理是三位一体、高度统一的，是一种圆融的状态。其中，言理是核心，写景是凭借，抒情是目的。

一、"理"是谢灵运的最高哲学范畴

（一）谢灵运以"理"为核心玄学思想的学术渊源

"理"，可以理解为规律，其概念最早出现于《周易》："天尊地卑，乾坤定矣。卑高以陈，贵贱位矣。动静有常，刚柔断矣。方以类聚，物以群分，吉凶生矣。在天成象，在地成形，变化见矣。……易简而天下之理得

---

① （清）黄子云：《野鸿诗的》，《清诗话》，中华书局1963年版，第862页。

矣。天下之理得，而成位乎其中矣。"① 由以上论述可以看出，"理"既包括天地万物运行的自然规律，也包括引起祸福吉凶的社会规律。然而，对"理"论述更多的、更加具体形象的还要数《庄子》：

1. 天地有大美而不言，四时有明法而不议，万物有成理而不说。

——《庄子·知北游》

2. 方今之时，臣以神遇而不以目视，官知止而神欲行。依乎天理，批大郤，导大窾，因其固然。

——《庄子·养生主》

3. 其用于人理也，事亲则慈孝，事君则忠贞，饮酒则欢乐，处丧则悲哀。

——《庄子·渔父》

第一则材料中，万物之"成理"是指自然万物之间或事物内部的联系以及运动、变化的规律。第二则材料中，"天理"是指一种神秘的经验，是用直觉把握了事物的要领。第三则材料中，"人理"是指人生在世处理各种关系和事件的原则。以上材料说明无论是在自然界的运动变化中，还是在日常生活中处理各种关系，进行各种活动，都离不开一个"理"字。庄子的"理"也正如老子的"道"，也是无时不有、无处不在的。宇宙万物，自然自在，无言的默默运行着，昭示着"理"的存在。人生宇宙之中，也必须顺应"理"。圣人通晓了万物之理，所以无为；这种"理"用于常人，应该随顺于世情；掌握一项技艺，也必然要顺乎天理。

魏晋时期，王弼的《老子指略》、郭象的《庄子注》等著作中，经常言及"理"，而且作为与"道"同等地位的概念被使用。东晋以来，佛学也加入了玄学的行列，佛理成了玄理的一部分。

---

① 　周振甫：《周易译注》，中华书局1991年版，第230页。

佛教初传的时候，义学僧人常常以"格义"之法解释佛经，佛学不可避免地要受到道家思想的影响，无论是从思维方式上，还是从学理内容上，都残留了道家的影子。例如慧远的《万佛影铭》，第一句话就说："廓矣大像，理玄无名。"佛像廓大，但是蕴含的"理"却玄妙，不可以为之名。在这里，"理"就成了"道"的同义语。老子说："道可道，非常道。名可名，非常名。无名，天地始；有名，万物母。"①"理"也无名，"道"也无名，它们都代表宇宙的本体。不仅如此，慧远在诗歌中也反复提到"理"字。如："流心叩玄扃，感至理弗隔。"用心灵去叩击玄奥的佛法之门，感应所到之处心与佛理自然会通，融为一体，我心即佛，佛即我心，丝毫没有隔碍。其中，"感"是手段，悟"理"才是目的。再如"涅槃圣"竺道生，他悟解佛经，既有道家的思维方式，又有道家关于"理"的内容。《高僧传·竺道生传》记载："生既潜思日久，彻悟言外，乃喟然叹言：'夫象以尽意，得意则象忘；言以诠理，入理则言息。自经典东流，译人重阻，多守滞文，鲜见圆义。'"②从思维方式上讲，竺道生用的还是道家"得意忘言"的思维方式；从内容上讲，讲究对"理"的把握，以为见了"理"就理解了佛经的"圆义"。

（二）谢灵运以"理"为核心的玄学思想的具体表现

谢灵运熟读老庄，融通易经，精研佛典，形成了新的玄学思想。受时代学术思潮的影响，他的玄学思想的核心范畴是"理"。具体表现如下。

首先，谢灵运对儒、佛的接受是在义理层面的批判的接受。他崇儒而不盲从，学佛而不皈依，认为儒是"理"，佛也是"理"，可以"拆分""合成"，形成"新说"。他在《与诸道人辨宗论》中说：

> 释氏之论，圣道虽远，积学能至，累尽鉴生，不应渐悟。孔氏之论，圣道既妙，虽颜殆庶，体无鉴周，理归一极。有新论道士以为，

---

① 朱谦之：《老子校释》，中华书局1984年版，第3—4页。
② 见《高僧传》卷七《竺道生传》。

"寂鉴微妙，不容阶级，积学无限，何为自绝？"今去释氏之渐悟，而取其能至；去孔氏之殆庶，而取其一极。一极异渐悟，能至非殆庶。故理之所去，虽合各取，然其离孔、释远矣。

大意是说：佛家的观点认为，成佛的大道虽然遥远，但是，不断的修炼、积累学识就能达到，除尽了各种烦恼无明，佛的智慧就会产生。儒家的观点认为，圣道是很微妙的，颜回是孔子的大弟子，非常接近却总不能达到孔子的境界。他应该去体会"无"，让智慧无所不到，就会达到"极"的境地。新论道士竺道生认为，终极的寂灭境界是很微妙的，非渐修所能达到，如果通过不断积累学问可以达到，为什么到一定境界就停止了呢？现在，"我"舍弃佛家的渐修，撷取"能至"这一点；舍弃儒家的"接近却不能达到"，撷取"一极"这一点，整合成新说。虽然各取一端，但是，这种思想离开儒释两家却很远了。在这里，谢灵运自谈个人见解，认为佛家主"能至"，儒家言"一极"，都有自己的道理。现在各取所长，合成顿悟之说，当能达到认识的最高境界。

其次，关于他润改佛经，《玉篇》评论他是：言虽是巧，于义有阙疏也①。说明他不是怀着神圣的宗教情绪润改佛经的，而是随着自己的参悟和理解进行斟酌润改。佛经的文学性、艺术性增强了，对原意却有所歪曲。再次，他从"理"的角度评价《老子》和《庄子》："柱下，老子。濠上，庄子。二、七，是篇数也。云此二书，最有理。"② 综上可见，谢灵运哲学思维的出发点与落脚点都是"理"。这种"理"是一种尺度，是谢灵运评判事物的标准，是经过超验感悟、逻辑思辨得出的被他认可了的东西。他不盲从某一家学说，没有一贯坚持的宗教信仰，"理"，是他的核心的哲学范畴。

谢灵运所讲的"理"，像道家所讲的"道"一样，是一种精神性的本

① 可参读姜剑云：《谢灵运与慧严、慧观》，《河北大学学报》2005年第6期，第85—89页。
② 顾绍柏：《谢灵运集校注》，中州古籍出版社1987年版，第333页。

体，无处不在、无时不有。有时候它是指佛家思想，如李善注引谢灵运的《金刚般若经注》说："诸法性空，理无乖异，谓之为如。"① 意思是：世间万事万物的本性是虚妄不实的，它们的理都是相同的，这叫做"如"。有的时候它是指道家思想，如谢灵运的乐府诗《陇西行》开篇一句是："昔在《老子》，至理成篇。"有时候它是指具体的道理，如谢灵运的《相逢行》五章其四中说："水流理就湿，火炎同归燥。"由此可见，谢灵运哲学思想中的"理"，含义是宽泛的。

二、谢诗中"景"与"理"的关系

清人方东树《昭昧詹言》说："读《庄子》熟，则知康乐所发，全是《庄》理。"通过解读谢灵运的诗歌，发现其中并非全是《庄》理，而是包含了庄、老、易、佛等各种玄理。

（一）老庄之理

谢灵运在义熙八年（412）写给堂兄谢瞻的诗中反映了《庄子》遵从天道、顺应自然的思想，其中写道："在昔先师，任诚师天。刻意岂高，江海非闲。守道顺性，乐兹丘园。"② 在诗中，谢灵运强调"守道顺性"，其中"道"的内涵出自《庄子·刻意》："若夫不刻意而高，无仁义而修，无功名而治，无江海而闲，不道引而寿，无不忘也，无不有也，淡然无极而众美从之。此天地之道，圣人之德也。"③ 克制欲望岂能算是高行？避居江海也不是真正的闲暇。只有"守道顺性"，才能"乐兹丘园"。谢灵运被贬永嘉之后，第二年（423）春游白岸亭，有诗《过白岸亭》，表达了《老子》抱朴归真的思想。这首诗的结尾说："荣悴迭去来，穷通成休戚。未若长疏散，

---

① （梁）萧统编，（唐）李善等注：《昭明文选》，中华书局1987年版，第1088页。
② 顾绍柏：《谢灵运集校注》，中州古籍出版社1987年版，第2页。
③ 郭庆藩撰，王孝鱼点校：《庄子集释》，中华书局1961年版，第357页。

万事恒抱朴。"①《老子》第四十章说："反者道之动。"意即事物发展到了一定程度，就会向相反的方向转化。谢灵运在诗中感慨：荣耀和屈辱总是交互去来，穷困与通达也是休戚相关，盛极必衰，否极泰来，命运就是这样起起落落，还不如离开官场，疏散情怀，归隐山水，永远以一颗质朴、本真的心看待万事万物。

（二）《周易》之理

谢灵运在永嘉任上游遨山水，创作了大量的山水诗，其中有一首《登永嘉绿嶂山》化用《周易》之卦爻辞，表达了希望隐遁山林、"高尚其事"的情怀。诗中说："蛊上贵不事，履二美贞吉。幽人常坦步，高尚邈难匹。"② 诗句典出《周易》，"蛊上"指"蛊卦"中的"上九"，爻辞说："上九：不事王侯，高尚其事。"③ 表示自己不愿在朝为官，以隐居为高尚。"履二"指"履卦"中的"九二"，爻辞说："九二：履道坦坦，幽人贞吉。"④ 说明自己要顺道而行，以求贞吉。接下来，作者赞美隐居的人坦然而行，志趣高洁，常人难比。作者在游赏山水中感悟到了《周易》中的道理，表达了远离官场、归隐山林的愿望。

（三）佛理

《华严经》卷二中说："佛观世法如光影。"⑤《金刚经》上说："一切有为法，如梦幻泡影。"⑥ 这两部佛经都以"梦幻光影"为喻，阐明了"诸法性空"的道理。谢灵运润改或注解过以上两部佛经⑦，对其中的佛理有着透

---

① 顾绍柏：《谢灵运集校注》，中州古籍出版社 1987 年版，第 75 页。
② 顾绍柏：《谢灵运集校注》，中州古籍出版社 1987 年版，第 56 页。
③ 周振甫：《周易译注》，中华书局 1991 年版，第 71 页。
④ 周振甫：《周易译注》，中华书局 1991 年版，第 43 页。
⑤ 《大方广佛华严经》，《中华大藏经》第 12 册，中华书局 1985 年版，第 639 页。
⑥ 《金刚般若波罗蜜经》，《中华大藏经》第 8 册，中华书局 1985 年版，第 304 页。
⑦ 可参见姜剑云：《谢灵运润改〈华严经〉的一则资料》（《文献》2007 年第 4 期）和《谢灵运翻译〈金刚经〉小考》（《文学遗产》2005 年第 6 期）。

彻的悟解。体现这些佛学思想的作品有他的组诗《维摩经十譬赞》，共八首。分别是：《聚沫泡合》、《焰》、《芭蕉》、《聚幻》、《梦》、《影响合》、《浮云》和《电》。八首诗描写了大千世界中的十种事物或现象，乃以诗的形式阐说般若性空之"理"。这些佛理，在谢灵运其他诗歌的景物描写中也有所反映。如他的《长歌行》，其中有这样一段描写："倏烁夕星流，昱奕朝露团。粲粲乌有停，泫泫岂暂安。徂龄速飞电，颓节骛惊湍。"① 流星闪烁，倏然而过，朝露散射着明亮艳丽的光彩。流星和朝露虽然美丽，但是，流星的逝去片刻也不停留，朝露的蒸融岂有短暂的安歇？流逝的岁月像闪电般地过去了，过去的时节急流般地远去了。诚然，流星是美丽的，朝露也是美丽的，但是，这美不可长存，何尝有片刻的停留，它们如光影般地变幻不居，如梦幻般地不可捉摸，诗人只有无可奈何地接受"诸法性空"的大悲的现实。此时，诗人不是以愉悦的心态欣赏美，而是睁大了惊恐的眼睛，看着岁月飞速驰去，体验着人生的虚幻。在《汉乐府》中，有一首同题的《长歌行》，其思想意蕴则迥然不同："青青园中葵，朝露待日晞。阳春布德泽，万物生光辉。常恐秋节至，焜黄华叶衰。百川东到海，何时复西归。少壮不努力，老大徒伤悲。"② 虽然也反映了一种迁逝之感，但那是一种悠悠的遗憾，一种并不急迫的闲愁，景物还不失其实在性，而且，诗的结尾还劝诫人们及时努力，没有佛门空观所带来的深刻的痛苦与绝望。由此可见，这首诗中的景物描写本身就昭示着诸法性空的佛理，佛理是在景物的匆匆变幻中呈现的。黑格尔说："美是理念的感性显现。"③ 我们可以说，佛理正是通过山水这一感性事物显现了出来。"景"是"理"的化身，"理"是"景"的灵魂，二者不可分割。

由以上分析可以看出，谢灵运诗歌中体现的"理"，包含了儒、释、道三家的玄理。这些道理与景物的关系有以下两种表现。

① 顾绍柏：《谢灵运集校注》，中州古籍出版社 1987 年版，第 208 页。
② 郭茂倩：《乐府诗集》，中华书局 1979 年版，第 442 页。
③ ［德］黑格尔：《美学》（第一卷），商务印书馆 1979 年版，第 142 页。

一是从景物描写中引申出来的道理。如《富春渚》①：

宵济渔浦潭，旦及富春郭。定山缅云雾，赤亭无淹薄。溯流触惊急，临圻阻参错。亮乏伯昏分，险过吕梁壑。洊至宜便习，兼山贵止托。平生协幽期，沦踬困微弱。久露干禄请，始果远游诺。宿心渐申写，万事俱零落。怀抱既昭旷，外物徒龙蠖。

诗歌描写了自"渔浦潭"到"富春郭"沿途景物，经定山，过赤亭，但见水流惊急，岸石参错。诗歌接着感慨自己没有胆量，由此引出玄理——"洊至宜便习，兼山贵止托。"这两句诗典出《周易》。"洊至"出自《周易·坎卦》，此卦的主旨为"虽险而亨"，《象》辞说："水洊至，《习坎》。"洊，再。《习坎》是《坎》卦的全称。"习"，借作"袭"，意谓重复。诗句说明：艰险经历得多了，就会习以为常。"兼山"出自《周易·艮卦》，此卦的主旨为"止"，意思是当行则行、当止则止。诗句意谓：唯有这样，才能顺应大道，无往不利。

二是景物对玄理的起兴关系。如描写一种清幽的环境，唤起对官场险恶的反感，对隐居的向往，以及对玄理的体悟。他在久病初愈之后，作《登池上楼》来表达忧闷的情怀。其中有几句景物描写道："初景革绪风，新阳改故阴。池塘生春草，园柳变鸣禽。"② 描绘了一幅初春的图景：在丽日下、春风中，池塘里春草萋萋，小鸟在柳枝间鸣叫。这美景引发了诗人的感伤，所以他接着写道："祁祁伤豳歌，萋萋感楚吟。"不过，在谢灵运的眼中，"理"是无处不在的，面对山水悟玄理，是他固定的思维方式，例如"新阳改故阴"一句，除写景之外，还暗含了阴阳转换的玄理。池塘春草、园柳鸣禽，蕴含了生生不息的自然之理。因此可以说，谢灵运

---

① 顾绍柏：《谢灵运集校注》，中州古籍出版社 1987 年版，第 45 页。
② 顾绍柏：《谢灵运集校注》，中州古籍出版社 1987 年版，第 64 页。

诗中描写景物，是为了体悟玄理，景物描写对玄理体悟，具有起兴的作用。

三、谢诗中"情"与"理"的关系

谢灵运的诗中含有强烈的情感。那是一种年华易逝的感慨，怀才不遇的悲叹，无限孤独苦闷的心声的流露。有人说阮籍是苦闷的象征，我们说谢灵运苦闷之外，还有难以排遣的孤独。谢灵运一出生，就是谢家三代单传的独苗，本该倍感家庭的温暖，但在四岁的时候，就被送往杜明师的道馆，这是离开家庭的孤独。步入仕途以后，一直不被重用，想做慧远的学生，做一名方外之人，又被慧远拒绝，这是不得宗教皈依的孤独。在朝中结交的好友各自分散，庐陵王刘义真被害死，颜延之和慧琳被贬官外放，自己则到了永嘉。顷刻之间，主亡友散，自己苦心经营的政治团体顿时崩解，这是丧失了结盟的政治孤独。还有，他面对山水独到的悟解，谁能够理解？知音少，弦断有谁听！这是"高处不胜寒"的精神孤独。方内方外都不得栖身，谢灵运好像一个孤悬的个体，浮游在现实社会与宗教团体之间，他的苦闷孤独可以说是到了极点。

基于上述精神的孤独与苦闷，谢灵运诗中蕴含了强烈的情感，但是，这种情感不能无节制地发泄。晋宋之际，士族的势力逐渐衰退，皇室的势力渐次上升，加强中央集权、打击士族势力一直是皇室的一贯方针政策。谢灵运虽然生而颖悟，但是缺乏政治头脑。这就注定在与皇室抗衡的斗争中，必然是灭亡的命运。这在谢灵运心灵深处出现了难以调和的精神冲突：充分张扬自己的个性、抒发不满的情绪，必然为皇室所不容。压抑自己的个性，必然造成精神的极度苦闷。怎么办呢？这时，他选择的是排遣。在物质世界中，他选择了山水；在精神世界中，他选择了"理"。所以，在谢诗中，"理"是排遣精神苦闷的媒介，是情感借以抒发的渠道。"情"与"理"的关系是："情"寓于"理"，以"理"化"情"。现举

《从斤竹涧越岭溪行诗》① 为例来说明：

> 猿鸣诚知曙，谷幽光未显。岩下云方合，花上露犹泫。逶迤傍隈
> 奥，迢递陟陉岘。过涧既厉急，登栈亦陵缅。川渚屡径复，乘流玩回
> 转。苹萍泛沈深，菰蒲冒清浅。企石挹飞泉，攀林摘叶卷。想见山阿
> 人，薜萝若在眼。握兰勤徒结，折麻心莫展。情用赏为美，事昧竟谁
> 辨。观此遗物虑，一悟得所遣。

诗的大意是：听到猿的哀鸣，我知道天快亮了，但是深谷幽暗，光明还
没有到来。山岩之下，云雾刚笼罩起来，花瓣之上，露珠还晶莹剔透。我在
山间行走，山峦连绵不断。趟过涧水，又登栈道，溪流沙洲时直时弯，我也
跟着回旋辗转。浮萍漂浮在深绿色的水面，菰蒲在清浅的水中冒出尖尖的叶
子。我踮起脚尖伸双手接捧流泻的山泉，抓住枝干去摘嫩绿的叶子。想想传
说中的山鬼，好像她身穿薜萝就在眼前。手握兰花，空有思念的情怀，折麻
在手，心情一筹莫展。感情以相互欣赏为美，而这美若有若无，其中的
"理"昏昧不明，谁能说得清呢？观赏沿途的景物，尘世的烦恼顿时消除；
一悟之间，所有的苦闷得以排遣。在这首诗里，关键是一个"赏"字，面
对景物，应该学会以平静愉悦的心态去欣赏，在欣赏中，你就会发现美的存
在，也会发现"理"的存在。但是，"理"若有若无，昏昧不清，谁能发现
呢？关键要靠"悟"。"悟"就是对绝对真理的直觉把握、全面把握，其基
本思路是由赏而悟，由悟而排遣郁闷。

总之，谢诗中的情感不能恣意地抒发，只能通过另一种形式另一个环节
转化、排遣。这个中介形式中间环节就是"理"，这个"理"要靠"悟"
而得。而在谢诗中，往往通过山水景物体悟玄理，悟到了"理"，才能把心
情调整到物我俱忘的状态中，才能于中欣赏"理"的美，心灵才能获得暂

---

① 顾绍柏：《谢灵运集校注》，中州古籍出版社 1987 年版，第 121 页。

时的超脱。因此，在这个意义上可以说：写景即是言理，言理即是抒情，景以寓理，以理化情，情、景、理在谢诗中处于一种圆融的状态。

（原载《河北大学学报》2010 年第 1 期，
署名姜剑云、霍贵高，略有改动）

谢灵运与《大般涅槃经》的改治

　　《涅槃经》有大、小乘之分。西晋惠帝时河内沙门白法祖所译《佛般泥洹经》2卷，无名氏所译《般泥洹经》2卷，东晋平阳沙门释法显所译《大般涅槃经》3卷等，都属于小乘涅槃类经典。以上3种均收录于《大正新修大藏经》第1册。"般"，意译为"入"。"泥洹"，实即"涅槃"。小乘《涅槃经》主要记载佛陀入灭故事，大乘《涅槃经》于记载史事之外，还侧重阐说佛身常住及阐提成佛之教义。东晋之后，中土影响最大的大乘《涅槃经》译本主要有三个：一是东晋义熙十四年（418）法显所译《佛说大般泥洹经》6卷①，二是北凉玄始十年（421）天竺三藏昙无谶所译《大般涅槃经》40卷，三是南朝宋元嘉（424—453）初年谢灵运、慧严、慧观等所译《大般涅槃经》36卷②。以上3种均收录于《大正藏》第12册。由于谢灵运、慧严、慧观等所译36卷本《大般涅槃经》是在昙无谶译本与法显译本基础上的改译和新编，所以被称作《南本涅槃经》，而昙无谶所译40卷本则被称为《北本涅槃经》。

---

　　① 僧祐《出三藏记集》卷九曰："六卷《泥洹记》《出经后记》：'义熙十三年十月一日，于谢司空石所立道场寺，出此《方等大般泥洹经》，至十四年正月二日校定尽讫。禅师佛大跋陀手执胡本，宝云传译。于时坐有二百五十人。'"
　　② 关于谢灵运与慧严、慧观的交往，参见拙文：《谢灵运与慧严、慧观》，《河北大学学报》2005年第6期。

关于谢灵运、慧严、慧观等改译和新编之《大般涅槃经》，梁会稽嘉祥寺沙门释慧皎《高僧传》卷7《慧严传》中有所著录："《大涅槃经》初至宋土，文言致善，而品数疏简，初学难以措怀。严乃共慧观、谢灵运等，依《泥洹》本加之品目。文有过质，颇亦治改。始有数本流行。"据慧皎所述可知，《北本涅槃经》文风质朴，《南本涅槃经》则文风畅达。再一个区别是，"北本"是卷多而品少，"南本"则卷少而品多。但是，在篇幅的大小、字数的多少方面，"北本"与"南本"，并没有太大的悬殊，字数都在37万字左右，最大的不同是在"卷"与"品"的增减与分合方面。"'北本'但十三品成四十卷，'南本'二十五品成三十六卷。"（宋钱塘沙门释智圆述《涅槃玄义发源机要》卷4）

"北本"在"品"与"卷"方面的具体分合情况如下：《寿命品第一》入卷1至3；《金刚身品第二》入卷3；《名字功德品第三》入卷3；《如来性品第四》入卷4至10；《一切大众所问品第五》入卷10；《现病品第六》入卷11；《圣行品第七》入卷11至14；《梵行品第八》入卷15至20；《婴儿行品第九》入卷20；《光明遍照高贵德王菩萨品第十》入卷21至26；《狮子吼菩萨品第十一》入卷27至32；《迦叶菩萨品第十二》入卷33至38；《憍陈如品第十三》入卷39至40。

"南本"具体分合情况如下：《序品第一》入卷1；《纯陀品第二》入卷2；《哀叹品第三》入卷2；《长寿品第四》入卷3；《金刚身品第五》入卷3；《名字功德品第六》入卷3；《四相品第七》入卷4至5；《四依品第八》入卷6；《邪正品第九》入卷7；《四谛品第十》入卷7；《四倒品第十一》入卷7；《如来性品第十二》入卷8；《文字品第十三》入卷8；《鸟喻品第十四》入卷8；《月喻品第十五》入卷9；《菩萨品第十六》入卷9；《一切大众所问品第十七》入卷10；《现病品第十八》入卷10；《圣行品第十九》入卷11至13；《梵行品第二十》入卷14至18；《婴儿行品第二十一》入卷18；《光明遍照高贵德王菩萨品第二十二》入卷19至24；《狮子吼菩萨品第二十三》入卷25至30；《迦叶菩萨品第二十四》入卷31至34；《憍陈如品

第二十五》入卷 35 至 36。与"北本"相比较，"南本"增加了《序品》、《纯陀品》、《哀叹品》、《四相品》、《四依品》、《邪正品》、《四谛品》、《四倒品》、《文字品》、《鸟喻品》、《月喻品》、《菩萨品》，共 12 品目。

再看法显所译《佛说大般泥洹经》。该经约七万字，共 6 卷 18 品。分合情况如下：卷 1 为《序品》、《大身菩萨品》、《长者纯陀品》；卷 2 为《哀叹品》、《长寿品》、《金刚身品》、《受持品》；卷 3 为《四法品》；卷 4 为《四依品》、《分别邪正品》；卷 5 为《四谛品》、《四倒品》、《如来性品》、《文字品》、《鸟喻品》、《月喻品》；卷 6 为《问菩萨品》、《随喜品》。

通过比较经文可以发现，"南本"中的《四相品》虽然分为 2 卷，即《四相品第七之一》和《四相品之余》，但其内容实际上与法显所译《佛说大般泥洹经》中的《四法品》相同，也与"北本"中的卷 4、卷 5，即《如来性品第四之一》、《如来性品第四之二》相同。法显译本中《四法品》曰："何等为四？能自专正，能正他人，能随问答，善解因缘。是为四法。自专正者……"又，"南本"卷 4 曰："有四相义。何等为四？一者自正，二者正他，三者能随问答，四者善解因缘义。迦叶，云何自正？……"而"北本"卷 4《如来性品第四之一》亦曰："有四相义。何等为四？一者自正，二者正他，三者能随问答，四者善解因缘义。云何自正？……"由比较可见，"南本"较"北本"多出的 12 品目基本上出自法显所译《佛说大般泥洹经》。那么，这与慧皎《高僧传》所谓"（慧）严乃共慧观、谢灵运等，依《泥洹》本加之品目。文有过质，颇亦治改"云云者，是完全一致的。法显所译《佛说大般泥洹经》6 卷，属于《大般涅槃经》所谓的"初分"（亦作"前分"），大致上相当于"北本"的前 10 卷，也就是从《寿命品第一》到《一切大众所问品第五》，也大致上相当于"南本"的前 9 卷半，亦即从《序品第一》到《一切大众所问品第十七》。但是，三个译本在译文文字的"同"与"异"方面是需要注意的：法显译本多"异"于南、北两本，但是，南、北两本之间则往往大同而小异。这从上引关于"四相"、"四法"的译文可以看出。

　　虽然"南本"品目几乎是"北本"与法显译本的相加，但这也并不是天竺《涅槃经》的全部。据《大唐内典录》卷6记载："《大般涅槃经》，四十卷，七百二十纸，北凉沮渠氏玄始年昙无谶于凉都姑臧译。《大般涅槃经》，三十六卷，二十五品，宋文帝元嘉年释惠观、谢灵运文饰前经，行于江表。《泥洹经》，二十卷，宋元嘉年释智猛于西凉州译。《大般泥洹经》，六卷，一百三十纸，即本经前十卷，东晋义熙年释法显于杨都译。右四经同本。前后别翻，仍不具足。故沮渠国本，此《涅槃经》总十万偈。今出四帙止三万偈，所少二分有余。若具本文，以唐言度，则百有余卷。"即是说，4个汉地译本相加，去其重复，还不够天竺《涅槃经》足本的1/3。其实，关于《涅槃经》之"后分"，在晋宋之际就不断有僧人发誓寻取，但昙无谶被刺于启程不久，时年49。"后道场寺慧观志欲重求后品，以高昌沙门道普，尝游外国，善能胡书，解六国语，宋元嘉中，启文帝，资遣道普，将书吏十人，西行寻经。至长广郡，舶破伤足，因疾遂卒。普临终叹曰：'《涅槃后分》，与宋地无缘矣！'"

　　关于谢灵运、慧严、慧观等改译与新编之《大般涅槃经》，佛藏史传类文献予以著录的还有《历代三宝纪》（卷10）、《大唐内典录》（卷4）、《开元释教录》（卷11）、《贞元新定释教目录》（卷21）、《佛祖统纪》（卷26）等多种。

　　隋翻经学士费长房《历代三宝纪》卷10"译经宋"曰："《大般涅槃经》三十六卷，见宝唱《录》及《高僧传》。右一部三十六卷。元嘉。昙无谶晋末于姑臧为北凉沮渠氏译本有四十卷，语小朴质，不甚流美，宋文帝世元嘉年初达于建康。时有豫州沙门范慧严、清河沙门崔慧观，共陈郡处士谢灵运等，以谶《涅槃》品数疏简，初学之者难以厝怀，乃依旧翻《泥洹》正本加之品目。文有过质，颇亦改治。结为三十六卷。始有数本，流行未广。"费氏所载内容与《高僧传》所载没有多少差异。但宋代志盘《佛祖统纪》卷26中记载："谢灵运……至庐山一见远公，肃然心伏。乃即寺筑台翻《涅槃经》。"另外，《太平寰宇记》卷110记载："翻经台，在（临川）

县北四里。《宋书》谢灵运为临川内史,于此翻《大涅槃经》。"以上文献所载涉及的谢灵运翻译《涅槃经》的时间与地点问题①:是慧远去世之前? 慧远去世之后? 是建康? 江州? 抚州?

就志盘所言"乃即寺筑台翻《涅槃经》"一句,可理解为:谢灵运早在与慧远交往期间就曾经于庐山翻译《大般涅槃经》②。但这似乎不可能指谢灵运改治《北本涅槃经》之事。如前所述,昙无谶所译《大般涅槃经》40卷完成于北凉玄始十年(421),又据隋硕法师《三论游意义》所云"晋末初宋元嘉七年,《涅槃》至阳州,尔时里山慧观师,令唤生法师讲此经也",则北本《大般涅槃经》南传刘宋是在元嘉七年(430)。而慧远之卒是在东晋义熙十二年(416);两年之后(418),法显才译出6卷本《佛说大般泥洹经》;又三年之后(421),昙无谶才译出《大般涅槃经》(北本)。即是说,谢灵运改治之事不可能发生在慧远生前,而只能在元嘉七年(430)之后。

又,隋硕法师所说的"阳州"当为"扬州"。阳州,东魏天平(534—537)初置,治今河南宜阳。即是说,元嘉(424—453)年间还没有"阳州"这一地名。扬州,三国时吴置,治建邺,后更名为建康。智升《开元释教录》卷11曰:"其《涅槃经》(北本)宋文帝代元嘉年中达于建业。时有豫州沙门范慧严、清河沙门崔慧观、陈郡处士谢灵运等,以谶前经品数疏简,乃依旧《泥洹经》加之品目。文有过质,颇亦改治。结为三十六卷,行于江左。"元嘉八年(431),谢灵运因与会稽太守构隙,为自辩而诣阙上表,得文帝之见谅,寓居京师一段时间后,于年底赴任临川内史。赴任途中经过庐山,作有《入彭蠡湖口》、《登庐山绝顶望诸峤》等,约于元嘉九年(432)夏到达临川。

---

① 关于谢灵运对佛经的翻译,亦可参见拙文:《谢灵动运翻译〈金刚经〉小考》,《文学遗产》2005年第6期。

② 关于谢灵运与慧远的交往,参见拙文:《谢灵运与庐山慧远考论》,《太原师范学院学报》2005年第2期。

　　综合上述元嘉八年后谢灵运经历及《高僧传》卷七所记慧严、慧观经历来看，"北本"传至建康时，谢灵运与慧严、慧观皆在京师，所以能够共同改治"北本"。但谢灵运毕竟此番寓居建康的时间较短，因而不能排除过庐山、任临川期间谢灵运续译《涅槃经》的可能。倘作如此推断，那么史传文献《庐山记》①及唐代张祜诗②、颜真卿文③所记谢灵运于庐山与临川筑翻经台、译《涅槃经》之事也就不值得怀疑了。既然慧严、慧观未必随同往庐山赴临川与谢灵运一起续翻《涅槃经》，那么释界学者径直著录"宋人谢灵运译三十六卷《涅槃》"（唐济法寺沙门释法琳《破邪论》卷下）云云者，也就不难理解了。

　　虽然谢灵运在改治旧译《大般涅槃经》方面非常投入，但是，他似乎没有赢得多少肯定与赞赏之声。相反，倒颇有些非议。梁释慧皎《高僧传》卷7《慧严传》记载："《大涅槃经》初至宋土，文言致善，而品数疏简，初学难以措怀。严乃共慧观、谢灵运等，依《泥洹》本加之品目。文有过质，颇亦治改。始有数本流行。严乃梦见一人，形状极伟，厉声谓严曰：'《涅槃》尊经，何以轻加斟酌？'严觉已，惕然。乃更集僧，欲收前本。时识者咸云：'此盖欲诚厉后人耳。若必不应者，何容实时方梦？'严以为然。顷之又梦神人告曰：'君以弘经之力，必当见佛也。'"以故事情节及叙述语气等揣测，这里被批评的对象显然不是慧严。又，唐释慧琳《一切经音义》卷26解释《北本涅槃经》第23卷中"手抱脚踏"一词曰："《说文》正作

---

　　①　陈舜俞《庐山记》曰："黄龙山在灵汤之南，亦庐山之别峰也。其南十里，亦有清霞观。灵汤之东二里，道傍有谢康乐经台。"（见《大正藏》第51册）

　　②　张祜《毁浮图年逢东林寺旧》曰："可惜东林寺，空门失所依。翻经谢灵运，画壁陆探微。"（《全唐诗》卷510）

　　③　颜真卿《东林寺题名》曰："唐永泰丙午岁，真卿以罪佐吉州。夏六月壬戌，与殷亮、韦桓尼、贾镒同次于东林寺……仰庐阜之炉峰，想远公之遗烈。升神运殿，礼僧伽衣，睹生法师麈尾扇、谢灵运翻《涅槃经》贝多梵夹。忻慕之不足，聊写刻于张李二公、耶舍禅师之碑侧。鲁郡颜真卿书记。"（《全唐文》卷339）又，颜真卿《抚州宝应寺翻经台记》曰："抚州城东南四里，有翻经台，宋康乐侯谢公元嘉年初于此翻译《涅槃经》，因以为号。"（《全唐文》卷338）又，颜真卿《抚州宝应寺律藏院戒坛记》曰："大历三年，真卿忝刺抚州。东南四里，有宋侍中、临川内史谢灵运翻《大涅槃经》古台，阶局俨然，轩构摧圮。"（《全唐文》卷338）

桴，或作抱，同。鲍交反。《玉篇》云：引取也。蹋，徒盍反，践弃也。此喻渡烦恼河。勤修二善，是抱取义也。勤断二恶，是践弃义。《南经》谢公改为'运手动足'，言虽是巧，于义有阙疏也。"这里直接点出"谢公"，以示文责所属。谢灵运"轻加斟酌"，"言虽是巧"，但不免"有未合佛旨处"。

谢灵运是否曾注解过《大般涅槃经》呢？有两条材料值得注意：其一，智升《开元释教录》卷11曰："其《涅槃经》宋文帝代元嘉年中达于建业，时有豫州沙门范慧严、清河沙门崔慧观、陈郡处士谢灵运等，以谶前经品数疏简，乃依旧《泥洹经》加之品目。文有过质，颇亦改治。结为三十六卷，行于江左。比于前经，时有小异。有《论》一卷，略释《大经》，又《论》一卷，释《本有今无》一偈。"其二，赞宁《宋高僧传》卷六《唐彭州丹景山知玄传》曰："有杨茂孝者，鸿儒也，就（知）玄寻究内典，直欲效谢康乐注《涅槃经》。多执卷质疑，随为剖判。"第一则材料中说"南本"有《论》2卷，一释《大般涅槃经》，一释《本有今无偈》。虽未明确其作者，但改治"北本"既是集体创作，那么谢灵运至少也是二卷《论》作者之一了。第二则材料中"直欲效谢康乐注《涅槃经》"一句，既可理解为"杨茂孝效仿谢康乐注《涅槃经》而注经"，也可理解为"杨茂孝效仿谢康乐注经而注《涅槃经》"。但细加比较和推敲，第二种理解显得生硬。事实上，就已从佛藏中发现的《谢论》（当即《十四音训叙》）佚文判断，至少"有《论》一卷，略释《大经》"者为谢灵运所作无疑①。

综上所述可见，谢灵运不仅参与甚至主持改译新编了《大般涅槃经》，而且还在此基础上做过相关的注释与研究工作。

（原载《晋阳学刊》2009年第4期，署名姜剑云、王岩峻，略有改动）

---

① 关于谢灵运对佛学的研究，参见拙文：《谢灵运与"涅槃圣"竺道生》，《广州大学学报》2005年第9期。

论中唐通俗诗派

　　唐代诗坛堪称流派纷呈，即如中唐后期，就出现了三个重要的流派。一是怪奇诗派，以韩愈、孟郊、卢仝、李贺、贾岛等为代表，蹈险觅怪，苦吟求奇，乃以"变"济"穷"，力图诗歌创作于初盛唐之后再创辉煌。二是雅正诗派，以权德舆、武元衡、裴度、令狐楚、张仲素、王涯、杨巨源等为代表，所谓乐而不淫，怨而不怒，哀而不伤，追求的是儒家传统的温柔敦厚的"中和"之美。三是通俗诗派，以张籍、王建、元稹、白居易、李绅等为代表，"非求宫律高，不务文字奇"（白居易《寄唐生》），题材、语言等力求通俗，做到"令老妪能解"。

　　通俗，怪奇，雅正，审美追求迥然不同，风格各异，构成了中唐诗坛三派鼎立的奇妙格局。关于怪奇诗派①与雅正诗派②，笔者曾撰稿做过一些专门讨论，本文重点探讨通俗诗派，诚望方家教正。

　　通俗诗派，指中唐后期以"张王"、"元白"及李绅为代表的诗人群体。

　　诗歌自有"声病说"以来，律整韵谐，绮丽高华，一派贵族文学的气派和风度。而盛唐的浪漫与豪迈，则给艳丽的梁陈歌调融注了骨力。盛唐之音芙蓉丽质，典雅而神秀。但传统与典雅随着大唐的盛衰之变而稍趋浮响。

---

　　① 姜剑云：《唐代怪奇诗派衰变探微》，《河北大学学报》2001年第3期。
　　② 姜剑云：《论中唐雅正诗派》，《文学评论》2001年"青年学者专号"。

中唐前期的吴中清狂派①最早体悟到了这一异变，其艺术触角开始伸向民间，以学习和创作俗体拗调，试图为诗坛拓新道路。追求通俗，好比影子一样，一直尾随着典雅。王梵志就是一位地道的通俗诗作者，但他的诗说理太甚，颇类佛家偈语，与吴中派诗人相比，不过着力在语言形式的口语化上，同时，他也拿不出有分量的名篇佳作来做楷模，因而孤掌难鸣、不成气候。吴中派作为一个诗人群体，其努力之功是显而易见的。试读顾况的《梁广画花歌》：

> 王母欲过刘彻家，飞琼夜入云軿车。紫书分付与青鸟，却向人间求好花。上元夫人最小女，头面端正能言语。手把梁生画花看，凝睟掩笑心相许。心相许，为白阿娘从嫁与。

这样的诗直白明快，生活气息与民歌色彩都很浓厚。他们不仅对乡俗音调之引入诗章很感兴趣，而且采吴楚之风，注目乡土题材。因而，向通俗一途的探索终于从这儿起步了。然而，也正由于是筚路蓝缕，刚刚起步，所以他们仍有着观望徘徊的迹象。创作上带有好奇的色彩，取材不广，主题欠深刻，缺乏时代气息。因而，对于紧随而来的通俗诗派，他们仅仅起了启迪和示范的意义。巨大的成就和影响是由通俗诗派最终实现的。

通俗诗派的追求通俗倾向及其风格特点主要体现在以下几个方面：

第一，在创作的原则和态度上，他们尤其强调写实。这一点，只要考察一下他们的诗歌主张，便可得到有力的证明。不过，要真正全面地了解他们的诗歌主张，我们就不能把目光单单局限在他们的"新乐府"理论上。创作"新乐府"，他们的确曾断断续续、红火过一时，并且提出了"惟歌生民病，愿得天子知"，"篇篇无空文，句句必尽规"（白居易《寄唐生》）等表明写作目的和态度的积极的、进步的诗论主张，但这种以诗代谏的主张是

---

① 赵昌平：《"吴中诗派"与中唐诗歌》，《中国社会科学》1984 年第 4 期。

激切功利主义文学教化思想的产物，实在过于偏激和狭窄，不仅不能笼括整个通俗诗派的艺术主张，即使是持论者自己也没有把它贯彻到底。强调诗歌写实、言之有物，最初并不是从"新乐府"理论中提出来的。事实上，白居易早在元和之初就通过《策林》表明了他踏实为文的艺术主张：

> 今褒贬之文无核实，则惩劝之道缺矣；美刺之诗不稽政，则补察之义废矣。虽雕章镂句，将焉用之？

诗人认为"核实"最为重要。他还指出，"为文者必当尚质抑淫，著诚去伪"（《策林六十八》）。淫滥、虚伪、无病呻吟是诗人所反对的，只有质实、真诚才是为文赋诗的要旨。李绅曾作《新题乐府二十首》，元稹以为"雅有所谓，不虚为文"，"无非讽兴当时之事"（《和李校书新题乐府十二首序》）。毫无疑问，这一评价也道出了他自己为诗的尚实倾向。这种倾向不只是元稹、白居易和李绅有，也并不仅仅体现在他们的"新乐府"诗歌创作之中，即使是王建、张籍，甚至他们的古乐府等诗篇中都普遍存在。例如王建"赋来诗句无闲语"（张籍《赠王秘书》），张籍"六义互铺陈，风雅比兴外，未尝著空文"（白居易《读张籍古乐府》）。即此，我们完全可以看到，通俗诗派的"通俗"，首要的就在于他们有着一致的求实精神。

第二，从诗歌内容上看，他们取材广泛，民情伦常、世俗俚浅，尽入诗章。大量的以理论指导实践的、全面系统且富于针对性的"新乐府"诗作，从政治、经济等多方面反映了种种的社会弊端，这是显而易见的。但他们的笔端并不仅仅停留在那些触目惊心的重大社会问题上。如同白居易为诗"诱于一时一物，发于一吟一笑"或"事物牵于外，情理动于内，随感遇而形于叹咏"一样，元稹"每公私感愤，道义激扬，朋友切磨，古今成败，日月迁逝，光景惨舒，山川胜势，风云景色，当花对酒，乐罢哀余，通滞屈伸，悲欢合散，至于疾恙躬身，悼怀伤逝，凡所对异于常者，辄欲赋诗"（《叙诗寄乐天书》）。从这两位重要的"新乐府"诗人的自白来看，他们的创作既面向社会，也面向自我；既美刺时政，也言情写性。讽喻、感伤不悖，艳情、悼亡皆作。因此可以说，"惟歌生民病"不过是他们一时的偏激之语，他们的诗歌题材仍旧是很为宽泛的。假如我们再读一读王建、张籍的作品，我们还会发现，比起元稹、白居易、李绅来，王建和张籍两位诗人在描写范围、艺术领域的拓展和题材的扩大上还要更进一层。他们特别能浸心于民俗气息，特别爱描画民俗事象。例如张籍的《白鼍吟》写农家久旱之中渴望下雨的心情，题材新颖，语言鲜活，犹如形象的农谚与逼真的民俗画；其《江村行》写农人之苦辛、田家之心理，平平道来，尽为些小俗事。明代胡震亨称"张文昌只得就世俗俚浅事做题目，不敢及其他"（《唐音癸签》卷九），此评很能说明张籍古乐府诗的取材特点。如同张籍写田家闻鼍夜兴一样，王建还写农人对"神树"的祈祷：

　　我家家西老棠树，须晴即晴雨即雨。四时八节上杯盘，愿神不离神处所。男不著丁女在户，事官上下无言语。老身长健树婆娑，万岁千年作神主。

——《神树词》

诗人客观写实，寥寥几笔，勾画了一个朴实而又安分的老农形象，从几句虔诚的对植物神灵的崇拜祷告，分明可以掂量出农人沉重的心理负荷。区别于以往诗人，通俗诗派尤其注重描写女性形象，写她们的生活、心态和命运。元白自不待言，李、张亦不乏其作（李绅如《莺莺歌》、张籍如《采莲曲》）。再如王建，他不仅有《宫词》一百首传唱天下，宫女而外的其他底层妇女形象也纷纷进入了他的艺术视野。例如那愁肠未解的少妇：

　　扬州桥边少妇，长安城里商人。二年不得消息，各自拜鬼求神。

——《江南三台词四首》之一

那芳意难遣的小尼：

> 唤起犹侵晓，催斋已过时。春晴阶下立，私地弄花枝。
>
> ——《贻小尼师》

那和睦亲切的村中妇、姑：

> 雨里鸡鸣一两家，竹溪村路板桥斜。妇姑相唤浴蚕去，闲着中庭栀子花。
>
> ——《雨过山村》

还有那心慧思巧"过三朝"的新嫁娘：

> 三日入厨下，洗手做羹汤。未谙姑食性，先遣小姑尝。
>
> ——《新嫁娘词三首》之一

素描、速写，手法多样又平实大众化，描画的形象既为人熟识，又令人倍感妙奇新鲜。通俗诗派正是这样，题材的不拘一格，丰富多样，使他们的诗篇能够拥有各个社会层面的众多读者，能使"天下皆诵于口"（王建《赠王枢密并序》）。这是通俗诗派之所以"通俗"的第二个原因。

第三，遣词用语上，略去葩藻，平易浅白。这是通俗诗派语言风格上的总体特色。不过，由此而带来的作家个体的艺术效果却有区别。主要表现在：王建、张籍的"看似寻常最奇崛，成如容易却艰辛"和元稹、白居易的"诗成淡无味，多被众人嗤"。

通俗诗派是一个典型的现实主义诗歌流派，与同期的雅正诗派、怪奇诗派相比较，又是一个地地道道的"为人生而艺术"的诗人群体。这派诗人尤其关心社会、注目现实、同情人民。但在反映客观世界时，王建、张籍并不拘泥于大声疾呼、痛斥时病的创作模式。他们往往用淳真洁净得透明的民歌化、大众化、口语化的语言，来客观地、静态地、不动声色地叙写民间俗事，描画田夫野老、织妇蚕姑。平实简括的笔墨之中溶注了作者自己的真切体验和沉重心情。事象本身流露了诗人的主观意向、是非褒贬。前述张、王诸诗差不多都能作为极好的例证。"私地弄花枝"的小尼，似乎能让人感受到她的心怀波澜、精神自伤；"闲着中庭栀子花"之"闲"，也不是闲笔，作者乃以"闲"衬"忙"，突出了"相唤妇姑"的淳朴勤劳；那新嫁娘之"先遣小姑尝"的灵机一动，与其说聪明得带了一点点儿的狡黠，还不如说这正是中国封建社会里"奉事循公姥"之为媳者的一片苦心呢。张籍和王建的诗中很少直接发表主观见解，他们"略去葩藻，求取情实"（胡应麟《诗薮》内编卷五）。这种"看似寻常"、"成如容易"的手法笔墨深得宋代大文学家王安石的推崇和钦赞。

"诗成淡无味"，这不是来自通俗诗派之外的狂人妄评或是诋毁，而恰恰是白居易《自吟拙什因有所怀》中的自省和反思：

> 未能抛笔砚，时作一篇诗。诗成淡无味，多被众人嗤。上怪落声韵，下嫌拙言词。

必须指出的是，这并非白居易一时之自谦之词。"辞质而径"、"言直而切"、"体顺而肆"（白居易《新乐府诗序》）、"直其词以示后"（元稹《和李绅新题乐府十二首并序》），固然是为了"新乐府"的偏激功利目的，但如此求实务尽的诗歌主张，基本贯穿了元、白等创作的始终。与雅正派诗人相比，他们不甚追求事典以追求含蓄，而是絮絮叨叨，不厌其详，唯恐交代不尽。元稹、白居易诗什之多，可冠唐人之首，仅他们两位的唱和诗作就有数百上千首，累篋盈箱。唐代文学研究专家罗宗强先生在分析白居易诗时指出："他的一些诗，实际就是一些比散文更为繁冗的书信，如《渭村退居寄礼部崔侍郎翰林钱舍人诗一百韵》、《和梦游春诗一百韵·并序》等，完全缺乏诗的概括力。"① 这个结论可谓一针见血。元、白他们常常把诗当日记、随笔来写。白氏《曲江感秋二首》序中自称："元和二年、三年、四年，予每岁有曲江感秋诗，凡三篇……"诗云："元和二年秋，我年三十七，长庆二年秋，我年五十一，中间十四年，六年居遣黜……"这样的诗句，颇类加减运算，殊乏形象，很能作为生平档案来看。标目显志是他们诗作的一大特色，诗中又多自序，句下又多夹注，甚至不少诗题即有几十字、上百字，充当序文的作用。如李绅《新楼诗二十首》，二十首皆为七律，构成组诗，前有总序，而其后有题注及小序者计十一首，其中《龙宫寺》一首之序文即有二百数十字。《题法华寺五言二十韵》序文云："此一首亦在越所作。寺内灵异，随注其下。以越人题诗者前后皆不备言……"诗中"随注"者有六处之多。诗，又几成笔记传奇。辞繁理周是元、白诗的一大毛病，对此，他们自己曾多次探讨，相约删繁晦义。然痼疾难除。他们常常自叹："今仆所和者犹前病也。"（白居易《和答诗十首并序》）

应该肯定的是，元、白创作中严格的自我检讨、自我批评精神是十分可贵的。事实上，他们在诗歌语言的通俗化上是取得了多方面比肩张、王并且大为超过的辉煌成就的。其如《长恨歌》、《琵琶行》、《连昌宫词》等篇，浅直通畅的语言、铺张反复的描述、引人入胜的情节发展，在多种艺术手段的综合效应中，气氛意绪融谐相得，形象鲜明，主题深刻，是中唐诗苑的奇葩，也是中国古代文学史上的艺术明珠。很显然，略去葩藻，平易浅白，口语化，大众化，无须郑笺，是通俗诗派之所以"通俗"的又一个重要原因。

中唐后期的通俗诗派与怪奇诗派、雅正诗派一起，大体构成了一个鼎足而立的格局。但每个诗派并未自安一隅或者静处孤岛，他们不仅各自树立带有鲜明的自我风格色彩的诗歌旗帜，而且始终在明争暗斗，或者相互贬抑与攻伐。

对于怪奇派艺术上尚古隳律以逆理悖常，甚至以丑为美以耸人视听的倾

---

① 罗宗强：《隋唐五代文学思想史》，上海古籍出版社 1986 年版，第 293 页。

向，通俗派表现了不以为然的态度。元和十一年（816）正月，韩愈迁中书舍人，五月降为太子右庶子。此间他曾试作今体格律，一反往昔"古调"，元稹颇感"新鲜"，于是有诗相赠。诗中句云：

> 喜闻韩古调，兼爱近诗篇。玉磬声声彻，金铃个个圆。高疏明月下，细腻早春前。花态繁于绮，闺情软似绵。轻新便妓唱，凝妙入僧禅。欲得人人伏，能教面面全。

遍检元稹诗集，其所赠韩愈者唯此一首，题曰：《见人咏韩舍人新律诗因有戏赠》。细细把玩此诗，在斟词酌句、衬垫排比诸方面，似乎有些恭维过分，况其夸赞似谓须眉大汉太多娇媚。实可谓意味深曲，用心良苦。因而推想起来，元氏貌"喜"实"讥"。复检韩愈诗集，竟然找不出一首相赠元稹的篇什，元稹唯一的赠诗华函，他亦未予回复（当然不能排除佚失的可能）。白居易与韩愈的诗歌赠答则迟至长庆元年（821）才算开始，此时诗坛流派形势已非往昔格局。不过，白居易也想来点儿"戏赠调侃"：

> 近来韩阁老，疏我我心知。户大嫌甜酒，才高笑小诗。静吟乘月夜，闲醉旷花时。还有愁同处，春风满鬓丝。
>
> ——《久不见韩侍郎戏题四韵以寄之》

两个流派之间显然存在隔阂，白居易从人生感慨的角度来激发韩愈的文学友悌意识，希望舍异求同。元稹、白居易对于怪奇派，原本关系不够密切，因而他们对韩愈等人的诗歌艺术趣尚、美学追求虽然颇有微词，但只求点到为止。张籍则不同。他既是通俗派中人，又与韩愈情同手足，但他看不惯韩愈等的"怪怪奇奇"。他在《上韩昌黎书》中直接批评了韩愈的缺点错误：

　　比见执事多尚驳杂无实之说，使人陈于前以为欢，此有以累于令德；又，商论之际，或不容人之短，如任私尚胜者，亦有所累也；先王存六艺，自有常矣，有德者不为，犹以为损，况为博塞之戏与人竞财乎？君子固不为也，今执事为之以废弃时日，窃实不识其然……君子发言举足，不远于理，未尝闻以驳杂无实之说为戏也。

对于文以为戏倾向的批判，张籍态度明朗而激切，反复陈词指责，要求韩愈立即改正。

　　对于雅正派诗人而言，他们的政治地位比起通俗派、怪奇派诗人来要优越得多，但是，诗歌创变之路上却显得非常保守。他们从中和不偏的原则出发，提出了明确的艺术主张："善用常而为雅，善用故而为新。"（权德舆《醉说》）重视传统，推陈出新是他们创作中的共同特点，但求新求发展的魄力不够。尤其是主题取向，谀美之辞太甚。例如令狐楚的《宫中乐》：

　　雪霁长扬花，冰开太液池。宫中行乐日，天下圣明时。

又例如张仲素的《太平词》：

　　圣德超古今，皇风静四方。苍生今息战，无事觉时长。

通俗派的诗歌教化宗旨，显然使他们对雅正派温柔敦厚的文学观念极为不满，因而白居易五十篇"新乐府"写到末了还留意给以一击：

　　郊庙登歌赞君美，乐府艳调悦君意。若求讽谕规刺言，万句千章无一字。不是章句无规刺，渐及朝廷绝讽议。

　　　　　　　　　　　　　　　　　　　　　　——《采诗官》

通俗派的矛头所向是明确的，直指雅正派这样一批宫廷词臣、台阁诗人，指斥他们漠视弊政、粉饰太平的诗歌创作倾向。对于雅正派大写赞美诗，一味唱高调的倾向，通俗派主要通过大写新乐府，揭露阴暗面的行动，与之唱对台戏，张扬了勇于批判现实的文学精神。

"非求宫律高，不务文字奇"（白居易《寄唐生》）是通俗诗派的一致努力方向。这个宣言也是一箭双雕，表明他们以俗为美，既反雅正，又反怪奇。他们不像雅正诗派那样追求高情远韵，也不像怪奇诗派那样一味尚奇觅怪。他们介于两派之间，既不是曲高和寡，也不是怪诞不经。通俗派的文学主张旗帜鲜明，艺术实践卓有成效，在中唐后期鼎立的三大诗派中堪称一支诗坛劲旅。

（原载《太原师范学院学报》2003 年第 1 期，略有改动）

论中唐雅正诗派

一、雅正派之界定

中唐是一个流派纷呈的时代。"若无新变，不能代雄。"① 为了超越盛唐，有些诗人，另辟蹊径，走"通俗"一途，如张籍、王建、元稹、白居易等，此为"通俗诗派"；有些诗人再辟蹊径，走"怪奇"之路，如韩愈、孟郊、卢仝、刘叉、马异、李贺等，此为"怪奇诗派"②。这两个诗歌流派皆以"变"而济"穷"，力图摆脱形式困乏、风格枯竭的局面，搞得轰轰烈烈，无人不知。但与此同时，还有一个诗人群体，他们并不专在"变"字上做文章，不尚"俗"，不尚"怪"，而只以"雅正"相尚，他们所走的是一条"雅正"之路。本书称其为"雅正诗派"。

雅正诗派，是中唐后期与通俗诗派、怪奇诗派同时并存的一个诗歌流派，其中成就较大的作家有权德舆、武元衡、杨巨源、裴度、令狐楚、张仲素、王涯七位诗人。

在中唐后期文坛，这并非一个没有影响的文学流派。在朝在野，他们多有往来。七人之中，武元衡、权德舆、裴度、令狐楚于元和中先后为相，并

---

① 萧子显：《南齐书·文学传论》。

② 关于"怪奇诗派"，亦可参见拙文：《金源"后怪奇诗派"引论》，见《山西大学学报》1997年第4期。

互有唱和；杨巨源与他们交往密切，且与裴度进士同年；裴度元和二年后尝为武元衡剑南幕佐，入朝后共同力主军事削藩；王涯为相在太和年间，早在元和时与令狐楚、张仲素为著名"三舍人"，其唱和之作亦编次命名为《三舍人集》。他们是典型的宫廷文人、台阁诗人。

这派诗人居庙堂，处台阁，交往密切，志趣相投。有权德舆三十年来的"羽仪朝行"，"行世祖之，文世师之"①；有武元衡、裴度的生死与共；有"三舍人"的同声合唱；有杨巨源与他们的多方联结。他们以"雅正"相尚，实质上是与通俗派、怪奇派所掀起的反审美大潮对流、对抗的另一股潮流。"雅正"作为艺术思潮，体现着该流派的审美理想。这是一个"审美型"的文学流派。

流派的构成型态有多种，如题材型、思潮型、乡土型、社团型、方法型、审美型等。雅正诗派属"审美型"。所谓"审美型"流派，主要就审美理想、审美情趣的角度而论，意谓这样的流派：一个作家群体对一定社会氛围中某种时代精神、某种审美潮流同与趋逐——或者在于审美评价方面的共识，或者在于艺术风格方面的近似。雅正诗派的形成，正是基于这极其重要的两方面条件。一个流派之所以产生，审美理想、审美情趣的一致性这一条件显得更为重要，尤其相对于纯粹"乡土"或纯粹"社团"等条件。比如宋代的"江西诗派"，所谓诗江西也，而人非皆江西也，用杨万里的话说，即"江西诗派"的形成乃"以味不以形也"②。我们看到，中唐"雅正诗派"的产生兼具"以味不以形"的形成组合特点。

作为雅正诗派，其有两大显著标志：一是政治理想上的修齐治平；二是诗歌审美上的温柔敦厚。

这派诗人有一共同的特点：才雄学富，科举迅捷，仕途畅达。或学士翰林，或舍人制诰，或方镇元戎，或台阁卿相。官场仕途虽然难免波折，但起伏不大。这样的人生历程，使他们修齐治平的儒家入世思想表现得非常突

① 韩愈：《唐故相权公墓碑》。
② 《江西宗派诗序》。

出。中唐之世，藩镇割据，朋党相争，宦官弄权成了朝政最为棘手的三大痼疾。然而这派诗人颇有一种当仁不让、刚正不移的个性。武元衡元和二年为相，据《新唐书》本传："帝素知元衡坚正有守，故眷礼信任异它相。……雅性庄重，虽淡于接物，而开府极一时选。八年召还秉政。李吉甫、李绛数争事帝前，不叶。元衡独持正，无所违附，帝称其长者。"权德舆出自祖德清明、家风雅正的仕宦家庭，为臣秉政忠直，"章奏不绝，讥排奸幸"。他对朝中"持禄观望则曰明哲保身、无所发明则曰大直若屈"① 者深恶痛绝，"人所惮为，公勇为之；人所竞驰，公绝不窥"，"无党无仇，举世莫疵"②。自贞元至元和三十年间，"羽仪朝行"，"为时称向"③。王涯为灭阉党，死于"甘露之变"；面对宦竖大杀朝臣，令狐楚不惧淫威，"其词诡切，无所顾望"④。武元衡力主军事削藩而遭强藩暗杀，裴度被救脱险，却并未因此丧胆退缩。裴度"素称坚正，事上不回"，尽管"累为奸邪所排，几至颠沛"，但始终"以平贼为己任"⑤，故能累创奇功。他们无论居朝在野，出将入相，其惠政治绩不绝于闻。因此，中唐很多文人士子以他们为"中兴"的象征和希望。

　　这一派诗人，文学素养深厚，诗歌审美上别有追求。与同时通俗、怪奇两大诗派比较而言，他们同样重视诗歌的社会功能，要求"有补于时"⑥，也同样重视诗歌的抒情特性，以为"体物导志，其为文之本欤！"⑦ 但他们不慕平浅质拙，亦鄙视出格乖常，以为"牵拘而不能骋"者、"奔放而不自还"者，皆"文之病也"⑧，所以，从内容到形式，他们反对走极端，而以中和雅正相尚。

① 《答客问》。
② 韩愈：《唐故相权公墓碑》。
③ 《旧唐书·权德舆传》。
④ 刘禹锡：《唐故相国赠司空令狐公集纪》。
⑤ 《旧唐书·裴度传》。
⑥ 权德舆：《崔公集序》。
⑦ 权德舆：《漳州刺史张君集序》。
⑧ 权德舆：《徐泗濠节度使赠司徒张公文集序》。

　　"中和"，是儒家中庸之道的主要内涵："喜怒哀乐之未发谓之中，发而皆中节谓之和；中也者，天下之大本也，和也者，天下之达道也。致中和，天地位焉，万物育焉。"①儒家者流认为，能"致中和"，则天地万物皆能各得其所，达于和谐的境界。这种温柔敦厚的儒家文学思想，在雅正派诗歌理论中有着普遍的、明显的反映。武元衡在《刘商郎中集序》中阐明了他的诗道观：他认为，诗可以经世致用，抒怀言志。而泄幽愤、鸣不平则降居其次，笔法贵含蓄隐蔽，哀而不伤，怨而不怒，"刺见国风"而已。换言之，发乎情，还须止乎礼义。这种观点主张在裴度那里得到了发展和明确化。裴度不满于骚人的"发愤之文"，批评屈原等"雅多自贤，颇有狂态"，而司马相如、扬雄谲谏之文，虽别为一家，但也"不是正气"。他认为圣人为文乃"假之以达其心，达则已理，穷则已非"。因此，他力倡"大学之道"，明明德，止至善，"能止于止"②，否则，过犹不及！令狐楚主张"凡制五言"，当"苞含六义"③，同样强调标准正统的儒家诗歌美学思想。品评荐举，亦以"雅正"为准的。他特别欣赏"学必专授，文皆雅正，词赋甚精，章表殊健，疏眉目、美风姿，外若坦荡，中甚畏慎"的年少才子、进士甲科齐孝若，认为当时尽管士多如林，而这种"雅正"、"畏慎"的美材方为"甚善甚善"的"至宝"④。由这些言论不难看出，雅正诗派特别推崇的是"善"和"美"这两个字。前者侧重于内容，后者侧重于形式；前者要"正"，后者须"雅"。

　　所谓"雅正"，我们可用权德舆自己的文学主张来加以诠释：

　　　　词合雅，言中伦，疏通而不流，博富而有节，洁静夷易，得其英华。

　　　　　　　　　　　　　　　　　　　　　　　——《兵部郎中杨君集序》

---

① 《礼记·中庸》。
② 《寄李翱书》。
③ 《进张祜诗册表》。
④ 《荐齐孝若书》。

"词"即文辞，"言"指义理。"词合雅，言中伦"的主张兼及艺术形式和思想内容两个方面。文质并重的理论一直影响到后来者，例如清代蔡世远在其所编《古文雅正》之"自序"中说："名之曰'雅正'者，其辞雅、其理正也。"①权、蔡二氏之"雅正"观点显然一致，可互为注脚。那么，雅正派之"雅正"的实质，正在于诗人们所特别推崇的"美"且"善"的审美趣味与艺术品格。

二、雅正派诗主旋律

从"雅正"之美学思想出发，雅正派诗人很少疾言厉色地抨击时政，或是反反复复地鸣冤叫屈。他们多抒发英雄本色、报国壮志。"短长思合制，远近贵攸同。共仰财成德，将酬分寸功。作程施有政，垂范播无穷。"这是贞元八年裴度宏词应制诗《中和节诏赐公卿尺》中的远大理想。事实上他也是这么实践的，"出入中外，经事四朝，以身系国之安危者二十年"②。"待平贼垒报天子，莫指仙山示武夫"，正是他元和二十年往讨淮西吴元济时的豪言壮语。武元衡持平无私，进退守正，元和二年出领重镇成都，与外族蕃兵对阵，"何惭班定远，辛苦玉门关"。在蜀日，他曾赋诗一首，勉励军中将士：

> 刀州城北剑山东，甲士屯云骑散风。旌斾遍张林岭动，豺狼驱尽塞垣空。衔芦远雁愁矰缴，绕树啼猿怯避弓。为报府中诸从事，燕然未勒莫论功。
>
> ——《幕中诸公有观猎之作因继之》

---

① 参见《四库全书总目》。
② 《全唐诗·裴度小传》。

士气军威，将帅胸怀，溢于言表。令狐楚籍占太原①，并且为河东节度幕判官十余年，元和入相，其后数领重藩要镇。他体恤民情，关心将佐，边塞诗尤其能刻画出征人的矛盾心理：

> 雪满衣裳冰满须，晓随飞将伐单于。平生意气今何在，把得家书泪似珠。
>
> ——《塞下曲二首》之一

不过，他的诗更有豪雄的一面：

> 年少边州惯放狂，骣骑蕃马射黄羊。如今年老无筋力，犹倚营门数雁行。
>
> ——《年少行四首》之一

老而益壮，犹思一石三卵，一箭双雕。再看同题之三：

> 弓背霞明剑照霜，秋风走马出咸阳。未收天子河湟地，不拟回头望故乡。

多么豪迈！果真不失"幽并游侠儿"的壮伟！这样的抱负同样见于张仲素、王涯的诗作：

> 卷旆生风喜气新，早持龙节静边尘。汉家天子图麟阁，身是当今第一人。
>
> ——张仲素《塞上曲》

---

① 参见拙文：《令狐楚生卒与里籍考》，《文学遗产》1996年第4期。

塞虏常为敌，边声已报秋。平生多志气，箭底觅封侯。

——王涯《平戎词》

这派诗人多把个人理想与国家命运紧紧地联结在一起，此为他们精神胸怀的最为可贵处。这种情志符合儒家入世用世、修齐治平的积极思想，既"善"且"正"。不过，也正是从这样的情志思想出发，他们大写颂圣述德之章，高唱安定和平之音。试录几首如下：

日上苍龙阙，香含紫禁林。晴光五云叠，春色九重深。赏叶元和德，文重雅颂音。景云随御辇，颢气在宸襟。永保无疆寿，长怀不战心。圣朝多庆赐，琼树粉墙阴。

——杨巨源《春日奉献圣寿无疆词十首》之九

玉帛殊方至，歌钟比屋闻。华夷今一贯，同贺圣明君。

——张仲素《圣神乐》

雪霁长扬花，冰开太液池。宫中行乐日，天下圣明时。

——令狐楚《宫中乐》

圣德超古今，皇风静四方。苍生今息战，无事觉时长。

——张仲素《太平词》

作为宫廷臣僚，这派诗人有时也有闲，所以欢娱之词不少。杨巨源有《艳女词》、《胡姬词》、《美人春怨》等"齐梁体"艳作，其中《名姝咏》一首刻画工细：

阿娇年未多，体弱性能和。怕重愁拈镜，怜轻喜曳罗。临津双洛浦，对月两嫦娥。独有荆王殿，时时暮雨过。

作者运用比喻、衬托等多种表现手法，如咏物一样地赋咏"名姝"。史称权德舆"述作特盛","其文雅正而弘博"①,"其文雅正赡缛"②。章太炎曰:"由魏逮唐,分异文笔。"③刘勰云:"今之常言,有文有笔,以为无韵者笔也,有韵者文也。"④以此而论,两《唐书》等所言权德舆之"文",实际上兼指他的诗。"雅正",亦即上文所论之"美"且"善"的审美趣味与艺术品格。"弘博"、"赡缛",正是儒家者流津津乐道的"博雅"君子应有的素养、气质。这里是说他学识丰富,意趣广多,艺术创作不是"单打一",即于诗歌而言,他曾写有名目繁杂的卦名诗、数字诗、药名诗、离合诗、回文诗以及大言、小言、安语、危语、五杂组等诗体。可谓"六经"、"百氏",无所不有。不过,他虽有这类消闲游戏之作,却同样"无诞词,无巧语",依然"采章皆正色而无驳杂,调韵皆正声而无奇邪"⑤,所以其格调不算庸劣低下。他的"玉台体"也不少,描写相思之苦是其主调。其中《三妇诗》一诗,尤其有着浓厚的家庭生活气息:

大妇刺绣文,中妇缝罗裙。小妇无所作,娇歌遏行云。丈人且安坐,金炉香正薰。

三韵六句,竟刻画了四个人物,并凸显了各自的独特身份和个性,"动作语言,一无外饰",风流而又蕴藉。王涯、令狐楚、张仲素号为"元和三舍人",他们也是宫词、闺怨诗的创作能手,但并非风流不羁之辈。王涯虽做高官,却"不蓄妓妾"⑥。他们的诗往往含蓄别致,可谓俗不伤雅,乐而不淫。

这批台阁诗人也并非一无"幽愤"。令狐楚就曾经乐而生悲过:

---

① 《旧唐书·权德舆传》。
② 《新唐书·权德舆传》;又见《唐诗纪事》卷三十一。
③ 《文学说例》。
④ 《文心雕龙·总术》。
⑤ 杨嗣复:《丞相礼部尚书文公权德舆文集序》。
⑥ 《唐才子传》卷五。

一来江城守，七见江月圆。齿发将六十，乡关越三千。襄帷罕游观，闭阁多沉眠。新节还复至，故交尽相捐。何时䟃阊阖，上诉高高天。

——《夏至日衡阳郡斋抒怀》

遭谪远荒，悲从中来，只是忧思中犹存希冀，未至悲痛欲绝，可谓哀而不伤。武元衡远镇剑南西川七年，送人北归自不免流露向阙之恋，但定远封侯的壮志又显得更为感人："归去朝端如有问，玉门关外老班超。"① 再读一读杨巨源的《送太和公主和蕃》：

北路古来难，年光独认寒。朔云侵鬓起，边月向眉残。芦井寻沙到，花门度碛看。薰风一万里，来处是长安。

朔漠寒云，边碛残月，自然催人哀感心伤，然而典重的辞情、神圣的使命还是将这般愁怨的意象冲淡了。个人情志与社会功利融于一体。

从以上对雅正派作家诗歌创作内容的观照和剖视来看，修身、齐家、治国、平天下，既是他们的积极入世用世的政治理想，也是他们反复歌咏吟唱的题材和主旋律，而种种这些，又无不充分体现了该流派之"雅正"的审美情趣和艺术品格。

三、雅正派对形式美的追求

"中正则雅"②，这说明形式为内容所决定，反过来说，"善"与"正"的内容必然要求有与之相适应的"雅"而"美"的形式。雅正派是十分注重和追求诗歌的形式美的，因而他们的诗歌在艺术上有这样一种审美特

---

① 《送张大谏议归朝》。
② 扬雄：《法言·吾子》。

质——明丽宛畅、中节合律。中和之美终究要强调"八音克谐"、协调宫商，因此，雅正诗派十分讲究诗歌优美的词采韵律。权德舆是当时文坛领袖，"时人以为宗匠焉"①。有人认为"德舆在唐不以诗名，然词亦雅畅"②。"诗名"姑且不论，"雅畅"之评倒是抓住了权德舆诗艺术美感的重要特质。"雅畅"的审美特质，也与他的审美理想、审美趣味相吻合、相一致，因为我们看到，权德舆对"辞语温润"，"切劘端正"，"文约旨明"，"如昆丘玄圃、积玉相照"③ 的作品尤其称赞，对"奇正相生，质文相发，若笙磬合奏，组缋交映"④ 的篇什特别欣赏，对"倜傥闳达，以文艺自任"，"缘情遣词，写境物而谐律吕"，"体物比事，极风人之丽则"⑤ 的作者格外推崇。

杨巨源的作品也很受后人的赏爱和推崇：余成教认为他的诗"气象鸿丽"，"《上刘侍中》、《和吕舍人》三首，体律务实，声韵铿锵，对仗天成，无不谐适"⑥；胡应麟认为他的《春日奉献圣寿无疆词》十首"典雅精工，庄严律切，有沈、宋风骨，中唐诸作，此最杰作"。张仲素的词采歌韵更使至上人君为之心动迷恋。据《全唐诗话》卷三记载，宪宗以张仲素为翰林学士，韦贯之谏阻道："学士所以备顾问，不宜专取词艺。"宪宗只好作罢。"词艺"显然为仲素所专攻特擅。《全唐诗》卷三六七共收录他的诗 39 首，令人惊讶的是，所有的诗篇都是格律诗。1 首五律，5 首排律，篇篇对仗工稳，绝句有时他也能句句皆对。白居易还曾提到仲素"有《燕子楼》三首，词甚婉丽"⑦。其实，"婉丽"的特点并不仅限于《燕子楼》三首，检其诗卷可见，张仲素在传世并不算多的作品中竟用了迭音词"袅袅"、"蒙蒙"、"丁丁"、"漫漫"等达十六个之多，又有"逶迤"、"纤馀"、"隐映"、"霏微"、"参差"、"蹀躞"、"潺湲"等许多双声、叠韵的词。作者对如许外在形式之

---

① 《旧唐书·权德舆传》。
② 叶梦得：《石林诗话》卷上。
③ 《李公文集序》。
④ 《萧侍御喜陆太祝自信州移居洪州玉艺观诗序》。
⑤ 《唐故通议大夫权公文集序》。
⑥ 余成教：《石园诗话》卷二。
⑦ 《燕子楼·序》。

美的着意追求，确实使诗篇平添了绘画感和音乐性，增强了审美愉悦的功能。所以辛文房不仅认为他的诗歌"法度严确"，而且指出他"尤精乐府，往往和在宫商，古人有未能虑者"①。又据《旧唐书·武元衡传》："元衡工五言诗，好事者传之，往往被于管弦。"的确如此，政余公退，如武元衡者多有唱和，或乘春赏花，或对酒吟诗，所作往往即其所谓的"雅言"、"芳词"、"丽句"、"华藻"，"珠玉缀错，清泠自飘"②，"时复露鲜华之度"③。

综合上述雅正派代表诗人追求优美词采韵律的艺术特点，我们可以肯定，唐代张为在《诗人主客图》中把武元衡尊为"瑰奇美丽主"，以及把杨巨源同时列为"清奇雅正"之"入室"，确实是具有审美判断力的，他看到和把握住了这个作家群体明丽宛畅、中节合律的诗歌审美特质。张为的裁定很有见地。

雅正派十分注重和追求诗歌的形式美，从而也使其诗歌在艺术上产生了另一种审美特质——含蓄隽永，情高境远。

杨巨源才雄学富、用意声律，他的小诗往往能写得余味不尽。七绝《城东早春》："诗家清景在新春，绿柳才黄半未匀。若待上林花似锦，出门俱是看花人。"理趣盎然，令无数读者赏爱不已，真不愧于名作之称。其五绝《衔鱼翠鸟》：

> 有意莲叶间，瞥然下高树。攫波得金鱼，一点翠光去。

静中伏动，境界神妙。所以辛文房认为他的诗"细挹得无穷之源，缓有愈隽永之味"。白居易也为之惊叹不已："雪飘歌曲高难和，鹤拂烟霄老惯飞。"而在此方面，王夫之给予的评价更高，他说："此公七言，平远深细，是中唐第一高手。《纪事》称其不为新语，体律务实。所云新语者，十才子

---

① 《唐才子传》卷五。
② 《刘商郎中集序》。
③ 胡震亨：《唐音癸签》卷七。

以降，枯枝败梗耳。虚实在神韵，不以兴比有无为别。如此空中构景，佳句独得，讵不贤于硬架而无情者乎？以此求之，知此公之奏雅于郑卫之滨，曲高和寡矣。"① 王涯亦尤多雅思，诗情高迈，《唐才子传》卷五赞之为"风韵遒然，殊超意表"。其实，风韵遒然超迈也是这派诗人的共同特点。例如后世诗评家们对雅正派中权德舆、武元衡、令狐楚这些核心人物的准确而独到的评价：

> 元和间，权、武二相，词并清超，可接钱、刘。武公之死，有关疆场，而文词复清隽不羁，可称中唐时之刘越石。严沧浪但举权相，犹未尽也。
>
> ——翁方纲《石洲诗话》卷二

> 伯苍（元衡字）词锋艳发，如青萍出匣，所向辄利；意度鲜华，如芳兰独秀，采思绵绵。五言长调，当时竟称绝艺。其在元和诸子，自权相而下，丰美孤高，此当独步。
>
> ——徐献忠《唐诗品》

> 武元衡、令狐楚皆以将相之重，声盖一时。其诗宏毅阔远，与灞桥驴子上所得者异矣！
>
> ——吴师道《吴礼部诗话》

所以，王世贞甚至认为武元衡、权德舆之五言，"皆铁中铮铮者"②。确实，他们的作品犹如金石相碰，锵然有声。诗贵在有意境、有境界，无论高远、宏毅、阔大，还是深渺、闲淡、神妙，都说明了一条文学美学的真理：诗忌直露浅白、了无余韵；含而不露，方为上乘佳品。试读张仲素诗：

---

① 《唐诗评选》卷四。
② 《艺苑卮言》卷四。

秋天一夜静无云，断续鸿声到晓闻。欲寄征衣问消息，居延城外又移军。

——《秋闺思二首》之二

诗中思妇心潮起伏，彻夜未眠，晓闻鸿声方触发起凭雁传书的妙想，可一打听，边塞在移军！移往何处？又不知究竟。诗虽短，却一波三折，语浅意深，耐人寻味。再如权德舆的《岭上逢久别者又别》：

十年曾一别，征路此相逢。马首向何处？夕阳千万峰。

五绝，堪称"袖珍型"的格律诗，篇幅最为短小，然而这首诗的情味恐怕也是最为深长的。你看，时间的跨度很大，一别就是十年；而久别之后的重逢也很凑巧，于征途上邂逅了。可是乍相逢又遽别，几未下鞍！而今马首何向？路在何方？——"夕阳千万峰"。不具体，难回答，因为世路茫茫啊。只见斜阳夕照下，莽莽群峰，峭立无语，一片荒凉，一片渺茫。此可谓意与境会。诗歌之意境至为神远，令人黯然神伤。

宋代严羽于《沧浪诗话·诗评》中指出："权德舆或有似韦苏州、刘长卿处"，"权德舆之诗却有绝似盛唐者。"这个评价其实可移用于整个雅正诗派：意境闲远或似江南仕宦派中之韦应物、刘长卿；境界阔远，几越京洛才子派之浮响而绝似盛唐。"绝似盛唐"的主、客观原因就在于雅正诗派生当"中兴"之际，富有自立的勇气和政治家的风度，而这正是中唐前期京洛才子派和江南仕宦派所不能具备的。横向比较起来，含蓄隽永、情高境远的艺术效果，同样决胜通俗诗派；明丽宛畅、中节合律的诗歌风貌，则又使怪奇诗派难以企及。既雅且正，"质文相映"、"文质彬彬"，这正是儒家美学"尽美矣，又尽善也"的最高艺术境界。宏观地看，在中唐后期诗界的潮流趋势中，雅正诗派步武盛唐，堪为中流砥柱。

雅正诗派可谓旗扬鼓响，其存在与发展，令中唐后期诗坛风云幻化，姿态万千。当时雅、俗、怪三大流派，各占营盘，既左右对峙，又三家鼎立，他们相互对抗，相互制约，构成了特殊的矛盾统一体。在贞元至长庆约摸二十年的短暂"中兴"氛围中，尤其在元和当时诗坛的特定时空中，任何一派都不能脱离其矛盾对立面而单独存在。三大流派，实际上相反相成，鼎立共存共始终，所谓无雅无俗，无奇无正，雅俗相依相映，奇正相争相生是也。也正是三派的鼎力，造成了中唐后期诗坛立体交叉，攻伐渗透，流变幻化，既联合又斗争，不断消长分合的诗派群落发展演变的格局和态势。可想而知，失去其中任何一方，中唐诗坛原有的奇妙迷离、斑驳旖旎的风光便黯然失色；而忽略了其中任何一方，那将永远不能真正感受到中唐诗坛所特具的风情魅力，甚至于对纷呈之流派的生灭整合现象徒然困惑，百思不得其解。再多的讨论，也仍旧难免片面和肤浅。那么，中唐之所以为"盛后之再盛"，使唐诗能成其广、成其大，当从此处寻奥探微。基于此，雅正诗派在中唐诗坛以至整个唐代诗史上的重要角色地位即不言而喻。

（原载《文学评论》2001 年"青年学者专号"，略有改动）

论唐代怪奇诗派偏善独至的艺术品格

一、重新命名一个重要的诗人群体——"怪奇诗派"

怪奇诗派包括孟郊、韩愈、卢仝、刘叉、马异、李贺、贾岛、姚合及皇甫湜等诗人。何以名之"怪奇诗派"？且略析以下指称：韩孟诗派；韩派；苦吟诗派；险怪诗派。

韩孟，语出《因话录》："韩文公与孟东野友善。韩公文至高，孟长于五言，时号'孟诗韩笔'。"韩孟并称，本意是区分二家在诗与文方面的各自特长。

韩派，义同韩门、韩氏集团。诗界革命，韩愈与白居易一样，是各自阵营的旗手，但同时的古文运动，他又是领袖。"韩派"之称，实兼括了诗与文两个方面。

苦吟，指诗人在创作态度或精神等方面所表现出来的个性品格。孟郊、贾岛、姚合，甚至李贺，堪为代表。但卢仝、刘叉、马异等"诗胆大于天"，并不着意于推敲打磨，他们倒有点儿近于"插科打诨"。韩愈更是才雄学富，不可一世，"掀雷挟电，撑抉于天地之间"。他甚至戏谑孟郊的"苦吟"："朝餐动及午，夜讽恒至卯"（《答孟郊》）。显然，仅以"苦吟"这一艺术创作个性，不能笼括该诗派所有作家。

险怪，指诗歌语言、意象、境界等质素呈现出来的艺术风貌。孟郊初有表现，韩愈、卢仝、刘叉、马异继而扬之。李贺则险怪之外还有奇丽的一面。贾岛更是险怪势头顿减，怪而入奇："奸穷怪变得，往往造平淡"（韩愈《送无本师归范阳》）。姚合"刻意苦吟，工于点缀小景，搜求新意"（《四库提要》），诗风接近贾岛。可见，仅以"险怪"涵盖这个诗人群体的艺术风格，必然会以偏概全。

或问：何谓"怪奇"？曰："怪怪奇奇。"（韩愈《送穷文》）但须注意，"怪奇"在外延上大于"险怪"，增加了"奇"的色彩。"怪"与"奇"之间的"异"不能不加区别。

怪奇派以前，皎然曾规定过"奇"的发展极限："至险而不僻，至奇而不差。"（《诗式》）"差"，是汉唐时俗字，《唐音癸签》卷二十四注曰："差，异化切，怪也。"显然，"怪"与"奇"之间有联系，是一组同义词，但绝对不是内涵和外延完全重合的等义词。皇甫湜在《答李生书》中辨析说："夫意新则异于常，异于常则怪矣；词高则出于众，出于众则奇矣。"又解释"奇"："谓之奇，即非常矣。非常者谓不如常也，谓不如常乃出常也。"从立意到遣词，他提出了创新的主张——尚怪求奇。

"怪"与"奇"的共同点在于"异常"、"非常"，亦即"罕见"。但"怪"的属性还主要表现在：明显地异乎寻常，偏离了一般、正常，或者偏离了预期的方式、方法或轨道以至于畸形，与公认的、适当的或谐和的观念不相符合，令人困惑莫名，甚至略带了应受指责的特性。"奇"的属性则大为不同：其超乎寻常乃因特殊力量所致，是出乎意料的非凡，令人惊异的新颖，其神妙出众，精绝出色，多数情况下即在于符合人们的目的意愿，具有了讨人喜欢与令人赞叹的品质。由此则可见"怪"与"奇"的辩证关系。怪奇派中人，或逐奇入怪；或由怪入奇；或怪奇兼具。总之，尚怪求奇，代表了该流派力求创新的群体意识，体现了他们一致的艺术主张，以及由此而产生的整个流派迥异寻常的审美风貌与流派中个体偏善独至的艺术品格。"怪奇诗派"之命名，正是基于这一认识。

"怪奇"，作为对以韩愈等为代表的一个文学集团风格总貌的概称，指该派诗人的创作共性，但并不意味着他们的风格缺乏个性。相反的是，他们不仅与同时其他诗派相比标新立异，独树一帜，即于诗派内部也各显神通，自标一格，体现了高度的艺术个性。

二、硬语盘空，"诗骨耸东野"——怪奇在"词"

词，是语言中的最小意义单位。诗歌属于语言艺术，一个诗人的艺术风格往往首先能从遣词造句的定式中得到认识。孟郊约五百首诗中，"寒"字竟出现四五十次之多，使用频率高得出常。"寒"在孟诗中并不只局限于对自然外界中温度变化的本能感受，诗人的切肤感触主要来自社会。艰辛的人生历程使他深刻地体验到了世态的炎凉、人情的冷暖。因而，由寒衍生而来的种种感受都成了他反复吟叹的主题，充塞于卷帙的大多是苦、寒、愁、怨、叹、恨、饥、贫、老、病一类的字眼。故贺裳曰："东野实亦诉穷叹屈之词太多，读其集频闻呻吟之声。"（《载酒园诗话》）

孟郊诗有"硬"的一面，很少花哨柔媚之句，"其色苍然以深，其声噭然以清，用字奇老精确，在古无上，高出魏晋"（钱振锽《谪星说诗》），用韩愈的评价来说即"横空盘硬语，妥帖力排奡"（《荐士》）。"硬语"盘空而来却又妥帖有力，这是孟郊用词的怪奇处。孟郊尽管酸寒无比，但"裘褐悬结，未尝俯眉为可怜之色"（《唐才子传》）。古傲刚肠、不韵时俗的个性支配了他观照外物的模式及择词炼意的取向。"寒"是他对周围世界的感受和评价，"寒"也规定了他撷取客体物象的习惯或定式。他特别爱用尖利寒峭、给人以"硬"感的字眼，诸如枯桑、朔风、壮雪、厚冰、刀剑、冷光等名词或名词性词组。诗中常用的形容词又有老、峭、酸、蹇、衰、干、瘦等。最能体现他矫激寒硬风格的是大多数诗人竭力回避的动词，比如哭、吟、号、泣、转、割、鸣、咆、杀、剸、攒、劚、裂之类，于孟集中俯拾即是，既寒气逼人，亦硬得出奇，"一变前人温柔敦厚的作风"。

孟郊"硬语"又多奇险味道。《出峡》云："上天下天水，出地入地舟"，仅着十字便境界阔大，浑茫浩瀚，写来又不动声色，拙里藏巧，硬中露险，可谓警拔无比，沈德潜叹其与《游终南山》"同一奇险"。孟诗还有一讶怪处，即有一"骨"字如霜冬槎枝，不时出现于诗行之间。仅见于《秋怀》就有"霜气入病骨"、"峭风梳骨寒"、"孤骨夜难卧"、"老骨惧秋月"、"古骨无浊肉"等句。"骨"的本来意义很简单，但作者舍其本义，择取其坚硬、鲠顽这一形象属性，赋予其象征意义。这样，"骨"的内涵始终规定在一个明确的意义范畴之内，并从而生成一个富于意味的语词系列。因而，"骨"既是自喻，代替诗人自己，同时也象喻他的心灵产物——诗。即此看来，"病骨"、"寒骨"、"孤骨"、"老骨"、"古骨"等，都是特定境遇中诗人形象及其品性的再现。孟郊曾当着贾岛的面将自己与韩愈诗格并举，自诩"诗骨耸东野"（《戏赠无本二首》）。这是他对自己终身不朽大业所作的形象概括和真实评价，反映了诗人自己的艺术追求及其诗歌风貌。此"骨"虽耸立荒野，寒碜枯槁，独立不偶，但鲠而非软，峭而不柔。诗人个性与作品风格统一起来了，"寒"与"硬"最终被凝聚在一起，形象而又恰如其分地说明了诗人的异样风格及其于诗派中的怪奇特色。

三、力能排奡，"诗涛涌退之"——怪奇在"势"

寒峭险硬是孟郊所长，雄博崛荡则是韩愈的本色。

读韩愈诗，犹如走进了一个光怪陆离的世界，异彩巨响，荡心骇神。例如他的《陆浑山火》描写山火的威势。火光如园中错陈玫瑰、披猖芙蓉，火声若钟鼓箎埙喧沸攒杂，天跳地踔、覆地翻天，飞禽走兽丧胆、炼狱神鬼哀号。作者以神话笔法写奇景异象，竭力渲染突出超自然的神力，迷离幻变，令人惧怖；"其驱驾气势，若掀雷挟电，撑抉于天地之间，物状奇怪，不得不鼓舞而徇其呼吸也"（司空图《题柳集后》）。

韩诗雄博崛荡之"势"，一方面由于作者能够驰骋幻想，摆荡乾坤，

"百怪入肠"；另一方面还由于他注重谋篇布局，勾通诗文章法，"以古文浑灏，溢而为诗"（赵秉文《与李孟英书》）。其《雉带箭》依照古文的逻辑顺序来刻写将军猎雉的场面，可谓"短幅中有龙跳虎卧之观"（汪琬《批韩诗》）。玲珑短韵犹可见韩愈写诗"用法变化而深严"（《昭昧詹言》）的手段技巧，长篇大制则更能反映诗人力大思雄、横放恣纵的奇崛气势和风貌。《南山》全篇尽用赋法，登临纪胜，"穷极状态，雄奇纵恣，为诗家独辟蚕丛"（方世举语）。应该说，《南山》正是韩愈以文为诗中典型而又成功的代表作品。所谓"层层顿挫，引满不发"，这常常成为韩诗雄奇怪发前的先兆，劲箭离弦则往往一发而不可收了。其境界或者大起大落，"跻攀分寸不可上，失势一落千丈强"（韩愈《听颖师弹琴》）；或者"茹古涵今，无有端涯，浑浑灏灏，不可窥校，及其酣放，豪曲快字，凌纸怪发，鲸铿春丽，惊耀天下"（皇甫湜《韩文公墓志铭》）。

《南山》诗中五十一个"或"字句，是韩愈怪奇之"势"的集中表现。试想诗人往昔虽数来攀眺，志穷观览，但由于种种原因，或者只大略远望，未尝身历；或者蹭蹬不进，犹未登涉；或者遭贬路过，跋涉艰危，无心观览，总之，始终未能一睹风采、穷知究竟。而今一来贬而得还，心境甚佳；二来恰逢清霁，老天作美；三来终于攀跻极巅，居高临下，南山变峰分野、殊壑阴晴、高低起伏、绵延横亘，万态千姿、千奇百怪，无一不在眼前展开，一览无余。诗人宿愿今偿，兴奋极了。于是忽而凌云鸟瞰，忽而逗目远眺。作者的描画是情不自禁的，计用"或……若……"句式十八个，"或如……"句式三组六句，"或"字领起的博喻三十个，"延延"或"落落"等迭词领起的排比句十四个，"倾囊倒箧而出之"。南山之奇在作者笔下被写得灵异缥缈，光怪陆离。最后"大哉立天地"一声惊叹，结得铿锵有力，又恰如"柝声急惊，万籁皆寂"，真乃行于其所当行，止于其所不可不止矣！

人谓"韩文如水"，然而其诗亦是这般境界和气势。还是孟郊那两句"硬语"——"诗骨耸东野，诗涛涌退之"结论得"排奡"而"妥贴"，形容得恰如其分。因为，"涛"，展示了韩诗的雄奇博大，"涌"，表现了韩诗的光怪崛荡，而如此雄博崛荡的"涛涌"之"势"，才是韩诗的独具本色和怪奇之处。

四、狂怪至极，"不循诗家法度"——怪奇在"体"

苏轼说："作诗狂怪，至卢仝、马异极矣。"（《诗人玉屑》卷十一引）卢仝等之"怪"到底有哪些"狂极"的表现呢？

马异存诗仅四首，《答卢仝结交诗》设喻奇特，夸张大胆，颇能显示"狂怪"诗风。但若论"狂"而至于"极"，卢仝实非马异所能比拟。仅以《与马异结交诗》来看，卢诗就与马异的答诗大异其趣。一是句子的参差变化甚于马异。马诗七言中间以五言，比较整齐。卢诗则至短者三字，五言、七言外还有六言、九言，最长的达到十二、十三字。二是臆想之辞不着边际，令马异无从追攀。三是出语谲滑，怪特奇极。诗中因二人名字之巧对而恣纵发挥："马异若不是祥瑞，空中敢道不容易。昨日仝不仝，异自异，是谓大仝而小异。今日仝自仝，异不异，是谓仝不往兮异不至。"此诗一出，"怪辞惊众谤不已"，物议哗然。探其究竟，无非在于卢仝一反词人雅士的斯文形象，把素以"庄"称的"诗"，变为谐谑怪味的形式载体。

卢仝长篇《月蚀诗》亦已非传统意义之"诗"。首先是作者借描写月全蚀奇景，狂想幻变，写虾蟆、蛟螭虬、重瞳帝舜、虮虱臣、蛇筋夏鳌、苍龙、火鸟、攫虎、寒龟、痴牛騃女、天狼北斗、三台文昌宫、环天二十八宿，等等。子集史传、道藏佛典、民间故事、神话传说，既无所不包，又似乎本就起源这里。其次是不顾一切地以散句入诗，打破诗的回环对称、节奏韵律，甚至押韵也不甚在乎。"以文为诗"，韩愈多以散文之章法入诗，卢仝则旨在以散文之句法入诗，突破诗、文语言形式上的界限，将诗"异化"，朝"散文化"和"非诗化"的方向发展。王观国评曰："玉川子诗虽豪放，然太险怪，而不循诗家法度。"（《韩昌黎诗系年集释》引）"法度"指什么？大而言之，指诗歌艺术的各种手段技巧；小而言之，指诗之所以为诗的起码的语言韵律等方面应具备的条件。卢仝的创作体式相当一部分徘徊在诗与文之间，使人们不能鉴定其确切的归属。正因为这样，他的《门铭》、《栉铭》、《掩关铭》、《龟铭》等作，《全唐诗》收了，而《全唐文》也收了！可以设想，《月蚀诗》一题中，若非嵌进了一个"诗"字，恐怕《全唐文》又要非收不可了。这就难怪严羽、胡震亨皆以卢仝之作别为一"体"！

辛文房《唐才子传》卷五曰："唐诗体无遗，而仝之所作特异，自成一家。语尚奇谲，读者难解，识者易知。后来仿效比拟，遂为一格宗师。"语尚奇谲，自是卢仝诗特点之一，然而孟、韩、李、贾莫不如此，这是怪奇派诗人的艺术倾向及其风格的共性。卢仝的特异就在于唐诗体大备，他却独标一"格"，且为"宗师"，自成一家。辛氏所论中"体"、"格"二词先后出现，"格"、"体"互见义同。由此我们也就能够进一步地证明一个论题，即，苏轼所谓的卢仝之"狂怪"表现，应该是："不循诗家法度"，诡谲荡放，怪奇在"体"！

五、"百家锦衲"，"光夺眼目"——怪奇在"象"

中、晚唐之际，赋咏真娘墓、苏小小墓的诗连篇累牍。如白居易、李绅、权德舆、张祜、罗隐等人的诗，都是悲悼咏怀，且写景抒情，虽取象随意，但未失传统程式。李贺的《苏小小墓》则颇为怪特。第一，诗以三言为主，与上述诗人之作相对照，面貌陡然一变，大异其趣。第二，全篇有场面、气氛、情节、角色，不是司空见惯的感物生悲、对景伤情，而是一个神奇幽渺的故事，体现出李贺诗虚荒诞幻的特色。第三，取象上机杼别出。诗中打破一景一情，甚或景情若即若离的套式，既景以起兴，又由景而幻化出角色，写景与拟人相生相得，浑然无间。作者择景取象，无论幽兰、露珠与烟花，还是芳草、青松、春风和流水，都与对苏小小形象的刻画相联结。或渲染环境气氛，或描画服饰姿容，无不在景语中得到暗示或流露。笔笔写景，也笔笔写人，物象、景象、事象，与角色形象的刻画构成了巧妙而新奇的内在联系。这样的艺术手法，自然地显示出了李贺区别于雅、俗诸派诗人的怪奇特色。

李贺取象的虚荒诞幻，可征之于他的"仙诗"和"鬼诗"。在仙界，羲和可敲日发出玻璃声响；月行似团光轮碾，雨气还能将其打湿；不仅蟾蜍、玉兔老寒会哭泣，天也有情，而且天也能老；"王母桃花千遍红"，"天上几回葬神仙"；"鸾珮相逢桂香陌"，"呼龙耕烟种瑶草"；……景象纷繁迷离，然而莫不子虚乌有。"鬼诗"则占了贺诗的十分之一。他"喜用鬼字、泣字、死字、血字"（王思任《昌谷诗解序》），他更构建了一个阴气森森、令人恐怖的幽冥世界，"鲸吸鳌掷，牛鬼蛇神，不足为其虚荒诞幻也"（杜牧《李长吉歌诗叙》）。

李贺诗意象的另一特色是幽冷哀艳。孟郊、李贺思奇语怪，想落天外，是其共性，但险怪的风格是不完全相同的。孟诗寒词硬语俯拾即是，其寒硬峭警可比之为"荒野耸骨"；李贺则"百灵趋赴"，景迷象幻，其幽冷哀艳可比之为"美丽山鬼"。《苏小小墓》自是一例，《湘妃》、《秋来》、《长平箭头歌》，亦属此类。《南山田中行》不过为了画一幅秋夜田野图，然而，作者在明丽清新中忘不了涂上一抹幽冷的色彩，"鬼灯如漆点松花"，令人哀伤不已。南山，在王维、孟郊、韩愈笔下，包孕天地，壮奇无比，李贺偏要"月午"游历，唯怪象是攫。显然，李贺的"幽冷"不同于孟郊的"寒硬"，其"博艳"也不同于韩愈的"豪博"，其"诞幻"亦有别于卢仝的"荡放"。

对李贺的冷艳诞幻，宋人张耒格外欣赏："独爱诗篇超物象"（《李贺宅》）。"物象"，乃客观世界中实景，"超物象"则跳离物象本身，将其于主观世界中内化，"师心""作怪"，掺和上他微妙而奇异的感受，出之以变形幻化的意象。不可否认，正是冷艳诞幻的意象，才使李贺之歌诗风格卓特，也从而使他这样一个短命"诗鬼"、"诗之妖"（潘德舆《养一斋诗话》）成为"怪中之怪"，使他在怪奇诗派中占据了一个非常显赫的位置。

六、"荒斋""幽居"的苦吟,"禅房""廨署"的低唱——怪奇在"境"

王国维以为,"言气质,言神韵,不如言境界"(《人间词话》)。境界,是中国古典艺术中重要的审美范畴,苏轼以"瘦"品贾岛正是以此着眼的。

贾岛长于写景,但诸如白屋、寒日、危峰、独鹤、细飔、秋萤、晚蛩、石缝、枯草、废馆、破阶这些幽荒衰败、琐细局促之景的反复拼接组合,都笼罩了一层消极低沉的情调,因而自然而然地产生出幽僻峭窄的境界。所写虽都是自然实景,但鸟行兽藏,人语天籁,贾岛却发现了常人所不经意处:细响、余馨、沙迹、静浪、穴蚁、苔痕、藏蝉以及夜僧、宿鸟。其诗可谓"以细小处见奇,实能造幽微之境"(陈延杰《贾岛诗注序》)。而其境幽奇,大多不离幽居、僻寺、古县、荒斋之类的意象,故朱彝尊指出:"浪仙诗虽尚奇怪,然稍落苦僻一路。"(参见《韩昌黎诗系年集释》)"僻",实即"幽僻";"苦",应该是"清苦"。

清,是诗人的品性、情趣;又是诗人风格的一面,这就是平淡。贾岛由怪入奇,前后诗风迥异,故韩愈说,"无本于为文,身大不及胆。……奸穷怪变得,往往造平淡"(《送无本师归范阳》)。"绚烂之极,归于平淡",是苏东坡推崇的境界,对于贾岛来说,这正是"苦吟"的结果。薛雪说过,"贾岛诗骨清峭"(《一瓢诗话》)。清峭,兼指诗人之为人和为诗的风格。贾岛的诗不仅"幽奇",也是"清奇"的。他评张籍的诗是"泠泠月下韵,一一落海涯",其实亦可移用这句话来评价贾岛的诗。"泠泠",表示音韵清越,但也有幽僻清凉、清寂孤苦之意在。这样的苦吟低唱乃贾岛诗之主旋律,来自寒郊荒斋,来自古县廨署,来自僻寺禅房。陆时雍《诗镜总论》谓:"贾岛诗如寒厓,味虽不和,时有余酸荐齿。"显然,陆氏把握住了贾岛诗独突的意境——"幽僻清苦"。无疑,这也就是苏轼所谓的"瘦"的境界。

　　说贾岛诗意境独突，实无意贬低怪奇派其他作家意境创造的成就。李贺《苏小小墓》同样意境浑融，作者虚拟物象，又体贴物情，因而物我情融，别有境界。卢仝旨在创"体"，虽亦有怪奇之象，但不及李贺诞幻纷繁。韩愈境界博大，象喻纷飞潮涌，"气盛言宜"，以"势"惊人。孟郊写景之作相对不多，往往直接议论说教，主观抒情的色彩较浓。传为王昌龄所作之《诗格》中有"三境"即"物境"、"情境"、"意境"的名目，倘将所论怪奇派诗人的风格与之对应，我们不难发现，他们的奇特之处应该是：卢、韩、李乃怪在"物境"，孟郊特重"情境"，而贾岛则奇在"意境"。

（原载《唐代文学研究》2004 年专辑）

唐代怪奇诗派之衰变探微

一、引子

清人冯班说："诗至贞元、长庆，古今一大变。"冯氏此一"变"之谓，应该指中唐艺术趣味对传统审美理想的反叛以及因此而呈现的诗界奇观。时至中唐后期，可谓名家辈出，异彩夺目，诗人以及诗派审美目光的指向迥然有别：或者以"雅"为美，例如权德舆、武元衡、裴度、令狐楚、杨巨源、王涯、张仲素等，此辈以台阁重臣居多，政治上修齐治平，文学上温柔敦厚，这个诗人群体，我们称为雅正诗派；或者以"俗"为美，例如张籍、王建、元稹、白居易、李绅等，这是一个关注社会和民生的流派，我们称为通俗诗派；或者以"怪奇"为美，甚至以"丑"为美，例如孟郊、韩愈、卢仝、刘叉、马异、李贺，包括贾岛、姚合以及刘言史、皇甫湜、李翱、施肩吾、徐希仁、庄南杰等，这是一个倚诗为业、内合力很强的寒儒集团，我们称为怪奇诗派。①

怪奇诗派是中唐后期阵容庞大的诗坛劲旅之一，但是，为什么喧腾了一番之后又偃旗息鼓、诗风剧变了呢？这个问题几乎是一个"谜"，本文拟从

① 亦可参见姜剑云：《金源"后怪奇诗派"引论》，《山西大学学报》1997年第4期。

中晚唐之际诗歌流派的消长分合这一角度切入，做些考探，同时亦为引玉。

二、怪奇诗派的发展、高潮和"零落"

在怪奇派诗人中，孟郊年长于韩愈等人。他早年与吴中诗人皎然、陆羽等交游。皎然指出："作者须知复、变之道，反古曰复，不滞曰变。若惟复不变，则陷于相似之格。……夫变若造微，不忌太过，苟不失正，亦何咎哉？"（《诗式·复古通变体》）孟郊直接从皎然他们那里为怪奇派带来诗歌创变信息。对于吴越诗风，孟郊念念不忘，"追忆当时说"，极力称美诗僧皎然的创作。孟郊是既"复"且"变"的。贞元之初，他的险奇矫激风格业已形成，《长安旅情》、《长安羁旅行》等诗均可为证。韩愈"怪变"风格始自贞元中后期，且不无孟郊的影响。其《芍药歌》一诗写于贞元元年（785），诗中自称"楚狂小子韩退之"。韩愈、李观、孟郊同在长安应试，韩、李及第，孟郊下第。此间韩愈有《长安交游者一首赠孟郊》，始兆"异变"之象，蒋抱玄以为此诗"意调大率浅露，殆信口为之耳"。贞元十年（794），作《谢自然诗》，此篇全以议论为之，叙议直致，真乃有韵之文、诗中之《原道》，令人不可卒读。韩诗"异变"之势，自此遂开。贞元十五年（799）所作之《嗟哉董生行》越发"不循句法"，力逞怪变之能。

元和之初，怪奇派队伍日益壮大。元和元年（806），韩愈由贬所北还，召为国子博士，与孟郊、张彻、张籍等会于京师，并作有大量争奇斗胜、僻搜巧炼的联句如《会合联句》、《城南联句》、《斗鸡联句》等，"自古联句之盛，无如此者"（方世举评语）。韩愈著名的《南山诗》、《荐士》等篇也为这一年所作。元和二年以后，韩愈初以国子博士分司东都，继为河南县令。此为该诗派最为鼎盛红火的日子。孟郊已经先韩愈一年来洛阳为河南尹郑余庆府试协律郎，所以此时乃知己再度相聚。在洛阳期间，他们都与"怪中之杰"卢仝时相过从，甚为相得。他们中不少的怪奇代表之作大多产生于这一阶段。孟郊所作者主要有《忽不贫喜卢仝书船归洛》、《答卢仝》

等篇；卢仝所作者有《孟夫子生生亭赋》、《冬行三首》、《苦雪寄退之》、《月蚀诗》以及《常州孟谏议座上闻韩员外职方贬国子博士有感五首》等诗；韩愈所作者则有《孟东野失子》、《月蚀诗效玉川子作》、《辛卯年雪》、《寄卢仝》以及《嘲鼾睡二首》、《赠唐衢》、《陆浑山火和皇甫用其韵》等篇。与此同时，李贺亦来东都洛阳，正式加入韩愈、皇甫湜等人的行列。李贺曾以《雁门太守行》等诗谒见韩愈，韩愈、皇甫湜亦尝以高车过访。李贺科举遭抑，韩愈为作《讳辩》，李贺投赠皇甫湜之作今所见者有四篇之多。元和六年（811）春，33 岁的贾岛亦远道来到洛阳参伍入盟，孟郊、韩愈、卢仝、贾岛等互有赠答，一见如故。至此为止，东都洛阳成为怪奇派主力队员的云集之所和创作中心。这是该诗派的一大盛事，也是怪奇诗风的发展高潮。

元和六年秋，韩愈被召入长安，贾岛曾随同前往。不久，贾岛北归，韩愈长亭惜别，有诗《送无本师归范阳》；贾岛道经洛阳，孟郊等亦有诗相赠。此后，该诗派聚散情形大致有四：1. 贾岛、姚合彼此过往甚密，相互赠答之诗什都在十数篇以上；2. 李贺为奉礼郎，与韩愈同在长安；3. 孟郊定居洛阳，与卢仝为伴；4. 刘叉侠风仍在，常往来于诗派诸成员之间，曾与卢仝会于塞上，亦曾赠姚合以剑，劝之以酒。

洛阳的空前聚会在怪奇派着实可喜可贺，孟郊、卢仝可谓愈老愈狂。

不过，对于整个诗派而言，更为"悲伤"的不是分散、离别意义上的"零落"，而是潦倒、死亡意义上的"零落"，以及由此而来的自身集体力量的衰减与削弱。元和九年（814），寒羸老病的孟郊仍要为仕禄奔波，凄凉风雨中不胜磨折，暴病而亡。卢仝的弃世时间，从贾岛悼亡之作《哭卢仝》推断，并不在大和九年（835）的"甘露之变"中，而应与孟郊之卒年相先后。元和十二年（817），李贺则带着他幻想般的憧憬，亲往体验他曾经研练反复的鬼域神界生活。短短三四年的时间，怪奇派"自然减员"，失去了三位骨干诗人。这个悲剧，属于他们寒儒集团，属于他们创作队伍自身，但这一悲剧之中自然包括了深刻的社会原因。元和十二年以后，怪奇派的诗风发生了巨大的转折，呈现出迅速的衰变之势。

三、雅、俗、怪的隐显抗衡

自然减员固然可以成为怪奇诗派趋向衰变的重要契机，但我们绝对不能忽略了当时诗坛上复杂的流派关系，以及由此而产生的制约着怪奇派诗风发展的多种客观因素。

中唐后期的怪奇诗派与雅正诗派、通俗诗派一起，大体构成了一个鼎足而立的格局。但每一诗派并未自安一隅或者静处孤岛，他们不仅各自树立带有鲜明的自我风格色彩的诗歌旗帜，而且始终在明争暗斗，或者相互贬抑、攻伐、渗透。

对于雅正派诗人而言，他们的政治地位比起通俗派、怪奇派诗人来要优越得多，但是，诗歌创变比较保守。他们从中和原则出发，主张"善用常而为雅，善用故而为新。"（权德舆《醉说》）重视传统，推陈出新是其共同特点，但求新求发展的魄力不够。怪奇派却最富于"诗胆"，对于"不能有新规胜概令人竦观"（皇甫湜《谕业》）的雅正气貌，他们甚为惋叹，因而艺术主张几乎针锋相对："夫意新则异于常，异于常则怪矣；词高则出于众，出于众则奇矣。"又曰："谓之奇，即非常矣。非常者谓不如常也，谓不如常乃出常也。无伤于正而出于常，虽当之亦可也。"（皇甫湜《答李生书》）事实也是如此，怪奇派之所以尚古隳律，求奇逐怪，以丑为美，一个很重要的原因就在于异常、悖常，彻底打破"常式"。比起雅正派和通俗派来，怪奇派于诗界革命中胆子最大，所迈步最大。通俗派显然也对雅正派的温柔敦厚极为不满："郊庙登歌赞君美，乐府艳调悦君意。若求讽谕规刺言，万句千章无一字。不是章句无规刺，渐及朝廷绝讽议。"（白居易《采诗官》）翻一翻《元和三舍人集》（王涯、张仲素、令狐楚）和杨巨源等人的作品，我们完全能够看出白居易是有的放矢。显而易见，雅正派受到了来自通俗、怪奇两派的夹击，一攻其思想内容，一攻其艺术形式。

其实，通俗、怪奇两派既有联合，也有斗争。白居易所谓"非求宫律高，不务文字奇"（《寄唐生》），正是一箭双雕，表明他以俗为美，既反雅正，又反怪奇。元和八年（813），元稹写《杜工部墓志铭》，元和十年（815），白居易作《与元九书》。两人一唱一和，前呼后应，但都有一个严重的倾向，即贬李尊杜，并借以抬高自己。从当时诗坛实际来看，通俗派在某些方面确实在以杜甫为榜样，尤其是元稹、白居易。他们一方面积极创作"即事名篇"的"新乐府"，强调比兴美刺，另一方面大力推出"属对律切"的"元和体"，炫夸"次韵相酬"。怪奇派手摩心追的则主要是李白，并且他们一直在片面发展和强化李白那"才"而且"奇"的一面。元稹、白居易欲抑先扬，竭力贬低李白之"奇"，难道其中没有"曲意"？怪奇派怪而不傻，他们不能沉默，况且盛唐诗坛的"双子星座"、两位泰斗怎容他人妄作优劣！是可忍，孰不可忍？韩愈激动了："李杜文章在，光焰万丈长。不知群儿愚，那用故谤伤？蚍蜉撼大树，可笑不自量！……顾语地上友，经营无太忙。乞君飞霞佩，与我高颉颃。"（《调张籍》）韩昌黎对李白、杜甫这两位诗国巨擘无比地崇拜和向往，甚至希望和想象与他们"精诚忽交通"；对妄加"谤伤"的痴愚"群儿"则嘻笑怒骂，笔伐得淋漓痛快。面对如此严厉、冒火的斥责，元、白似无正面反应，但大约还是"耿耿于怀"。元和十一年（816）正月，韩愈迁中书舍人，五月降为太子右庶子。此间他曾试作今体格律，一反往昔"古调"，元稹颇感"新鲜"，于是有诗相赠，题曰：《见人咏韩舍人新律诗因有戏赠》。细细把玩此诗，在斟词酌句、衬垫排比诸方面，实可谓意味深曲，用心良苦。"喜闻韩古调，兼爱近诗篇"，元氏貌"喜"实"讥"。复检韩集，竟找不出酬赠元稹的诗。韩、白赠答则迟至长庆元年（821）才算开始，此时诗派形势已非往昔格局。不过，白居易还想借"戏赠调侃"以便旧话重提："近来韩阁老，疏我我心知。户大嫌甜酒，才高笑小诗。静吟乘月夜，闲醉旷花时。还有愁同处，春风满鬓丝。"（《久不见韩侍郎戏题四韵以寄之》）白居易毕竟晚年人生观发生了巨大转变，他知足了，通脱了，他从人生感慨的角度来进一步激发韩愈的文学友悌意识，希望舍异求同。元、白与韩愈（以及整个怪奇诗派）之间，原本不够密切，因而他们对韩愈等人的诗歌审美趣尚、艺术追求虽然颇有微词，但只求点到为止。张籍则不同。他既是通俗派中人，又与韩愈情同手足，但对韩愈等的"怪怪奇奇"不以为然。他在《上韩昌黎书》中直接批评韩愈，态度明朗而激动，要求韩愈立即改正。

假如说通俗、怪奇两派的讨论、争斗，纯属于派际之间艺术思想的交流，那么，来自雅正派的是非、肯否，则无疑代表了官方的意志。由上文考述可见，贞元中后期直至元和十二年（817）以前，是怪奇派由发展走向高潮的重要阶段，是他们创作的黄金时代，也是他们怪奇风格的恣纵表现和全面展示。这样的创作盛况是该予以总结和评价了，尤其需要"国家级"的鉴定与裁决。"唐至元和间，风会几更，章武帝命采新诗备览。"（毛晋《〈御览诗〉后记》）"章武帝"即唐宪宗，皇帝果真要了解一下诗坛动态了。

元和十二年（817），即李贺去世的这一年，雅正派诗人令狐楚（时为中书舍人、承旨学士）奉诏"采诗第名家"，编纂并向宪宗呈进了《御览诗》。据陆游《〈御览诗〉跋》中记载，《御览诗》的称法还有三种：即《唐新诗》、《选进集》、《元和御览》。毫无疑问，这部《御览诗》要"选进"的是当时"名家"的"新诗"。从该诗歌选集三十位作者的时间序列特点来看，除个别的如刘方平为盛唐时人、部分作者为大历时人之外，绝大多数入选作者都是贞元至元和间的诗人。然而，同时代的诗人中为什么入选者仅有少数的几个"名家"？如张籍（选1首）、杨巨源（选14首）、李益（选36首）等，又为什么每位诗人的作品入选数悬殊太大？并且，为什么怪奇派诗人竟然没有一首作品入选？类似问题很令人困惑。

《御览诗》并不像殷璠的《河岳英灵集》、高仲武的《中兴间气集》那样有序言，或者有评语，因而令狐楚的编选体例正如纪昀所说，"不甚可解"。但是，有这样几点是不难推断的：第一，艺术从属于政治，封建社会尤其如此。唐宪宗既然那样仇视"永贞革新"者，将他们一贬再贬，并下令"即逢恩赦亦不在量移之列"，那么元和之"名家"刘禹锡、柳宗元诗歌写得再好，《御览诗》编者令狐楚也要回避而不予"选进"，尽管他对刘禹锡友情甚厚、早有诗文往来。对于元稹、白居易来说，情形与此相同，他们与刘禹锡、柳宗元一样，获罪远放，当时仍在蛮荒贬所。第二，入选对象取舍有常。既然是"采新诗""选进"以供"御览"，那么每日朝会、整天侍候于皇帝左右的宫廷重臣纵然灵感骤来、写出"新诗"，一定会随时呈献"御览"的。依此看来，他们（其中包括雅正派中许多诗人）的诗歌作品自然不在采编之列。同样的道理，"选进新诗"未必完全为了消闲取乐，而从中发现人才以便笼络人才为我所用，也是一个重要原因。即是说，某位诗人被选作品的多寡，一定程度上能够决定该诗人的官运。元和末，李益的仕进升迁足以证明这一点，因为三十位诗人之中毕竟他的入选作品最多。第三，具有明确的艺术标准。翻开《御览诗》可以发现，约三百篇诗作中，绝少有长篇古体，更无杂言参差之什，五言、七言绝句和律诗占去了至少百分之九十的比例，这是形式体制的特点。从内容情调上来看，《御览诗》中没有吟寒苦调，没有不平之鸣，更没有鱼龙丑怪、鬼哭兽嚎。然而羁旅行愁，深闺哀怨；赏花逸致，泛舟闲情；故垒幽思，关山壮志等，成为反复咏唱的主题。悠闲婉约是其节奏，高情丽辞是其风采。无论形式体制，还是内容情思，也无论语言色彩，还是艺术手段，都基本上吻合于令狐楚及整个雅正诗派的创作风貌，反映了他们的诗歌美学趣味——崇尚"雅正"。

实际上，令狐楚在《御览诗》中不选怪奇派诗人的作品，并非出于偶然。元和十五年（820），他在《进张祜诗册表》中这样写道："凡制五言，苞含六义。近多放诞，靡有宗师。前件人久在江湖，早工篇什。研几甚苦，搜象颇深，辈流所推，风格罕及。"苦吟、搜象，他并不反对，但他竭力排贬不守诗家法式、荡放怪诞的诗风。令狐楚既是雅正派代表诗人，又是"一代文宗"（见《旧唐书·元稹传》），他的政治与文坛地位、诗歌审美标准，无形中对怪奇派后期诗风的发展，起着一定的强制性的导向作用。唐人作诗一般与仕进直接关联，通过《御览诗》纂进事实，怪奇派后期诗人该对文学的双重意义（不朽盛事与仕进台阶）有更切身的感受与认识了。长庆二年（822），"制贬平曾、贾岛，以其僻涩之才无所采用"（《北梦琐言》卷六）。多么惨痛、多么深刻的教训！长庆四年（824），令狐楚为汴州刺史，节度宣武，贾岛反复斟酌，终于鼓起勇气前往汴州拜谒。虽然初谒受阻，但他还是继续以文投谒。令狐楚心为所动，于是以书相招。这一番曲折，贾岛后来还在《送令狐相公》一诗中作了回忆。姚合"日日攻诗亦自强，年年供应在名场"（《送贾岛及钟浑》），他与贾岛等一起，围绕令狐楚等以诗歌赠答的形式，参与了向心运动，一改怪奇派前期诗人的孤芳自赏、乖僻寡合。

对于韩愈来说，雅正派所施加的压力更为沉重。同样是元和十二年（817），裴度以宰相之尊，亲征淮西，随行的幕僚中就有裴度亲自奏召的韩愈。平淮大捷，韩愈跟着加官晋爵。两年后，韩愈奋身攘佛激恼了宪宗，幸裴度力救得免死罪。生死陟降，裴度之于韩愈，何其重要！然而，对于韩愈等创作中的"怪怪奇奇"，他的指斥、抨击也是前所未有的。在《寄李翱书》一文中，裴度首先褒贬了以往的文学历史，他认为，"骚人之文，发愤之文也，雅多自贤，颇有狂态。相如、子云之文，谲谏之文也，别为一家，不是正气"。而贾谊、司马迁、董仲舒、刘向等之文则"擅美一时，流誉千载"，"然皆不诡其词，而词自丽，不异其理，而理自新。若夫典谟训诰、文言系辞、国风雅颂，经圣人之笔削者，则又至易也，至直也。虽大弥天地，细入无间，而奇言怪语，未之或有"。裴度论《骚》论《诗》、厚薄古人的动机一目了然。于是他从告诫李翱的角度，道出他"苦言"再三的真切用意："昌黎韩愈，仆识之旧矣。中心爱之，不觉惊赏，然其人信美材也。近或闻诸侪类，云恃其绝足，往往奔放，不以文立制，而以文为戏。可矣乎？可矣乎？今之作者，不及则已，及之者，当大为防焉耳！"裴度之"侪类"为谁，不言自明。李翱是裴度的从表弟，他对韩愈也常以兄呼之。在当时诗、文革新运动中，李翱、韩愈志同道合。雅正诗派不仅对韩愈点名道姓，大肆挞伐，筑起了坚固防线，而且在向怪奇派内部渗透，试图培植韩愈的异己分子，瓦解其固有阵地。如此孤立用心及其对韩愈等的打击力量是可想而知的。不论是来自令狐楚的排贬，还是来自裴度的抨击，总之，雅正派是带着官方的态度和意志对怪奇派实行了全面的、彻底的攻伐围剿，无疑，这一打击也是致命的。

综观以上考述的当时诗坛形势可见，各流派之间的对立、抗衡，尽管或隐曲，或直露，情形不一，但彼此之间的矛盾与斗争是客观地存在着的，甚至还表现得十分复杂和激烈，并且越来越多的不利因素始终在朝着怪奇诗派的方向发展。

四、中兴成梦以及"异化"

"零落"减员以及诗派间的抗衡无疑地都成为怪奇派走向衰变的重要因素，但我们还必须注意到诗派中之后期成员的自我"异化"。

通俗派创作实践中最富于思想意义的是乐府诗作。张籍、王建叙写笔致较细腻平实，又善于就世俗俚浅事做文章，往往展示出一幅幅含蓄而不无深意的社会风情图。从他们撷取的题材看，既不空洞肤浅，也不惊天动地，一般不易引起世人的是非争论。李绅虽然首倡"新乐府"，但未能继续前进。元稹、白居易却是这个流派的激进分子。他们大写讽谕诗，尤其是包括其中的"新乐府"。非但如此，他们还自觉地把讽谕诗创作思想上升至理论高度。由于敏锐的触角不时地揭社会疮疤，常使权豪贵近者相目变色、据津执柄者扼腕切齿，种种排贬打击接踵而至，讽谕诗创作时断时续。白居易比较自觉地写讽谕诗约始于元和三年，时任左拾遗。他后来自我整编的"讽谕诗"类即包括了"自拾遗来，凡所感所适、关于美刺比兴者"以及五十篇"新乐府"。理论上的阐发乃元和四年的《新乐府序》，它是关于"新乐府"概念的界定，关于语言体制的规约，关于创作宗旨的说明。此后五六年中的讽谕诗仅有《寄唐生》、《采地黄者》、《村居苦寒诗》等寥寥数篇。直到元和十年被贬江州司马，才通过《读张籍古乐府》一诗再提他的讽谕说，进

一步地，他又在《与元九书》中对讽谕理论进行了系统的总结。元稹的
"新乐府"创作受启迪于李绅，同时也激活了白居易功利主义的文学创作动
机。然而，无独有偶，元稹和白居易的诗歌讽谕理论同样终止于元和十二年
（817），最后的一块里程碑便是元稹的《乐府古题序》。从此以后，无论实
践还是理论，再未有进展。该流派诗歌题材内容的通俗化、大众化倾向，在
元稹、白居易、李绅三位代表诗人这儿，到此告一段落。诗谏、讽谕，持续
了十年上下，"岂图志未就而悔已生，言未闻而谤已成矣"（白居易《与元
九书》），结果不堪回首。"为物、为事而作"，竟遭排挤，"为君、为臣而
作"，却受冷遇。他们也很少"为民而作"、"惟歌生民病"了，他们干脆
"为我而作"，"无欲无营"，"或歌或舞"，日益追求自我闲适，并抒写闲适
的自我。于是乎，"下里巴人"逐渐换成了"阳春白雪"。

雅正派的人生理想是修齐治平，志在"寰海镜清，方隅砥平"，"驱域
中尽归力穑，示天下不复用兵"（裴度《铸剑戟为农器赋》），他们向往
"海浪恬月徼，边尘静异山，从今万里外，不复锁萧关"（令狐楚《圣明
乐》）的美好世界，并且，他们也自觉地竭力为之奋斗。然而，君心反复，
君恩朝暮，况兼朋党相争、宦竖交虐、藩镇勾结愈演愈烈。力行忠义者屡受
排挤、闲置或贬抑。人世沧桑，他们的情感也由豪壮而逐渐脆弱起来。当初
立誓"未收天子河湟地，不拟回头望故乡"的令狐楚，于大和三年（829）
由西京长安赴任东都洛阳留守时，竟然还难以为怀，凄凄惨惨戚戚："十年
不见小庭花，紫萼临开又别家。上马出门回首望，何日更得到京华？"（《赴
东都别牡丹》）裴度早在贞元八年（792）宏词试中就决意"作程施有政，垂
范播无穷"（《中和节诏赐公卿尺》），老来却叹息、否定他的过去："有意
效承平，无功答圣明。灰心缘忍事，霜鬓为论兵。"（《中书即事》）雅正派后
期诗人也在"异化"！他们前后判若两人，往日高歌几成晚寺禅唱。

陆海浮沉、人世沧桑的感慨，在雅正、通俗两派诗人中是相通的。例如
白居易长庆二年（822）赴任杭州途中的长叹："此生都是梦，前事旋成空"
（《商山路有感并序》）。又如元稹的顿悟："近来逢酒便高歌，醉舞诗狂渐欲

魔。五斗解酲犹恨少，十分飞盏未嫌多。眼前仇敌都休问，身外功名一任他。死是等闲生也得，拟将何事奈吾何。"（《放言五首》之一）一切夙愿壮志早已不知踪影，一切社会责任感都被抛在脑后，甚至"眼前仇敌都休问"了！这是一种带着根本性质的思想转变。正由于这样，贞元、元和之间鼎足而立的三大诗派，经过一番抗衡消长之后趋于合流了。元和末以后，元稹对韩愈"调侃式"的主动接近，白居易对韩愈"自谦式"的同化感召，以及韩愈对裴度的顺从，贾岛对令狐楚的依托，都莫不表明他们将要并且正在和平共处。大和九年（835），西京长安爆发了"甘露之变"，宦官大杀朝臣，雅正派诗人中王涯（时为宰相）遽罹其祸。不久，令狐楚请求外任，不愿与宦竖为伍。裴度亦以"王纲版荡，不复以出处为意"，"视事之隙，与诗人白居易、刘禹锡酣饮终日，高歌放言，以诗酒琴书自乐，当时名士，皆从之游"（《旧唐书》本传）。频频的"文酒之会"、唱和联句，促成了他们诗歌创作的一个个高潮，有时甚至"自晨及暮，簪组交映，歌笑间发，前水嬉而后妓乐，左笔砚而右壶觞，望之若仙，观者如堵，尽风光之赏，极游泛之娱"（白居易《三月三日祓禊洛滨并序》）。此间，他们中不少诗人又与远在兴元府的令狐楚遥相唱和，赠答之作连篇累牍。东都洛阳，自大和迄于开成，事实上形成了一大创作中心，内外整合了一个崭新形态的"中隐"诗派："大隐在朝市，小隐在丘樊。不如作中隐，隐在留司间。"（白居易《中隐》）诗派中代表成员主要有白居易、刘禹锡、裴度、令狐楚以及张籍等人。他们都是达宦诗人，但都尊奉着"险路应须避，迷途莫共争"的信条，既混迹官场，又明哲保身。创作旨趣突出表现在"以篇咏佐琴壶，取适乎闲宴"（刘禹锡《彭阳唱和集引》）。这便是雅正、通俗两派诗人由于"异化"而殊途同归的最后结果。

怪奇派的衰变，也主要是以"异化"的形式表现出来的。考察韩愈的创作，可以发现，他对"怪怪奇奇"的收敛，与元稹和白居易对直谏讽谕的放弃，并没有多少时间上的先后差别。前文业已提到，韩愈为中书舍人之际试作律诗曾受到过元稹的揶揄嘲弄。不过，韩愈未曾马上放弃古调的创作，元和十一年（816）他在五古《调张籍》一诗中仍然要"捕逐出八荒"，希望"百怪入我肠"。这一时期的韩愈是古调、今体兼作。然而，自元和十二年始，韩愈诗歌的体式及其风格大为改观了。这一年，他随裴度出征、入朝，前后所作之诗共17首，无一不是今体格律。其中《晚秋郾城夜会李正封联句上王中丞卢院长》一诗作于出征途中，李正封时为判官书记，与韩愈一起同为裴度帅府幕僚。这是自孟郊死后韩愈唯一的联句之作，并且有一点尤须说明，这首百韵联句，不是古调，而是五言排律。同年所作的另外两首诗是五言律诗《闲游二首》，朱彝尊说诗中"风致最胜"，黄叔灿的读后感是"幽情幽意，自遣自酌，但觉其趣，不见其苦"（见《韩昌黎诗系年集释》卷十）。此后，韩愈直到去世，所为之作皆以"今体"居多，往往格平调稳，"唱妍酬亦丽，俯仰但称嗟"（韩愈《奉和杜相公太清宫纪事陈诚上李相公十六韵》），纵然偶有古调，也已不再逆理悖常，不复以丑入诗了。例如《南溪始泛》组诗，《唐宋诗醇》以为，"三首神似陶公，所谓'奸穷怪变得，往往造平淡'者"。

刘叉，也是怪奇派后期代表诗人，他并非如史书所说，得韩愈"谀墓"之金后便"不知所终"。事实上他还在，也还在写诗，只是性格发生了显著变化。他不再像年轻气盛时那样，路见不平拔刀相助，被酒杀人亡命，而是"野夫怒见不平处，磨损胸中万古刀"（《偶书》），自我压抑。他已通达了，大悟了。元和十四年（819），他力劝因攘佛而遭致命一击的韩愈"勿执古"，他劝友朋得过且过，随遇而安，因为这个世界已经腐败，而且黑白颠倒，何必要木直自毁呢？后期所作《塞上逢卢仝》等诗，都已成整齐的五言，不少诗篇不仅守律，而且委婉含蓄，奇警而有韵致。显示出诗人风格由怪而入于奇的嬗变转换。

贾岛的"异化"也与刘叉一样，表现了两个方面。一是自我风格的"怪变"："狂词肆滂葩，低昂见舒惨。奸穷怪变得，往往造平淡。"（韩愈《送无本师归范阳》）即由怪而入于平淡，因平淡而更见其奇。二是对他们这个寒儒集团坎坷的生活道路、艰辛的创作道路的喟叹："石楼云一别，二十二三春。相逐升堂者，几为埋骨人。……若个山招隐，机忘任此身。"（贾岛《黄子陂上韩吏部》）坎坷与艰辛，使他们心瘁力竭。贾岛的入禅坐定似乎使他悟见了怪奇诗派的暮路。仕途上，他们无力自我张扬；诗坛上，他们也无力再作抗衡。

放弃了执着的追求，必然会失去固有的"自我"；泯灭了群体风格的对立，无疑地失去流派自身。综观上文所考探的雅正、通俗、怪奇三大诗派的发展和演变的历程，我们完全能够作出这样一个结论：怪奇诗派和雅正、通俗两派一样，他们的催化、生成是同时的，皆伴随"中兴"而来；而他们的异化、衰变也是同步的，都因了"中兴"成梦。

五、"贾岛的时代"和李商隐的扬弃

韩愈卒后，怪奇派骨干诗人只剩下了贾岛和姚合。"（姚）合为诗，刻意苦吟，工于点缀小景，搜求新意，而刻画太甚，流于纤仄者，亦复不少。"（《四库全书总目·极玄集》）作为怪奇派后期诗人，他的特点是苦吟求奇，《采松花》、《古碑》等诗便是这样。他的"怪变"意趣有逊于贾岛，更不及孟郊、韩愈、卢仝和李贺等怪奇派前期诗人。他的交游、唱和对象比较广泛，早年多混迹于幕府，如同京洛才子派中的钱起、郎士元一般，时时作为权近贵要聚会游宴中的风雅点缀，晚年仕途渐顺，宝历中为监察御史，大和中官至杭州刺史。这里，更值得注意的是贾岛，他后期的交游对象主要有三类人物：一是密友姚合以及怪奇派故旧张籍、王建；二是朝臣府帅令狐楚（先后节度宣武、河东、山南西道）、杨汝士（尝节度剑南东川）、庞严（先后为京兆尹、太常少卿）、李祐（尝为沧州刺史）等；三是科场举子或下僚文人如顾非熊、朱庆余、雍陶、蔡京、李廓以及马戴、喻凫等。投谒攀结朝臣府帅，主要因为仕进出路，然而与穷而未达者的赠酬交往则由于文心相通和同病相怜："今朝笑语同，几日百忧中。鸟度剑门静，蛮归泸水空。步霜吟菊畔，待月坐林东。且莫孤此兴，勿论穷与通。"（《喜雍陶至》）贾岛在晚唐以工五言律诗著称，古体诗大多作于早期。他的幽僻清苦的诗境，正是他以及整个晚唐不遇之士悲楚心灵的形象写照，他的苦吟推敲，求奇求工，也为晚唐寒酸诗人立言娱悲以获取心理平衡做了榜样，贾岛在那时成了被崇拜的偶像。或如"（喻）凫体浪仙为诗"（《北梦琐言》）；或如李中"工吟"，"绝似方干、贾岛"（《唐才子传》卷十）；或如释子尚颜"矻矻被吟牵，因师贾浪仙。……犹惭功未至，谩道近千篇"（《言兴》），清代李怀民在《中晚唐诗主客图》中把贾岛立为"清真僻苦主"，其下排列有"上入室"、"入室"、"升堂"、"及门"之目。今人李嘉言又根据有关诗话材料做了精确统计："晚唐学贾岛者，得二十二人：马戴、周贺、张祜……"① 不过，闻一多的结论似乎更重要一些："由晚唐到五代，学贾岛的诗人不是数字可以计算的。除极少数鲜明的例外，是向着词的意境与词藻移动的，其余一般的诗人大众，也就是大众的诗人，则全属于贾岛。从这观点看，我们不妨称晚唐五代为贾岛时代。"（《唐诗杂论·贾岛》）

针对闻一多所论，笔者认为有以下两个方面的问题很值得思考：

其一，在怪奇派诗人中，贾岛蹈险觅怪是偷偷地系了"安全带"的。贾岛尚古意识尽管很浓，但他对今体格律不仅毫无逆反情绪，而且还很嗜好，这在后期表现尤其明显；想落天外的意境是常有的，所谓"燕僧摆造化，万有随手奔"（孟郊《戏赠无本二首》之一），莫不说明他的"怪变"乃为着奇特的意境，然而贾岛很少作变态的联想与想象，"揖险神难从"（贾岛《投孟郊》），至少他自以为心有余而力不足；以丑为美，同样体现在贾岛的诗歌实践中，但他总是小心谨慎、适可而止。贾岛的风格是清奇僻苦，"奇"始终处在主导地位，居于"怪"之上。所谓中晚唐张祜、马戴等师学贾岛，不过是苦吟求奇、推敲求工，例如《唐才子传》卷六的记载："张祜苦吟，妻孥每唤之皆不应，曰：'吾方口吻生花，岂恤汝辈乎？'""口吻生花"当不至于像卢仝、马异那样"怪辞惊众"，否则，张祜为诗"放

---

① 《长江集新校》，上海古籍出版社 2008 年版，第 209 页。

诞",雅正派的令狐楚是绝对不会把他的诗册荐献于中书门下的。宋代姜夔说得好,"方以为正,又复是奇;方以为奇,忽复为正"(《白石道人诗说》)。奇、正相生,奇境亦可由正途寻得,未必尽由"怪变"而来。这就是说,"贾岛时代"的贾岛(实际上已经"异化"了的贾岛)崇拜者们并不是怪奇诗派"第二",或者说,不是怪奇派在晚唐的死灰复燃、东山再起。

其二,为了不至于使"贾岛时代"一词夸张失实,闻一多给自己留下了一个回旋的余地,他认为还有"极少数鲜明的例外"。这"鲜明的"应该指晚唐大家,例如温庭筠是追求"辞藻"的,杜牧是注重"意境"的,李商隐则兼尚"意境与辞藻"。如此说来,晚唐诗坛的主宰远非贾岛一人,称晚唐为"贾岛时代"与文学史实不太吻合。

这里,我们还要特别注意晚唐李、杜对中唐俗、怪两派所持的态度。

白居易去世后,李商隐曾写墓铭。墓铭中详叙其生平行止,但对诗歌成就却缄口不言。盖棺论定时却不加肯定,无非说明李商隐对白居易诗风是漠视的。杜牧写过一篇《唐故平卢军节度巡官陇西李府君墓志铭》,其中他引有李戡指责元、白诗乃"淫言媟语"的一段话。很显然,杜牧乃借他人之口,表明了自己对元、白的批评态度。

韩愈某些方面似乎受到了杜牧的欢迎。他说"杜诗韩集愁来读,似倩麻姑痒处搔。天外凤凰谁得髓,无人解合续弦胶。"(《读韩、杜集》)又说:"李杜泛浩浩,韩柳摩苍苍。"(《冬至日寄小侄阿宜诗》)杜、韩并举,从"愁"着眼,应指"黎元之忧"和"不平之鸣";李、杜、韩、柳并列,以水之远、天之高喻沉雄博大。对于韩愈,李商隐很少正面评价。他写有一首七言古诗《韩碑》,从表现手法看,他在有意学韩,学习韩愈以文为诗的方法。他从韩愈奉诏撰碑到碑被推倒,整个过程,直笔叙来,顺流而下。诗中遣词、构句、造势手段犹如亲得韩愈传授,可谓逼真而能乱真。然而,"小李、杜"规模韩诗者仅限于此,别无多见。他们似乎不敢或不愿循着韩愈的险途涉足过深,走得过远。

　　李商隐的某些诗大约受了李贺的影响，主要表现在意象的组合和色彩的调配上，个别诗作还直接以"效长吉体"为题。但应该看到，李商隐的风格是细美幽约，其与李贺的冷艳诞幻远不相类。他不像李贺那样以大红大绿显示博艳，不像李贺那样牛鬼蛇神充塞诗中。因而，李商隐的诗虽说雅丽，却非冷艳；虽说朦胧，但不诞幻。再一点，李贺多用古题，而李商隐却好今体。李商隐特擅格律固然远绍杜甫、近学梦得，然而直承了令狐楚的"夜半授衣"、精心指点四六"章奏之学"也是一个不可忽视的原因。李商隐是晚唐的"杜甫"，是又一个转益多师、总赅百家千派的集大成者。

　　关于李贺，我们不能不提到杜牧。历来人们总津津于杜牧《李长吉歌诗叙》中那九个排比句对李贺的极高品鉴，可是，杜牧为李贺诗集作叙，乃受人所请，而且这令他十分为难。大和五年（831），李贺生前至友沈子明修书一道与杜牧提出所请，杜牧当晚就想回信推托。"明日就公谢"，杜牧正面推辞，但未能获允。第三次推让的情形则是这样的："居数日，某深惟公曰，'公于诗为深妙奇博，且复尽知贺之得失短长。今实叙贺不让，必不能当君意，如何？'复就谢，极道所不敢叙贺。公曰：'子固若是，是当慢我。'某因不敢辞，勉为贺叙，然其甚惭。"杜牧之所以一推再推，其实意味深长。为人叙集，自古多以美言为上，杜牧偏偏觉得不妥，且特别提出"得失短长"的字眼，明告一旦"实叙"，必定不能令朋友中意，犹豫再三，还是推却。朋友火了，以为瞧不起人了。杜牧有口难言，因勉强、无奈而惭愧。一番说不清褒与贬的风格品鉴之后，杜牧还是转到了揭短："盖《骚》之苗裔，理虽不及，辞或过之。"屈骚斑斓陆离，为世人惊赏不已，而今贺诗却是义理不及，文彩有余。须知，"过"犹"不及"，杜牧实是对李贺诗歌之"理"与"辞"，作了一显一隐的否定。又曰："求取情状，离绝远去笔墨畦径，间亦殊不能知之。贺生二十七年死矣。世皆曰：'使贺且未死，少加以理，奴仆命《骚》可也。'"叙文竟然以遗憾于贺诗之瑕疵来收束全篇！

　　李商隐另有《李贺小传》一篇，写于杜牧《李长吉歌诗叙》以后，所以小传开篇就说："京兆杜牧为李长吉集叙，状长吉之奇甚尽，世传之。"以下所写乃李贺生平中之奇怪事，如外貌、交游、苦吟、升天，最后是借题发挥，为李贺更为自己鸣不平。为诗人立传而不叙评诗人风格成就，又以杜牧叙文一笔悄悄带过，即此，李商隐的真正态度也就不难揣知了。他的另一篇小传《刘叉》也是如此，专在"怪奇之人"上做文章，而回避对"怪奇之诗"作出正面评价。

李商隐尽管深蒙令狐楚时文今体的教导训练，但他并不像雅正诗派那样仅仅钻研"近体"，他既擅古文，又写古诗。然而可笑的是，他对怪奇派中古貌古心的孟郊、卢仝、贾岛等似乎陌生得很，当然更谈不上诗歌创作上受他们的影响了。即使李商隐、杜牧在某些方面有意效仿韩愈或是李贺，他们也并不亦步亦趋。他们有独特的艺术上的自我追求，对于中唐各大诗派的风格、成就，他们既有所取，又有所不取，甚至还有所非。盛唐尚天然之美，中唐反美为美，晚唐以美为美；中唐是对盛唐的否定，晚唐是对盛唐之否定的否定。随着这样一个文学的嬗变进化运动，怪奇诗派的"长短得失"，在李商隐、杜牧这儿，得到了最后的取舍和扬弃。因而，怪奇诗派的发展，也终于在李商隐他们这儿被画上了一个巨大的句号。

（原载《河北大学学报》2001 年第 3 期，略有改动）

金源后怪奇诗派引论

或问："何谓怪奇?"答曰："不专一能,怪怪奇奇。"① 换言之,所谓"怪奇",亦即尚怪求奇,其与常见的、传统的、正统的范式及精神均有着极其显著的异样的品格,从文学审美实践的角度说,审美创造者主体所走的是一条冲决常规、打破常式的陌生化的艺术创作道路。

早在中唐之世,纷呈的诗歌流派当中便有一个"怪奇诗派"。这个名称,其实是"险怪诗派"和"苦吟诗派"的复合,这个复合体也正是我们所熟知的"韩孟诗派"。"险怪",自然是就艺术审美特质所作出的判定,其诗人是以韩愈、孟郊、卢仝、刘叉、马异、李贺、皇甫湜为代表的。"苦吟",主要是就艺术创作态度作出的评价,其诗人是以孟郊、李贺、贾岛、姚合为代表的。那么,这两者之间是存在着显而易见的交叉与重合的,如果将其相并,则无疑都是"韩门"中人,是一个声势浩大的"韩氏集团"。这支队伍中的诗人,都以尚怪求奇为能事,创作倾向体现了本质上的一致性:

> 夫意新则异于常,异于常则怪矣;词高则出于众,出于众则奇矣。②

---

① 韩愈:《送穷文》。
② 皇甫湜:《答李生第一书》。

　　夫谓之奇，则非正矣，然亦无伤于正也。谓之奇，即非常矣。非常者，谓不如常者；谓不如常，乃出常也。①

　　所以，重新审视了"韩氏集团"的审美取向，我们也就理所当然地把"韩孟诗派"重新命名为"怪奇诗派"。

　　历史的车轮似乎并不在笔直的大道上奔驰，倒好像行进在盘山公路上，经过了一定的"螺旋"之后，仿佛又回归原地了，不过出现了一定的时间（例如先、后）和空间（例如上、下）的差异罢了。自中唐而后约四百年，到金源之中后期——贞祐南渡前后，文坛上出现了又一个"怪奇诗派"——"后怪奇诗派"。这个流派也是人数众多的，成员主要有：李纯甫（1177—1223）、麻九畴（1183—1232）、李经（生卒年待考）、雷渊（1184—1231）、张珏（生卒年待考）、宋九嘉（1184—1233）、李夷（1191—1232）、田紫芝（1192—1214）、乌林答爽（1203？—1232）、王郁（1204—1234）。该流派虽说人物众多，但并不是乌合之众；并且他们有执大纛的领袖，这便是当时文坛上的重要盟主、风云人物李纯甫。

　　李纯甫，字之纯，号屏山，弘州襄阴人。始冠，擢高第，名声哗然。据金代刘祁《归潜志》卷八："屏山教后学为文欲自成一家，每曰：'当别转一路，勿随人脚跟。'古文多喜奇怪。然其文亦不出庄、左、柳、苏，诗不出卢仝、李贺。……又云：'生为男子，不食人唾后，当与之纯、天英作真文字。'"天英即李经，为该流派中又一位重要诗人。李纯甫称得上是韩愈那样的角色，他也抗颜为师，号召和团结更多的作者。他的艺术趣味与韩愈、黄庭坚相近，尚怪奇，矜独创，力矫平熟一路，"后进宗之，文风由此一变"。为了营造"诗垒"，改变文风，他对文坛后进多有提携、鼓励、推许甚至轻许。据《归潜志》卷一："（李纯甫）天资喜士，后进有一善，极口称推，一时名士，皆由公显于世。又与之拍肩尔汝，志年齿相欢。教育抚

――――――――

　　①　皇甫湜：《答李生第二书》。

摩，恩若亲戚。故士大夫归附，号为当世龙门。尝自作《屏山居士传》，末云：'雅喜推借后进'。如周嗣明、张珏、李经、王权、雷渊、余先子（名刘从益）、宋九嘉，皆以兄呼。"又卷八云："李屏山雅喜奖拔后进，每得一人诗文有可称，必延誉于人。然颇轻许可，故赵闲闲（赵秉文）尝云：'被之纯坏却后进，只奖誉，教为狂。'后雷希颜亦颇接引士流，赵云：'雷希颜又如此。'然屏山在世，一时才士皆趋向之。"雷希颜即雷渊，为该派中另一重要诗人。赵秉文的言论虽不无微词，但从一个侧面告诉我们，"李氏集团"之传统在不断地发扬光大，这是一个凝聚力很强的诗歌流派。

宋九嘉亦"从屏山游，读书、为文有奇气，与雷希颜、李天英相埒"[1]。

王权，大安元年进士，"从屏山游，屏山称之。为人跌宕不羁，喜功名，博学，无所不觅，酣饮放歌，人以为狂，屏山为作《狂真赞》。"[2]

"力行险怪取贵仕"[3]，是中唐时期不无功利目的的社会风气；"怪辞惊众谤不已"[4]，乃中唐怪奇诗派"癫狂"艺术引发的社会轰动。那么，李纯甫对"人以为狂"的王权高唱赞歌，将产生如何的文坛效应，自然不言而喻。

由于李纯甫的吸引、指导、扶植之功，他的身边，凝聚成了一个颇有影响的诗人群体。从创作实践上看，这派诗人是极力楷模中唐怪奇诗派的。

李纯甫作为流派领袖，其尚怪求奇、追步唐人是完全出于自觉的："壁上七弦元自雅，囊中五字更须奇。"[5] 因此他对"以文为诗，如教坊雷大使舞"的韩愈以及"天资峭拔，摆出翰墨畦径"的黄庭坚尤为欣赏[6]。即此我们可以看到，他之所谓"字字皆以心为师"、"当别转一路，勿随人脚跟"和黄庭坚之所谓"听他下虎口箸，我不为牛后人"者，皆与韩愈之所谓

---

① 刘祁：《归潜潜志》卷一。
② 《归潜志》卷二。
③ 韩愈：《谁氏子》。
④ 韩愈：《寄卢仝》。
⑤ 《瓢庵》。
⑥ 见《西岩集序》。

"惟古于词必己出"、"惟陈言之务去"者一脉相承，尚怪奇，重主观，强调"师心"独创，强调"戛戛独造"。李纯甫"师古"学唐也是不遗余力的。唐代怪奇诗派曾一再鼓吹"诗胆"："身大不及胆"①，"诗胆大于天"②。他也像韩愈他们那样标举"诗胆"："二公正坐诗作祟，得句令人不敢书。先生有胆乃许大，落笔突兀无黄初。……暗中摸索出奇语，字字不减琼瑶琚。"③ 唐代韩、孟、卢、马、皇甫等以文为诗、以文为戏，争奇斗巧、光怪陆离之作如《城南联句》、《月蚀诗》、《与马异结交诗》、《答卢全结交诗》、《陆浑山火一首和皇甫湜用其韵》者举不胜举，类似作品于李纯甫诗卷中也不在少数，如《为蝉解嘲》、《瓢庵》、《赵宜之愚轩》、《怪松谣》、《送李经》等皆属此类。试读《为蝉解嘲》：

> 老蜣破衲染尘缁，转丸如转造物儿。道在矢溺传有之，定中幻出婵娟姿。金仙未解羽人尸，吸风饮露巢一枝。倚杖而吟如惠施，字字皆以心为师。千偈澜翻无了时，关棙不落诗人诗。屏山参透此一机，髥弟皤兄何见疑。此理入玄人得知，髥弟恐我餐却西山秀，皤兄劝我吸却壶卢溪。因蝉倩我问渠伊，快掉葛藤复是谁，髥弟绝倒皤兄嘻。

作者不仅以散文章法、句法为诗，而且尔汝相戏，极尽揶揄嬉笑之能事，甚至如"矢溺"之类的事象也堂而皇之地闯进了雅洁而神圣的诗的殿堂。清刘熙载在其《艺概》中曾说唐代韩愈"以丑为美"，金之李纯甫于诗中也斗胆尝试了一回。

雷渊"博学，有雄气，为文章专法韩昌黎，尤长于叙事。诗学坡、谷，喜新奇"，"论文尚简古，全法退之，诗亦喜韩，兼好黄鲁直新巧"④。元好

---

① 韩愈：《送无本师归范阳》。
② 刘叉：《自问》。
③ 《赵宜之愚轩》。
④ 《归潜志》卷一、卷八。

问说他"渡河后，文益奇，名益重"①。其《会善寺松》一诗，在用字、取象、造境诸方面均明显带有韩愈《齿落》、《嘲鼾睡》一类诗的特点。而取材上也似乎沾染了唐代怪奇诗派那样的癖好，即注目于自然界及人类社会中的一些罕异怪特的现象，诸如山火、暴雪、奇寒、怪松……李纯甫的《怪松谣》、《雪后》，张珏的《古镜》，李夷的《古剑》等，均属此类。

麻九畴"为文精密巧健，诗尤奇峭，妙处似唐人"②。其妙似唐人处，往往在于形式上的创新，如《阳夏何正卿作叠语四句未成章，余复以叠语寄之，凡四变文》一诗，所用"叠语"有："温温蠢蠢"，"矫矫兀兀"，"昂昂藏藏"，"落落莫莫"；"归与归与"，"凤兮凤兮"，"乐云乐云"，"命乎命乎"；"匪膻匪鲔"，"避言避世"，"至大至刚"，"暖清暖净"；"用之舍之"，"晋如摧如"，"暖然凄然"，"优哉游哉"。而《夏英公篆韵》一诗专仿韩愈的《南山诗》，连用十数个比喻，欲以博喻见长。看得出，此乃效仿韩愈、孟郊当年联句争奇斗巧之技，以才学为诗，以文为戏。

王郁所作诸诗"全类李长吉"，且看他的《春日行》：

> 春日飞，春野寂，红朋碧友元胎湿。东风着意寒食时，游丝粘人困无力。小铃犊车燕堤沙，凤箫惊落琼英花。荒坟颓颓啼夕鸦，草荒月黑鬼思家。

这样的作品，大有李贺之风。王郁今存诗作十三篇，其中竟有十一篇是歌诗，与李贺同一癖好。其《阳关曲》之作尤注重敷色：青、绿、金、紫、碧，与李贺一样有"博艳"之趣。所以李献能说王郁"诗句媲国风，下者犹楚辞。"③ 须知，李贺是偏好楚辞和南朝乐府的，那么王郁所追步的的确是李贺。

---

① 《中州集》卷六。
② 刘祁：《归潜志》卷二。
③ 《赠王郁诗》。

　　宋九嘉大约也诗思入僻，我们从他的诗句"雀知爱子来回哺，鼠不畏人傍午行"①，便马上能联想到苦吟求奇之诗僧贾岛的"归吏封宵钥，行蛇入古桐"②。

　　李夷"为人介特，自守不群"，"为文尚奇涩，喜唐人，作诗尤劲壮，多奇语"③，今观其《古剑》、《古镜》、《赠王予可》、《吊张伯玉》等诗与残句，便可知其亦一好奇之士。

　　李经"为诗刻苦，喜出奇语，不蹈袭前人，妙处人莫能及"④，李纯甫赞之曰："自李贺死二百年，无此作矣！"赵秉文则以为是将"长吉、卢仝，合而为一"⑤。只要读一下他的诗，便会立刻感受到李贺诗中那股扑面而来的冷气：

　　　　长河老秋冻，马怯冰未牢。河山吟鞭底，日暮风更号。晨井冻不
　　　　曝，谁疗壮士饥。天厩玉山禾，不救我马贵。⑥

　　张伯玉风神个性"在之纯、希颜伯仲间"⑦，其所为之诗，如"轩姿古镜黑如漆，锦华鳞皮秋雨湿"（《古镜》）者，"人以为不减李长吉"（《归潜志》卷二）。又如《赋画石》诗中云："腹非经笥，口不肉食。胸中止有磊磊落落百千万之怪石。兴来茹噎快一吐，将军便欲关弓射。气母忽破碎，物怪纷狼藉。有时醉狂头插笔，写尽人间雪色壁。"其狂怪风格一如卢仝、马异之"怪辞惊众谤不已"，故亦令元好问感慨曰："其颠放如此。"⑧

---

① 《馆中纳凉书事》。
② 《题长江厅》。
③ 《归潜志》卷二。
④ 《归潜志》卷二。
⑤ 《答李天英书》。
⑥ 《杂诗四首》之一。
⑦ 《中州集》卷八。
⑧ 《中州集》卷八。

　　乌林答爽"其才俊拔似李贺"①，其所存之诗仅两首：

　　　　上有丹锡花，秋河碎星斗。磨研清且厉，玉瑟鸣风庸。②
　　　　背逐一道十三虹，赤鬣金鳞何夭矫。翻思昨夜雷霆怒，只恐乘云上
　　　　天去。③

又有《七夕曲》残句："天上别离泪更多，满空飞下清秋雨。"其风格亦是
李贺幽寒孤峭、虚荒诞幻的一路。

　　田紫芝，年十三时赋《丽华引》，"语意惊绝，人谓李长吉复生。"④

　　从以上罗列"李氏集团"中诗人之实际创作情况，我们可以看到，这
个诗歌流派的"凝聚力"，不仅体现在集团中成员于人事组织方面的密切交
往，和狂放无羁、跌宕任气这种风神个性的认同聚合之事实上，而且也体现
在作为文学流派构成要素和基础的审美趣尚、审美理想的相似性和一致性
上。他们目标明确地追步中唐怪奇诗派，楷模的对象几乎涉及怪奇诗派中所
有代表作家：韩愈、孟郊、卢仝、马异、刘叉、贾岛、李贺。毫无疑问，这
个"李氏集团"是一个地地道道的"后怪奇诗派"。纵观金代文学的发展历
程，"后怪奇诗派"师古学唐，尚怪求奇，以其异样的美学品格树起了他们
鲜明的旗帜。他们反传统，矫平熟，使贞祐南渡时期的诗坛"文风由此一
变"，着实令人刮目相看。由此可见，这个流派在金代文学发展史上应该占
有重要的地位。

　　金源中后期之所以形成一个"后怪奇诗派"，我想，其原因主要有以下
几个方面。

　　第一，文学自身之发展规律使然。

---

　　① 《归潜志》卷二。
　　② 《邺研》。
　　③ 《古尺》。
　　④ 《中州集》卷七。

　　王安石云："世间好语言，已被老杜道尽，世间恶语言，已被乐天道尽。"① 如何摆脱"牛后"之讥，金代诗人也像北宋诗人一样流露出了忧虑和焦躁，于是纷纷探索独创之路。北宋人长期以"仿古"尤其是"仿唐"为创造，他们只要一眼觑定某唐人的"特长"，便抓住不放，作为偶像，即此开宗立派，以求偏善独至。回顾一下北宋的"白居易派"、"西昆派"、"晚唐派"、"江西诗派"直至南宋的"四灵派"、"江湖派"，莫不如斯。追效白居易，楷模李商隐，崇拜贾岛、姚合，师法杜甫，都曾经是"一时"之潮流，一波未平，一波又起。这样的思路和风气直接影响了金代的诗人。他们也以"仿古"为创造，以"仿古"为能事，所"仿"之"古"，或为北宋之苏、黄，或为中唐之卢、李。正如刘祁所述："南渡后，文风一变，文多学奇古，诗多学风雅，由赵闲闲、李屏山倡之。屏山幼无师傅，为文下笔便喜左氏、庄周，故能一扫辽、宋余习；而雷希颜、宋飞卿诸人皆作古文，故复往往相法效，不作浅弱语。赵闲闲晚年，诗多法唐人李、杜诸公，然未尝语于人，已而，麻知几、李长源、元裕之辈鼎出，故后进作诗者争以唐人为法也。"事实上，"以唐人为法"在当时适应了文风改革的需要。据《归潜志》卷十："泰和、大安（1201—1211）以来，科举之文弊。盖有司惟守格法，无育才心，故所取之文皆猥弱陈腐，苟合程度而已，其逸才宏气、喜为奇异语者往往遭绌落，文风益衰。"及至贞祐（1213—1217）南渡，赵秉文和李纯甫各为文坛盟主，或"转益多师"，或"多喜奇怪"，于是不谋而合，殊途同归，目光一致投向唐人。由他们领导，诗坛上遂掀起了"以唐人为指归"的创作高潮，而以他们为代表的两大"诗垒"②，也便分别代表了"平易"与"怪奇"两种不同的创作倾向。当然，赵秉文不执一体、转益多师的实践，也使他在师古学唐，尤其是学韩愈、学卢仝、学李贺等方面，为文坛"怪奇"风气的发展，

---

　　① 《苕溪渔隐丛话·前集》卷十四引。
　　② 赵秉文：《送宋飞卿》有云："瘦李聱雷隔存没，只愁诗垒不成军。"

有意无意地起了推波助澜的作用。例如他的想象奇特的《海月》诗，在意象怪诞、抒情"如病热人呓语"① 的特征上，近于卢仝的《月蚀诗》、《与马异结交诗》，更何况他还有《仿玉川子沙麓云鸿砚屏吕唐卿藏》和《仿李长吉击球行》等样板之作。

"怪奇"也好，"平易"也罢，在当时都是为了对抗和矫正章宗以来浮艳轻弱的文坛风气的。金后期之反省赵宋而远绍李唐，亦如唐代之弃南朝而扬汉魏，在文学发展史上不妨视为一种越代继承、隔代遗传的现象，而这种现象的重复出现，也便使文学的发展呈现出一种循环周期性规律。那么毫无疑问，金代"后怪奇诗派"的产生，也正是文学寻求自身发展的这种循环周期性规律所作用的结果。

第二，特定思想文化土壤的孕育使然。

在向章宗后期浮艳文风发动反击的同时，一些诗人提出了较有积极意义的创作主张。例如关于"以意为主"的观点："文章以意为主，以字语为役。主强而役弱，则无令不从。今人往往骄其所役，至跋扈难制，甚者反役其主，虽极辞语之工，而岂文之正哉？"② 赵秉文亦打着同样的旗号："文以意为主，辞以达意而已。古之人不尚虚辞，因事遣辞，形吾心之所欲言者耳。"③ 李纯甫强调"言为心声"："人心不同如面，其心之声，发而为言，言中理谓之文，文有节谓之诗。然则诗者，文之变也，岂有定体哉？故三百篇，什无定章，章无定句，句无定字，字无定音。大小长短，险易轻重，惟意所适，虽役夫室妾悲愤感激之语，与圣贤相杂而无愧，亦各言其志而已矣。"④ 元好问亦云："前世诗人凡有所作，遇事辄变化，例不一其体裁。"⑤ 这些言论表明了一点，即文学创作自古以来并无什么程式与套路，可以"不拘声病"，"不一其体裁"，而专以意为主。

---

① 王世贞：《艺苑卮言》卷四评卢仝语。
② 《中州集》卷四引周昂语。
③ 《竹溪先生文集引》。
④ 《中州集》卷二引。
⑤ 《双溪集序》。

金源作为少数民族建立的政权，自有其区别于中原汉文化的某些品格。女真草原游牧民族的粗犷豪放及其汉化进程与程度的不平衡性，使其于引进汉传统思想文化方面有所取舍，有所扬弃。金代虽然与南宋并峙，但当时于南国占统治地位的程朱思想其实未曾显示出多少向北域的渗透力，因而，金人的思想专制与束缚相对松弛，表现出一种能够任性任情、率意而发的特点。由此可见，李纯甫之所以能"教为狂"，领导一个"后怪奇诗派"，其实是有一定的民族思想文化背景作为基础的。

第三，没落动乱之时代气候使然。

贞祐南渡后，金源不复以往的强盛和辉煌了，从田紫芝的《乱后登凌云台》一诗，我们完全可以感受到当时士子面对沧海桑田的社会巨变而产生的浩叹与失落：

> 愁思纷纷不易裁，凌云台上独徘徊。乱鸦背着斜阳去，寒雁带将秋色来。破屋无烟空碎瓦，新坟经雨已苍苔。天翻地覆亲曾见，信得昆明有劫灰。

社会时代越是纷乱动荡，科举道路越是曲折坎坷，士人举子越是满腹牢骚和不平：

> 底功名一物无，飞扬跋扈意何如？青云岐路多辛苦，赖得皇家结网疏。①

生当没落之乱世，这样的生活道路与情感经历决定了他们自然会与"不平则鸣"的韩愈、孟郊、李贺等发生共鸣，而此间李纯甫为着改革文风的需要打起了"师古"学唐、尚怪求奇的旗子，"后进宗之"，内驱力和外引力

---

① 田紫芝：《冥鸿亭下第后作》。

交互作用，一个个韩愈、卢仝、李贺于是相继"复活""再生"，"后怪奇诗派"遂得以最终形成。

对于金文学的研究，较之以往几十年，目前学术界虽然逐渐重视起来，但高潮还没有真正到来，而关于金代文学流派的研究，则显得更为冷寂。笔者首倡"后怪奇诗派"之说，乃基于这样一种认识，即，以李纯甫为核心的一个诗人群体，由于其理论和实践诸方面的努力，由于其"师古"学唐，楷模中唐怪奇诗派，终于扭转了金中期文坛浮弱轻艳的倾向，实现了当时文风的实质性转换。当然，笔者所论或者难免肤浅，兹题为"引论"，实抛砖引玉之意。

（原载《山西大学学报》署名姜剑云、
王岩峻，1997 年第 4 期，略有改动）

论完颜璹创作中的佛禅意蕴

完颜璹（1172—1232），字子瑜。原名寿孙，字仲实。自号樗轩居士。金世宗完颜雍之孙，越王完颜永功之子。资质简重，博学多才，工诗词真草，喜藏法书名画。仕历奉国上将军、银青光禄大夫、开府仪同三司等职衔，哀宗正大初年，由胙国公进封密国公。"平生诗文甚多，自删其诗存三百首、乐府一百首，号《如庵小稿》"①。元好问在《中州集》中称他是"百年以来宗室中第一流人"。但作品大多佚失。《金文最》辑存其文 2 篇；《全金元词》辑存其词共 8 题 9 首；《全辽金诗》辑存其诗共 41 题 44 首，残诗 1 首。

需要指出的是，《全辽金诗》和《全金元词》均辑录了完颜璹的两首《渔父》，此为重收现象。但这两首《渔父》见录于《中州集》，而非《中州乐府》。可见，元好问将《渔父》界定为诗，而不是词。完颜璹实际上现存诗词完篇共 48 题 51 首。

一、佛禅意蕴的突出表现

完颜璹的诗词作品，多抒写一己之情思，风格闲逸典雅，略带些忧患的

---

① 《金史》卷八十五《完颜璹传》，见《二十五史》第 9 册，上海古籍出版社、上海书店 1986 年版，总第 7120 页。

色调。就主题取向看，约略有以下数端。

其一，描写荒凉衰败的景象，表现怀古幽思与故土情结。

金宣宗贞祐（1214—1217）时期，由于元蒙势力不断强大，金室被迫南渡，迁都于汴。在完颜璹的现存作品中，很少能够看到像元好问那样真切写实的纪乱诗，但个别的诗篇仍然能够显现出诗人对现实时局的关切之情。例如《城西》："雁带边声远，牛横废垅长。人居似河朔，冈势接荥阳。禾短新村墅，沙平古战场。悠然望西北，暮色起悲凉。"金源之往日盛世已经一去不复返了，完颜璹的诗词作品中也不时笼罩上暮色黄昏、夕阳西下的氛围。他的《秋郊雨中》亦写暗淡与荒凉："羸骖破盖雨淋浪，一抹烟林覆野塘。不著沙禽闲点缀，只横秋浦更凄凉。"虽说诗中没有明白点出国力衰微、不堪一击的意思，但社稷将倾、无力回天的危机感，总还是能够体味到的。再看《梁台》一诗中的描写："汴水悠悠蔡水来，秋风古道野花开。行人惊起田间雉，飞上梁王鼓吹台。"作者表面上只是客观写景，但面对衰飒陈迹而泛起的物是人非的沧桑迁逝之感仍然溢于言表。

故国日蹙，失土难收，诗人不禁触景兴叹："亭亭华表映朱门，始见征西宰相尊。下马读碑人不识，夷山高处望中原。"① 故乡已远，欲归无计，然而思归之情却魂牵梦萦："四时唯觉漏声长，几度吟残蜡烬缸。惊梦故人风动竹，催春羯鼓雨敲窗。新诗谈似鹅黄酒，归思浓如鸭绿江。遥想翠云亭下水，满陂青草鹭鹚双。"② 身处乱世，作者倍觉昔日故土之安泰与和平生活的可贵。他又在《梁园》一诗中写道："一十八里汴堤柳，三十六桥梁苑花。纵使风光都似旧，北人见了也思家。"随着金源不可避免的覆亡命运的降临，诗人故国情结日笃，已经挥之不去了。

其二，表现对佛禅的体悟，描写随缘自适的心态。

描写荒凉衰败的景象，表现怀古幽思与故土情结的主题倾向已如上述。

---

① 完颜璹：《过胥相墓》，见《全辽金诗》中册，山西古籍出版社 1999 年版，第 1852 页。

② 完颜璹：《思归》，见《全辽金诗》中册，山西古籍出版社 1999 年版，第 1849 页。

但完颜璹身在乱世，既没有像屈原那样怀抱"美政"理想，上下求索，写出《离骚》、《哀郢》之类的抒情诗，也没有像杜甫那样"穷年忧黎元"，写出"三吏"、"三别"之类的叙事诗。他与元好问是同时人，也是友人，但他也未能写出元好问那样的纪乱诗。金室仓皇南逃之时，完颜璹最担心的是他珍藏的大量名人字画："初燕都迁而南，危急存亡之际，凡车辂宫县宝玉秘器，所以资丕天之奉者，舟车辇运，国力不赡，至汴者千之一耳。而诸王公贵主，至有脱身而去者。公家法书名画，连箱累箧，宝惜固护，与身存亡，故他货一钱不得著身。"① 元好问对他的才艺评价很高："予意公画亦必入品，而世未尝见。"又称说他"诗笔圆美，字画清健，南渡以后，杨、赵诸公无不叹赏，有不待言者。公家所藏名画，当中秘十分之二。客至，相与展玩，品第高下，至于笔虚笔实，前人不言之秘，皆纤悉道之。"②

　　显而易见，完颜璹是艺术家，不是政治家，也算不得忧国忧民的诗人。他浸心佛禅，以此调适自我。他长于诗词书画，又爱题诗于画，且倾向于表现佛禅主题。例如他的七言绝句：

> 庞眉袖手出岩阿，及至拈花事已讹。千古雪山山下路，杖藜无处避藤萝。

> 紫袍披上金横带，藜杖拖来纸掩襟。富贵山林争几许，万缘唯要总无心。

　　这是两首题画诗。前一首题为《释迦出山息轩画》，后一首题为《题纸衣道者图》，借题画而谈佛论道。雪山指喜马拉雅山，释迦牟尼于"佛日未出"的过去世曾在雪山苦行修道，名为"雪山大士"。事见《涅槃经·圣行品》、《心地观经·序品》。此诗是说释迦出山，难免遇到葛藤，是慨叹世事

---

① 元好问：《如庵诗文序》，《金文最》卷四十三，中华书局 1990 年版，第 618 页。
② 元好问：《樗轩九歌遗音大字跋》，《金文最》卷四十九，中华书局 1990 年版，第 707 页。

纷扰的意思。佛教常用蔓生纠缠的藤萝来比喻事物、言语的纠缠繁杂，喻指贪、瞋、痴种种烦恼。《出曜经》卷三曰："其有众生，堕爱网者，必败正道……犹如葛藤缠树，至末遍则树枯。"又《丛林盛事》曰："禅家者流，凡见说事枝蔓不径捷者，谓之葛藤。"所谓"看取雪窦打葛藤"[1]，完颜璹佛教思想多承继禅宗顿悟一派，认为无论执相以求还是执着言语，都是藤萝，即"葛藤"，亦即烦恼，应该明心见性，去妄遣执，"万缘唯要总无心"。他还直接写佛趣诗，悟禅说空。例如《对镜二首》：

> 镜中色相类吾深，吾面终难镜里寻。明月印空空受月，是他空月本无心。
>
> 明明非浅亦非深，何事痴人泥影寻。照见大千真法体，不关形相不关心。

这类作品类似于谢灵运所写的《维摩经十譬赞》，以泡沫、焰、梦、影、响、浮云之类事象，来解悟"空"的道理。《金刚经》曰："一切有为法，如梦幻泡影。"上引《对镜二首》旨在以"镜中色相"来做譬喻，说明大千世界、世俗社会乃由虚象、假象合成，其本质是"空"。所以不要执着，"无心"而已，就像王维那样，"万事不关心"。这类诗往往通过形象而精致的诡辩，得出荒谬的结论。

完颜璹比较钟情于禅宗，他有《华亭》诗曰："世尊遗法本忘言，教外别传意已圆。只履携将葱岭去，不妨来上月明船。"据《联灯会要》卷一记载："世尊在灵山会上，拈花示众。众皆默然，唯迦叶破颜微笑。世尊云：吾有正法眼藏，涅槃妙心，实相无相，微妙法门，不立文字，教外别传，付嘱摩诃迦叶。"[2] 所谓"拈花微笑"，被认为是禅家"不立文字，直指人心"

---

① 重显、圆悟：《碧岩录》卷一，第六则，《续藏经》第二编第二十二套。
② 这一段记载与《大梵天王问佛决疑经·拈花品》中所说相近。据推测，《大梵天王问佛决疑经》约出于中唐以后、宋初以前。

宗风的发端。只是此事于禅门中直到六祖慧能均未提到过，所以成为禅门"第一公案"。诗中"只履"事说的是禅宗初祖菩提达摩只履西归的故事。"不妨来上月明船"一句则扣题写唐代船子德诚和尚事。据《五灯会元》卷五记载："秀州华亭船子德诚禅师，节操高邈，度量不群。自印心于药山，与道吾、云岩为同道交。洎离药山，乃谓二同志曰：'公等应各据一方，建立药山宗旨。予率性疏野，唯好山水，乐情自遣，无所能也。他后知我所止之处，若遇灵利座主，指一人来，或堪雕琢，将授生平所得，以报先师之恩。'遂分携。至秀州华亭，泛一小舟，随缘度日，以接四方往来之者。时人莫知其高蹈，因号船子和尚。"[1] 其有《拨棹歌》曰："千尺丝纶直下垂，一波才动万波随。夜静水寒鱼不食，满船空载月明归。"[2] 完颜璹《华亭》诗乃就华亭船子和尚泛舟随缘事及其《拨棹歌》予以生发，且特别以"月明船"的意象来绾结全诗。这一意象与佛教中"大愿船"之意象含蕴相同，亦即超脱苦海之"般若舟"。完颜璹亦认为禅宗乃教外别传；只不过他是用诗的语言来表达的。当然，他也用曲子词来谈佛论禅，"谈些般若"。如《西江月》：

> 一百八般佛事，二十四考中书。山林城市等区区。著甚由来自苦。过寺谈些般若，逢花倒个葫芦。少时伶俐老来愚。万事安于所遇。

般若，此为梵语音译，意思是智慧，即除无明，去妄执，以体证真实之智慧。"着甚由来自苦"之"着"，即执着。妄执乃无明。般若以对世俗认识的否定为基础，主张以般若把握实相，证得涅槃而超脱。佛家所言之解脱，并非全仗佛、菩萨之救度，真正的超脱在于自身开悟。"老来愚"并非老年痴呆症之类病理现象，乃难得之"糊涂"，所谓大智若愚，正是般若智

---

① 普济：《五灯会元》卷五，中华书局1987年版，第275页。
② 德诚：《拨棹歌》，见《全唐诗补编》中册，中华书局1992年版，第1054页。

慧的境界，唯其如此，方能随遇而安。至于完颜璹的般若智慧，又似乎与道家无为逍遥思想是紧紧地联系在一起的："晴昼摇凉光，长空澹虚碧。燕鸿亦何为，老翅南又北。衰柳堕残叶，庭户觉岑寂。幽人诵佛书，清香萦几席。西方病维摩，东皋醉王绩。俱到忘言地，佳处略相敌。小斋蜗角许，夜卧膝仍屈。能以道眼观，宽大犹四极。有书贮实腹，无事梗虚臆。谢绝声利徒，尚友古遗直。"① 他一再声言遗弃声利浮华，无为而尊，每日里只是清香诵佛，沉醉逍遥而已。可见从思想与实践方面说，完颜璹又是佛、道兼蓄，佛、道双修的。

其三，表现淡泊功名之心、幽隐闲逸之趣。

完颜璹曾在《内族子锐归来堂》诗中自称是"归来堂上忘形友，名利场边税驾人"。基于佛教虚空与道家无为的思想，完颜璹不仅忘怀功利，琴棋书画自得其乐，而且常常在诗词作品中描述和品味他的这种悠闲淡雅之趣。例如《如庵乐事》："人间最美安心睡，睡起从容盥漱终。七卷莲经蓺沉水，一杯汤饼泼油葱。因循默坐规禅老，取次拈诗教小童。炕暖窗明有书册，不知何者是穷通。"诗中所说"七卷莲经"，指《妙法莲花经》。"沉水"即沉香。他的生活境况与他的国公身份与地位极不相称，也似乎觉得人生无常，颇多感叹："贫知囊底一钱无，老觉人间万事虚。"② 但他燃香诵经，参禅悟道，即便是箪席瓢饮，亦终能够超脱："一旦能知梦里真，平生看破主中宾。……清尊雅趣闲棋味，盏盏冲和局局新。"③

表现类似意趣的诗篇诗句还有很多，如《老境》曰："老境唯禅况，幽居似宝坊。酒杯盛砚水，经卷贮诗囊。懒甚书弥少，闲多梦自长。不知何处雨，径作夜来凉。"又如《宴息二首》之二："日月闲窗下，箪瓢乐不殊。花魁秾且艳，湖玉秀而曜。忆友寻诗卷，思山展画图。丹青传六逸，能著老夫无。"社会在动荡不安，战乱中人民流离失所，金廷贵族也难免飘零凋

---

① 完颜璹：《自适》，见《全辽金诗》中册，山西古籍出版社 1999 年版，第 1847 页。
② 完颜璹：《漫赋》，见《全辽金诗》中册，山西古籍出版社 1999 年版，第 1850 页。
③ 完颜璹：《内族子锐归来堂》，见《全辽金诗》中册，山西古籍出版社 1999 年版，第 1850 页。

残，"飘零何在五株柳，离乱难归二顷田。漫叟未能忘野寺，道人犹解识林泉。"① 但完颜璹善于自我调适和安慰，他以琴棋书画取代了功名利禄，他更从野寺与林泉中品尝到了遁世而无闷、幽隐而闲逸之趣味。

二、佛禅意蕴的生成原因

综括以上胪列与叙论可以看到，佛禅意蕴虽然并非完颜璹作品思想内涵的全部，但总体上说，其给读者留下的印象是非常深刻的。关于完颜璹佛禅意蕴的生成原因，我们以为主要有以下三点。

其一，政治因素。

完颜璹有一首《自题写真》这样概括和形容自己："枯木寒灰久亦神，因缘来现胙公身。只缘酷爱东坡老，人道前身赵德麟。"此诗作者自注："樗轩尝封胙国公，故云。"赵德麟（1051—1134）即赵令畤，号藏六居士，宋太祖次子燕王德昭之后。苏轼曾与之共治颍州西湖，并荐之于朝。与苏轼、陈师道交厚，唱和很多。后因被弹劾与苏轼交通而遭责罚。又依内侍干进，为清议所非。高宗绍兴初，袭封安定郡王。完颜璹虽然被时人赞誉为"百年以来宗室中第一流人"，但由于金室南渡后防忌同宗，他也就不能够参政议政。"金紫若国公，虽大官，无所事事，止于奉朝请而已。密公班朝著者，如是四十年。"② 于是日以规禅与吟咏为事，"无用老臣还有用，一年三五度烧香"③。为此，完颜璹亦生不平之鸣。他的《东郊瘦马》诗写道："此岁无秋畎亩空，病骖难遣齰枯丛。仓储自益驽骀肉，独尔空嘶苜蓿风。"苜蓿是用来喂马的上乘饲料，但对于良马而言，只能望而空嘶。

诗人又在《沁园春》中兴叹道："壮岁耽书，黄卷青灯，留连寸阴。到中年赢得，清贫更甚，苍颜明镜，白发轻簪。衲被蒙头，草鞋著脚，风雨潇

---

① 完颜璹：《寓迹》，见《全辽金诗》中册，山西古籍出版社 1999 年版，第 1850 页。
② 元好问：《如庵诗文序》，《金文最》卷四十三，中华书局 1990 年版，第 618 页。
③ 完颜璹：《自戏》，见《全辽金诗》中册，山西古籍出版社 1999 年版，第 1855 页。

潇秋意深。凄凉否，瓶中匮粟，指下忘琴。一篇《梁父》高吟，看谷变陵迁古又今。便《离骚》经了，《灵光》赋就，行歌《白雪》，愈少知音。试问先生，如何即是，布袖长垂不上襟。掀髯笑，一杯有味，万事无心。"词中对自己凄凉的命运作了形象而感人的描述，从这里可以看到，完颜璹原本是志在有为的，之所以浸心佛禅，万事无心，不过是为了借此回避政治嫌疑，是在政治压迫的情况下所作的一种无可奈何的人生选择。

其二，个人因素。

完颜璹自号樗轩居士，又自命删约而成的诗词集曰《如庵小稿》。其取义用心不可不加推究。樗，即臭椿。所谓樗材，比喻无用之材。《庄子》一书中反复申述樗材即臭椿的无用之用。才不外现，韬光养晦，正是道家者流明哲保身，珍爱自我生命的精神体现。据《金史》本传记载，完颜璹贵为国公，其"奉朝请四十年，日以讲诵吟咏为事，时时潜与士大夫唱酬，然不敢明白往来"①。身为皇室贵族，却俨然一个隐士。然而，完颜璹并非窜伏林莽、野处深山式的隐士。他认为"世间幽隐者，何必尽樵渔"②，即是说，大隐、中隐、小隐，皆是幽隐，并非寄迹樵渔才是地地道道的隐士。关键的关键还在于心隐，或者说隐心："冥心居大道，达理契真如。"所谓"真如"，指真实不变的本体、实性，亦称为"实相"、"佛性"。《成唯识论》卷九云："真谓真实，显非虚妄；如谓如常，表无变易。谓此真实，于一切位，常如其性，故曰真如。"隋慧远《大乘义章》卷三曰："诸法体同，故名为如。"如，其实是理的异名。"达理"，当然也就"契真如"了。完颜璹"如庵"之"如"，其取义何在，这意蕴也就显而易见了。中国古代文人处理仕与隐的矛盾时，多取亦官亦隐、半官半隐的方式，这种人生态度实际上正是佛教大乘居士维摩诘的生活方式，也成为中国居士佛教的风行模式。"风姿便认王摩诘，蕴藉还疑李谪仙。驴背倒骑莲岳下，牛腰

———————

① 《金史》卷八十五《完颜璹传》，见《二十五史》第9册，总第7120页。

② 完颜璹：《宴息二首》之一，见《全辽金诗》中册，山西古籍出版社1999年版，第1846页。下引同。

稳跨竹林前。"① 完颜璹佛、道双修，始终体认的是佛教居士的风姿，蕴藉的是道家仙人的精神。"樗轩"，"如庵"，正是他自我创设和渲染的佛、道氛围，也是他自我写真的点睛之笔。

完颜璹的人格个性自然也有遗传的因素。史载其父完颜永功之个性特征是沉默寡言，好法书名画，且与僧人交游往来②。金代崇佛风气较盛，帝王贵族尤然。《全金元词》存金世宗词《减字木兰花》1 首，题为《赐玄悟玉禅师》。词曰：

> 但能了净，万法因缘何足问？日月无为，十二时中更勿疑。常须自在，识取从来无挂碍。佛佛心心，佛若休心也是尘。

金世宗完颜雍乃完颜璹之祖父，其于贞元六年十月由群臣劝进即皇帝位。在位期间，与宋休战，与民休息，国泰民安，犯死者稀，可谓垂拱而治，故时人誉为"小尧舜"。世宗亦有自我总结："无何海陵，淫昏多罪。反易天道，荼毒海内。……望戴所归，不谋同意。宗庙至重，人心难拒。勉副乐推，肆予嗣绪。二十四年，兢业万几。亿兆庶姓，怀保安绥。国家闲暇，廓然无事。"③ 他指斥海陵王完颜亮"反易天道"的行径，向往回归"童嬉孺慕"的民风淳朴时代，所以颇自得于自己"廓然无事"的境界。上引《减字木兰花》词中兼有佛家虚空随缘与道家无为而无不为的思想，此与世宗治国治民实践实际上是表里一致的。玄悟玉禅师之和词曰：

> 无为无作，认著无为还是缚。照用同时，电卷星流已太迟。非心非

---

① 完颜璹：《题潘阆夜归图》，见《全辽金诗》中册，山西古籍出版社 1999 年版，第 1850 页。按，"莲岳"指华山，山上道宫观胜迹很多，如翠云宫、老君洞、八卦池等。"竹林"是竹林精舍的简称，指佛教寺院。

② 《金史》卷八十五《完颜永功传》，见《二十五史》第 9 册，总第 7120 页。

③ 完颜雍：《本朝乐曲》，见《全辽金诗》上册，山西古籍出版社 1999 年版，第 531 页。

佛，唤作非心犹是佛。人境俱空，万象森罗一境中。①

　　玄悟玉禅师虽是释氏信徒，但亦援道入佛，认同和赞赏世宗自在无碍、无为而治的风尚。两词旨趣一致，皆表述佛、道"空"与"无"兼容合流之意蕴。显然，完颜璹之佛禅归趣一方面由于金室的政治压迫使然，而另一方面亦缘自家族气息的熏染，这是很值得注意和加以研究的。

　　其三，文化因素。

　　金源时期是女真民族被广泛汉化的时期，这不仅仅突出地表现在饮食起居等生活习俗方面，而且也突出地表现在对于思想文化的承继方面。其如儒、道、佛三家思想，自晋宋之际趋于融合，至唐宋以后则几乎形成了三教合一的局面。仅以道教的情形为例。金代是道教大变化与大发展的一个重要时期，这表现在：一方面出现了萧抱珍创立的太一教、刘德仁创立的大道教、王重阳创立的全真道；另一方面，这些新道派多提倡儒、道、佛三教同源，强调个人的身心修炼。尤其是全真道很值得注意。金大定七年（1167），王重阳在山东建立了五个教会，一律冠以"三教"之名：三教金莲会、三教玉华会、三教三光会、三教七宝会、三教平等会。这显然表明了对儒、佛思想的融合。他们既继承道家的清静无为思想和道教的内丹炼气学说，又融入佛禅心性之学以及丛林制度，对佛教轮回报应、自度度他等思想多有汲纳。在"全真教七真"中，王处一、刘处玄、丘处机等都写有数以百计的诗阐说传扬其全真教的思想主张。这其中不仅有《张公问顿悟》谈"空"与"无"合一、借鉴"浩劫"与"轮回"概念的诗，还有《禅门求教二首》标榜"真禅真道发真功，真善真慈真苦空"论调的诗，且更有直接题以《敬三教》的诗："三教同兴仗众缘，真空无语笑声连。放开法眼全玄理，莲叶重重作渡船。"② 字里行间流露着三教和平共处、亲密无间的融

――――――――
　　① 沈雄《古今词话》引《法苑春秋》。
　　② 以上所引王处一诗，见《全辽金诗》中册，山西古籍出版社1999年版，第825、852、829—830页。

融情意。

完颜璹既是"百年以来宗室中第一流人"，也是一位居家的宗教领袖。朝廷举行祭祀山陵的活动时，"若上清储祥宫，若太乙宫，五岳观设醮，上方相蓝大道场，则国公代行香，公多预焉"。① 他不仅仅写有《长真子谭真人仙迹碑》，还受道教中友人玉阳子所请，为作《全真教祖碑》，颂赞王重阳。在碑文中，完颜璹特别叙说王重阳如何敬三教的言行："先生劝人诵《道德清净经》、《般若心经》及《孝经》，云可以修证"；"凡立会必以三教名之者，厥有旨哉！先生者，盖子思、达摩之徒欤！足见其冲虚明妙寂静圆融，不独居一教也。"在这篇碑文中，完颜璹还阐述了自己对三教的认识与评价："夫三教各有至言妙理。释教得佛之心者，达摩也，其教名之曰禅。儒教传孔子之家学者，子思也，其书名之曰《中庸》。道教通《五千言》之至理，不言而传，不行而到，居太上老子无为真常之道者，重阳子王先生也，其教名之曰全真。"② 显而易见，在金代儒、释、道思想兼容合一的时代潮流中，完颜璹受到时代风气的深刻影响，所持的也正是"敬三教"的态度。正由于这样，完颜璹的诗词作品中才同时并充分地渗透了浓厚的佛禅意蕴。

（原载《河北大学学报》2003 年第 2 期，
署名姜剑云、孙昌武，略有改动）

---

① 元好问：《如庵诗文序》，《金文最》卷四十三，中华书局 1990 年版，第 619 页。

② 以上引文见完颜璹：《全真教祖碑》，《金文最》卷八十二，中华书局 1990 年版，第 1199—1203 页。

金代佛寺禅院碑记之文化内涵

一、 作者构成

佛教自东汉传入汉地时便有了白马寺这样的寺院建筑，从此以后，莲花朵朵开，佛寺禅院遍布大江南北、长城内外。"南朝四百八十寺，多少楼台烟雨中"，唐代杜牧用诗歌的形式抒发了面对旧朝梵宫沧桑而兴发的历史感叹。北朝杨衒之的《洛阳伽蓝记》则用专著的形式，专门记载洛阳佛寺禅院的兴废沿革。碑、记，皆为叙事性文体，本文讨论分析的文本对象是金代的佛寺禅院碑记，以《全辽金文》所收录统计，碑记文本百篇左右，作者在百人上下。

金代佛寺禅院碑记的作者分布很广泛，构成也很多样。

以知名与否看，既有朱弁、党怀英、王若虚、李俊民、元好问这样的名流大家，也有仲汝尚、许申、智允迪、奚牟、大缅等名不见经传的人物，还有许多难以考知的无名氏作者。以籍贯情况看，有籍占江西者，如朱弁婺源人；籍占山东者，如党怀英奉符人，王绘济南人，赵忭东莱人；有籍占河北者，如胡砺武安人，王寂玉田人；有籍占山西者，如张邦彦平阳人，李思孝长子人，安泰平遥人；有籍占河南者，如曹衍夷门人，王鼎林虑人；有籍占辽宁者，如徐卓宜州人；有籍占甘肃者，如李杰陇西人等。以所处时期及地域总体情况看，金代一百二十年中，各个阶段不同地域基本上都有碑记作者，但以中后期为多，地域则以山西、河北、河南相对集中一些。

从身份情况看，僧俗中人都有。佛门释子如释寿禅师、释大缅、释行满、释自觉、比丘希选、释智彦、释嗣敏、释道琇、释普觉等十数人，还有知足居士蔡如，其余俗界中人则为碑记作者的主要构成部分。作为碑记作者的主体，这一支队伍中人的身份地位等又是复杂多样的。其中身居要职显宦的大有人在，如雷渊，登进士甲科，曾任监察御史、翰林修撰；又如胡砺，举进士第一，曾任礼部郎中、刑部尚书。布衣白丁者亦不乏其人，如王去非，赴试下第，归乡教书；又如王鼎，隐而不仕，与翟炳、贾竹号曰"林虑三老"。也有著名的文坛领袖，如王寂、王若虚、元好问等。还有被扣押的宋朝外交使官，如朱弁，他作为通问副使赴金，被金人拘执十六年方回归宋廷。

考察碑记创作的缘起，主要有两种情况，一是应约撰成，一是自发而作。

就现存碑记文本看，多数是应约撰成的。如赵扬在其《潞州潞城县常村重建洪济院记》中写道："大定丁亥，潞城计偕杜君持野人成君所录常村重建洪济院事迹，求余文为记……余喜（善）福与（智）广之用心，无违师嘱，克终其业，是固可传。因道其所以然者，付杜君归，俾镌诸石。"① 又胡砺在其《磁州武安县鼓山常乐寺重修三世佛殿碑》中写道："正隆二年秋，（僧师彦）专遣人致书云，所造尊像，去年九月丁卯亦以功毕，因具道所以求为记之意。……其功德不可胜道。因并书其尝语予者，志岁月云尔。"② 自发而作者，以佛门释子居多。如释大缅的《观音院碑》在叙述了蔡氏和尚崇奉佛法的诸多感人事迹之后写道："大缅虑公行事传之不久，因

① 赵扬：《潞州潞城县常村重建洪济院记》，见《全辽金文》，山西古籍出版社 2002 年版，第1129 页。

② 胡砺：《磁州武安县鼓山常乐寺重修三世佛殿碑》，见《全辽金文》，山西古籍出版社 2002 年版，第 1252 页。

叙观音院所得建立之由，著其功德之大略云。"① 又如释寿禅师的《修清风庵并造像记》，全文仅三句话："维大金正隆三年岁次戊寅九月二十九日，游山至此，修庙三间。至大定十年岁在壬午三月初七，兴功镌佛，至是岁五月十日一功毕。僧明月山清风庵寿禅师记。"② 此篇仅 63 字，在现存金代佛寺禅院碑记中，这是最短的一篇，显然属于自发而作者。另外，布衣之士王去非的《平阳县清凉院碑》也值得注意，该文在记载了戒师和尚惠润自住持清凉院以来"开辟旧址，别创新观"的事迹后赞叹道："余嘉其师资相得，协心戮力，共成佛事，故乐为之记云。"③ 由"嘉"与"乐"而揣知，该文当是自发而作者，但也不排除乃应约而乐为之记的可能。

自发而作者，基本上是从心灵深处已经皈依佛门者，但应约而撰者并不尽然，如应奉翰林文学的"儒者"雷渊。元光二年（1223），他在《嵩州福昌县竹阁禅院记》中写道："自虞人水衡之官废，而天壤之间、山林佳处，皆为佛老者流之所专。然其徒有勤惰，其法从而喧寂，其居之兴废随之。"④ 雷渊把佛教的兴衰、佛刹的兴废，与佛徒的勤惰，紧紧地联系在一起。如此认识两者间的因果关系，无疑是以偏概全的。他回答寺僧"愿丐文以为之记"之请时说："吾儒者也，谈一浮屠居之胜，不若考其山川风俗之所以然；记一夫之勤惰，不若推本道术废兴之由。"所以他进一步指出："三代以降，田不复井，吾民之贫者，数口之家，至无厝足之地。虽石田荦确，下田斥卤，有盼盼然终身不能有尺寸者。而浮屠氏方鼓其师之说，擅其膏腴，占其名胜。饱食暖衣，若子若孙，交手付界。夫道之不行，吾徒实任其责，而若等实享其利且任其责者，固负负而无可言。至于享其利，亦当力求其所以然，庶几不自愧云。"雷渊自称"儒者"，曾任监察御史，甚有"威誉"，遇奸豪不法者立加箠杀，至蔡州更大开杀戒，竟杖杀五百人，得"雷半千"

① 释大缅：《观音院碑》，见《全辽金文》，山西古籍出版社 2002 年版，第 1582 页。
② 释寿禅师：《修清风庵并造像记》，见《全辽金文》，山西古籍出版社 2002 年版，第 1543 页。
③ 王去非：《平阳县清凉院碑》，见《全辽金文》，山西古籍出版社 2002 年版，第 1424 页。
④ 雷渊：《嵩州福昌县竹阁禅院记》，见《全辽金文》，山西古籍出版社 2002 年版，第 2761 页。

之号。他赋诗作文方面，楷模韩愈，尚怪求奇，而关于宗教方面，他也与韩愈一样持排佛的态度。以此看来，竹阁禅院之僧人德鉴、福汴请雷渊撰写碑记，无非因慕名而约，但显然找错了对象。

二、佛禅取向

佛教是博大精深的宗教，理论玄深，宗派纷呈，"派而别之，有大小、权实、顿渐、偏圆、显密之类分焉"①。考察金代寺院碑记可见，当时华严、密教、禅宗、戒律、净土等佛教宗派思想都有一定的发展，但比较流行的还是以禅宗、华严宗和净土信仰为主。

华严宗以《华严经》为主要经典，作为宗派，最早出现于唐代，以帝心杜顺（557—640）为始祖，云华智俨（602—668）为二祖，贤首法藏（643—712）为三祖，清凉澄观（738—839）为四祖，圭峰宗密（780—841）为五祖。金源与辽代一样实行试僧制度，所试童僧《法华》、《金光明》等必修课共五门，其中就规定有《华严经》，可见华严思想在金代颇具影响力。其时治华严之学著名者有上京（今黑龙江阿城）兴正寺的宝严，有从汾州（今山西汾阳）天宁寺受《华严法界观》而转徙讲说的惠寂，有被称为"华严法师"的义柔，还有东航来华不久便圆寂于五台灵鹫寺的印度那烂陀寺高僧苏陀室利。金末著名禅师万松行秀虽治禅学，但平常亦以《华严》为业。

从金代的寺院碑记中也可以看到当时华严思想的流播情况。例如张邦彦所撰碑记中提到金堆院增修时"乃凿山腹，大辟其旧址，筑堂曰'华严'"②。而段子卿所撰碑记则生动地描述了西京（今山西大同）大华严寺因兵火而废、以僧勤而兴的情节："今此大华严寺，从昔以来亦有是教典矣。

---

①　段子卿：《大金国西京大华严寺重修薄伽藏教记》，见《全辽金文》，山西古籍出版社2002年版，第1547页。

②　张邦彦：《增修金堆院碑》，见《全辽金文》，山西古籍出版社2002年版，第1318页。

至保大末年，伏遇本朝大开正统，天兵一鼓，都城四陷，殿阁楼观，俄而灰之。唯斋堂、厨库、宝塔、经藏洎守司徒大师影堂存焉。至天眷三年闰六月间，则有众中之尊者僧录大师、通悟大师慈济……乃仍其旧址，而特建九间、七间之殿，又构成慈氏、观音、降魔之阁，及会经楼、山门、垛殿。不设期日，巍乎有成。其左右洞房，四面廊庑，尚阙如也。……则有故僧录门人省学者，一日慨然念先等之勤……于是聚徒兴役，刘楚剪茨，基之有缺者完其缺，地之不平者治以平，四植花木，中置栏槛，其费五百余万焉。此乃不使前人之功坠，以待将来之缘合，既得成全，亦今日之力也。"① 辽代华严宗盛行，道宗曾亲撰《华严经随品赞》十卷，所以云中郡特建华严寺。但保大二年（1122），此寺因战火而部分遭毁。金天眷三年（1140）依旧址重建之华严寺大雄宝殿，是现存金代最大的佛殿之一。又据曹衍所撰碑记记载："师名禀惠，姓王氏，弘州永宁人。幼于天成县幽峰院出家，受具。自十八岁讲《华严经》、《摩诃演论》，辨析疑微，听者常数百人。"② 由"听者常数百人"一句，可以想见华严思想在当时的广泛影响。

金代佛教的特点是理论方面注重华严，实践方面则以禅修为主流，所谓"惟禅多而律少"③。

禅宗自唐代以来，风行南北，时至金代，仍然影响广泛。其时弘法之著名禅师有济南（今属山东）灵岩寺的道询（1086—1142），他是净如的弟子，属于禅宗中的黄龙一派。又有中都大万寿寺的圆性（1104—1175），他是佛日的弟子，于大定年间复兴禅学甚力。又有蓟县（今属天津）双峰寺之广温（？—1162），他是圆性的弟子。金末禅师则以邢州（今河北邢台）净土寺的万松行秀（1166—1246）最为著名，他是磁州（今河北磁县）大

---

① 段子卿：《大金国西京大华严寺重修薄伽藏教记》，见《全辽金文》，山西古籍出版社 2002 年版，第 1547—1548 页。

② 曹衍：《大金西京武州山重修大石窟寺》，见《全辽金文》，山西古籍出版社 2002 年版，第 1381 页。

③ 宇文懋昭：《大金国志》卷三十六《浮图》曰："浮图之教，虽贵戚望族，多舍男女为僧尼，惟禅多而律少。"

明寺雪岩满禅师的弟子，其所传乃禅宗中的曹洞一派。明昌四年（1193）章宗诏请行秀入宫说法，并赐袈裟。屏山居士李纯甫（1185—1231）、湛然居士耶律楚材（1190—1244）既是当时著名的文学家，也都是万松行秀的俗家弟子。

金代佛寺碑记多所言及禅及禅宗人物与事迹。

其如安泰《汾州平遥县慈相寺修造记》云："心法，传正法眼藏，不由文字，不立言语，以心印心，真登觉地。如传于摩诃迦叶至萧梁，世有圆觉。远磨方来东土，乃传其法。"① 按，"真登觉地"之"真"似应作"直"，"远磨"之"远"则应作"达"。世尊灵山会上拈花示众，摩诃迦叶会于心而微笑，是为禅宗第一祖。其后二十八传，至菩提达摩，是为东土禅宗初祖。

再如仲汝尚在《天宁万寿禅寺碑》曰："琅琊之佛寺，在郡治者凡六区，其五为毗尼，其一为禅那，今普照是也。……按招提复兴之代，实自后魏，至有唐孝孝明皇帝即位之九年，始赐额曰'开元'。宋真宗初，辅臣建言，请诏天下，每郡择律寺一，更为禅林，遇皇上诞弥之月，为祈延景命之地。制从之。郡以'开元'应选，自是改称'天宁万寿禅寺'。逮废齐居摄，专用苛政理国，知众不附，尤狭中多忌，凡浮屠、老子之居，曩日所严奉以祈福者，一切废革，遂易'天宁'之号，榜以'普照'。"② 琅琊，即今山东临沂。此寺初建于东晋，原为右将军王羲之逸少故宅。唐时名"开元寺"，宋真宗时改为"天宁万寿禅寺"，金代伪齐刘豫改称"普照寺"。这一记载说明此寺自宋真宗以后成为禅宗性质。毗尼，即毗奈耶，三藏之一，指佛所说之戒律。禅那，即禅，意译为"静虑"，但此处作"定慧"解，转义为禅宗之"禅"。

汉地净土法门以弥陀净土和弥勒净土为主。前者以《阿弥陀经》、《无量寿经》、《观无量寿佛经》和《往生论》等"三经一论"为其成立之典据；后者以《观弥勒上生兜率天经》、《弥勒下生经》、《弥勒大成佛经》等

① 安泰：《汾州平遥县慈相寺修造记》，见《全辽金文》，山西古籍出版社 2002 年版，第 1990 页。
② 仲汝尚：《天宁万寿禅寺碑》，见《全辽金文》，山西古籍出版社 2002 年版，第 1310 页。

"三经"为其成立之典据。佛法东渐，虽说弥勒净土有西晋道安弘扬在先，但他的弟子慧远于庐山结社念佛后，弥陀净土更加令僧俗信众无限向往，于是后来居上，取代弥勒净土而成为汉地诸佛净土之主流。时至金代，僧人、居士以弘扬弥陀净土者为众。僧人如广思，他楷模慧远，于河北临城山结白莲华会，有净土道场；又如祖朗，他于大定年间先后住持中都崇寿寺、香林寺，日夕念弥陀佛号数万声；又如行秀，他禅、净双修，十五岁时投邢州净土寺出家，受戒不久，出外参禅，豁然大悟后还邢州，长期驻锡净土寺。居士如王子成，字庆之，《礼念弥陀道场忏法》是他关于净土仪轨的著作，后来重刊于元代至顺三年（1332），一度广为流行。

金代的寺院建筑，同样可以反映当时的净土信仰。天会二年（1124），金太宗命僧善祥在应州兴建净土寺。此寺位于应县城内东北隅，距今已有880年的历史。大雄宝殿为金代原物，乃全寺主殿，大定二十四年（1184）重修，深广各三间。始建于唐代麟德二年（665）的崇福寺，虽然金代天德二年（1150）题额为"崇福禅寺"，但其突出的信仰取向还是弥陀净土。此寺在今山西省朔县城内，主殿弥陀殿建于金皇统三年（1143），面阔七间，进深四间，宏敞壮观。弥陀殿之外又有观音殿，亦始建于金。

观世音菩萨与阿弥陀佛、大势至菩萨一起，被尊为西方净土三圣，从金代的寺院碑记中还可以看到当时僧俗对观音的普遍崇信。例如释大缅《观音院碑》详"叙观音院所得建立之由，著其功德之大略"[1]；陈寿恺有《灵岩寺观音圣迹序》，常写灵岩寺住持云公禅师命工敬图观音像而刊诸石，"庶广其传，普劝遐迩，永同供养"[2]。

净土信仰在金代既有弥陀信仰者，亦有弥勒信仰者，这在金代的寺院碑记中亦有生动的记录。邵世衍碑记曰："寿春讲僧明悟大师……爰自初入道，即愿造慈氏像于通都大邑，冀广流通、利益滋远而已。慈氏者，华言弥勒者，竺语阿逸多，弥勒字也。……因以语邑之信士，众皆悦从。同力共济以钱二

---

① 释大缅：《观音院碑》，见《全辽金文》，山西古籍出版社 2002 年版，第 1582 页。
② 陈寿恺：《灵岩寺观音圣迹序》，见《全辽金文》，山西古籍出版社 2002 年版，第 1388 页。

百万，募工建于邑之荐诚院。"之所以于荐诚院供奉弥勒像，为的是令瞻视者
"即像生敬，即敬生信，由信得证"①。又赵安时碑记云，古贤寺"受业僧闻
悟，夙有佛性，聪明慧解，游学远方，勤苦精进，讲说经论，修龙华菩萨之
行"②。按，《法苑珠林》曰："弥勒为佛时，于龙华树下坐。华枝如龙头，
故名。"以此可见，僧闻悟"修龙华菩萨之行"，亦即修持弥勒净土信仰。

三、梵刹格调

举凡各种宗教，均有相应的标志性的宗教建筑。佛寺禅院，僧塔经幢，
此乃佛教之宗教建筑。

佛本无为，法非有相，既如此，又何以大兴梵宇佛刹呢？

关于这一问题，宋代苏轼这么认为："斋戒持律，讲诵其书，而崇饰塔
庙，此佛之所以日夜教人也。"③

从金代的寺院碑记中，可以发现，金人就这个问题的思考，是有一定理
论色彩的。例如关昭素的观点："佛自法成，法从佛出，非佛无以助兴王
化，非法无以济度众生。以至大设仁祠，使释子有归依之地；广和象教，令
迷徒生开悟之心。"④ 显然，寺院建筑的宗旨主要基于教化的功利目的，是
以实用为前提的。

然而，佛教是思想上极为博大精深的宗教，它不仅以繁富复杂的经、
律、论劝化众生，使其由戒而定，由定而慧，还以崇饰塔庙的方式，更为形
象地吸引和熏染有情。正由于这样，人们看出了佛教象以寄意、因材施教的
艺术匠心，认为佛教有心法、教法、象法，"三者之中，像为易从，故达人

---

① 邵世衍：《东平府东阿县荐诚院慈氏菩萨记》，见《全辽金文》，山西古籍出版社 2002 年版，第
1316 页。

② 赵安时：《重修古贤寺弥勒碑》，见《全辽金文》，山西古籍出版社 2002 年版，第 1415 页。

③ 王鼎：《平原县淳熙寺重修千佛大殿碑》引，见《全辽金文》，山西古籍出版社 2002 年版，第
1367 页。

④ 关昭素：《重修陕州故硖石县大通寺碑记》，见《全辽金文》，山西古籍出版社 2002 年版，第
2686 页。

君子，莫不用之以化其俗"。而所谓"象法"，亦即"象教"。金人安泰指出"象法"之"法"时说："象法，建塔庙、设仪相、幡花、香火，严饰供养，使人睹相生善。"①

象教讲究环境，所谓"天下名山僧占半"，其实道出了佛者的用心：佳山水，远尘垢，自是人间净土，身临其境，观想悟道，顿悟成佛。

"山水以形媚道"②，中国的佛刹，多半依山带水，从金人寺院碑记中随处可见这样的例子。

如蓟州玉田县（今属河北）大天宫寺所在的位置和环境："初务之西南不远二里，俗谓南台头，有冈隆隆然，泉注其下，萦纡环拥，右斜而去，泉冈之间，气象幽胜，甲于其境。旧辽清宁之元，有盐监张公日成者，爱异其地，以为可起梵宇，为乡邦依归之境，乃出金售之，经始基构。"③此寺建于辽代清宁（1056—1064）年间，居中正殿三楹，所供奉者正是西方净土庄严世界的弥陀佛。辽道宗寿昌三年（1097）赐"极乐院"额，辽天祚帝乾统五年（1105）改为"天宫寺"，金太宗天会五年（1127）敕加"大天宫寺"额。此寺久废，唯原寺西北角之天宫寺砖塔，高十三级，至今犹存。

又如泽州（今属山西）松岭禅院所在的位置和环境："泽之西南三十里，双峰岿然，杰出于群山之外，曰松岭。绝顶四望，硖石、浮山、司马、碧落，凫趋于左，天坛、王屋、盘亭、析城，鹗立于右；远而黄流曳带，乔岳耸屏，北邙、伊阙，犹培嵝然；近而乱峰回环，林麓掩抱，云烟出没，不可名状。奇伟之观，得未曾有。岭之阳有佛宇焉，即古之灵岩院也。"此处木古泉澈，清凉幽寂，有如灵鹫神山的境界，正可晦迹修道，所以隋朝大业（605—618）年间头陀僧慧观自终南过此双峰时，便驻锡而叹曰："此古佛栖隐之所也。"④

---

① 安泰：《汾州平遥县慈相寺修造记》，见《全辽金文》，山西古籍出版社 2002 年版，第 1990 页。
② 宗炳：《画山水序》。
③ 赵摅：《蓟州玉田县永济务大天宫寺碑》，见《全辽金文》，山西古籍出版社 2002 年版，第 1633—1634 页。
④ 杨庭秀：《大金泽州松岭禅院记》，见《全辽金文》，山西古籍出版社 2002 年版，第 2051 页。

像教注重氛围，渲染七宝楼台、辉煌严饰的境界与效果，这在金人寺院碑记中亦多有描绘。

或如平原县（今属山东）淳熙寺："其殿庑规制宏敞，雄杰靡丽。不惟甲于诸刹，虽善言者亦不能形容。观者自知如在灵山鹫岭，亲睹世尊之妙相。使人人向化，皆起善心，实相法不言之教也。"① 或如平遥县（今属山西）慈相寺："堂设毗庐遮那佛，壁绘□□佛、八金刚、四菩萨、帝释梵王。堂之右翼，置释迦六祖，绘二十八祖，以彰心印所传之自也。左翼置地藏菩萨十王像，以示善恶必报，结人善心也。堂之前，其友福勋又起两庑，塑佛菩萨五十，阿罗汉五百。楼台妓乐，宝山琪树，珍禽异兽，奇花瑶草，七宝严饰，五彩彰施，烂烂煌煌，耸人瞻视。"②

总体上看，汉地佛刹建筑的风格倾向是寺中有塔，塔不离寺，寺中以佛殿为主体建筑，辅以禅堂、寮舍、厨库等，门楼廊院环布，此为晋唐以迄于金代寺院建筑的传统形式。佛殿穷壮极丽，金碧辉煌，僧舍往往简易洁净，实用为本。金代寺院碑记中尤其突出佛殿须既壮且丽的观点："昔人有言曰：'像法之教，既务恢张；栋宇之规，所宜壮丽。'真确论也。盖以天宫月殿，诸佛之舍馆；宝室仁祠，众圣之居处，安可忽哉！然则入其门、诵其书、行其道者，当如之何？亦在乎弊则易之、坏则修之而已。夫能如是，则青莲妙相，益显其庄严，小大之人无不瞻睹而生喜也。苟或弊而弗易，坏而弗修，则白毫金色，浸铄其光明，人将睨而不视，举绝乎归依之心也。以此推之，然后知彼所谓像法之教，务于恢宏张大，固宜上栋下宇既壮且丽者，益不诬矣。"③ 主体与辅设，繁简相映相生，主次分明，产生"合规合矩，不华不野"④ 的效果。金代佛寺的建筑风格大抵如此。佛殿务为宏丽恢张，令瞻视者礼佛而生勤供养、广布施之心。布施亦属

---

① 王鼎：《平原县淳熙寺重修千佛大殿碑》，见《全辽金文》，山西古籍出版社 2002 年版，第1639 页。

② 安泰：《汾州平遥县慈相寺修造记》，见《全辽金文》，山西古籍出版社 2002 年版，第 1991 页。

③ 陆秉钧：《滕县兴国寺新修大殿碑》，见《全辽金文》，山西古籍出版社 2002 年版，第 1631 页。

④ 释嗣敏：《重修福昌大殿记》，见《全辽金文》，山西古籍出版社 2002 年版，第 1779 页。

六度，乃向佛精进法门之一。僧舍往往简易洁净，此为皈依者诸行无常、四大皆空佛教思想的外化。

四、历史价值

寺院碑记是僧传灯录之外关于僧人佛教活动的生动记载，这些文献资料，其历史价值是多方面的。

第一，关于崇教精神方面。

自东汉以迄于金代，学佛、毁佛，佞佛、灭佛，佛教事业大起大落，历经沧桑。此间千余年，梵宫佛寺，或兴或废，释门四众，俗界善信，为了佛教的生存和发展，多有可歌可泣的故事。而在金代佛寺禅院碑记的描述中，最令人肃然起敬的便是僧俗信众兴旧起废，崇饰塔庙的宗教奉献精神。

赵扬碑记云："浮屠氏辞天伦、解世网、遗得丧、外生死，放身澹泊之场，息意枯槁之地，视万物之投其前者，俱不足以汨其心。一旦使之立事，则操守必专，专则所得精，而无不成。"① 文中又记释子倍极艰辛的经营之状："大定壬午，诏天下寺观无名额者，特赐之。弟子善福、智广……先罄己资创今院地，然后化众起役。其鸠工伐材，曲尽艰迫。地虽高旷，而砂石渺漫，无土兴陶功。……经营凡五年而后院始成，殿堂、僧舍、厨库，增旧三倍。成君之言，大率如此。"佛子虽出家却勤苦，他们的无我奉献精神感人至深，甚至超出人们的一般想象。

这样的事情，在金人寺院碑记中多有描述，而时间上并不限于金代，故其文献价值甚为重要。例如王寂碑记所写辽代头陀僧普鉴的修行："辽大安八年，祐国寺僧传戒上人普鉴，厥初往来山间，驻锡泉上，得遗址宛然，意其可作道场，即岩穴而屋之。糠核褡裢，奉持头陀行甚苦。岁余，远近缁

---

① 赵扬：《潞城州潞城县常村重建洪济院记》，见《全辽金文》，山西古籍出版社 2002 年版，第 1130 页。

素，从者如归。师知愿力可成，乃作意以新之。已而，输财献力相望于路者，唯恐其后。如此且阅数年，荆棘蒿莱化成金碧，初谓之"莲花院"。①普鉴"持头陀行甚苦"，赢得了更多的崇拜者，于是使莲花院的诞生成为现实。又如杨庭秀碑记所载宋代的一则故事："有大苾为省常禅师……作兜率观，朝夕行之，未尝少懈。寺神空中报师曰：'师兜率观成，当舍幻质，往生天宫。'师欲舍身，僧徒难之，乃诣千峰山盘亭寺之侧，誓焚肉身以报佛恩。遂裹以麻布，渍以油蜡，纵火然之。但见白光烛天，异香馥郁，四为赞叹。"② 在佛教诸多净土法门中，其实弥勒信仰是最崇高的：不尽度为生，誓不成佛。所以，弥勒信仰是佛教利己利他精神的突出代表，表面上是出家出世，然而骨子里是入世济世。上引金人寺院碑记中省常禅师的修行故事，堪称弥勒信仰中最为生动感人的典型事迹。

第二，关于艺术审美方面。

金代寺院碑记的作者构成是较为多样的，而其文本之文学成就也各不相同。其篇幅长者数千字，短则不足百字。文采风格方面，或繁缛绮靡，或简约质朴，或流畅，或滞重，各具姿态。文体方面，或骈或散，或兼而有之，但以散体为多，其中亦不乏游记体碑记。

可以欣赏这样一段文字："洛邑，天下之中，西走崤函，山水雄隘，关而河之，特用武之地。稍折而南，不三数舍，至女几山下。崇冈限其阴，洛水贯之，水原衍沃，修竹乔木弥望，泉行竹间，泠泠有声。出其途者，顿忘崤函尘土登顿之劳，而恍然如行画图异境也。其封域，古韩介于周、秦之间，民力穑而能劳苦，迄今犹然。厥田宜稻与麻，极水陆之饶。道连昌抵三乡而西，得浮屠之居曰'竹阁'。负崇冈而面女几，万竹森然为之卫，自门而陟，渐而至其堂，得冈之高齐之。有二泉出其腹，珠玑冰玉，顷刻百斛。寺仰以清，而竹仰以茂也。或曰竹非山石间物，性殊喜水，凡山之有竹者，

---

① 王寂：《宝塔山龟镜寺记》，见《全辽金文》，山西古籍出版社 2002 年版，第 1437 页。

② 杨庭秀：《大金泽州松岭禅院记》，见《全辽金文》，山西古籍出版社 2002 年版，第 2051—2052 页。

必泉之所出也。阶升而入,有阁之象,合是式物,浮屠所以得名与为贞祐初,余与友人文士刘景元尝一游焉。时秋冬之交,霜清气肃,南望女几,千鬟万髻,秀峙于风尘之表。西窥鸟喙、白马诸峰,皆崭然柱天,玉色连延,无有间断。计四时之景,倏忽变化而无穷。俯视洛川,萦纡如绶,其灌溉之利,不知其几百千亩,慨然念神禹之功。平揖竹君岁寒之色,凛然可畏。降而酌泉,渟乳留牙颊间,终席有余味。盖尝叹曰:'兹殚天下之美,而浮屠氏终日享之,不既幸矣乎?'"①此文为浑源雷渊所写。雷渊学唐,学韩愈,他的文章确实有韩愈的古文风格,而这一段文字又有柳宗元山水游记的味道。因此,如果将这一部分从碑记中独立出来,完全可以说是一篇优美的山水游记作品。显然,从艺术审美的角度看,金代寺院碑记可读性强,亦有其审美的价值。

第三,关于佛教历史方面。

金代寺院碑记堪称生动的金代佛教史,并且其对有关佛教事迹的记录颇为翔实。兹略说数例如下。

例一,官卖度牒及寺院名额。世宗和章宗时期,由于军费不足,曾一度公卖度牒、师号以及寺院的名额。例如毛麾碑记云:"幸遇皇朝大定三年鬻寺观名额,本村大户孙庚等办施钱十万,赎得'昭庆院'额。"② 这一条记载不仅说明了金代官卖寺额为确凿之事,而且记录了鬻赎寺额之价位。不过大定年间鬻额之起始时间,寺院碑记的记载不尽相同。例如赵扬碑记云:"大定壬午,诏天下寺观无名额者,特赐之。"③ 按,"大定壬午",乃金世宗完颜雍大定二年(1162)。毛文撰于大定二十九年,赵文撰于大定七年。显然,大定年间鬻额之起始时间,应以赵文"大定二年"之说为可信。

① 雷渊:《嵩州福昌县竹阁禅院记》,见《全辽金文》,山西古籍出版社 2002 年版,第 2760—2761 页。

② 毛麾:《沁州铜鞮县王可村修建昭庆院记》,见《全辽金文》,山西古籍出版社 2002 年版,第 1678 页。

③ 赵扬:《潞城州潞城县常村重建洪济院记》,见《全辽金文》,山西古籍出版社 2002 年版,第 1129 页。

　　例二，赐额中"大"字的含义。赵摅碑记云："国朝故事。凡寺名皆请于有司，给授敕额。其异恩者，特加'大'字以冠之，所以别余寺也。虽京师名刹相望，而得赐是额者，殆亦无几。然则永济大天宫寺，其名岂录录者哉！"① 史称"辽因佛教而亡"，金代于此方面多少注意吸取辽国的教训，所以佛教事业带些国家化、规范化的特点。从这一记载，实可见金代佛教国家化的具体表现，可见其对佛教或扶持或利用的用心。

　　例三，邑社集资以助佛事。辽金时期，有所谓的"邑社"组织，规模大小不等，邑社成员依规定定期集资，以用于对寺院佛事的赞助。以社员的多少，或有"千人邑"之类的名称。以明确的针对性，或有"道粮千人邑"（为寺院补充道粮）、"薄伽邑"（为《薄伽藏教》的重修）之类的名称。辽金佛教史上的这一现象，在当时寺院碑记中常常有所记载。例如段子卿有《大金国西京大华严寺重修薄伽藏教记》②：撰于大定二年，其中叙述了"薄伽邑"的创建始末。又如徐卓《宜州厅峪道院复建藏经千人邑碑》记载："郡人马祐者，乃逸士也，遁世高蹈，卜居相邻。自观煨烬之余基，誓发继兴之大愿，遂与旧邑人颜寿等，亲为倡率，转相纠合，乃得千人，立为一社。众推马祐为邑长，以为寿等为提点，募钱易经，鸠工构藏，随其卷帖，贮以柜匣，其余佛屋僧廊，次第建立。庶几法无凝滞，人获顶传，上以报皇国之恩，下以资吾邦之福。"③ 这一条材料中记载了该邑社的规模与组织、邑长的姓名与身份、邑社的崇高理念及其巨大成就，其文献价值是非常重要的。

　　例四，寺院名额的由来或改易，寺院的兴废盛衰。李俊民《大阳资圣寺记》云："本县境内寺院二十一区，大金贞祐甲戌至甲午，存者十之三

---

　　① 赵摅：《蓟州玉田县永济务大天宫寺碑》，见《全辽金文》，山西古籍出版社2002年版，第1633页。

　　② 段子卿：《大金国西京大华严寺重修薄伽藏教记》，见《全辽金文》，山西古籍出版社2002年版，第1546页。

　　③ 徐卓：《宜州厅峪道院复建藏经千人邑碑》，见《全辽金文》，山西古籍出版社2002年版，第1389页。

四。资圣寺在县北四十里大阳社，北齐文宣天保四年癸酉，梁元帝承圣二年也，号永建寺，至武成河清二年癸未，建石塔二级，后唐明宗长兴四年癸巳，立尊胜幢。宋真宗天禧四年庚申，改赐资圣寺。……本寺素乏常住，且过者稀。贞祐兵火后，居民荡析，乡井荆棘，寺几于废。里人王简等亦流落四方，艰苦万状，默有所祷：'异日平安到家，当舍所有，以答佛力。'既归，乃以所居之正堂五间与本寺，修香积位，其殿宇寮舍，缺者完之，弊者新之，靡不用心焉。"这一材料不仅记载资圣寺的地理位置、题额因革，还描述了该寺废兴的情形，以及檀越王简对佛教真诚的崇信和奉献，其所承载的历史资讯是十分丰富的。

到目前为止，笔者仅从《全辽金文》已检得金代有关佛教寺院碑记共84人92篇，还不包括寺塔碑铭。可以说，这些碑记实在是金代佛教寺院发展状况的一面镜子，是金代佛教发展的部分实录，某种意义上讲，也是分散而又真切的金代佛教发展史。基于有关的考察和讨论可以看到，对于金代，以及对于历代佛寺禅院碑记，还可以广及塔铭，很有必要进行搜集、整理和研究。比如酝酿、规划与实施《历代佛寺禅院碑记全编》、《历代佛寺禅院碑记研究》之类系统的专项课题。倘能即此选题立项，做出助益佛教发展的成果，亦堪称千秋功德。后学发愿于此效绵薄之力，亦希冀有法师大德指引和携助。

（原载香港能仁书院《佛教与辽金元文化国际
学术研讨会论文集》，2005 年，略有改动）

元明之际高丽大儒李穑之亲佛略说

李穑生活于丽末鲜初、元末明初，五次科举应试，前三次试于高丽本土，后两次试于元朝大都，登科元朝进士。他是东国有影响的汉学家、文学家、思想家，是高丽末期的"东方大儒"。然而，作为一代大儒，在"儒、释相非久"的时代氛围中，李穑却与佛门中人有着十分密切的联系或交游，"颇有佞佛之讥"。事实上，李穑并非一味亲佛，其对佛教，有所不取，亦有所不得不取。其所取者，浓缩为一个字，即是"善"。

一、"韩山伯李穑，吾东方大儒也"

李穑（1328—1396），字颖叔，号牧隐，忠清道韩州（今韩国忠清南道舒州郡）人。他是一个十足的"跨时代"的重要历史人物，生活于丽末鲜初、元末明初。据李穑门人权近《朝鲜牧隐先生李文靖公行状》记载，李穑生于"天历戊辰五月辛未"。"天历戊辰"乃元朝文宗天历元年（1328），时为高丽太宗（王焘）十五年，高丽太宗史称忠肃王。所记载李穑的去世时间为丙子夏五月初七。此"丙子"年为明朝太祖洪武二十九年（1396），时当李氏朝鲜太祖（李成桂）五年。

考察李穑的仕历可见，其在中国元朝、王氏高丽、李氏朝鲜，皆有职事。

以科举考试来看，李穑在高丽，在元朝，先后多次赴考，并且多次金榜题名。高丽忠惠王六年（1341），即元朝至正元年，李穑十四岁。这一年秋季，他参加高丽三司右使松堂先生金光载主持的成均试，考中诗科，两年后补别将。又十年后，即高丽恭愍王登基的第二年，恭愍王开科试士，李穑中乙科第一人，授肃雍府丞。同年的秋天，李穑参加元朝组织的地方科举考试，考取为元朝征东省（即高丽）乡试第一名。第二年，在元朝大都（今中国北京），李穑二月份会试上榜，三月份殿试中第二甲第二名，授应奉翰林文字承事郎，同知制诰兼国史院编修官。时为元朝至正十四年（1354），即恭愍王三年，李穑二十七岁。即是说，李穑五次科举应试，前三次试于高丽本土，后两次试于元朝大都，终于进士登科。

李穑进士及第后三年内，两次任职元都翰林，总时长大约一年。其后，在高丽本国，两次接受元廷对附属国人员的宣授官职。第一次是至正二十三年（1363），即高丽恭愍王十二年，元廷给李穑宣授奉训大夫征东行中书省儒学提举。第二次是至正二十八年（1368），即高丽恭愍王十七年，元廷给李穑宣授朝列大夫征东行中书省左右司郎中。

李穑进士及第并被元廷授职翰林的当年当月，便东归高丽，其后大约35年中所受任王氏高丽主要职事概括如下：授通直郎，典理正郎，艺文应教，知制教兼春秋馆编修官；迁奉常大夫典仪副令；升中散大夫吏部侍郎，翰林直学士，兼兵部郎中；除中大夫试国子祭酒；转正议大夫枢密院左副承宣，知礼部事；赐一等功臣；改正顺大夫密直司右代言，进贤馆提学；拜端诚辅理功臣奉翊大夫密直提学，宝文阁大提学，艺文馆大提学；提调诠选事；拜判开城府事，上护军兼成均大司成，提点书云观事；拜推忠保节同德赞化辅理功臣，壁上三韩三重大匡，门下侍中，判典理司事，领孝思馆书筵艺文春秋馆事，上护军，韩山府院君。

李穑人生历程可分三个阶段：进士及第前 26 年为进学科考阶段；高丽恭让王元年之前 35 年为仕途有为阶段；"国家革命"前后共约 8 年为被贬放

逐阶段。李穑自恭让王元年（1389）即明朝洪武二十二年十二月始，虽然被"封壁上三韩三重大匡，韩山府院君"以及"封特进辅国崇禄大夫韩山伯"，但往往既被贬出，又蒙宥召还，反复上演。从猫戏老鼠般的政治游戏不难发现，李穑以儒者之气节，心向王氏高丽，其对高丽、朝鲜易代之际夺权篡权的李成桂、李芳远父子，乃取不合作之态度。作为跨时代的政治家，他经历了元朝与高丽两个王朝的灭亡，他也见证了明朝与朝鲜两个王朝的兴起。但是，他忠于王氏高丽，却不仕李氏朝鲜；他怀念元蒙，而疏离明朝。

丽末鲜初，李穑是东方文坛著述成果丰硕的文学家，其有著作《牧隐稿》五十五卷，其中《牧隐诗稿》三十五卷，《牧隐文稿》二十卷。其门人权近赞叹座主李穑曰："吾东方牧隐先生，质粹而气清，学博而理明。所存妙契于至精，所养能配于至大。故其发而措诸文辞者，优游而有余，浑厚而无涯。其明昭乎日星，其变骤乎风雨。岿然而崒乎山岳，需然而浩乎江河。贲若草木之华，动若鸢鱼之活。富若万物，各得其自然之妙。与夫礼乐刑政之大，仁义道德之正，亦皆粹然会归于其极。苟非禀天地之精英，穷圣贤之蕴奥，骋欧、苏之轨辙，升韩、柳之室堂，曷能臻于此哉！自吾东方文学以来，未有盛于先生者也。"① 显而易见，李穑是东国文人中自崔致远以来颇有成就和影响的又一位重要的汉学家、文学家。

元末明初，李穑是东国传承与发展程朱理学的思想家。他二十一岁时入于元大都，"以朝官子补国子监生，在学三年，得受中国渊源之学，切磨涵濡，益大以进，尤邃于性理之书"②。学成回归故土后，不断地研究、讲授孔孟程朱，后起的儒学新秀郑梦周、权近、李詹、河仑等，都是他的门人。其弟子李詹所作《牧隐先生文集序》曰："韩山牧隐先生，生而颖悟，好学博闻。入中国，齿璧雍，所造益深，汪洋高大。捷高科，游翰苑。归仕本国，历官四十余年，位至侍中。冠冕斯文，凡国家辞命制教铭颂之文，必须

---

① 权近：《牧隐先生文集序》，《牧隐稿·序》，《韩国文集丛刊》第3辑，韩国景仁文化社1990年版。

② 权近：《朝鲜牧隐先生李文靖公行状》，《牧隐稿·行状》，《韩国文集丛刊》版。

公乃成。又以兴起斯文为己任，训进后学，孜孜无倦。陈说大义，辨析微言，使之涣然冰释。东方性理之学，繇是乃明。五知贡举，一时名士，皆出门下。"所以，对于孔孟程朱在东方的传播与发扬，李穑有承前启后之功，地位很高，影响很大。征之历史文献，可见评价极高："韩山伯李穑，吾东方大儒也。前朝恭愍王使之兼成均大司成，日讲经史，鼓舞作兴，人才辈出。性理之学，文章之盛，虽中国之士，未能或之先也。"（李氏朝鲜《太宗实录》卷五）

二、"方外之人，有欲从游者不拒，有求诗文者不靳"

李穑的方外之交，概括地讲，有三个方面的特点：一是时间早且长，二是释子多且杂，三是趣味广且雅。

从时间上来看，李穑与释氏最早的交往是在青少年时期："予之未冠也，喜游山中，与释氏狎。"①"未冠"是指二十岁之前，而准确的时间，他在另一篇文章中说得够清楚的了："予年十六、七，喜从诗僧游。"②

时间的"长"，可从两个方面来看。其一，李穑作为"东方大儒"，与佛教一辈子情结未解。自恭让王元年（1389）即明朝洪武二十二年李穑62岁始，一直到他去世，8年中，他反复被贬。这期间所写之诗分别编集为"咸昌吟"、"衿州吟"、"骊兴吟"，此间所写涉佛之诗在18首以上。据不完全统计，李穑毕生所著之《牧隐稿》中涉佛之文不少于61篇，涉佛之诗约在211首以上。其二，李穑与当时的一些僧人友谊久长。李穑在《幻庵记》中回忆说："予之未冠也，喜游山中，与释氏狎。……稍长，缝掖十八人，结契为好。今天台圆公、曹溪修公与焉。相得之深，相期之厚，复何言哉！及予官学燕京，修公亦入山，今三十年矣！间或相值，信宿则别。回思前日诗酒淋漓，何可复得？信乎其如梦矣，信乎其如幻矣！"缝掖，也可以写成

---

① 李穑：《幻庵记》，《牧隐文稿》卷四，《韩国文集丛刊》版。
② 李穑：《韩文敬公墓志铭并序》，《牧隐文稿》卷十五，《韩国文集丛刊》版。

"缝腋"，古儒者之所服，大袖单衣，这里指儒者。结契，意为订立契约。儒者十八人之外，释氏"天台圆公、曹溪修公与焉"，儒者、释氏，"结契为好"。"官学燕京"，是说他来到元蒙大都，以朝官子补国子监生，时年二十一岁。"稍长"，依叙述顺序在"予之未冠也"之后、"官学燕京"之前，时当"弱冠"之年。曰"今三十年矣"，乃言与曹溪修公的交往，由青少年而持续到晚年。"信宿"，连住两夜。偶有相逢，对床夜话，往往两三天后，才依依惜别，可见"相得之深，相期之厚"。

考察李穑二百多首涉佛诗篇，便知其方外交游的对象既多且杂。这里仅仅将其诗歌文章中所提及部分僧众名号摘出，胪列数行，即可见一斑。

高丽普济王师、幻庵国师；

懒翁、懒残子、懒残、幻庵、慈恩佑世君、伦绝碉、绝碉、圆天台、龙头、青谷、竹庵；

慈恩都僧统佑世君；

法泉僧统、竹谷僧统、法住寺僧统、惠生僧统、真观僧统、道生僧统、一僧统；

华严宗大选敬如、曹溪大选自休、真观大选、龙头大选、天水大选、惠具大选、珠大选；

幻庵方丈、寿安方丈、妙觉寺高井方丈；

通州资福寺住持南可泉、龙头住持生公、灵岩寺堂头、兴法堂头、华严堂头、冠岳山禅觉庵澈首座、慈恩都堂、华严都室；

幻庵公、绝碉伦公、天台圆公、严光圆公、判曹溪事竹庵轸公、广明斋公、龙头敦公、龙头生公；

青谷上人、暹上人、修上人、珠上人、允上人、胜上人、克一上人、一上人、松广夫目和尚、松广和尚；

总持都大禅师、菩提大禅师、竹碉禅师、东庵禅师、寒松禅师、内院监主龟谷大禅师、蕊院龟谷大禅师、亿政禅轸大禅师、阳山大禅师、定慧瑚大禅师、严光圆大禅师、严光圆禅师、开天昙禅师、判事大禅师、夫目大禅师、上院禅师、待丰禅师、两街禅师、观禅师、龙头大师、法泉大师、青谷师、玗师；

冠岳新房庵主、慈恩宗师法泉长老、铁舡长老、两街禅老；

释赞明、释敬田、释志先、金刚山释、金沙释、真观僧、冠岳僧、普德窟僧、山僧、乞食僧、狂僧①、病僧、僧②；

珠禅者、安禅者、锋禅者、幻庵门人、懒翁弟子、僧（《同来僧渡溪坠马失只履，戏作》）、僧（《有僧欲于野渡置舟渡人者，予且喜且悲，因作一绝》）；

日本释弘慧、日本释③、惟一上人④。

按，李穑《哭内院监主龟谷大禅师》曰："龟谷衣冠胄，去为临济孙。貌清心自寂，言简道弥尊。莲社风吹座，松山月满园。无从见只履，老泪洒秋原。"据此可知，"渡溪坠马失只履"之僧应为龟谷，即上面提到的内院监主龟谷大禅师、蕊院龟谷大禅师。

以上胪列名号中，有不少称呼是同指一个人。例如，幻庵国师，李穑诗文中的幻庵国师、幻庵方丈、幻庵公、幻庵，都是指的同一个人。高丽普济王师，即懒残子，亦"王者之师"⑤，俗姓牙氏，初名元惠，又名惠勤，号懒翁，谥禅觉，李穑诗文中的高丽普济王师、普济尊者、天台判事懒残子、懒残、懒翁，也都是指同一个人。绝磵伦公、伦绝磵、绝磵，也是这样。

从李穑方外交游的趣味指向来看，我们不妨以"广且雅"予以概括。如前所述之不完全统计，李穑涉佛诗文至少有 272 首（篇），但这仅仅是就

---

① 李穑《咏狂僧》曰："尽日独行山影里，有时危坐市声中。永兴深谷曾相见，何处如今走似风。"见《牧隐诗稿》卷十九，《韩国文集丛刊》版。

② 李穑《哭僧》题注："名神运。"诗曰："派出曹溪振祖风，飘然瓶锡任西东。生从二帝三王后，死向千山万水中。云影迢迢终变灭，钟声隐隐在空蒙。白莲结社惭无分，欲制哀诗却不工。"见《牧隐诗稿》卷六。

③ 李穑《送日本释，因有所感》曰："扶桑出日西飞疾，慧老归来定几时。"此日本释，当指日本释弘慧。诗见《牧隐诗稿》卷十二。

④ 李穑《万峰为惟一上人题》题注："日本人也，时奉使其国。"见《牧隐诗稿》卷六。

⑤ 李穑：《普济尊者谥禅觉塔铭并序》，《牧隐文稿》卷十四。

题面或文面的考察，如果深入研读体味并进一步估算的话，李穑涉佛诗文总数当在300首（篇）以上，而其中大部分的篇幅属于记游感兴、赠答唱酬之作。其记游感兴、赠答唱酬的内容反映了这样一些趣味指向。

其一，佛寺游赏。关于这一点，以李穑之诗为证。《新寓崇德寺》曰："千车万马九街头，咫尺祇林境自幽。枸杞映阶红欲滴，蒲萄满架翠如流。"《夏日，游城南永宁寺》云："轻阴翳白日，暑气收蓬壶。悠然动佳兴，乃向城南隅。招提可人意，况有贤浮屠。"《夏日，与诸公游金钟寺》（其二）曰："已爱金钟楼，更爱金钟树。帘枕悬虚空，朝夕生烟雾。仰看赤日避，俯见飞云度。况闻幽涧泉，悠然发奇趣。"《记旧游僧舍》云："读书余隙好经过，山寺高游一半多。便面风生僧语软，屛颜春动鸟声和。"便面，指团扇、折扇之类。屛颜，指高峻的山岭。上引诗篇诗句，反复印证了李穑"喜游山中，与释氏狎"①的事实。

其二，酒茶品茗。关于这一点，同样以李穑之诗与文为证。《韩文敬公墓志铭并序》曰："予年十六七，喜从诗僧游。至妙莲寺，儒释杂坐，啜茶联句。"《榆关小憩，寒松禅师沽酒》云："寒风吹雪满榆关，冰结疏髯马不前。赖有吾师三昧手，破囊擎出醉乡天。"《谒华严都室，归途一首》曰："满面风沙不可当，老翁驱马似奔忙。谁知尚有闲中味，啜茗僧窗五内香。"《进贺懒残子新封福利君，醉饱而归》云："懒残真懒者，吟咏似吾儒。祷圣心无二，封君德不孤。香醪清似水，蜜粥软于酥。我辈岂牢落，春风吹座隅。"以上四首诗，两言啜茶、茗茶，两言沽酒、醉酒。这一题材的作品很多，不胜枚举。记写遥赠书茶、携酒共醉的诗文更多，例如《得同甲开天昙禅师书茶》："开天渺渺在天涯，南望年来两鬓华。自讶梦耶非是梦，数行书札一封茶。"再如《寄呈幻庵》："舟中新作小茅亭，坐对云山四面青。倘得幻翁飞锡过，百年沈醉一时醒。"

其三，诗文交流。且看以下一些李穑诗篇诗句。《答铁舡长老》："绮语

①　李穑：《幻庵记》，《牧隐文稿》卷四。

尚未免，强作哦诗癯。篇篇带豪逸，迥与郊岛殊。奇字问杨雄，秘书传瓠芦。狂生乏诗料，竞病安敢逋。高谈发佳兴，往往忘归途。"诗为古体五言十三韵，此为后十句。诗癯，意为清瘦的诗人。竞病，是一个典故，指写诗押险韵。显然，李穑与铁船和尚探讨的是诗歌艺术与风格。《真观僧来言孟眹能联七言句，喜而有作》："真观古寺焕重新，松树苍苍拥法茵。已喜小童初入学，更联长句动如神。帘栊日转频挥笔，院落天晴或脱巾。莫把寸阴轻自掷，古来勤苦可成人。"长句，兼指七言古诗、七言律诗。幼童寄读寺院乃传统，听到真观僧带来的信息，李穑以这首七律表达了对长孙孟眹的赞美与期望。《真观大选来问唐诗语义》："真观释子问唐诗，乍雨乍晴山日移。风入草堂清到骨，差夫深坐下书帷。"山日移，深坐，下书帷，都说明李穑与真观大选研讨唐诗语义的时间很长，且进入了忘我的境地。《懒残子携崔拙翁选东人诗，质问所疑，穑喜其志学也不衰，吟成一首》："教海禅林万卷书，旁通李杜与韩苏。……浮屠善幻真闲暇，每把遗编顾草庐。"懒残子乃诗僧，李穑称赞说："懒翁文字，信手未尝立草，吐出实理。粲然写出，韵语琅然。"① 又说："予年十六七，群缝掖游，联句饮酒。今天台判事懒残子爱吾辈，招之同吟哦，日不足则继以夜。"② 李穑与懒翁，一儒一释，长交游，多唱和，切磋诗文是他们共同的爱好。

李穑的方外之交，很有特点，当然，也引来一些评议。李詹说："且（李穑）累年移疾闲居，容接宾客，虽异端者至，亦不麾之。士大夫墓隧碑碣，燕游饯行，以至浮屠方外之作，有求辄应。"③ 河仑也说："方外之人，有欲从游者不拒，有求诗文者不靳。"④ 麾，同"挥"。靳，吝惜。异端者，即指方外之人，即指浮屠。"有欲从游者不拒，有求诗文者不靳"，即"有求辄应"、"亦不麾之"的意思。需要注意的是，李詹、河仑，都是李穑的

---

① 李穑：《书懒翁三歌》，《牧隐文稿》卷十三。
② 李穑：《赠休上人序》，《牧隐文稿》卷八。
③ 李詹：《牧隐先生文集序》，《牧隐稿·序》。
④ 河仑：《有明朝鲜国元宣授朝列大夫征东行中书省左右司郎中、本国特进辅国崇禄大夫韩山伯、谥文靖公李公神道碑并序》，《牧隐稿·神道碑》。

门人，而他们对李穑颇有微词，说明了当时社会对李穑之亲佛，总体上是持反对的态度的。由此亦可见，李穑所谓的"儒释相非久"，在当时是实实在在的社会现象，而"谁知我独亲"① 这一感叹，显然流露了自我所承载的无形却巨大的社会压力。

三、"余是以不拒释氏甚，或与之相好，盖有所取焉耳"

关于李穑之亲佛，李穑另一重要弟子权近的叙说更值得注意："甲寅秋，恭愍王薨。公自辽阳之逝，哀毁成疾，中恶呕泄，闻王薨愈笃，杜门卧者七八年。间奉旨铭指空、懒翁二和尚浮屠，其徒因多往来于门。凡求诗文，扣者辄应，颇有佞佛之讥。公闻之曰：'彼谓追福君亲，予不敢拒也。'"②

恭愍王是高丽末期的一位有为君主，是李穑始终效力效忠的高丽王。辽阳即辽阳县君、咸昌郡夫人金氏，是李穑的母亲。指空、懒翁是两位高僧，懒翁是高丽普济王师，指空是懒翁之师，换言之，指空乃王师之师。

李穑去世后，李穑的门人李詹、河仑、权近都对李穑之亲佛颇有微词。而从权近的叙说来看，对于李穑之亲佛，时人在李穑在世时就"颇有佞佛之讥"，并且李穑还有辩解之词。

那么，对于佛教，对于释氏，李穑到底有怎样的认识呢？概括起来看，有以下几个方面的思想倾向。

其一，"平生不识释迦文，只爱高僧远世纷"③。

关于佛教，李穑似乎受到禅宗悟修方式的影响要多一些。说自己平生不识释迦文，这可能是事实，但他确实是领会到了禅宗的神髓，这应该是毫无疑问的。注意一下李穑的《寄莲花禅师夫牧》："直指人心不用文，藏经题目尽纷纷。小窗出定无余事，坐对长空万里云。"这是一首七绝，但其旨趣

① 李穑：《送惠生僧统住严川》，《牧隐诗稿》卷三十三。
② 权近：《朝鲜牧隐先生李文靖公行状》，《牧隐稿·行状》。
③ 李穑：《送观禅师归清凉》，《牧隐诗稿》卷四。

正是"直指人心，见性成佛，不立文字，教外别传"的禅悟主张。因此，修身养性的关键，不在外表，不在唱经念佛，李穑指出，"素肉本非关道，且须净扫尘心"①，净化心灵才是根本。佛教为何能赢得世人的尊重，李穑思考过这样的问题："浮屠氏重于世久矣，徒以因果罪福焉者，未也。高虚玄默，独立乎万物之表，则虽吾儒高尚者，亦莫能少之。"② 他认为，对于"远世纷"，即"独立乎万物之表"的"高僧"，即使是"吾儒高尚者"，也不能小看，正确的态度只应该是敬之，"爱"之。

其二，"从来俗谛皆真谛，最是僧风有士风"③。

俗谛，真谛，两者相对，即所谓"二谛"。俗谛又称"世谛"、"世俗谛"，是佛教依照事物之现象所阐发的浅显的道理。真谛是指最真实的道理。那么，李穑是怎样将俗谛、真谛画上等号的，僧风、士风又同在哪里了呢？他在《雪山记》中的一段话很值得玩味："《语》曰：'绘事后素。'素，质之无文者也，能受五采。故譬之性，湛然不动，纯一无杂，而为五常之全体者也。性吾所当养，儒与释共无少异焉。"《论语·八佾》中说："子曰：'绘事后素。'"朱熹集注："绘事，绘画之事也。后素，后于素也。"《考工记》曰："'绘画之事后素功。'谓先以粉地为质，而后施五采，犹人有美质，然后可加文饰。"五常，谓仁义礼智信。绘事后素，这是谈论绘画现象与程式，打了个比方，此为"俗谛"。素，譬之性。性，"湛然不动，纯一无杂"，犹赤子之心，即无垢之心。无论儒与释，修心养性是前提，是根本，这是儒家与释教的共同追求，并无差别。李穑引用儒家圣人之语，打了个比方，"俗谛"背后的意义正是"真谛"。基于这样的思维与认识，李穑努力寻找僧风、士风中可贵的共同之处。他赞美无能居士"事君尽其心，事佛尽其道"，正是因为这位居士坚守了"凡人之所以为人，忠与义耳"④

---

① 李穑：《七夕，主人大禅师设食，老夫酣卧，吟得小绝，明日录呈》，《牧隐诗稿》卷三十五。
② 李穑：《赐龟谷书画赞》，《牧隐文稿》卷十二。
③ 李穑：《送真观僧统之关东》，《牧隐诗稿》卷十二。
④ 李穑：《无能居士赞并序》，《牧隐文稿》卷十二。

的信条。他与惠生僧统相交往，也正是因为这位僧人"迹虽为佛子，心不废人伦，岁月萱堂静，云山绀宇新，讲余时定省，风俗想还淳"①。他与华严宗大选敬如研讨苏轼诗，"喜其知慕斯文，赋诗以赠"，正是因为他看到了"坡诗多藏教，萧寺半儒风"②。苏轼往往以禅入诗。萧寺，即佛寺。

其三，"天上佳期牛女，人间高会释儒"。

这是一首六言绝句中的前两句，题为《七夕，主人大禅师设食，老夫酣卧，吟得小绝，明日录呈》，后两句说："离合古来难事，献酬要尽欢娱。"人间释儒，佳期高会，诗酒欢娱，及时行乐，诗歌之主题，极其鲜明。他在一首五绝《寄灵岩寺堂头》中说："白足欹风久，苍头托荫深。爱人儒释共，何日更论心。"白足，即白足和尚。此用典故，意谓高僧，这里指灵岩寺堂头。堂头，即僧寺住持。苍头，即奴仆，此自谦之语。离合古来难事，李穑真的已经痴迷于释儒高会、谈佛论道了。"千里求文敢自外，诸方仰风无少间。古来儒释共游戏，四海弥天诚可攀。"③ 儒释一家，游戏共欢，求诗化文，概莫见外。并且，他倡议、号召："北秀南能非异族，东崖西麓岂他家。儒门信道难乖矣，僧篆扬威亦是邪。但愿从今撤屏障，往来烧栗或烹茶。"④ 儒释相非久，谁知我独亲，看来李穑不只是希望撤除儒释种种门派的屏障，他似乎已经受到了佛教所谓"怨亲平等"、"等无差别"思想的深刻影响了。

其四，"释氏近于独善，其风犹足以激衰世，吾不得不取之"⑤。

由上文讨论可见，时人及后人讥评李穑亲佛、佞佛，是有根有据的。不过，需要注意的是，对于佛教，李穑是有所取，亦有所不取的。

其所不取者数端，约略关涉乎佛、法、僧"三宝"。涉佛者如曰："凡

---

① 李穑：《送惠生僧统住严川》，《牧隐诗稿》卷三十三。

② 李穑：《华严宗大选敬如在妙觉寺，携东坡诗从天台圆公受其说，因其来访，讯之如此，喜其知慕斯文，赋诗以赠》，《牧隐诗稿》卷十三。

③ 李穑：《前内愿堂云龟谷在白莲社，与普门社主，将重营黄岳山直指寺，书报老人，求缘化文》，《牧隐诗稿》卷二十一。

④ 李穑：《寄总持都大禅师》，《牧隐诗稿》卷三十一。

⑤ 李穑：《觉庵记》，《牧隐文稿》卷六。

为屋二百六十二间。凡佛躬十五尺者七，观音十尺，觉田所化也。宏壮美丽，甲于东国。游览江湖行遍者皆曰：'虽中国，未之多见。'非夸言也。予素不乐释氏，然玄陵尝师师，故敬慕之不敢置。"① 这里的"宏壮美丽，甲于东国"，"虽中国，未之多见"等数语，显然意在批评释氏造殿塑像过于奢华。涉法者如曰："予素不乐释氏之教。闻千函万轴之说，初怪其多也。及闻其目，则曰经、曰律、曰论。而经诠佛语、菩萨语，律以著其仪，论以演其义，非尽出于牟尼之金口也。至于羽翼其道，言稍近理者，辄推入之。宜其千函万轴之多也！"② 经、律、论，此乃佛教"三藏"。上引数语中"怪""稍""辄""宜其"等用词，显示了李穑"素不乐释氏之教"的又一个原因是，讨厌佛藏的言碎理繁。涉僧者如曰："如或槁木其形，寒灰其心，而滞于寂，则与吾儒之群鸟兽者何异？吾儒之绝物也，释氏之罪人也。吾与寂庵，当善自图，不流入于一偏可也。"③ 绝物，意思是断绝人事交往。对于"槁木其形，寒灰其心，而滞于寂"的苦行僧修习方式，李穑并不认可，所以他提示寂庵不要"流入于一偏"。

对于佛教，其所不取，与其所取，李穑在其《觉庵记》中说得极为分明："惟其毁冠裂冕、去父子、群禽兽为异耳。吾儒者或呲之，不为过矣。然世教不古，人伦之败，取笑于释氏者不小。则释氏近于独善，其风犹足以激衰世，吾不得不取之。"作为儒者，李穑批评释氏之"绝物"，欣赏释氏之"独善"。而对于"独善"的肯定，李穑在其《麟角寺无无堂记》中有进一步的发挥与强调："释氏，域外之教也，而轶域中之教而独尊焉，何也？域中之人为之也。其祸福因果之说，既有以动人之心，而趋释氏者，率皆恶常厌俗、不乐就名教绳墨豪杰之才也。释氏之得人才如此，无怪其道之见尊于世也。余是以不拒释氏甚，或兴之相好，盖有所取焉耳。"李穑所说的"祸福因果之说"，即佛教的因果报应之说。《涅槃经》曰："善男子，知

① 李穑：《天宝山桧岩寺修造记》，《牧隐文稿》卷二。
② 李穑：《砥平县弥智山龙门寺大藏殿记》，《牧隐文稿》卷四。
③ 李穑：《寂庵记》，《牧隐文稿》卷六。

善因生善果，恶因生恶果，远离恶因。"此正所谓种善得善，种恶得恶也。李穑共有三个儿子，分别取名为种德、种学、种善，作为东国高丽之一代大儒、理学家、亲佛者，如此名其子，可谓深有取意矣。佛教因果之说的核心，在于教导人们向善，李穑认为，"释氏近于独善"，"趋释氏者，率皆恶常厌俗、不乐就名教绳墨豪杰之才也"。那么，问曰：李穑亲佛、佞佛，"是以不拒释氏甚，或兴之相好"，"盖有所取焉"者何，"不得不取之"者何？答曰：一个字，"善"。

附记：

在关于李穑专题研究的过程中，韩国国立庆北大学校岭南文化研究院院长郑羽洛教授一直提供极其重要的帮助，特此致谢。

（原载《兰州学刊》2015 年第 11 期）

观照讽刺艺术，索解西游主题

《西游记》是一部讽刺性很强的长篇小说，从讽刺手法上来看，可谓千变万化，多种多样，充分展示了作者吴承恩杰出的文学才华。可以毫不夸张地说，失去了高超而令人拍案叫绝的讽刺艺术，《西游记》将失去其引人入胜的神奇魅力。

鲁迅在《且介亭杂文二集·什么是"讽刺"?》一文中指出："一个作者，用了精练的，或者简直有些夸张的笔墨——但自然也必须是艺术地——写出或一群人的或一面的真实来，这被写的一群人，就称这作品为'讽刺'。"阅读欣赏了《西游记》后，我们会强烈地感到，吴承恩不仅富于讽刺色彩地写了"或一群人的或一面的真实来"，而且其讽刺的手法技巧亦如魔术师手中的魔棒般幻化无定，层出不穷。若进行仔细的分析研究，《西游记》的讽刺艺术可具体绎和归纳为如下诸端：

第一，白描勾勒，漫画传神。

白描、漫画，本都属于绘画艺术，移用于文学艺术，则要求文字简练单纯，不加渲染与烘托，而着重抓取人物的某种典型的外在表现或特征，予以定格、放大，从而显现人物的心态和个性。这种写作风格往往能够造成独到的揶揄或讽刺的效果。这种手法，在《西游记》中有很多精彩而绝妙的运用。比如对猪八戒这一形象的描写，作者常常通过白描、漫画来暴露其自身

的某些不良习性。八戒原是天蓬元帅，因为带酒调戏嫦娥被贬为畜类，投胎
猪身。他的特点是朴质而常打个人"小九九"，能干但偷懒，天真却好色。
高老庄的故事，可谓老幼皆知，而"四圣试禅心"的情节中八戒的"扭
捏"，依然流露着他的"本色"。师徒一行四众取经之路上到得西牛贺洲之
地，他们欲借宿之处正乃一"寡妇之门"，户主开言主动："小妇娘女四人，
意欲坐山招夫，四位恰好。不知尊意肯否如何。"三藏"寂然不答"。妇人
又介绍田产家财、娘女美才，三藏"默默无言"，但"那八戒闻得这般富
贵，这般美色，他却心痒难挠；坐在那椅子上，一似针戳屁股，左扭右扭
的，忍耐不住。走上前，扯了师父一把道：'师父！这娘子告诵你话，你怎
么佯佯不睬？好道也做个理会是。'那师父猛抬头，咄的一声，喝退了八戒
道：'你这个孽畜！我们是个出家人，岂以富贵动心，美色留意，成得个甚
么道理！'"妇人怒对三藏道："这泼和尚无礼！……你就是受了戒，发了愿，
永不还俗，好道你手下人，我家也招得一个。你怎么这般执法！"三藏见妇
人发火，只好说道："悟空，你在这里罢。"行者道："我从小儿不晓得干那
般事，教八戒在这里罢。"八戒道："哥啊，不要栽人。——大家从长计
较。"妇人见三藏、悟空、沙僧"推辞不肯，急抽身转进屏风，扑的把腰门
关上。"八戒则"心中焦燥，埋怨唐僧道：'师父忒不会干事，把话通说杀
了。'"以下接着写师兄弟仨的对话：

> 悟净道："二哥，你在他家做个女婿罢。"八戒道："兄弟，不要栽
> 人。——从长计较。"行者道："计较甚的？你要肯，便就教师父与那
> 妇人做个亲家，你就做个倒踏门的女婿。他家这等有财有宝，一定倒陪
> 妆奁，整治个会亲的筵席。我们也落些受用。你在此间还俗，却不是两
> 全其美？"八戒道："话便也是这等说，却只是我脱俗又还俗，停妻再
> 娶妻了。"

这段情节的推进真可谓有张有弛，引人入胜。但假设这一段中少了八戒

这个角色,定会索然无味。你想那八戒"针戳屁股"的姿态,"焦燥"、"埋怨"的心情,"从长计较"的努力,以及所谓"脱俗又还俗,停妻再娶妻"的"犹豫"式的认定与同意,确实活画出了他"富贵动心,美色留意"的心态。作者如此白描漫画的笔法,着墨不多却生动传神,这对八戒固有的某些弱点确实是诙谐的揶揄、绝妙的讽刺。

第二,矛盾对比,形成反差。

《西游记》作者特别善于通过人物自身表里的对照描写来塑造形象,同时借此流露他的褒贬与爱憎。

在取经队伍一行四众中,唐僧的形貌简直美不胜言,美名在外,但他的内心世界却与"美"字不见得完全相称。他动辄怪罪徒弟们懒惰不勤,说将他扔下不管,有时甚至因为饥渴而念起"紧箍咒"惩罚"泼猴"。狭隘自私、贪生怕死甚至令他在吃人的妖魔面前,不惜将他取经途中的得力保护人孙行者彻底地招供出卖(第九十一回)。唐僧很有一些"神僧"、"高僧"的桂冠美名,但他为了能够制伏行者,竟遵照圣洁和美丽无比的观音的神示,玩弄骗术,给"泼猴"勒上了一道要命的"紧箍儿":

> 这行者,须臾间看见唐僧在路旁闷坐。……行者道:"师父,你若饿了,我便去与你化些斋吃。"三藏道:"不用化斋。我那包袱里,还有些干粮,是刘太保母亲送的,你去拿钵盂寻些水来,等我吃些儿走路罢。"
>
> 行者去解开包袱,在那包裹中间见有几个粗面烧饼,拿出来递与师父。又见那光艳艳的一领绵布直裰,一顶嵌金花帽,行者道:"这衣帽是东土带来的?"三藏就顺口儿答应道:"是我小时穿戴的。这帽子若戴了,不用教经,就会念经;这衣服若穿了,不用演礼,就会行礼。"行者道:"好师父,把与我穿戴了罢。"三藏道:"只怕长短不一,你若穿得,就穿了罢。"行者遂脱下旧白布直裰,将绵布直裰穿上,也就是比量着身体裁的一般,把帽儿戴上。三藏见他戴上帽子,就不吃干粮,

却默默地念那《紧箍咒》一遍。行者叫道："头痛！头痛！"那师父不住的又念了几遍，把个行者痛得打滚，抓破了嵌金的花帽。三藏又恐怕扯断金箍，住了口不念。不念时，他就不痛了。伸手去头上摸摸，似一条金线儿模样，紧紧的勒在上面，取不下，揪不断，已此生了根了。他就耳里取出针儿来，插入箍里，往外乱揪。三藏又恐怕他揪断了，口中又念起来，他依旧生痛，痛得竖蜻蜓，翻筋斗，耳红面赤，眼胀身麻。那师父见他这等，又不忍不舍，复住了口，他的头又不痛了。行者道："我这头，原来是师父咒我的。"三藏道："我念得是《紧箍经》，何曾咒你？"行者道："你再念念我看。"三藏真个又念，行者真个又痛，只教："莫念！莫念！念动我就痛了！这是怎么说？"三藏道："你今番可听我教诲了？"行者道："听教了！"——"你再可无礼了？"行者道："不敢了！"（第十四回）

从这段描写中，我们看到唐僧很有心计并且很从容地设下陷阱，骗行者中了他的圈套。他的心计和举措，与他的貌美和面善，反差很大，确实令人难以将其联系在一起。孙悟空一生的悲剧有两个：一是被压于五行山下五百年，当初也正是因为如来提出与他"打个赌赛"（第七回）才不幸上了大当；二是被勒上了"紧箍"，身不由己，失去了自由。如来是至高之佛，是那么神圣，然而他却有小市民"打赌"的手段；女菩萨观音，大慈大悲救苦救难，但她竟也干跑江湖的买卖，以善意般的训教把行者从遥远的天际"诱导"到了唐僧设下的陷阱。如来、观音、唐僧，分别策划（第八回）、授意、实施（第十四回）了"紧箍儿"计划。美善的外表包裹了险恶的用心，迷惑了"美猴王"，这是"泼猴"万万料想不到的。在这些情节的描述中，作者有意将佛祖如来、女菩萨观音、高僧唐三藏的不凡身分与其庸俗行为形成矛盾和反差，让读者透过他们神圣、庄严、崇高的一面，看到他们卑劣、鄙陋、渺小的一面。从审美创造与接受角度看，这种由人物性格自身的不协调感所形成的矛盾对比式讽刺，对艺术形象的塑造是极具刻画力度的。

第三，夸张渲染，淋漓尽致。

在《西游记》中，作者很善于以夸张的描写来取得一种淋漓尽致的讽刺效果。例如第七十四回写太白星化为一个老者给唐僧一行报信说："西进的长老，且暂住骅骝，紧兜玉勒。这山上有一伙妖魔，吃尽了阎浮世上人，不可前进！"唐僧闻言，"大惊失色"，"扑的跌下马来，挣挫不动，睡在草里哼哩"。他让悟空追上太白星，打听是否另有路径，是否能绕过去。当悟空告知无法绕过去时，唐僧又"止不住眼中流泪道：'徒弟，似此艰难，怎生拜佛！'行者道：'莫哭！莫哭！一哭便脓包行了！'"从小说对唐僧艺术形象的刻画来看，作者没有被历史束缚住手脚。历史上的陈玄奘去天竺（印度）取经，不仅行程几万里，历时 17 年，饱尝苦辛，而且是孤身西行，深入绝域，表现了非凡的意志和勇气。但是作者笔下的唐三藏却是一个怕苦畏难、贪生怕死的角色，一见有风吹草动，一听有妖怪当道，一旦间落入魔掌，他要么"流泪"，要么"呜咽"，要么"哭救"，九九八十一难中，这唐三藏真不知流了多少泪，哭了多少回！作者正是抓住他外俊中空、性格软弱的典型特征，通过反复的渲染和夸张，以传达对他的嘲讽之意，从而十分生动逼真地塑造了这么一个"脓包行"的"高僧"形象。

第四，点到为止，一针见血。

自《西游记》问世之后，关于作品的主题，有相当一部分的研究者持"宗教"说，认为吴承恩的创作动机是在极力宣扬所谓的"佛法无边"的思想。诚然，孙悟空一个筋斗十万八千里却未能翻出如来的掌心，这在小说的情节中无人不知，但我们还得记住第五十五回当中的一段情节：

> 三人正然难处，只见一个老妈妈儿，左手提着一个青竹篮儿，自南山路上挑菜而来。沙僧道："大哥，那妈妈来得近了，等我问他个信儿，看这个是甚妖精，是甚兵器，这般伤人。"行者道："你且住，等老孙问他去来。"行者急睁睛看，只见头直上有祥云盖顶，左右有香雾笼身。行者认得，即叫："兄弟们，还不来叩头！那妈妈是菩萨来也。"

慌得猪八戒忍疼下拜，沙和尚牵马躬身，孙大圣合掌跪下，叫声"南无大慈大悲救苦救难灵感观世音菩萨。"

那菩萨见他们认得元光，即踏祥云，起在半空，现了真象。原来是鱼篮之象。行者赶到空中，拜告道："菩萨，恕弟子失迎之罪！我等努力救师，不知菩萨下降；今遇魔难难收，万望菩萨搭救搭救！"菩萨道："这妖精十分利害。他那三股叉是生成的两只钳脚。扎人痛者，是尾上一个钩子，唤做'倒马毒'。本身是个蝎子精。他前者在雷音寺听佛谈经，如来见了，不合用手推他一把，他就转过钩子，把如来左手拇指上扎了一下。如来也疼难禁，即着金刚拿他。他却在这里。若要救得唐僧，除是别告一位方好。我也是近他不得。"行者再拜道："望菩萨指示指示，别告那位去好，弟子即去请他也。"菩萨道："你去东天门里光明宫告求昴日星官，方能降伏。"言罢，遂化作一道金光，径回南海。

如来因为什么与"蝎子精"有矛盾、闹别扭，不得而知，但他吃过"蝎子精"之"倒马毒"的苦头，这是谁也否定不了的事实，并且他吃了苦还出不了这口气。大慈大悲救苦救难的观世音"也是近他不得"，无法"搭救"唐僧。佛祖、佛菩萨都奈何不了一个小小的蝎子！唐僧的"救星"只能是"昴日星官"——一只大公鸡！佛法无边吗？可笑！吴承恩以极其经济的笔墨对所谓的"佛法无边"进行了极其有力的讽刺。

第五，庄中寓谐，举重若轻。

在古代中国人的传统思想中，神权、王权思想根深蒂固，不可动摇。然而在吴承恩笔下，这种神圣地位已经受到了冲击，作者讽刺、批判的矛头不时指向那些神圣不可侵犯的最高统治者。当然，统一于《西游记》艺术风格上浪漫、诙谐、含蓄的旋律节奏，作者的讽刺、批判并不过多采用暴风骤雨或锋芒毕露的方式，像"皇帝轮流做，明年到我家"那样的惊人语其实很少，况且那是"美猴王""归正"之前的豪言壮语，对于旧观念、旧时代、旧制度，《西游记》多少带有了教化的色彩和改良的思想。但是，对于某些历来为人们所崇拜的至尊偶像，吴承恩是不放过任何可予批判的可能的，只是在这样的时候，作者倾向于选用"冷嘲"而不是"热讽"，即往往以冷峻的语言作客观的叙述，很少直接发表议论、说长道短。这两种讽刺之手法，虽然有"冷"、"热"之别，但在揭露、抨击上同样有力度，而"冷嘲"有时甚至入木三分，更耐人深思。例如第十一回写唐太宗魂游地府时，先兄建成、故弟元吉缠住他不放，"揪打索命"，一群"枉死的冤业""上前拦住，都叫道：'还我命来！还我命来！'"那阴司崔判官竟也徇情枉法，私添唐太宗阳寿20年；第六十九回写朱紫国国王只要老婆不要江山而跪倒在和尚的脚下；第八十七回写玉帝因为凤仙郡郡侯夫妻吵架时将"斋天素供，推倒喂狗"，一怒之下置凤仙生灵于不顾，三年不降雨水，饿死百姓无数；那佛祖如来也未必是个"东西"，他发起和组织"取经万里行"，配上"金紧禁"三箍，硬凑"九九八十一难"，借用悟空的牢骚怨言来概括，实在是在"捉弄人"。而更令人吃惊的是，阿难、伽叶二尊者对取经人索要"人事"，不肯"白手传经"，"人事"未备，他们竟厚着脸皮索要了取经人"沿路化斋"的那只紫金钵盂饭碗，如来的辩解亦强调佛经不能"忒卖贱了"，否则"教后代儿孙没钱使用"（第九十八回）。想不到，如来以传经之名行聚财之实。佛教徒们必须沐浴斋戒之后才能诵读的"圣经"，其实早已被铜锈、铜臭给污染了！

《西游记》中类似的情节、细节描写往往多有所在，作者虽然不动声色，不带尖刻的评判，不加褒贬，但其戏谑、嘲弄的味道反显得更为浓烈，作者对所谓至尊偶像的否定和批判的力量反显得愈加深刻有力。这是一种庄中寓谐的讽刺之法，吴承恩有如大匠运斤，运用得自然娴熟，给人以举重若轻之感。

当我们从不同层面反复观照文本的讽刺艺术的同时，我们不禁要反思学界关于《西游记》主题的讨论。长期以来，围绕"西游主题之争"，迭出众家之说。清代论者，"或云劝学，或云谈禅，或云讲道，皆阐明理法，文词甚繁"①，而近代迄今，既有"政治"说，又有"宗教"说，还有"游戏"说，等等。认真推敲起来看，持"政治"说者，只见石猴"闹天宫"，不顾悟空又"归正"，以偏概全，难免矛盾。持"宗教"说者，津津于"佛法无边"，但如何解释观音的不凡与庸俗（又例如要悟空以脑后救命毫毛作为借她净瓶的抵押）、二尊的传经又勒索以及如来的恨恨于"倒马毒"之苦呢？而言"游戏"者，似乎太拘泥于神魔神话之形式外壳，倘注意一下作者的讽刺手法，自然会体会到作品的主题并非肤浅。

那么文本的主题究竟是什么呢？

读了《西游记》的人必须思索这么一个问题，美猴王大闹天宫为什么以失败告终？这个问题似乎很难回答，不少人于是选择回避。其实这个问题不难解释。试想，以个人一己之力量（不管有着如何的神通）去对付社会群体的罗网，虽有胜利毕竟是暂时的，悲剧的命运则可想而知。作者让读者不无痛苦地承认孙悟空的悲剧，显然没有违背生活的真实、时代的真实和历史的真实。《西游记》作为神魔小说，其最为精彩的艺术手法是浪漫主义。浪漫主义离不开想象、幻想和夸张，但有一条原则，必须"夸而有节，饰而不诬"②，否则便会离奇、荒诞、令人不可信，从而失去艺术的真实。陶渊明的《桃花源记》注意到了这个艺术创作原则，他所描写的幸福和自由尽管那么令人向往，但在那样的历史时代只能是一个"乌托邦"。所以读者遗憾地看到了文末的那一带着作者自己遗憾的妙笔："太守即遣人随其往，寻向所识，遂迷不复得路……后遂无问津者。"大闹天宫，倘以完全、彻底之胜利作为故事的结局，也未尝不可，这符合人们的目的意愿，但不管怎么说，充其量是创作了又一个"乌托邦"。这样，无论于思想意义，还是于艺术成就，都谈不上什么专利和新创。其实吴承恩的创作目的并不在于要把孙悟空塑造成天地间独一无二的什么"超人"。透视孙悟空的人格可知，他翻不出如来掌心而屈服于他，当出于"强者为尊"的思考，清人所谓的"劝

---

① 鲁迅：《中国小说史略·明之神魔小说》。
② 刘勰：《文心雕龙·夸饰》。

学"主题说即此看来有一些合理成分,这也是悟空"皈依"佛门的原因之一。再者,知恩图报、忠孝师父是孙悟空保护唐僧西天取经的思想基础,此乃"皈依"佛门的另一重要原因。另外,我们又该认识到,小说描写取经过程,意图非关宣传宗教,而是作为布局情节的依托,成为褒美贬丑的载体。

纵观《西游记》,孙悟空虽然神通广大,但并不是一个什么全能的主宰,他能战胜许多妖魔,但也不时被许多妖魔战败。为了成就"取经"事业,孙悟空不能不求助于天将、神仙、佛菩萨,所以孙悟空与他们便是既对立又合作的关系。随着唐僧取经队伍的不断西进,小说情节跟着推进,天将、神仙、佛菩萨、妖魔、鬼怪,以及人世间国君、臣僚、百姓万民、各式人等,纷纷登台,作品中因此而展示了多姿多态的"众生相"。鲁迅认为,《西游记》讲妖怪之喜怒哀乐都近于人情,讽刺揶揄则取材于当时世态。当时的世态是怎样的情景呢?吴承恩曾有所揭露:"行伍日凋,科役日增,机械日繁,奸诈之风日竞。"① 又曰:"近世之风,余不忍详言之也。"② 作者又曾创作有《禹鼎志》,其自序云:"虽然吾书名为志怪,盖不专明鬼,时纪人间变异,亦微有鉴戒寓焉。"显而易见,深刻的社会生活感受形成了吴承恩借志怪、神话类故事来批判现实、寄托理想的自觉的创作思想。所以《西游记》与《禹鼎志》一样,并不是为写神魔而写神魔,而是"游戏之中暗传密谛"③。我想,"游戏"二字包含了两方面的意思,一是托之以幻化离奇的神魔故事;二是出之以幽默诙谐的讽刺笔调。而"暗传密谛"正是作者的创作意图——"亦微有鉴戒寓焉"。然《西游记》"暗传"之"密谛"毕竟何耶?今索而解之曰:为了歌颂真善美、批判假恶丑,以浪漫主义的象征手法,广泛地针砭人类社会中一切的人格负面(比如人的性情、气质、能力、品行诸方面),从而发出了要求建构完善的人格的呼唤。

---

① 吴承恩:《赠卫侯章君履任序》。
② 吴承恩:《送郡伯古愚邵公擢山东宪副序》。
③ 明刊本:《李卓吾先生批评西游记》。

　　读《西游记》的关键或秘诀乃在于审察孙悟空这一"美猴王"形象或隐喻或闪耀的真善美质素与光彩。然而对孙悟空的形象不可以作孤立和断章取义的分析。他的人格净化完善有一条内在逻辑发展的线索在导引，其人格光彩又往往借助其他形象，诸如唐僧、八戒、观音、如来等的反衬、对比映现出来。反衬、对比等手法是产生讽刺效果的重要途径。要领会作者吴承恩的创作意图，必须紧扣文本，摒除或人云亦云或随意发挥的习惯。我们不能用超历史认识水平的政治眼光曲解艺术形象、臆断文本主题。唯有全方位地深入地研究分析《西游记》丰富多彩的讽刺艺术，方能神会顿悟这部神话讽刺小说针砭假恶丑、张扬真善美之主题。

（原载《山西大学师范学院学报》1999 年
第 2 期，署名姜剑云、张琴，略有改动）

才子佳人小说与《红楼梦》的真、善、美比较

　　真、善、美三个概念虽然分别表示的是哲学、伦理学和美学中的基本范畴，但又同为美学研究的基本课题。对艺术创作（比如小说）而言，作品是否客观地反映了现实生活的本质（追求"真"），是否对新、旧事物作出了正确的褒贬，使作者的主观目的、社会理想得到实现（追求"善"），是否有与这些内容相谐调而又悦人的形式（追求"美"），往往成为评判艺术作品成就高低、审美价值大小的客观标准。在中国文学史上，才子佳人小说之所以昙花一现而《红楼梦》光照千秋，就因为它们各自真、善、美的价值难以衡等！

一、"真"的纯度不同

　　才子佳人小说出现于明末清初，较有代表性的作品有《平山冷燕》、《好逑传》、《玉娇梨》等二十多种。从结构上看，这些创作大体有一个固定模式：才子佳人，相倾相慕，赋诗赠物，但又遭某些小人拨乱其间。而最后的结局便是才子功成名就，终成眷属，一片洋洋喜气。作者这种思维惯性及其所编造的这种熟滥的情节故事，常使读者在"文本"的接受过程中也跟

着产生一种心理定式，只要看到"龙首"，就不难想见、画出"龙身"、"龙尾"。较有成就者如《玉娇梨》，其卷首对主人公白红玉这样描写道："这红玉生得姿色非常，真是眉如春柳，眼湛秋波，更兼性情聪慧，到八九岁便学得女工针织件件过人……有百分姿色，自有百分聪明，到得十四五岁时便知书能文，竟已成一个女学士。因白公寄情诗酒，日日吟咏，故红玉小姐诗词一道，尤其所长。……白公因有了这等一个女儿便也不量生子，只选择一个有才有德的佳婿配她，却是一时没有，因此耽搁到一十六岁，尚未联姻。"作者荑狄散人，真可谓开宗明义，意在"显扬女子"①。佳人红玉亦可谓"美则无一不美"②！才貌双兼的"佳人"得配一个才貌双全的"佳婿"，而如此也就不难推断，这便是"千部一腔"的才子佳人小说。

才子佳人小说，人物形象苍白，"千人一面"，为曹雪芹所不齿，脂砚斋在评点《红楼梦》时也往往于对比中予以批判。《红楼梦》中黛玉之才怎样、貌如何，在读者记忆中所贮存的印象恐怕比任何一部才子佳人小说中任何一个女性的形象都要深刻得多。但是黛玉的初次出场，作者只以"聪明清秀"一笔轻轻带过，于是脂砚斋批道："看他写黛玉只此四字。可笑近来小说中满纸天下无二，古今无双等字。"③ 再如第二十回中，宝、黛正说着话儿，湘云走来笑道："二哥哥，林姐姐，你们天天一处玩，我好容易来了，也不理我一理儿。"黛玉笑道："偏是咬舌子爱说话，连个'二'哥哥也叫不出来，只是'爱'哥哥'爱'哥哥的。回来赶围棋儿，又该你闹'么爱三四五'了。"对这段对话，脂砚斋评论说："可笑近之野史中，满纸羞花闭月，莺啼燕语，殊不知真正美人方有一陋处，如太真之肥、飞燕之瘦、西子之病，若施于别人不美矣。今以'咬舌'二字加之湘云，是何大法手眼，敢用此二字哉！不独不见其陋，且更觉轻俏娇媚，俨然一娇憨湘云

---

①　鲁迅：《中国小说史略》，见《鲁迅全集》第九卷，人民文学出版社1982年版，第192页。

②　脂砚斋：《红楼梦》"庚辰本"评语，见朱一玄：《红楼梦脂评校录》，齐鲁书社1986年版，第467页。

③　"甲戌本"第二回侧评（本文在比较中，对《红楼梦》除个别情况外只涉及前80回，因后40回毕竟出自他人手笔，其真、善、美风貌又自当殊异），第30页。

立于纸上，掩书合目思之，其'爱'、'厄'娇音如入耳中。然后将满纸莺啼燕语之字样，填粪窖可也。"① "真正美人方有一陋处"，大体上还是一种感悟经验的总结，以西方美学理论言之也就是所谓的"缺陷美"。"咬舌"是湘云的一个"缺陷"，但写来非但没有丑化湘云，却反使她更为娇俏可爱了。作者突出人物的"陋处"、"缺陷"，反使形象的刻画更加传神逼真，正如脂砚斋所说："形容一事，一事毕真，《石头》是第一能手矣。"②

与才子佳人小说人物形象的扁平苍白相比，为什么曹雪芹笔下的人物一个个有血有肉、丰满逼真呢？脂砚斋的一再回答是："试思非亲历其境者，如何摹写得如此？"③ "非经历过，如何写得出！"④ 曹雪芹也曾说，书中"几个女子"，都是"我半世亲睹亲闻的"，"至若离合悲欢，兴衰际遇，则又追踪蹑迹，不敢稍加穿凿"，"反失其真"。⑤ 而且书中许多人物之际遇，作者都曾感同身受过。"陋室空堂，当年笏满床"，"金满箱、银满箱，展眼乞丐人皆谤"。作者是在痛定思痛，在回味酸甜苦辣，名曰"实录其事"，其实是泣诉，是"一把辛酸泪"，"字字看来皆是血"！

才子佳人小说作者创作的动机是什么呢？天花藏主人在《〈平山冷燕〉序》中感叹道："奈何青云未附，彩笔并白头低垂……致使岩谷幽花自开自落，贫穷高士独往独来。""淹忽老矣，欲人致其身而既不能，欲自短其气而又不忍。计无所之，不得已而借乌有先生以发泄其黄粱事业。"于是他们"泼墨成涛，挥毫落锦，飘飘然若置身于凌云台榭，亦可以变啼为笑，破恨成欢矣。"⑥ 甚至绘写幽芳时，能如游姑射而观神女，敷扬姝丽中，竟似登金屋而媾阿娇。不难看出，才子佳人小说作者尽管大多怀才不遇、功名难就，但他们不是在泣诉往事，而是在憧憬梦幻，憧憬那现实中怎么也实现不

---

① "戚序本"双行批，第303、304页。
② "庚辰本"第十九回批，第267页。
③ 脂砚斋：《红楼梦》第二十二回批语，参见周来祥：《论中国古典美学》，齐鲁书社1987年版，第346页。
④ "庚辰本"第十七、十八回批，第255页。
⑤ 曹雪芹、高鹗：《红楼梦》第一回，人民文学出版社1982年版，第5页。
⑥ 烟水散人：《〈女才子书〉叙》，见《明清小说序跋选》，春风文艺出版社1983年版，第23页。

了的事，几乎以一种"意淫"的方式寻求精神快慰，甚至自我麻醉，以此来填补怅失与空虚。故所写往往脱离实际。尽管后期作者力图冲出"套子"，于是又在"才"、"貌"之外，复点缀些侠风义骨、戎马兵戈、神仙佛道，然而这样的翻新仍非着眼于生活，反越编越离奇，甚至违背生活逻辑。他们仅凭虚构空想来图解概念，表现美好的愿望，结果失去了生活之"真"，当然也失去了艺术之"真"，最终也丢掉了"美"。道理很简单——"真，是一切美的基础"①。

二、"善"的深度不同

历史上，中西美学的一个最大差异就是：西方偏重美与真的统一，强调文艺的理智、认识作用，中国则偏重于美与善的结合，尤其强调文艺的伦理、教化作用。就创作而言，偏于美、真统一者以再现为主，叙事、写人、画景；偏于美、善结合者以表现为主，抒情、言志、写意。才子佳人小说在创作上是偏于表现的，作者往往通过憧憬遐想的方式来言志、抒情。但作者的最大愿望莫外乎喜结良缘、科举成名。对此，《玉娇梨》第十四回的结尾诗就说得甚为直露："天意从来靳富贵，人情倒底爱功名。漫夸一字千金重，不带乌纱只觉轻。"他们这类"美好"理想的实现往往离不开钦圣之旨、媒妁之言。发乎情志，但又止乎礼义，情感的抒发并未超越封建道统的规范。

在中国封建社会，常有士大夫们始则积极用世，兼济天下，而一旦功成名就，却又急流勇退，告归林下。这种人生趣尚颇得儒家中庸思想的精髓，颇具白居易所谓"上下交和，内外胥悦"的中和意蕴的极致。所以上则为君人者所称赏和利用，下则臣宦士女津津乐道，竞相效仿。这种人生哲学在墨憨斋新编《醒名花》中得到了相当充分的反映。书中才子名唤

---

① 《赫尔德全集》卷八，参见郑钦镛、李翔德：《中国美学史话》，河北人民出版社1987年版，第198页。

湛国瑛，以作"紫燕诗"为梅御史之女杏娘（别号醒名花）所倾慕，遂相爱好，但中经许多波折，方成眷属。国瑛后以军功升职贵显，杏娘深明大义，语国瑛道："奴闻宠不可极，位不可高，位高宠极，难以自固。然当居安思危，勿贪利禄。苟不戒惧，旋主覆败，载之史册，历有明验。……据奴家愚见，还宜急流勇退，挂冠归去。"国瑛于是从杏娘之劝，告归林下。由此可见，以礼乐之教为本，"才子"之"才"是尽量以封建统治之需要为指归的，"佳人"之"德"亦以伦理纲常之规矩为指南。作者们仍以儒家"中和之美"为标的，且以此来表达一种主观目的和意趣，一种从心所欲又不逾规矩的"善"。他们遵循孔子"温柔敦厚"的诗教传统，尽管身居下僚，志不获逞，但他们的泄导人情与不平之鸣还是努力以"乐而不淫、哀而不伤"为界规和约束的。更何况，社会的黑暗、现实的浊恶，也往往使作者的良好愿望、美好的情志化为梦幻。"善"既然未能突破时代内容的局限而在这种尖锐的矛盾中趋于瓦解，"真"、"善"、"美"在才子佳人小说中也就始终得不到统一，必然结局便是这类创作的失败直至隐迹消亡。

《红楼梦》的创作则打破了"温柔敦厚"，以所谓的"满纸荒唐言"尽情地挥洒"一把辛酸泪"，抒发"儿女之真情"。或写宝玉的鄙视"沽名钓誉之徒"，不屑仕途经济、满口"混账话"；或写尤三姐、司棋"不自由勿宁死"的婚姻苦痛；或写妙玉岑寂尼庵中"芳情"难遣的悲愁；或写"身为下贱，心比天高"之晴雯"难道谁又比谁高贵些？"的反抗、呐喊；或写"孤标傲世"、"冷月葬诗魂"之林黛玉"焦首朝朝还暮暮，煎心日日复年年"的"还泪"和遗恨。

《红楼梦》揭示了封建礼义对追求民主与个性解放的"新人"的摧残和扼杀，唤醒着人们对腐朽礼教予以深刻、彻底的批判。尤其是从黛玉、宝玉的爱情悲剧中更能看到作者的笔底激情和胸中波澜。黛玉本"还泪"人间，但遗恨黄泉，她死于礼义，宝玉出自荣显，却遁入空门，他突破礼义。才子佳人小说与《红楼梦》皆"发乎情"，但前者仅"止乎礼义"，而后者却抨击礼义！"天理、人欲不能并立"是礼教圣道的宣言，"天理存则人欲亡，人欲胜则天理灭"是水、火不相容的对立、斗争，而曹雪芹塑造宝、黛这样"人欲胜"的叛逆典型，则鲜明地表现了他对"以理杀人"的封建制度的大胆挑战。同时，对"恶"的暴露与抨击，又进一步体现了作者诅咒旧礼教、追求新世纪的合目的的"善"，而这种"善"的表达，与才子佳人小说比较而言，却是既婉曲但又更深刻的。

三、"美"的高度不同

《红楼梦》所达到的审美境界之所以远远高出才子佳人小说之上，一个很重要的原因就是作者曹雪芹的艺术创造，不落俗套，大胆求"新"。在《红楼梦》第一回中，作者借石头之口说道："我想历来野史的朝代，无非假借'汉'、'唐'的名色，莫如我这石头所记，不借此套，只按自己的事体情理，反倒新鲜别致。"合规律性的"真"，合目的性的"善"，还不完全等同于"美"。因为"真、善、美是些十分相近的品质"，而一旦"在前面的两种品质上加上一些难得而出色的情状，真就显得美，善也显得美"了①。严格的要求便是"处处能把善和真与趣味融成一片"②。曹雪芹尽管声称《红楼梦》是"实录其事"，但他并没有自然主义地翻摄生活，而是"起了稿子，再端详斟酌"，"披阅十载，增删五次"，按照"事体情理"，用"假语村言"，"将真事隐去"，而又不"失其真"。既立足于生活的真实，又强调了艺术的真实。如此惨淡经营、"洗旧翻新"，正为的是在"真"和"善"的基础上，求得那"难得而出色的情状"，求得那引人的"趣味"，使人们从中获得更多的美感。要"出色"就得创"新"；"新鲜别致"方有"趣味"。所以曹雪芹一再强调"新"，常把"新"和"趣"连在一起。第

---

① 狄得罗：《绘画论》，河北人民出版社1987年版，第197页。

② 布瓦洛：《诗的艺术》，见胡经之主编：《西方文艺理论名著教程》（上册），北京大学出版社1988年版，第145页。

三十八回，李纨评十二题菊花诗是着眼于"新"的："《咏菊》第一，《问菊》第二，《菊梦》第三，题目新，诗也新，立意更新，恼不得要推潇湘妃子为魁了。"七十回中，湘云偶填一阕《如梦令》，黛玉赞道："好，也新鲜有趣，我却不能。"香菱于梦中得吟月诗八句，众人称赞："这首不但好，而且新巧有意趣。"

曹雪芹不但遣词立意上创新，而且塑造形象上也求新。尤其是宝玉，堪称一个"新人"形象。对此，脂砚斋曾作过集中的评赞："此书中写一宝玉，其宝玉之为人，是我辈于书中见而知有此人，实未目曾亲睹者。又写宝玉之发言，每每令人不解，宝玉之生性，件件令人可笑。不独于世上亲见这样的人不曾，即阅古今所有之小说传奇中，亦未见这样的文字。于颦儿处更为甚，其囫囵不解之中实可解，可解之中又说不出理路。合目思之，却如真见一宝玉，真闻此言者，移之第二人万不可，亦不成文字矣。"①"移之第二人万不可"，正说明宝玉言行独特、个性独特，是不可取代的"这一个"。而才子佳人小说，"不过偷香窃玉，暗约私奔而已，并不曾将儿女之真情发泄一二"，"且其中终不能不涉于淫滥"，"千部一腔、千人一面"，"胡牵乱扯，忽离忽遇，满纸才人、淑女、子建、文君、红娘、小玉等通共熟套之旧稿"②。像这样一些陈辞"旧稿"、"淫滥""熟套"，既无独突新颖之处，又怎能使读者产生美感呢？

再者，从实现审美价值的手段看，才子佳人小说作者的艺术素养与曹雪芹相比也非属同一级别。章回体制是中国传统小说的特有结构形式，而在其回目的字数多少、平仄对仗与否、能否"快阅者之目"诸多文学形式因素方面是颇有一番讲究的。然而才子佳人小说于此却不见功夫。有的虽用了双句，却不能达到平仄对仗这一起码要求。如《生绡剪》中第十三回目："杨树根头开竹花　毒蛇泥马是冤家"、《幻缘奇遇》之第二回目："青春女错过二八佳期　少年郎一枕已还冤债"，浅而淡、白而直、了无余韵。有的甚至

①　"庚辰本"第十九回批，第268页。
②　曹雪芹、高鹗：《红楼梦》第一回，人民文学出版社1982年版，第8页。

上、下句字数亦不相等（如《飞花咏》、《平山冷燕》、《定情人》中某些回目），长短驳杂，参差不齐，阅则不能快目，读则不能悦耳。有的还干脆用一个单句，陈述句型，如《飞花艳想》第四回的回目为"梅兵宪难途托娇女"八个字，十七回则是"雪连馨辞朝省母"七个字。而《赛红丝》之回目又长至十二字，如十二回作"时运至父与子逞素学步云梯"。类似者颇多，单调又无章法，不具有中国传统韵文特有的节奏美。但是，在《红楼梦》里却可以看到作者对文学语言形式美的自觉追求。回目的外在形式是八言偶句组合，韵律和美，其内在意蕴上又能吸收继承古典诗词的美学传统，巧用典故，暗合比兴，手法多样。例如"情切切良霄花解语 意绵绵静日玉生香"①的诗情画意，"林黛玉焚稿断痴情 薛宝钗出闺成大礼"②之悲、喜剧气氛的渲染和对比，生动醒目，贴合题旨。再如第四回作"薄命女偏逢薄命郎 葫芦僧乱判葫芦案"，不仅平仄协调，对仗工稳，具有整齐一律之美，而且巧用谐音修辞。名曰"葫芦案"，实即"糊涂案"，不仅寓指了葫芦僧原住葫芦庙，而且又含"糊涂"之意，隐喻下文"胡乱判断了此案"，实在是一语双关。更兼"薄命"、"葫芦"两词的回环叠用，于反复顿挫中突出了豪族恶霸的草菅人命和封建官衙的黑暗腐败，且两词的对举比照中又自然而含蓄地揭示了"葫芦"（糊涂）与"薄命"之间的必然因果联系，从而深刻地抨击了封建制度的罪恶。类似回目标题，《红楼梦》中所在多是，既概括了故事情节，又令人回味深思，确实带给读者以特有的审美享受。

曹雪芹丰富的生活阅历、深刻的社会剖析、高超的艺术天才是才子佳人小说的作者们所难以追步的。而《红楼梦》的审美价值之所以远为才子佳人小说所不逮，也正是由于作者曹雪芹对真、善、美的辩证关系有着深刻的认识，对美的本质有着准确地把握。这一点，在上述对才子佳人小说与《红楼梦》从小说审美角度所做的比较分析中是不难发现的。事实上也只有

---

① 《红楼梦》第十九回目。
② 《红楼梦》第九十七回目。

通过这一角度的类比研究，我们才能真正明白为什么说《红楼梦》"脱尽才子佳人窠臼"①，为什么说"自有《红楼梦》出来以后，传统的思想和写法都打破了"②。

（原载《山西大学学报》1991 年第 4 期，略有改动）

---

① 陈其泰评、刘操南辑：《桐花凤阁评红楼梦辑录》，天津人民出版社 1981 年版，第 43 页。
② 鲁迅：《中国小说的历史变迁》，见《鲁迅全集》第九卷，人民文学出版社 1982 年版，第 338 页。

论诗性精神与文学精神

关于"诗性精神"、"文学精神"这两个概念，近年来已有专家学者在论著中论及或加以运用。比如钱志熙先生在《魏晋诗歌艺术原论》中为"诗性精神"这一概念下定义："所谓'诗性精神'，就是指主体所具有的诗的素质、艺术创造的素质。一个人只有具备这样一种素质，才有可能创作出真正的诗歌艺术，而且成为诗人。对于一个群体来讲，我们说某个群体有无诗性精神，主要是指这个群体有没有向其个体提供发展诗性精神的可能性。"由这个定义中的两个"素质"可以看出，"诗性精神"之概念的实际含义，与"艺术精神"这个概念所应有的含义挨得很近，因为在关于"诗的素质"之外，论者还强调了"艺术创造的素质"与"真正的诗歌艺术"。如此一来，"诗"之为"诗"的本来意义淡化了。"艺术精神"这个概念在钱著中也多所运用。例如有这样一段论述："由于在创作上传承、讲授的需要，西晋的文学理论也因此而以具体的创作问题的讨论为主，而较少对文学的价值及其基本原则的论述。从这些方面来看，说西晋文学中存在形式主义的倾向，是有道理的。因为一方面是艺术精神的失坠，淳朴而信念坚定的言志寄兴的文学观念也不再为人们所重视；另一方面具体的创作理论，尤其是创作技巧的探讨，比前代更为发展了，这样就使创作实践偏向于艺术形式。"[①]

---

① 钱志熙：《魏晋诗歌艺术原论》，北京大学出版社1993年版，第263页。

　　既然说西晋文学"创作实践偏向于艺术形式",却又说"失坠"了"艺术精神",那么,"艺术精神"是一个什么概念呢? 这是颇令人费解的。"文学精神"这个概念在钱著中也多次出现。例如有这样一段论述:"将文学看作是一种技艺,自然也就重视技巧的学习,而不重视文学精神的发展,也不注重内容的创新。所以西晋文学,从内容上看是以因袭为主的。"① 在这一段论述中,显然存在这样的两个逻辑命题:其一,西晋文人重视文学技巧的学习;其二,西晋文人不重视文学精神的发展。现在,疑问出现了:重视文学技巧的学习,这难道不是"文学精神"的体现吗? 如果回答是肯定的,那么,上述两个逻辑命题就构成一对反命题,即不相容的选言命题,属于"要么这个,要么那个"这样的性质或情形。反命题中的两个选项,一个为"真",另一个必为"假"。然而,上述两个命题同时被确立,即同时为"真",则无疑犯了逻辑错误。又,如果回答是否定的,那么,"文学精神"这个概念中竟然不包括"重视(文学)技巧的学习"这样一层内涵,实在让人百思不得其解。

　　从学术界文学研究的现状来看,我们都在努力地寻找或建构比较便捷适用的文学批评话语系统。同时,不难发现,"诗性精神"、"文学精神"以及"艺术精神"等名词概念,显然已经成为吸引我们注意力的重要的文学理论范畴。然而,对于这些概念或者范畴,我们都企盼能够给予科学的阐释或界定。尤其是在定义概念、界说范畴之内涵与外延方面,我们都企盼达成共识。

　　关于"诗性精神",我们将其指称为作家主体的一种抒情精神,界说为作家的一种内在冲动。"诗性精神"的反面是"理性精神",这种创作倾向主要由于功利目的的需要,作为一种文学生成动因,其实质在于教化,反映着作家主体进行创作的态度以及目的。"文学精神"就是为文学而文学、为艺术而艺术的精神。

---

① 钱志熙:《魏晋诗歌艺术原论》,北京大学出版社 1993 年版,第 265 页。

　　本文的中心内容是：对"诗性精神"、"文学精神"这两个概念加以界说，阐说两者之间的关系，同时，以魏晋文学现象为实证，讨论两者之于"文章中兴"的复杂关系。

一、诗性精神界说

　　什么是诗性精神？我们且先定义：诗性精神是指出乎原始冲动的、自发的抒发情感的精神。诗性精神亦可称为抒情精神。

　　在进一步界说阐释"诗性精神"这个概念之前，我们必须弄清"诗"的本义。

　　《说文》曰："诗，志也。从言，寺声。"《庄子·天下》曰："诗以道志。"然而，"志"是什么呢？《说文》曰："志，意也。"《春秋·说题辞》曰："思虑为志。"又《左传·昭公二十五年》："是故审则宜类，以制六志。"西晋杜预注曰："为礼，以制好、恶、喜、怒、哀、乐六志，使不过节。"唐代孔颖达疏曰："此六志，《礼记》谓之六情。在己为情，情动为志，情、志一也。""志"其实等同于"情"。关于情、志为一的解释，我们可以从《诗大序》关于"诗"之生成现象的阐说中找到依据："诗者，志之所之也。在心为志，发言为诗。情动于中而形于言。"志，作为内心情感，视而不能见，听而不能闻，是抽象的、虚无缥缈的、不可捉摸；而借助于"言"这一载体，转虚为实。换句话说，内在的"志"，通过"言"的转换，实现为外在的"诗"。此即所谓："在心为志，发言为诗。"

　　但特别要强调的是，并非所有通过"言"转化而来的东西都叫做"诗"。日常生活中的交流对话，关于岁时天文的记录，狩猎稼穑中付出与收获的计数，部落战争、生老病死的记载，那都应该是"诗"之外的东西，或者是应该称作"书"之类的名称或概念。所谓"诗者，志之所之也"的意思，《毛诗正义》解释得十分精当："诗者，人志意之所之适也。虽有所适，犹未发口，蕴藏在心，谓之为志，发见于言，乃名为诗。言作诗者，所以舒心志愤懑而卒成于歌咏。故《虞书》谓之'诗言志'也。"从《毛诗正义》的一番阐释，我们悟出重要的一点，即"诗"由"志"转化而来，这个转化就是"舒"与"歌咏"，也就是《庄子·天下》所谓"诗以道志"的"道"，也就是《虞书》所谓"诗言志"的"言"。作诗者所舒所道所言所歌咏的是心志愤懑。"志"，士下有心，士声，从心，情感是其最重要的质素。反过来说，抒情言志是"诗"的本质特征。

"诗"，其最基本的也是最重要的一个形式特征，就是有节奏，有韵。这一特征促使我们提出一个假说，即"诗"可以先于文字而存在。所谓诗以言志，所谓在心为志，发言为诗，"言"当然指语言。语言的产生是先于文字的，那么，发言为诗之"言"，不必是文字，发言为诗之"诗"，亦不必非诉诸文字不行。即便是现代，某些原始部落可能没有自己的文字，但恐怕不能轻易地判断说："他们没有'诗'。"

"诗"可以先于文字而存在，这使我们联系到古代诗、乐、舞三位一体的文化现象。《尚书·尧典》有这样的记载："帝曰：'夔，命汝典乐，教胄子。直而温，宽而栗，刚而无傲。诗言志，歌永言，声依永，律和声。八音克谐，无相夺伦，神人以和。'夔曰：'於！予击石拊石，百兽率舞。'"《说文》曰："乐，五声八音总名。"由此也可以说，五声八音相比而成"乐"。上古之"乐"的职能，主要是为了"和"。八音克谐，无相夺伦，不要以此陵彼，应该中而和之，五声八音相谐得宜。直、温、宽、栗、刚，都是可以有的，也都是需要的。傲则不行。傲正是"淫"的表现，即过分。乐而不淫，这才是乐教所提倡的。乐教的核心是"和"。《汉书·礼乐志》曰："人函天、地、阴、阳之气，有喜、怒、哀、乐之情。天禀其性而不能节也，圣人能为之节而不能绝也。故象天、地而制礼、乐，所以通神明，立人伦，正情性，节万事者也。"曰："礼节民心，乐和民声，政以行之，刑以防之。"曰："乐以治内而为同，礼以修外而为异。同则和亲，异则畏敬。"毫无疑问，"和"，乃乐之本。神人以和，此乃乐教追求的终极目的和理想境界。乐，在现实生活中的实践意义，就是为了集体行为的协调一致。故先民曰：

"乐者，天地之和也。"（《礼记·乐记》）如此看来，乐产生之初也并非为了审美的意义。

"舞"，从舛，两足相背。古之"舞"字，像人执牛尾而舞之形。《礼记·乐记》曰："舞，动其容也。"蔡邕《月令章句》曰："乐容曰舞。"上古先民之舞，为了娱神，乃其一重要之目的。因此，古代东方部族祭天之舞便名之曰"舞天"。《论语·先进》曰："风乎舞雩。"舞雩，是鲁国求雨的坛，在今山东省曲阜市东。雩，乃古代求雨的一种祭祀。求雨祭天，设坛命女巫为舞，这便是"舞雩"。在古老民族的历史中，诗乐歌舞以娱神乃普遍的文化现象："昔楚国南郢之邑，沅、湘之间，其俗信鬼而好祠。其祠必作歌乐鼓舞，以乐诸神。"（王逸《九歌章句序》）显而易见，舞的意义也并非在于审美，神人以和才是目的。

诗，志也，指情志、意愿。"诗所以合意，歌所以咏诗也。"（《国语·鲁语》）"乐者，天地之和也。"（《礼记·乐记》）"乐容曰舞。"（蔡邕《月令章句》）诗、乐、舞同时都具有音乐节奏的属性。诗和乐和舞的结合，便是在音乐节奏的统率下举手投足，步调一致，娱神祈祝，表达意愿。此为上古时期诗、乐、舞三位一体的理由所在。

对于"诗"而言，节奏和韵之所以产生的意义，除了于诗乐歌舞的集体运作中协调行动，还因为口耳相传中便于记忆。即是说，后来人，包括我们，可以把节奏与韵，视为"诗"这种体裁的审美属性，但其产生之初，却并不主要为了满足审美心理的需要。上古时期，关于"诗"的观念是，诗言志，诗以言志。先民对于"诗"的认识是这样；"诗"对于先民的意义也是这样。郑玄释《尚书》"诗言志"曰："诗所以言人之志意也。"（孔颖达《毛师正义·诗谱序》引）就是说，诗的功能就在于抒发情感，表达意愿。那个时代，没有从审美需要的角度来对诗作进一步的考虑和规范。白居易对诗的规范是："诗者，根情，苗言，华声，实义。"（《与元九书》）尽管"言"（辞藻）、"声"（音韵）这些形式因素都划在应予重视的范围之中，但已是汉魏以来文学走上自觉道路以后的事。而且即使是这样，"情"和

"义"，也正是"志"，放在根本的位置上，"言"和"声"，则放在其次。可见，关于"诗"的本质特征，主要体现在抒情言志方面，关于审美意义的认识则处于微乎其微的弱化状态。

由关于诗、乐、舞发生的初始状态与特征的考察，我们认为，诗、乐、舞是人类先民基于抒情言志、表达意愿的生存发展需要而产生的。尽管诗、乐、舞客观上具有多方面的审美属性，但从人类文化发生学原动力理论上讲，审美属性是在悠久的历史长河中逐步附着上去的，是人类在征服自然、改造自然的漫长过程中，随着自身独立性的获得、审美意识的培养而逐渐附加上去的。

因此，诗、乐、舞的这种本非为了审美目的，而是出乎原始冲动的、自发本能的抒发情感的生成机理和现象，我们概称为诗性精神。

二、文学精神界说

其实，我们并不是说先民没有审美意识，而是说审美意识、审美对象，对于人类而言，在不同的成长与发展的历史阶段，其区别是很大的，很多的。当人类还在稚拙童年阶段时，生产力极端低下，生存条件极端恶劣，相对于大自然和大自然中各种各样神秘而恐惧的异己力量，人类是极其渺小的、微不足道的。为了征服来自大自然的神秘恐惧力量，为了谋求有效的生存发展，先民们尤其需要借助集体的力量、团结的力量。因此群居是其必然的选择。在以血缘关系为纽带而结成的部落组织中，当其集中狩猎围捕的时候，当其争夺异军领地的时候，当其对抗自然灾害的时候，可以想象其有某种基于本能然而也是约定俗成的生存斗争模式。步调一致的举手投足，拊石拍髀的响亮节奏，鼓勇祈使的呐喊呼叫。这种团结谐调的集体斗争模式是特别的、有效的和富于意义的。而这，恰恰是诗、乐、舞三位一体的现实生活基础。在此基础上会不断生成、定型、演化千姿万态的乐舞歌诗，而这样的乐舞歌诗多带有图腾的性质、神圣的意义以及表达意愿的主题。因此，三位一体的诗、乐、舞，实际上是日常生活中对抗和征服异己力量的现实斗争的需要。先民们自然也会有日渐积累的审美经验，如插以禽羽，赭土涂面，佩以兽角，彩贝饰颈；等等，丰富多样。但这样的审美意识与方式还都是比较原始的，近乎本能的。孔雀开屏示之以美，便是本能。灵雀犹如此，人何不如斯？爱美之心，人皆有之。

先民创作了诗、乐、舞。他们可以暂时没有文字，但他们早已经有了"诗"，并且他们不能没有"诗"。"杭育杭育"也是创作，也是"诗"。这是应该承认的。即如稍后，或者很久以后出现的渔歌、牧羊曲、船工号子，等等，只为了歌咏喜怒哀乐，不必诉诸文字，甚至有一天某君异想天开地欲以文字加以记录，反而会感到力不从心。听，就可以了。听这种发自心灵深处的悲欢情志，或者会老鱼瘦蛟为之起舞，或者会泣孤舟之嫠妇。即便如此，其仍然是创作，是"诗"。然而，究其实，并非为了审美，其在生存斗争中产生，同时又是生存斗争的一种方式。是为了舒道心志愤懑，是为了抒情言志，是为了表达意愿。总之，不是因为艺术审美的需要，而是出于本能的、自发的、不发不快的创作，这便是体现着"诗性精神"的创作。

自然，体现着"文学精神"的创作，必待人类首先摆脱原始迈向文明，必待人类向自然宣告独立并且终于真正发现了世界的美，必待审美走向自觉而且同时"文学自觉的时代"紧追不舍的时候，才会成为可能。

那么，何谓文学精神？其实，这个答案已经由"何谓诗性精神"的阐释中，通过对照的方式，自然地推导出来了。所谓文学精神，正是指为了艺术的与审美的，自觉为文的精神。

当然，文学精神的产生还应该有其更为明确具体的条件。比如说，审美走向自觉以后，同时文学迈向独立之路以后，审美层向文学域提出需求，而文学域向审美层发出响应。即是说，出现了文学产出与文学消费的生态，或者说，出现了文学创作与文学审美的机制。孔雀开屏，展示自身的时候，乃因为有欲欣赏其美的对象在。文学创作的情形也是这样，不能离开欣赏鉴赏者而孤立存在。由此可见，文学精神的产生与张扬，须首先存在创作与欣赏相互促进的文学生态。

从中国文学的发展历史来考察，这样的生态在汉代以后开始出现。汉朝一统天下后分封子弟，有些诸侯王犹带战国诸侯的养士之风。然而汉代诸侯国与战国诸侯相较有本质的区别，他们在政治方面统一于汉王朝，不可以言霸天下。因此，门客们不再像战国策士们那样纵横捭阖，游说霸王之道。他们往往以侍从文士的身份，进献辞赋文章以取悦主子。尤其汉初休养生息之后，国力强大，如武帝、宣帝等颇尚文事，文士们润色鸿业的盛况前所未有。对此，班固有热情的称颂："大汉初定，日不暇给。至于武、宣之世，乃崇礼官、考文章；内设金马石渠之署，外兴乐府协律之事，以兴废继绝，润色鸿业……故言语侍从之臣，若司马相如、虞丘寿王、东方朔、枚皋、王褒、刘向之属，朝夕论思，日月献纳。而公卿大臣御史大夫倪宽、太常孔臧、太中大夫董仲舒、宗正刘德、太子太傅萧望之等，时时间作。或以抒下情而通讽喻，或以宣上德而尽忠孝，雍容揄扬，著于后嗣，抑亦雅颂之亚也。故孝成之世，论而录之，盖奏御者千有馀篇。而后大汉之文章，炳焉与三代同风。"（《两都赋序》）班固在"公卿大臣"类身份的人士之外，特别列出"言语侍从之臣"，这显然可以说明，时至西汉时期，文学史上出现了新现象，即已诞生了专职从事辞赋文章事业的作家群体。他们朝夕论思，日月献纳，仅奏御者就千有余篇。当时尽管辞赋已甚，产出已多，然而犹给人一种供不应求的感觉。

事实上，这样的文学盛事很难得。汉武帝好大喜功，亦颇好文辞，常集文士共赋。汉宣帝对于文章事业之盛，也功不可没。他这样认为："辞赋大者与古诗同义，小者辩丽可喜。譬如女工有绮縠，音乐有郑卫，今世俗犹皆以此娱悦耳目。辞赋比之，尚有仁义风谕、鸟兽草木多闻之观，贤于倡优博奕远矣！"（《汉书·王褒传》）他不仅肯定了辞赋在形式方面辩丽可喜的审美价值，而且连一向遭到批判的郑卫之音，也含蓄地加以拨乱反正，认为有如女工精织而成的绮縠，客观上存在着快人耳目的审美娱悦功能。如此艺术审美思想，堪称开放、进步，别具慧眼。应该说，在审美走向自觉、文学走向自觉的征途上，汉宣帝的重要地位并不亚于魏文帝。他无疑是一位不可忽略的先驱式的人物。由于国家的统一与繁荣，由于诸侯以及帝王的喜好爱尚，汉代文章之士发现了先秦以来从未发现过的文坛这样一片用武之地。藉此，他们以铺张扬厉之辞，展现闳衍巨丽之美，在积极的时代文学精神的激励下，终于使汉赋成为"一代之文学"的代表。

　　如西汉那样的文学盛事在后代也曾多次出现。汉末建安时期的文坛，景象十分壮观。这跟曹氏父子的提倡与引导密不可分。尤其是曹丕，他空前地提高文学事业的地位，谓"文章乃经国之大业、不朽之盛事"，且又明确提出"诗赋欲丽"等重要的艺术审美理想。对于张扬一代文学精神，改善文学生态，繁荣文学事业，曹丕之功是值得大书一笔的。到了西晋，文学的发展进入了又一次高潮，蔚为壮观。傅玄楷模前贤，张华携引后进。继而三张、二陆、两潘、一左，纷纷登台亮相，其盛况堪与建安文坛比并。而陆机更在曹丕"诗赋欲丽"口号的基础上，进一步提出"诗缘情而绮靡"的艺术审美思想，其在文学思想史上的影响是极其广泛而深远的，有着重要的里程碑的意义。虽然说太康群英，人未尽才，但能够在短暂的人生旅程上取得举世瞩目的艺术成就，显然也正得力于他们的可贵的文学精神。

　　汉代以后，魏晋以来，文学终于在一代又一代的审美思潮的引导和推动之下，追求独立成科了，同时，文学精神也在越来越广泛的作者群、读者群中，不断激发砥砺，发扬光大。即此，借助于对"美"之视阈在文学领域的渗透和延伸特点的观察与思考，我们提出"文学精神"这一概念，以之显现文学发生学中之一重要现象与范畴。

三、诗性精神与文学精神的关系

　　显而易见，诗性精神与文学精神，就人类艺术审美的历时特点角度言之，乃非同步生成。自然，两者之间存在着一些重要的区别性特征。

　　诗性精神的生成，对于人类而言，几乎可以说是与生俱来的。在心为志，发言为诗。但有所欲，一吐为快，抒情精神便是诗性精神的代名词。"情动于中而形于言。言之不足，故嗟叹之，嗟叹之不足，故永歌之，永歌之不足，不知手之舞之，足之蹈之也。"（《毛诗序》）"诗人"的创作，本不为创作。"诗"不过是"情"的代称而已。"诗"的生成，原为情感的勃发流露使然，一出乎自然。这正如詹福瑞先生论"风诗"时所指出的："'发乎情，民之性也'。诗人抒发感情以成歌谣，完全是发乎天然的本性。可以说是'无目的的合目的性'，仍然带有原始诗歌那种按照天性进行创作，完全俯首帖耳于自发冲动的特点。这些诗还是'自然的'诗歌。"①

　　文学精神的生成，则多所仰赖。其如文学由文史哲混沌学术状态中渐次析离，破土而出，或者从图腾巫歌、里巷谣曲中浮出水面，摇曳生姿，且随着人类审美经验的积累，从而引起好奇，把玩，体认，模仿，并相互标榜，以至出现交流传播和供求相须的文学生态。司马迁曾在《史记·屈原贾生列传》中说："屈原既死之后，楚有宋玉、唐勒、景差之徒者，皆好辞而以赋见称。然皆祖屈原之从容辞令，终莫敢直谏。"屈原忠而见谤，志不获骋，面对国家破亡、人民流离，诗人痛心不已："怀朕情而不发兮，余焉能忍与此终古？"（《离骚》）正是因为悲不能已、情难以抑，所以屈原咏叹："惜诵以致愍兮，发愤以抒情。"（《九章·惜诵》）恩格斯说："愤怒出诗人。"（《反杜林论》）屈原正是这样的诗人。"愤"，从"心"，表示与心情有关。其本义是：郁结于心；憋闷。那么，既有所郁滞，必待发泄；既有所憋闷，必待释放。不可否认，屈原是中国文学史上的第一位大诗人，然而，他那时的身份是政治家而非文学家。他既没有以文学家自期，也未曾有谁以其为文学家而相看。即是说，屈原的"发愤以抒情"，乃纯任内在的诗性精神驱动，"情动于中而形于言"，志郁心中，不得不发，乃发而为诗，非为写诗而写诗也。他爱重内修之美，故满篇美人香花以为喻；他酷爱祖国和人民，故铺排忠诚，一唱三叹。由此亦形成艳博闳肆的美辞风格。

―――――――

① 《中古文学理论范畴》，河北大学出版社 1997 年版，第 11—12 页。

史谓宋玉、唐勒、景差之徒者，皆好辞而以赋见称，宋玉楚辞成就很高，有作品可以佐证，而唐勒、景差亦以赋见称，却无从覆按。之所以他们见称之赋佚失殆尽，是否由于他们缺少屈原那样的强烈诗性精神（抒情精神）呢？司马迁的揭露是："然皆祖屈原之从容辞令，终莫敢直谏。"此可谓一针见血。"终莫敢直谏"，便无所谓"愤"，则当然无从说"发愤以抒情"了。当然，"楚有宋玉、唐勒、景差之徒者，皆好辞而以赋见称"，作为楚国屈原之后的一个作家群同时表现出"皆好辞"的文学精神，这在中国文学史上，恐怕是最早的记录。只可惜他们徒有文学精神而缺少诗性精神。

这里必须特别指出的是，如屈原这样诗性精神（抒情精神）特别强烈的诗人，却难以紧握他的文学意识，也难以直寻他的文学精神，然而，这并不影响对他文学成就、文学地位的评价。屈原依然是大诗人，是第一流的文学家。可能有这样的情形，哪怕深入神精髓血也无从提纯文学精神，然而每一个细胞都勃发迸射诗性精神的人，他是一位天然诗人，未必不是理想的文学家；又可能有这样的情形，尽管文学精神特别亢奋，然而情未动于中的人，他是做不得诗人的人，充其量是妄想的文学家。这颇似二律背反的命题，但又是真理，由此亦可见诗性精神与文学精神之间的重要区别。

关于尚质抑或尚文的倾向，是诗性精神与文学精神的又一个重大区别。刘勰《文心雕龙·情采》曰："昔诗人什篇，为情而造文；辞人赋颂，为文而造情。何以明其然？盖风雅之兴，志思蓄愤，而吟咏情性，以讽其上，此为情而造文也；诸子之徒，心非郁陶，苟驰夸饰，鬻声钓世，此为文而造情也。故为情者要约而写真，为文者淫丽而烦滥。而后之作者，采滥忽真，远弃风雅，近师辞赋，故体情之制日疏，逐文之篇愈盛。"刘勰所说的"诸子"，是指"辞人"。可以这么认为：诗性精神是由于外在的压迫，滞而必宣，"哀怨起骚人"，"愤怒出诗人"；文学精神是由于外在的吸引，讨人喜欢，"女为悦己者容"。这就是说，诗性精神与文学精神所自来的原动力不同。

不过，诗性精神与文学精神，两者并非水火不能相容，而是可以重合的，即两者既有区别，也有联系。这种关系特点可以如下图所示。

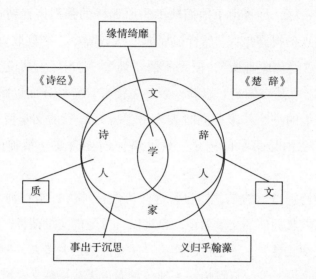

我们说，诗性精神与文学精神，有区别又有联系，两者不仅不相对抗，而且可以重合。但是，两者究竟在如何的程度上重合，则要取决于剖析对象的实际情形。即是说，重合面的大小，是变量而不是常量。量的变化，与作家的才、性等质素密切相关。因此，图示各自度的界限只能是意会状态下的虚影轮廓，而无法指望进行精确的量化。需要特别提出的是，这里的"诗人"主要是指"诗经"时代的"诗人"，与现代流行的"诗人"之称，不是同一个概念。两者的区别表现为不是在同一个层面上。现代之"诗人"，与"诗经"时代之"诗人"可以是包容与被包容的关系，有大、小概念之分。"诗人"之诗的产生，以原始诗性精神为其原动力。这种原始诗性精神表现为因了抒情言志的驱动，主要在于了满足自我的精神的减压、心灵的释放，说到底，是为自己的。

当然，文学观念应该是灵动的，不能一成不变，陆机"诗缘情而绮靡"口号的提出，正是文学发展之路上继往开来的一面鲜艳旗帜。此后如钟嵘、刘勰等文学理论家都一再坚持文、质并重的主张，萧统则更以选文定篇的方式，来体现、贯彻"事出于沉思，义归乎翰藻"这样一条确立"何为文学"的重要标准。从陆机，到钟嵘，到刘勰，到萧统，他们兼重情质与美辞，正是基于对诗性精神与文学精神两者关系的思考，尽管他们从未提出过这样的概念与范畴。由此可见，文学理论界，自古以来，一直有勤勉的人在思考和探索诗性精神与文学精神这一类的问题。

再就创作方面来看，作家所禀赋之诗性精神与文学精神的因子质素不同，其所创作之作品的思想艺术境界亦有区别。或者如陶渊明之诗，李白之诗，一片天真，并无依傍，所谓但见性情，不睹文字；或者如温庭筠之诗，李贺之诗，镂金错彩，花枝招展，所谓百家锦衲，耀人眼目；或者如杜甫之诗，李商隐之诗，情亦深厚，姿亦窈窕，所谓文质彬彬，尽善，亦尽美。此于上品言之。而言上品之优选标准，则古已有之。陆机提倡"缘情而绮靡"；萧绎主张"情灵摇荡而绮縠纷披"。

是的，缘情者，情灵摇荡者，体现了强烈的诗性精神（抒情精神），绮靡者，绮縠纷披者，体现了积极的文学精神（艺术精神）。质文相生，文情并茂，动人的内容与优美的形式和谐统一，此乃强烈诗性精神与积极文学精神有机重合的经典之作。

四、诗性精神、文学精神之与太康"文章中兴"的关系

一个作家，他的诗性精神，他的文学精神，在现实的创作实践中所表现的强烈与否，往往要受到多方面因素的影响。其如个性气质、人生际遇，以及文化思潮、社会价值观，等等，对于作家之诗性精神，或者文学精神的展示状态，都会程度不同地产生制约作用。这里，我们试以魏晋时代为例，来说明玄学思潮对于作家诗性精神、文学精神所产生的特殊影响。

钟嵘《诗品序》曰："太康中，三张二陆两潘一左，勃尔复兴，踵武前王，风流未沫，亦文章之中兴也。"考察魏晋文学发展的兴衰历程可以看到，大约两百年的时间中出现过明显的两起两落。第一次起落在曹魏，起在

建安，落在正始；第二次起落在两晋，起在太康，落在江左。那么，建安文学之盛的原因是什么？太康"文章中兴"的原因又是什么呢？

我们认为，积极进取的时代精神和作家主体精神的张扬是十分关键的因素。在这一点上，太康与建安有一定的相似之处。魏晋两代，"贵无"与"崇有"的文化思潮，无疑地深刻地影响了作家的心态和文学风貌的品格。由于贵无，正始以及江左时期，玄学精神压倒了文学精神，文人不甚经意于文学创作，所以成就有限。玄学精神是心灵世界的智慧结晶，本可以与诗性精神相激发，相得益彰。然而，真正超尘脱俗和努力脱俗的玄学家们，齐万物，等死生，文学，几乎无法进入他们那真空一样的心灵世界。玄学家们要"贵无"，而文学家们须"创造"。这是一对根本的、不可调和的矛盾。由于"贵无"，认为"言不尽意"，或者"欲辨已忘言"，或者"述而不作"，所以文学精神相对低落。他们不是写不出好作品，而是无所用其心。对于阮籍，连唐代史臣也为之流露遗憾的情绪："（阮）籍能属文，初不留思。"（《晋书·阮籍传》）所以东晋戴逵在《竹林七贤论》中为刘伶可惜，说他"未尝措意文章，终其世，凡著《酒德颂》一篇而已"。当然，刘伶另外还有一首五言诗，也很不错。李白"斗酒诗百篇"，两人都是酒仙，但刘伶才写了一首诗。原因何在？酒仙都蕴藏着诗性精神，但刘伶比李白缺少的是文学精神。

可以这么说，诗性精神是抒情精神，也是"为人生"的精神，所谓"饥者歌其食，劳者歌其事"，"诗三百"就是这样的产物。但《诗经》时代有五百年，五百年中诗三百，假设孔子删诗之前有三千甚至九千，都不算多。只是还得退一步考虑，周诗以及周代以前的诗究竟量有多少，几乎成了一个谜。保存至今的量很小，原因当有多种。比如采诗的范围、规模、持久性问题，太师乐官辑编筛汰问题，口耳相传不利于长久保存的问题，人代湮灭加之语言发展变化带来传播障碍的问题，等等，都是不可忽略的可能性因素。但参考了诸多因素后再与唐代诗国相比较，又是很令人称奇惊讶的。有唐不到三百年，而流传到现在的诗篇，差不多有六万首，原因何在？《诗经》时代是原始诗性精神的时代，文学意识还在萌芽状态，所以谈不上文学精神。

还可以这么说，文学精神就是唯美精神，是"为艺术"的精神。因而，基于这样的思想理论，对于文学创作，就不仅仅是有抒情言志的欲望，无病呻吟都是可取的，甚至模拟风气也是允许的。总之，得有意而为之，视其为不朽事业的一部分。所以唐人"倚诗为活计"，不能一日无诗，有苦吟诗人，还有苦吟诗派。诗性精神加文学精神，所以唐诗繁荣，唐代是诗的国度。这种景象，建安时代出现过，但好景不长，"陈王应刘，一时俱逝"。曹丕虽然说过"文章乃经国之大业、不朽之盛事"，但当了皇帝之后，一来在位仅仅六七年时间，二来身缠于政务，因而相对于他"太子时代"杰出的文学成就来说，关于文学事业，已不见太多、太大的作为。黄初、太和之间，如果没有了曹植，简直成了文学真空。

关于阮籍和嵇康的咏怀吟唱，不妨认为是"饥者歌其食，劳者歌其事"之外，"愁者歌其忧"。嵇康的诗，是"为养生"的诗；阮籍的诗，是"为谋生"的诗。他们的"忧生之嗟"是为人生的，不主要是为艺术的。他们都以酒浇愁，如果说他们的诗写得好，那主要得益于他们的诗性精神，如果遗憾他们的诗写得少，那就从文学精神方面找原因。其实，像阮籍、刘伶一样，竹林七贤"贵无"，"能属文"但"不留思"，"未尝措意文章"，不待创作，没那份兴致，没那个心情。一个时代文学精神的高涨是需要文学氛围、文学生态的。司马氏忙于篡权的时候，是用不着文学的，等有了江山，天下一统，就需要文学来点缀。所以东晋袁宏在《三国名臣颂》中说得好："时方颠沛，则显不如隐；万物思治，则默不如语。"

正始越名教任自然，太康名教与自然求融合。傅玄批判玄学，欧阳建说"言尽意"，裴頠"崇有"。名教与自然，在对立中求统一。在太康时代，我们认为，"任自然"思想是士人进退出处的行动指南，而"崇有"意识恰恰助长和促进了文学的自觉和审美的自觉。所以，太康时代正是一个诗性精神与文学精神普遍高涨的时代。在这一点上，太康与建安很有一些共同之处。

而正是在这一点上，即借助于对作家诗性精神、文学精神与社会文化思潮之复杂关系与影响的考察，我们为西晋太康时代何以"文章中兴"这个问题找到了新的合理的解释。

基于范畴界说、特征描述、关系辨析，以及魏晋玄学思潮中士人心态异化之情形的例证，我们不难看出，一方面，文学风貌品格很大程度上取决于诗性精神与文学精神各自质素的多寡强弱；另一方面，社会文化思潮总要加之于诗性精神与文学精神以强力渗透与深刻影响。因而，探讨诗性精神与文学精神，对于进一步认识"诗"的本质，进一步认识"文学"的本质，不无意义。因而，诗性精神与文学精神，文学发生学中的两个重要的理论范畴，是很值得我们进行广泛而深入的研究和探讨的。其所涉及的学科理论很多，诸如人类学、文学、美学、文化学、心理学，以及在多学科理论交叉渗透的基础上可以设想建构的"文学发生学"。这里只是引论，观点还很不成熟。但为抛砖引玉，不敢藏拙，深入系统的研究且俟另题专论。亦俟方家时贤共相发明。

（原载《太原师范学院学报》2006 年第 1 期，略有改动）

释 "文学是人学"

一、人学界说

20 世纪 80 年代以来，中国学术界掀起了一场人学热。讨论的话题主要有：什么是人学？人学与哲学是什么关系？人学研究的对象是什么？人学的性质是什么？

显而易见，人学是一门新兴学科。学术界所讨论的中心议题是如何对人学进行定位的问题。

什么是人学呢？

有论者定义曰：人学是"关于作为整体的人及其本质的科学。它不同于人的科学（sciencesofman），也不同于人类学（anthropology），也不同于人的哲学，人学是一门基础科学。①

亦有论者云："人学是研究人的学说。有人说人学是哲学"是文学、是心理学、是物理学等，我觉得不管怎么说都不过分。人学应该是各门学说的集中体现，因为任何学说都是'人的本质力量的对象化'，是人通过自己的'全部感觉'对对象化世界的占有，是人的'内在尺度'在对象世界中的实现。"②

---

① 黄楠森：《人学词典》，中国国际广播出版社 1990 年版，第 3 页。
② 陈根香：《人学刍论》，《盐城师专学报》1997 年第 1 期。

　　从学术界讨论的状况看，关于"人学"之释义、学科性质未能达成共识，而关于人学与哲学的关系问题，迄今仍是一个悬而未决的问题。

　　那么，到底如何对人学这一年轻学科进行科学定位呢？

　　我认为，一切的学问归根到底分成两大类，一是关于"自然"的科学，二是关于"人"的科学。数学、物理、化学、天体学、地质学、海洋学、林学、农学、工学等，都是关于"自然"的科学，但这些都是从不同角度来研究"自然"的分支学科，它们所共同围绕的一个核心学科应该是"自然辩证法"。自然辩证法综合数、理、化、海洋、气象、生物等各分支学科的研究成果，在此基础上加以提炼、升华和演绎，寻求"自然"之真谛，以进一步有效地指导各分支学科去研究自然现象和自然界各物质之形态、结构、性质及其运动与发展。音乐、舞蹈、体育、宗教学、伦理学、政治学、心理学、教育学、美学、文学等，都是关于"人"的科学，但这些都是从不同角度来研究人的分支学科，它们所共同围绕的一个核心学科应该是"人学辩证法"。人学辩证法综合音乐、体育、美术、宗教学、伦理学、心理学、政治、美学、舞蹈、文学等各分支学科的研究成果，在此基础上加以提炼、升华和演绎，探究"人"之本质，以进一步有效地指导各分支学科去研究人类现象和人类社会之形态、结构、性质及其存在、变化与发展。

　　自然辩证法、人学辩证法，都属于哲学的范畴。什么是辩证法呢？释曰：关于事物矛盾的运动、发展、变化的一般规律的哲学学说。

　　这样看来，哲学犹如柏拉图所说的那样，是最高最神圣的科学，凌驾于一切学科之上，综合一切学科的研究成果，借以绅绎世界观与方法论，用以指导一切学科的进一步研究。自然辩证法、人学辩证法，是哲学仅有的两个分支学科。如果说人学有广义与狭义之分，那么广义的人学实际上是"关于人的科学"（sciencesofman），包括一切人文科学即社会科学，指对社会现象和文化艺术的研究，但还应该包括一些跨学科的科学如生理学、医学等关于人的专门科学。狭义的人学实际上应该准确地命名为人学辩证法（humanics），其所研究的对象是"完整的人"，是关于"认识你自己"的辩证法，作为方法论，寻求如何建构"完全的人"的途径。所谓"完全的人"，意指充分地体现着真、善、美的人。

人学辩证法具有哲学的性质，可以简称人学，因此，从这个意义上可以说，人学是哲学。但必须注意的是，这个命题的逆命题不能成立，因为哲学不等于人学，人学只是哲学的一个分支。

人学所要回答的重要问题有：人是什么？人应是什么？如何做人？人的本质是什么？人的本性是什么？人生的核心文化理念是什么？人的活动的价值准则是什么？等等。

人学研究的终极目的在于：为了人的全面素质的培养和提高，不断导向真、善、美的境界，憧憬并建构"完全的人"。人学研究的重点在于：如何"认识你自己"？人学研究的难点在于：尽可能地将你自己"对象化"！

唯有将"人"对象化了，才能研究"完整的人"，才能避免片面、偏颇、局限。"完整的人"，可以指人之"类"、人之"群体"、人之"个体"，尤其应该包括"你自己"。

那么，关于人学，我这样定义、定位：人学是研究如何认识"完整的人"、如何建构"完全的人"的系统学说。人学是关于"认识你自己"的辩证法。

二、文学界说

对于"文学是什么"，人们已试图给出过多种定义。

大型辞书《汉语大词典》释"文学"曰："以语言塑造形象来反映现实的艺术。"

保加利亚文学批评家托多洛夫说："从属性上看，艺术是一种因材料而异的模仿，文学是用语言来模仿，正如绘画是用图像来模仿一样；从特性上看，这不是随便哪一种模仿，因为人们不一定要模仿真实的东西，而是模仿并不一定存在的东西，即虚构的东西。文学是一种虚构。（托多洛夫《文学

的概论》）)①

美国读者反应批评论者费希提出，文学"是一种开放的类别，无法用虚构或者不顾主题真实性或者比喻及修辞手段的统计来给它下定义，它仅仅只受限于我们决定把什么放置进去。差异不在于语言，而在于我们自己"（费希《一般语言究竟如何一般》）。②

能否给"文学"下一个确切而且恒定的定义，是不少文学理论研究者所怀疑的。钱谷融先生这样说过："为文学现象下定义，总是一种不聪明的徒劳之举。"③ 法国比较文学研究者埃斯卡皮说："没有比文学更模糊的词了，这词用在各种场合，其语义内容极丰富又极不一致。要给出一个单一的、简短的文学的定义实际上是不可能的。"（埃斯卡皮《文学和社会》）④

"文学是什么"，我试探着这样定义：

文学是个人或集体创作的、虚构或纪实的、或限于自足或为了审美的、以形象思维为主的语言艺术。

以下我们从四个方面具体阐说。

第一，关于"个人或集体创作的"。

古今中外的文学史表明，个人创作是文学创作中的普遍现象，如屈原的《离骚》，曹植的《洛神赋》，巴尔扎克的《人间喜剧》，托尔斯泰的《安娜·卡列尼娜》；等等。但集体创作的现象也是存在的。所谓集体创作，意即非单个人独力完成的创作。

集体创作有两种情况。第一种情况是，作品的最终完成是经过两人或两人以上或先后或同时合力完成的。例如一百二十回本《红楼梦》由曹雪芹、高鹗先后完成；26 句的《柏梁台诗》由 26 人一人一句，多人同时合作而成。第二种情况是，作品的最终完成是在相当长的时期中经过了许多人的损

---

① 王先霈：《文学批评术语词典》，上海文艺出版社 1999 年版，第 135 页。
② 王先霈：《文学批评术语词典》，上海文艺出版社 1999 年版，第 136 页。
③ 钱谷融：《论"文学是人学"》，《文艺月报》1957 年第 5 期。
④ 王先霈：《文学批评术语词典》，上海文艺出版社 1999 年版，第 136 页。

益修改、润色加工之后而逐步定型的，其留给后人的"谜"一样的问题是，作品究竟创作于何年月？作者究竟为何许人？胡适说过："《三国演义》的作者、修改者、最后写定者，都是平凡的陋儒，不是有天才的文学家，也不是高超的思想家"，"《三国演义》不是一个人做的，乃是五百年的演义家的共同作品"（胡适《三国演义序》）① 又如阿拉伯民间故事集《天方夜谭》，其中包括了神话传说、童话寓言、趣闻轶事、航海冒险故事以及婚姻爱情故事等，这些故事，或来源于中世纪波斯与印度流行的故事集如《赫左尔·艾夫萨乃》（意为"一千个故事"），或来源于巴格达为中心的阿拔斯朝（750—1258）时代流传的故事，或来源于埃及麦马立克朝（1250—1517）时期流行的故事。这些作品不产生于一时一地，也非一人独力而成，而是中近东地域无数民间艺人、文人士子数百年间经过创作、流播、接受、收集、再创作、再传播、再辑集这样无数次反复中多人累代合作的艺术结晶。

集体创作中口耳相传现象，文学创作中值得注意的重要现象之一，不因文字的产生而消失，不因文学的自觉而消失。民间文学多以口耳相传为存在方式，过去存在，现在存在，将来依然存在。民间文学生命力很强，丰富多彩，作为"俗文学"，自古以来其实正是孕育"雅文学"的母胎和温床。"歌谣文理，与世推移"，文体与风格，"质文代变"（刘勰《文心雕龙·时序》），在复杂的演变嬗变过程中，"俗文学"不是惰性的因素。即使在西方文学史上，小说与散文（美文）也都是中古与近代的产物。如同中国一样，诗歌与神话是一切文学之祖，诗歌与神话的资格最老。万物都在运动中变化，文体也都在衍变中发展，当我们界定"文学"时，务必慎用"泛"或者"杂"这样的字眼。

第二，关于"虚构的或纪实的"。

虚构侧重于表现，纪实侧重于再现。文学允许虚构且以虚构为其重要特征之一，吴承恩《西游记》、李白《梦游天姥吟留别》、黄梅戏《天仙配》、

---

① 张志和：《〈三国演义〉的作者真是罗贯中吗》，《中国社会科学文摘》2001年第1期。

塞万提斯《唐吉诃德》、但丁《神曲》、法国民间长篇故事诗《列那狐的故事》等文学杰作充分证明了这一点。然而，在文学创作中，虚构并不排斥纪实，两者并非对立的关系。神话、童话，几乎可以说是纯虚构的文学，科学幻想小说其实也具有同样的性质。而在现代的文体概念中，文学写真、报告文学、纪实文学等提法，实际上意味着纪实并非为文学特征之外的东西。杜甫的"三吏"、"三别"、"北征"、"茅屋为秋风所破歌"等大量诗篇，堪称安史之乱中大唐由盛而衰、民生凋敝之凄惨情景的实录，故杜诗赢得"诗史"的盛誉。事实上，古今中外的许多民族"史诗"也堪称民族生存发展的历史实录。中国《诗经》之"二雅"中的创业史诗是这样，著名的荷马史诗也是这样。"在一段相当长的时期内，不少人曾经怀疑荷马史诗中叙述的事件的历史真实性，但是后来的考古发现不仅打消了这种怀疑，反而使人对诗中的某些细节描写的精确和真实而惊愕，直到现在，史学界还一直把公元前12世纪到公元前9至8世纪的古代希腊历史称作'荷马时代'"①。

文学可以虚构，甚至像神话、童话或是科幻小说那样纯粹表现主观精神世界的东西，这说明对于文学这一艺术样式，不可以勉强其只能"反映客观现实"。"唯反映论"其实就是"工具论"。文学又可以纪实，甚至会如记录式的、摄像式的达到无以复加的逼真和精确，这证明了"以史证诗"、"以诗证史"方法在学术研究中所不可替代的重要文化意义。"典型化"不是文学创作的唯一原则；而认为"文学是一种虚构"，亦属于以偏概全的观点。显然，只强调文学的虚构特征，或者相反，唯要求文学非反映现实不行，都是极端片面的。

应该说，文学既可以是对现实世界的客观反映，如蔡琰的《悲愤诗》，海明威的《老人与海》；也可以是对精神世界的主观外射，如李贺的《梦天》、但丁的《神曲》；当然，更多的情况下是情景交融式的主观世界与客观世界的有机统一，例如白居易的《长恨歌》、苏轼的《前赤壁赋》、雨果

---

① 《中国大百科全书·外国文学》，中国大百科全书出版社1982年版。

的《巴黎圣母院》、奥斯特洛夫斯基的《钢铁是怎样炼成的》。纪实写真多由于感物而受激发，虚构写意无非寄托焦渴与热望。但无论是纪实，还是虚构，都可能会出现自然主义的倾向，形式上不拘俗套，甚至"排除技巧"；内容上或者写现实世界"原来的样子"，或者写想象世界"应有的样子"。这种创作现象的出现，是不为意志所转移的，只要社会历史条件成熟便会产生。梁陈宫体文学的"绘画横陈"，西蜀花间文学的"倚红偎翠"，晚清艳情文学的"狭邪风流"等，都是应运而生的，所谓"文变染乎世情，兴废系乎时序"（刘勰《文心雕龙·时序》），自然主义与其他种种文学思潮、文学现象的形成，无不由于相应政治制度、社会结构、时代风会、文化理念、美学思潮的综合作用力，仅仅怪罪于作家个人与流派群体，是十分轻率的。"人禀七情，应物斯感，感物吟志，莫非自然"（刘勰《文心雕龙·明诗》），无论纪实与虚构，作家是自由的，其创作得失成败，任运自然，自生自灭。文学研究在关注"写什么"之外，尤其要关注的是"怎样写"。

第三，关于"或限于自足的或为了审美的"。

在欧洲，在19世纪，法国诗人、小说家戈蒂耶提出了"为艺术而艺术"的口号，英国诗人、小说家王尔德举起了"唯美主义"的旗帜。在中国，五四运动后，出现了如"创造社"、"浅草社"（沉钟社前身）这样的"为艺术而艺术"的文学社团，出现了如"弥洒社"这样的"为文学的文学的一群"，出现了如"新月社"这样的"极端的唯美主义者"文学流派；创造社发起人之一的成仿吾宣称："除去一切功利的打算，专求文学的全（Perfection）与美（Beauty）。[①] 当然，"唯美主义"与"为艺术而艺术"并不始自19世纪，其实早在中国5世纪末南朝萧齐文坛，就已由沈约、谢朓、王融等以"永明体"相标榜而掀起过颇有声势的"唯美"艺术浪潮。中外古今的文学思潮表明，表现审美感受，创造审美对象，"以生活模仿艺术"，"想把天然艺术化"，此为文学之所以生成的一大重要动力，作家的这种追

---

① 成仿吾：《新文学之使命》，《创造周报》第2号（1923年）。

求也显现了文学的一个方面的本质，即文学作为"美"的重要载体以及作为"美"本身①。

不过，需要注意的是，"为艺术"只代表了文学本质的一个方面，因为"为人生"同样代表了文学的一个方面的本质。20世纪前期，由茅盾、叶圣陶等作家发起的"文学研究会"就郑重宣言自己的使命是创作"为人生"的文学："将文艺当作高兴时的游戏或失意时的消遣的时候，现在已经过去了。我们相信文学是一种工作，而且又是于人生很切要的一种工作。"②"文学研究会"反对载道文学和游戏文学，反对所谓纯艺术的文学，提倡反映社会和服务人生的文学。可以看到，20世纪前期的"问题小说"、"革命文学"和80年代以后的"伤痕文学"、"暴露文学"都属于"为人生"的性质。当然，"为艺术"与"为人生"都有两方面的含义：一是为了大众的；一是为了个人的。"为大众"又是多层面的：有旨在救大众的，如鲁迅的《药》、《阿Q正传》，主题是"怒其不争，哀其不幸"；有旨在化大众的，如燕北闲人（即文康）的《儿女英雄传》、沈从文的《边城》；有载救载化的，如白居易的《新乐》五十首，目的是"上感于上，下化于下"；有倾向于悦大众的，如韩愈的《嘲鼾睡》、《毛颖传》。"为个人"也并不止于一个层面：或者玩味艺术，自得其乐，包括"高兴时的游戏"；或者灵肉对话，自我解压，包括"失意时的消遣"。

为了个人，反映了文学在作家主体方面有限于"自足"而并非出于"审美"目的的这样的一种本质。"饥者歌其食，劳者歌其事"，牧者唱山歌，恋者对情歌，歌者之所以"歌"（创作），目的或动机单一而明确，即"为人生"。退一步看，即便是"为艺术"的，其实又有多种表现：有为艺术而艺术的，即以艺术为崇高信仰与事业；有为名位而艺术的，如唐代举子凭诗赋策仕进；有为金钱而艺术的，如谋取稿酬以充口食之资；有为闲适而艺术的，即作为一种精神凭藉与寄托；等等。艺术创作是很复杂的人类精神

---

① 王尔德《道林·格雷的肖像》之"序言"指出："艺术家是美丽事物的创造者。"
② 《文学研究会宣言》，《小说月报》12卷1号（1921年）。

文化现象，创作行为可能带着明确的功利性目的，但也可能会功利性很淡，甚至是一种漫无目的的创作。王蒙曾谈起过某些特殊的创作现象："比如，有一种叫'自己写作'，来自西方，具有某种不可解释性。意即一个作家在创作时毫无印象或预感，不知道自己写什么，甚至也说不清要写什么。在诗意突如其来的推动和鼓舞下，作家的情绪高度激奋起来，机器开始运转，文思便如泉涌般源源不绝，不觉之间便完成了创作，此时作家才有所意识。"①

所谓"自己写作"现象，创作行为中的"精神病现象"，以及如某些唐代"苦吟"作家"不能一日无诗"的心理现象，似乎都佐证了现代西方所谓"文学治疗"的理论。其如阮籍，他的《咏怀诗》，堪称"忧生之嗟"。白色恐怖决定了"臧否人物"的危险性，因此，他的连篇累牍的《咏怀诗》朦胧、隐晦、费解，好比"带锁的私人日记"，并非意图从艺术审美角度炫耀于他人、取悦于他人，他不过是移情别恋，假设一个"知音"作为交流的对象，从而可以自我宣泄、倾诉，自我慰藉、放松，舒忧娱悲，以撑扶一颗痛苦却又孤独的心灵。类似的情景又可以令人联想起身陷囹圄的人或者身患绝症的人是那样真正地全身心地投注于创作，如司马迁、伏契克、张海迪等等，岂纯粹"为艺术"耶？曰：未必！这时候，创作，成了置身困境、逆境、绝境之中的"文学痴迷者"精神生活的重要组成部分，甚至全部，几乎达到生命兴奋剂与强心针的效能，于是，这样情景下的创作行为实际获得了"精神自疗"与"精神自足"的意义。究其竟，这样的创作原非执着于审美；而可能不乏审美意义，乃因了"无目的的合目的性"。

第四，关于"以形象思维为主的语言艺术"。

"形象思维"亦称"艺术思维"，远在两千三百多年前的希腊哲学家亚里士多德指出："显然，想象和判断是不同的思想方法。"②形象思维乃一切艺术认识与艺术创造过程中的主要思维方法之一。当然，还应该看到，形象思维是与抽象思维相对而言的，形象思维是感性思维，抽象思维是理性思

---

① 王蒙：《文学的悖论》，《中国社会科学文摘》2000 年第 6 期。
② 《外国理论家、作家论形象思维》，中国社会科学出版社 1979 年版。

维。前者常常饱含着浓郁的情思，后者则以技巧、智慧、深刻等擅场。事实上，文学构思与创作的过程中，形象思维与抽象思维不可能截然分开，往往会彼此渗透影响，交互作用，只不过可能会各有侧重而已。一般而言，诗性精神（抒情精神）强烈的作者多注重表象，易于幻思和浪漫，一任情感的流泄，其创作似乎处在有意与无意、自觉与非自觉的幻思甚或"白日梦"的状态，例如屈原、李白、郭沫若等诗人，他们的感性思维、形象思维完全居于主导地位；文学精神（艺术精神）强烈的作者则显然不同，他们的审美追求明朗而执着，在立意、取材、布局、遣词等方面着意结撰安排，如杜甫、曹雪芹、鲁迅、巴尔扎克、左拉、马克·吐温等作家，因此，在形象思维为主的运作过程中，其抽象思维同样发挥着不可取代的导航或监控作用；理性精神（教化精神）强烈的作者则又是一种情形，他们的创作动机十分明显，审美意识淡化，形式技巧拙劣，只是图解概念，甚至顾不上驱使形象，竟迫不及待地跳到前台大肆说教，如某些玄言文学作者、宗教文学作者、卫道文学作者，其创作倾向是抽象思维压倒形象思维，理胜于辞，不堪卒读。不过，我们还需要注意的一点是，某些议论性很强而艺术性很高的哲理散文、杂文、论文、书札、奏疏、铭颂、赞辞等应用文体，尽管以抽象思维占据主导地位，但有不少作品很富于审美价值，所以仍应该纳入文学的范畴，而不宜目之以"杂文学"或"泛文学"。即是说，判定某种作品是否为"文学"，用不用形象思维不是唯一标准，不是绝对标准。从某种程度上说，情感强弱亦可影响文学色彩的浓淡。抒情作品无疑是文学，而抒情不必借力形象思维，抒情亦可出之以议论。

　　文学作为语言艺术，我们又必须充分考虑"语言"这一构筑材料与形式载体的特殊意义，尤其是汉语言文学中"语言"之作为"有意味的形式"。汉语言与作为记录汉语言的符号"汉字"有非常独特的表现力。中国文学之所以别具非凡魅力，与"汉字"符号系统的固有特点密切相关。汉字的表意功能和单字独义的特点使其本身即具有直接的、灵活的、强大的蒙太奇艺术效果，巧妙的艺术处理可以造成别有意味的绘画美与建筑美；汉语言与汉字的丰富的声调使其本身在有意无意的"合规律性"的组合中带有了音乐审美的效果。英国视觉艺术评论家克莱夫·贝尔说："在各个不同的作品中，线条、色彩以某种特殊方式组成某种形式或形式间的关系，激起我们的审美感情。这种线、色的关系和组合，这些审美地感人的形式，我称之为有意味的形式。'有意味的形式'，就是一切视觉艺术的共同性质。"① 贝尔对人类审美现象与规律的独到的把握与揭示，具有普遍的实践美学意义，能够引发人们对于"形式美"的更加广泛和深入的思考。不同语种的文学，相互间不同程度地存在某些语言学以及别的文化学方面的个性差异，而恰恰是引人注目的差异性，才非常充分地反映着一种语言文学的个性风格。汉语言文学所能够展示的"有意味的"建筑美、绘画美、音乐美，充分显现了"汉语言艺术"的魅力特点。这是我们以中国文学，尤其是以中国传统文学作为研究对象的理论家们所必须充分清醒地予以注意的。文学是个人或集体创作的、虚构或纪实的、或限于自足或为了审美的、以形象思维为主的语言艺术。关于"文学是什么"我界说如是。

三、文学与人学之关系

"文学是人学"这一命题的提出，最早要追溯到 20 世纪初叶的苏联文学家高尔基。1928 年，高尔基在苏联地方志学的一次会议上说他自己所从事的工作"不是地方志学，而是人学"。高尔基曾经指出："文学家的材料就是和文学家本人一样的人，他们具有同样的品质、打算、愿望和多变的趣味和情绪。② 作为文学家，高尔基显然也是一位积极提倡人道主义精神的作家，他认为，文学应该以写"人"为中心，表现和描写"大写的人"。高尔基的文学思想比起长期流行且影响广泛的"文学工具论"显示了十分可贵的历史超前意识和勇敢精神，显示了令人敬佩的科学性和真理性。"文学是

---

① 贝尔：《艺术》，中国文联出版公司 1984 年版，第 4 页。
② 高尔基：《论文学》，人民文学出版社 1978 年版，第 316 页。

人学"这几个字，虽然高尔基并未直接将其拼接组合在一起，但事实上他已将其作为一个令人耳目一新的命题意味深长地提了出来。论证这一命题则从 20 世纪 50 年代的钱谷融开始。然而，钱谷融以及巴人等遭到了长期的"学术"批判。就国内外学术界现状看，关于人学与文学关系问题的研究已引起了不少学者的关注。国内从 20 世纪 80 年代以后随着哲学界对人、人道主义、异化等问题的关注和讨论，随着文学创作领域对人性、人道主义等永恒主题的深切关怀与探索，文学理论界也在努力摆脱褊狭功利主义文学思想的影响，学术探讨渐渐切入文学本体。90 年代以来受国外文化人类学、文学人类学、医学文学、文化诗学等新兴学科的影响，国内比较文学学科的建构与拓展一时成为热点，文学与人学关系问题的研究于是在世纪之交迎来了开拓和发展的历史机遇。但是，由于人学在目前乃属新兴学科，1997 年 4 月北京始筹建中国人学学会，因此，人学学科的建构与定位时下仍处于积极探讨阶段。而钱谷融论《文学是人学》发表以来，继而著论以响应切磋、递相发明者实在并不是很多。李劼认为，"作为一个课题，文学是人学的命题本身有着说不完的话和做不完的文章①。确实，"文学是人学"这一命题，并不是一个在有限的瞬间由少数人便可做完从而可以一劳永逸的课题，这是一个需要大众参与讨论和敢于探索的日新日日新的永恒话题。

论证"文学是人学"这个命题，实在并非一项让人自信而轻松的工作。以上我们勉力界说了"人学"和"文学"，接下来我们试图解释"文学"和"人学"两者之间的复杂关系。

关于"文学"与"人学"的关系，我们可以用两个逻辑判断句式来表示：1. 文学是人学。2. 文学不是人学。

首先阐释"文学是人学"。

第一，"文学"归根到底是以写"人"为中心的，是"人"藉以外观内视的一面"镜子"，文学作品是人学家研究"完整的人"的感性材料。

---

① 李劼：《文学是人学新论》，花城出版社 1987 年版，第 170 页。

文学是艺术，是纪事或抒情的载体。作为载体或者说工具，其本身未尝固有阶级性与政治色彩，这跟音乐、书法、绘画、舞蹈等艺术样式一样。人是感性与理性对立而又统一的结合体。不可否认，理性精神（教化精神）驱动下创作的文学亦不乏优秀之作，然而文学的生成动因有多种模态，其如：诗性精神；文学精神；兼容状态的诗性精神和文学精神①。诗性精神是自发的舒忧娱悲精神，文学精神是自觉的艺术创造精神，两者兼容程度的高低决定着诞育文学精品概率的大小。不同的生成模态往往形成不同的文学风貌，"诗人之赋丽以则，辞人之赋丽以淫"，诗人与辞人交合则优生一流的文学家。理性精神也是一种文学精神，因为说到底，作者主体终究欲借力"文学"这一媒介或载体以达到教化目的，但在如何把握和驾驭这一媒介或载体方面，往往表现得迂腐拙劣，原因在于艺术细胞未尝获得良好的培养和发育，而偏偏易于利令智昏，功利目的过于狭隘。关于文学生成动因的模态特点，古今中外的作家作品为此提供着充分且有力的实证。

人有七情六欲，人是感情极其丰富的高等动物，而理智唯有一种状态，那就是"抑制"。可以说，"理智"的代名词便是"抑制"，"理智"又可能是不真实的。人的"意识"之外还有所谓"下意识"、"潜意识"之类心理现象，亢奋的状态下喜、怒、哀、乐、跪打哭笑手舞足蹈是极其"人性"化的正常现象。"李白斗酒诗百篇"，显然，此非理智主宰一切之时的情景，应该是诗人情不自禁发出的。"文学"的内核是"情"，是陆机、李贽、汤显祖、周作人、高尔基、巴人、钱谷融等作家与学者们一再强调的"人情"与"人道主义"。"矫情"而作的东西，"只有教条，没有人情味，连自己也不要看了"②。文学的本质在于作为一种特殊的载体或工具，其为谁所用，用于干什么，文学工作者倘斤斤计较于此。恐难免于事无补，事与愿违。文学工作者特别注目和探讨的是文学如何写，政治工作者必须关心和讨论的是文学所写的内容和动向。文学最终反映的是"人"，文学工作者特别关心文

---

① 姜剑云：《论诗性精神与文学精神》，《新华文摘》2006 年第 11 期。
② 巴人：《论人情》，《新港》（天津）1957 年第 1 期。

学怎样写"人";政治最终操心的是"人",因此,政治根本的任务是"塑造"人,如果越位勉强"导向"文学,那样就本末倒置,可能会弄巧成拙。人学家的任务是研究如何审视"完整的人"和如何建构"完全的人"。文学家向人学家提供感性的研究材料,政治家向人学家请求理性的工作指南。政治家听不到中听的故事并不责怪文学家,每每在人学家那里知道了原因并及时有效地安排了"下一步",每每又从文学家那里听到了中听的故事。文学家因为擅长生动地讲故事受欢迎;人学家因为擅长辩证地讲道理受尊敬;政治家因为擅长得体地交朋友、合情合理地待人接物受爱戴。这"三家村"相处得和谐,那么,世界是美好的,人间是幸福的。如此说来,人学家不是政治家的仆人,文学家也不是政治家的婢女。人学家说,文学以写"人"为中心,自由地写关于"人"的一切;爱写不写是作者的事,爱看不看是读者的事;中看的流芳百世,不中看的朝生暮死;批评家、政治家都是读者中的一部分;谁真正读懂了"文学",谁就真正读懂了"人"。

第二,文学思想史是人学思想史的一部分。

文学具有历史的形态,具有民族的形态,是在不断地被界定的历程中不断变化与发展的。"文学是人学",从一个侧面揭示了文学风貌内在地反映人学思潮这样的一种本质特征,中国古代文学与人学的发展史实是一个生动的说明。

宏观上看,中国古代文学的发展大致经过了三个阶段三千年左右的发展历程。先秦时期一千年左右,初民日出而作日入而息,姬周而后诸子百家争鸣,人学思想没有太多的禁锢,文学创作主要受原始诗性精神的驱动,饥者歌其食,劳者歌其事,文学特质表现出天然稚拙、情真文朴的朦胧文学状态。自汉初至唐末一千余年,人学思想从经学一统天下,到玄学逐步兼容杂糅一切任心任诞的学派内核,再到舍弃玄虚而兼取三教精华以娱心益世,文学创作由自发而自觉,诗性精神、文学精神都有了滋生和勃发的土壤与温床,文学样式日新月异,文体大备,文学经验日积月累,层出不穷,总体上反映了士人作为社会文化创造与统治阶层的雅文学特质和状态。宋元明清约一千年，人学思想主要以儒家理学占领统治地位，文字狱大兴，八股文流行，理性精神驱动下写出的教化文字积案盈箱，士人失落了风流飘逸，诗赋文章大要以复古为创新，唯词曲小说随市民文化阶层的壮大而兴盛，文学总体上呈现疏离传统、走向世俗的俗文学特质和状态。

仅以中间阶段的发展历史来看，汉晋唐盛世，是中国封建经济发展的黄金时代，也是中国文化发展的黄金时代。这一阶段的文学相较于其前后的两个阶段，尤其显得灿烂夺目。何以如此繁荣兴盛和异彩纷呈呢？这不能不令我们关注其时人学思潮的发展流变、作家主体的价值取向和审美趣尚的多极选择。如人学思潮方面，有儒道玄佛碰撞兼容、消长分合的复杂情形；作家主体方面，出处行藏，或自由，或违愿，或得意，或焦虑，言志缘情，充分展示了士人心灵与行为的千姿百态；审美趣尚方面，铺张扬厉，绮縠纷披，蜂腰鹤膝，羚羊挂角，通变奇正，崇高优美，无不与人学思潮的流转起落息息相关，无不与作家主体的穷达悲喜心心相印。因此，由考察汉晋唐人学主潮的复杂流变角度切入，来观照汉晋唐作家主体的心态异化，来审视汉晋唐审美趣尚的递转衍化，的确能够真切把握汉晋唐文学嬗变发展之脉络，能够解析诠释兴衰起落之理由。

我们看到，汉晋唐人学思潮大起大落、大开大合的消长整合情势，带来了士人接受心态和行为方式的多样异变风貌，同时带来了作家主体审美趣尚多元多维多向度的自由选择。汉晋唐因人的自觉而有文学的自觉和审美的自觉，这是区别于先秦稚拙朴野的一个方面。同时人学思潮的复杂奇变又使其区别于宋元明清理学一统天下后八股举业至上，情与理抗争成为突出主题，而形式逐渐困乏，风格逐渐枯竭的态势。因此说，文学风貌内在地反映人学思潮，要探寻文学的本质必须首先追问人的异化本质。"文学是人学"于此获得强有力的"史"的实证。

第三，文学发展史未必就是"合规律性"的逻辑发展史，其任意的、随机的、非定向的步态与轨迹一再显，"文学"在以往大部分岁月是由偶然性而非由必然性来决定命运的。而"文学"的这种乖戾荒诞"性格"的不可理喻的发展变化特点。与"人"的"意志"易呈非理性状的特点恰恰相合。历史不是由"人"创造的，历史只不过是关于"人"的一切清醒与糊涂行为的真实记录。

关于文学发展的外在动因，尤其是关于帝王在文学发展史上的作用和意义，我们以往的研究中似乎还没有引起足够的重视。因为在关于历史是由谁创造的问题上，我们的意见既有些争议，但又有明显的倾向性。在哲学理论范畴当中，关于偶然性、必然性的认识方面，我们对"偶然性"似乎也研究认识不够。我们的理想是以主观能动性来俘获必然性，然而"人"千真万确地生活在莫名其妙的偶然性世界之中。在中国古代文学史上，某些帝王在文学的兴衰演变史上是有着相当非凡的里程碑意义的。我们注意这样一些帝王：汉武帝、汉章帝、魏武帝、魏文帝、晋武帝、梁武帝、梁元帝、梁简文帝、陈后主、隋炀帝、唐太宗、武周圣神皇帝、唐玄宗、唐宪宗、唐宣宗、南唐后主、宋徽宗、金章宗、明成祖、清康熙帝、清乾隆帝。试想，"一代有一代之文学"，而上述这些帝王对于一代之文学发展的意义如何之重要，实在是不言而喻的。毫无疑问，帝王对文学个性风貌的影响是巨大的，然而这种历史性的契机却是随机的、随意的，换句话说，偶然性的影响和意义是巨大的。人的本质要素之一是，人是理性与非理性的对立统一。楚王好细腰，宫中多饿人。宋代严羽说，"唐以诗取士，故唐诗胜我朝"。帝王或拒绝文学，或提倡文学，或冷落文学，或爱好文学，往往与其个性、素养、情趣等密切相关，而这种主观性的差异往往会带来文学史现象的偶然性巨大异变。专制时代尤其如此，不管它是政治专制还是宗教专制。如此史实，哲学研究领域不可能进行专门的研究，而文学研究领域也未尝提供令人满意的答案。显然，回答这样的问题，需要文学理论家从人学理论的角度进行辩证的思维，对荒唐历史现象给予无理却合情的"人性"化解释。如果说人学是形而上的本体论，那么一旦其理论成果作用于分支学科，人学便也是实证分析的实践论。我们之所以对以往复杂迷离的文学史现象百思不得其解，关键还在于总找寻不到辩证法的秘奥，因而对"文学"的迷惘，实际是因为对"人"本身就很费解。文学研究离不开人学思维，所以"文学是人学"命题的提出，也还因为文学研究与人学思维在认识论方法论方面存在着重要的内在联系。

第四，"文学"生成的多模态性与"人"对"文学"需求的多目的性是不谋而合的。

关于"文学"的产生有此一说彼一说，众说纷纭。关于"文学"的功能有这一说那一说，莫衷一是。此一说攻彼一说，似是而非。那一说难这一说，不无道理。公说公有理，婆说婆有理。不知所云，无所适从。

西方许多理论流派层出不穷的"文学"本质论，如"模仿"说，如"符号"说，如"结构"说；等等，不无可取之处，但最大的缺陷是总给人"盲人摸象"般的感觉，经不住各种"新视角"的扫描审视，抵不住多处"新基点"的狂轰滥炸，究其原因乃在于以偏概全，到头来给一个体面的鉴定可美言之曰："片面的深刻"。事实上，如前所说，"文学"的生成动因，不限于某一种因素。而文学的功能也是多种多样的，读者可以根据需要"选读"，批评家的批评也不过是"特殊读者"的"读后感"而已。"读后感"作为"一家之言"，对别的读者，以及对作者，只具有参考意义，这好比经济分析学家的意见对市场经济的意义一样。关于"文学"生态，关于"文学"生成与功能之机制特点，试以比喻之法论而证之。文学是精神文化现象，精神食品、精神营养作用于人之心理时会引起有形无形的生理反应，生理反应复反作用于人之心理，这样的连锁反应形成自循环、内循环。"精神法"的道理大约就这么简单。欣赏音乐能调节情绪，练习书法会延年益寿，痴迷文学可能会心花怒放，也可能会柔肠寸断，也可能受到陶冶，也可能获得顿悟。枚乘的《七发》为"文学治疗"理论提供了一个实实在在的临床案例。"文学"犹如"药"，而"人"需要各种各样的"药"。每个个人可以按需抓药、对症下药，但不能因为自己的特殊需要而强令单一性生产。诗性精神（抒情精神）驱动下创作的文学是兴奋药；理性精神（教化精神）驱动下创作的文学是镇静药；文学精神（艺术精神）驱动下创作的文学是滋补药。人间不能无"药",人间亦无"万能之药",因此,"人"指望发现和产出各种各样的"药"。同样的道理,人学家指望出现千姿百态的文学。显然,"文学是人学"之命题从人类生理与心理学的角度获得了确立的辩证法前提。

第五,"人"之本质与现象的复杂性决定了"文学"之本质与现象的复杂性,决定了文学题材与主题的丰富性。而"文学"作为洞照今古和未来的神奇镜子,除了提供了人们辨别假恶丑和真善美的媒介,同时还在提升人之精神境界、实现生命价值方面发挥着非凡的作用。

人有男女老少,人有生老病死;人分三六九等,人分强弱邪正;人的价值取向不尽相同,守道,崇儒,拜佛,所以有生物人、社会人、精神人群落的差异,于是存在本我、自我、超我的不同人生思想境界。或放浪形骸;或修齐治平;或四大皆空。大千世界无奇不有,人间万象乱力怪神。崇高的令人肃然起敬,悲惨的不堪回首,可心的流连忘返,肮脏的目不忍睹。神奇、怪诞,出乎意料;和谐、病态,应有尽有。只有未闻见的,没有不存在的。"人"什么都能做得出,然而作家未必什么都写得出。言尽意只能达到一定的程度,言不尽意恰恰是共同的感觉。古今中外数千年中不计其数的作家殚精竭虑、呕心沥血,产生了浩如烟海的作品,惟妙惟肖、栩栩如生。正由于这样,今人看到了古人如何兴观群怨与怎样嬉笑怒骂。同样,今天文学园地上百花齐放、姹紫嫣红,后人也会披卷如面,身临其境,逼真地感知今人的美刺比兴以及得失哀乐。文学自然自由地表现和再现了人的精神世界与物质世界,古代人、今人和未来人便都通过"文学"这面"镜子",打破了时空的界限,都能思接千载,视通万里,文心相通,人情相接,通过对假恶丑和真、善、美的充分而真实的映照与展示,如愿以偿地看到了现实中的人和历史上的人,看到了活生生的"人"和"完整的人",从而在人生观价值观方面有所取舍和扬弃。文学的这一特殊而巨大的功能,在各种艺术门类之中独一无二,令古今无数作家和无数读者钟情痴迷,便藉此以张扬的精神生命来增值和超越自我有限的肉体生命,从而获得了生命价值无限和永恒的意义。

"文学是人学"这个命题，深刻地谕示了"文学"之与"人"的不可或缺的精神生命意义。

其次阐释"文学不是人学"。

曰："文学是人学。"

曰："文学不是人学。"

以上这两个命题不是悖论，不是"矛盾命题"。

"文学是人学"，这个命题中的"人学"实际上是广义的"人学"，即"文学"是"关于人"的众多学科中的一个。而以广义"人学"之角度言之，"文学是人学"这一命题的逆命题，即"人学是文学"这一命题则不能成立，因为该命题中用来表示判断的两个概念，即"人学"、"文学"，不属于同一逻辑层面上的范畴，两者有大小主从的区别。"文学不是人学"，这个命题中的"人学"是指狭义的"人学"，即"人学辩证法"。作为"辩证法"，人学属于以抽象思维为主的哲学思辨，是一种理论形态的思想体系，而文学是以形象思维为主的语言艺术，作为一种特殊的意识形态，与音乐、舞蹈、绘画、影视等一样，主要是以形象来思想的，与纯粹的理论形态有着本质的不同。

"文学是人学"之说，既有深刻的一面，也有偏颇的一面。以此可最终确立这样的认识："文学是人学"云云，此谓"文学"是广义之"人学"的一个分支；即"文学"是写"人"的，是关于"人"的，"文学"非"人学"而何。然而狭义的"人学"是一种认识论，其性质是哲学；"文学"则是表现或再现主观世界与客观世界的"有意味的形式"，是以语言为媒介的情感思想的载体，其性质是艺术。两者在学科属性和特征方面绝然不同。所以又应该说，"文学不是人学"。

人类创造了文学，人类已经离不开文学。探求文学与人学之关系实质，只是手段，最终的目的在于通过史的分析，通过对大量个案的审查，抽象出人学与文学辩证法理论后，有利于导向现实的和未来的文学实践。人学作为辩证法，其重要的方法论在文学研究领域具有特别重要的借鉴意义。

　　认识到"文学是人学",意味着在考察"人"之本质的基点和视点上,对于"文学"之本质的把握将越来越深入和真切,这对于调整和确立关于文学的态度、关于作家作品的态度,意义非常重大而深远。明确了"文学不是人学",其意义在于,既看到了"文学"与"人学"之间的密切联系,又分清了"文学"与"人学"之间的学科界限,而更重要的是,在文学研究领域,提倡人学思维有助于文学理论研究的科学化和规范化。

四、"文学是人学"命题之启示与文学批评学学科的科学定位以及规范

　　一个非常深刻的、耐人寻味的艺术哲学命题,其所包容寓含的艺术真谛与哲学真理之何等迷人和深奥,非煌煌巨著则不能详尽描述和深入发掘。这里,我们联系由"文学是人学"之命题体悟到的一点点启示,同时以对目前文学批评学学科姿态的关怀,拉杂地表述一些感想和愿望。就广义的"人学"这一角度而言,"文学是人学"这一命题,意味深长。对于这一似旧而新的重要命题,我们能够探测到其所蕴藏着的这样的丰富内涵:

　　其一,说明了"文学"作为"人"的特有精神文化现象,对于其本质特征的认识,仅仅从局部的、片面的、单一的什么角度去考察都不能洞悉其秘奥,只有在真正认识了"人"的本质特征的前提下,才能真正理解什么是"文学"。

　　其二,说明了关于"文学"的生成与功能之谜,必须在真切地认知了"文学"的奇妙复杂生态,亦即认知了"人"与"文学"的不解之缘而后,方可破解。而"文学是药"这一比喻,莫非乃破解之锁钥。

　　其三,说明了"文学"的生成既可能是自发自在的,也可能是自觉自为的。换言之,"文学"的生成当是自然的、自由的,因为"人"是感性与理性的结合体,一切约束"人"的科条法令都是有限的,而"文学"果真被规范了的话,就已不再是"人学"意义上的"文学"了。

其四，说明了"文学"写"人"是第一位的，写"人"的一切，写"人"的方方面面里里外外，一切关于人性、人情的时空，都是笔触所可以及的。因为，"文学"本来就是"人"自由地、随意地外观内视的一面"镜子"。

其五，说明了"人"的本质特征有多么复杂，"文学"的本质特征便有多么复杂。"文学"是"人"的"影子"，对于"文学"，伟大的政治家以之"观民风，知得失"，唯此而已。

其六，说明了"文学"作为"人"的以形象思维为主的语言艺术，只是表现与再现主观或客观世界的载体或工具；所有的"艺术"都是载体或工具，说到底都是"形式"。对于"文学"这样的一种艺术样式或形式，智慧的美学家以之商略品评"有意味的形式"，唯此而已。一切本色当行的文学批评家都是智慧的美学家，都是真正的哲学家；而不懂哲学便不理解"人学"，不理解"人学"便不能真正读懂"文学"。就狭义的"人学"这一角度而言，人学作为辩证法，其崭新的人学思维理论体系为文学研究提供了方法论的启迪，提示我们必须从以下几个方面着眼，使文学批评学获得科学的定位和规范。

先说第一个方面。

人学思维的精要在于"完整"二字。人学强调，要研究"完整的人"。尽管绝对意义上的"完整"并不完全现实，但这应该是努力的目标。文学研究提倡人学思维，提倡"完整"原则。

需要注意的是，"完整"二字，有两个层面上的意思。其一指思维方法，比如说：全面、全方位、综合、宏观。其二指治学态度，比如说：充分、踏实、严谨、成体系。分开讲"两个层面"，只是为了界说和讨论的方便。事实上，"两个层面"有内在联系，"方法"因"态度"而异。如果急功近利，难免利令智昏，这样苟且的态度往往会不择手段，实质上也就不求"方法"，没有"方法"，又何以言"完整"呢？

在文学史研究领域，有一个古人留下的优良传统，即"知人论世"。

"知人论世"既是治学态度，也是思维方法，其目的正是研究"完整的人"。"知人论世"是文学研究与艺术鉴赏的重要前提之一。鲁迅说："我总以为倘要论文，最好是顾及全局，并且顾及作者的全人，以及他所处的社会状态，这才较为确凿。要不然，是很容易近乎说梦的。"① 一句话，倘未能知人论世，则不可妄论文学！

人学关于研究"完整的人"之思维方法，和古人关于"知人论世"的治学思想，显然皆谕告我们，当今的文学批评学，首先应当批评不科学的批评态度和方法，应当强化改进意识，应该成为非片面的、非随意的、带着科学态度的辩证法。不如此，则难免重复"盲人摸象"故事，不如此，则难免故意的"深刻的片面"。

再说第二个方面。

人学辩证法研究的一个核心问题是："认识你自己。""认识你自己。"此为雅典太阳神德尔斐庙门上的一句题词，又译作"知道你自己"。希腊哲学家苏格拉底曾经借以为自己的哲学格言。从人学之思想理论来看，"认识你自己"中之"你自己"，其实就是"完整的人"，可以指"人"之"类"，也可以指"人"之"群体"以及"个体"。

人学研究强调坚持外观和内省相统一的方法。"认识你自己"，作为人学的一个核心问题，同时也是一个难题。因为，"人"，既是人学研究的对象，又是人学研究的主体。这个尴尬的境地犹如人所共知的某种滑稽情形：灯能照耀别人，但照不到自身；秤能衡量他物，却不会掂量自己。"认识你自己"这一句人学格言，对于从事文学批评事业者而言，其谕示的意义是非常深刻的。它分明是语重心长地在提示：当以意逆志，欲盖棺论定的时候，尽量地设身处地，推己及人；"我注六经"，难能可贵，"六经注我"，三思而行；虽说诗无达诂，但不要轻率地断章取义；不求甚解，见仁见智之时，最好想起作者怎样地"两句三年得，一吟双泪流"（贾岛《题诗

---

① 鲁迅：《"题未定"草》，《且介亭杂文二集》，人民文学出版社 1973 年版。

后》），怎样地"痛知音之难遇"（曹丕《与吴质书》）；当研究所研究的对象时，首先将自己"对象化"；"己所不欲，勿施于人"（《论语·颜渊》），将心比心，切莫为了邀名取宠而违心地臧否人物，切莫以人身攻击代替问题商榷或者以政治批判代替学术争鸣。显然，文学研究必须提倡人学思维，文学批评家应当从"认识你自己"的角度进入角色。"文学批评"应该是平等的、非功利的、非教训的、高尚的、满人情味的、人性化的"读后感"。

就文学研究的历史和现状来看，尽管庸俗社会学、政治工具论、文化霸权主义等不良习气不断遭到清算，但余毒犹深，积习难除，因而文学理论界尤其需要引入人学辩证法。掌握了人学思维理论，便能够做到观照与审视"完整的人"，推导结论时才不至于"失实"，才不至于"违心"。遵循这样的研究原则与方法，才可以期待"公允"，才可以指望"令人信服"。当今的文学批评学，特别应该提倡勇于自我批评的精神，小心学术投机政客，净化学术风气。

最后说第三个方面。

人学的终极关怀是憧憬并建构"完全的人"，呼唤完善的人性与完美的人格。真、善、美的结合就是"完全的人"。人学以追求真、善、美相号召和激励，而追求真、善、美应该作为文学批评的基本原则和最高价值标准。上述第一个方面中所讨论的研究"完整的人"之思维模式以及像传统的"知人论世"之态度方法实际体现着求"真"的原则；上述第二个方面中所讨论的关于"认识你自己"的对象化辩证法以及像传统的"推己及人"之态度方法体现着求"善"的原则。

可以这么说，所谓"真"，体现了生物人或者说"本我"的最起码、最基本的本能追求，其以人道主义为思想内核，而诗性精神即抒情精神所显现的正是这样的情感性倾向。所谓"善"，体现了社会人或者说"自我"的伦理道德礼法等方面的重要追求，其理想的表现在于天下为公，鄙视自私，提倡友爱，热爱和平，而理性精神即教化精神所显现的便是这样的价值取向。

所谓"美"，体现了精神人或者说"超我"的无上的却也是无功利的追求，在对立中把握统一，以和谐的美为至境，而文学精神即艺术精神所显现的就是这样的理想。

界定"美"与界定"文学"一样艰难，或许是因为"众口难调"的缘故，从这个意义上也可以说"美学是人学"。关于"美是什么"，现成的定义有许多种，各有其一定的合理成分。而在众多的定义中，"美是和谐"一说其实很富于概括性。追求和谐，代表了人的本质力量。"爱美之心，人皆有之。"这句话，说明了爱"美"是人的天性、本性，是人的本质的一个重要方面。"美"之含义非常深广，主要包括自然美、社会美、艺术美。作为"语言艺术"的文学，如前所说，其所写的中心是"人"，当然就要涉及"人"的审美价值观念，这是文学批评所关注的内容之一。然而文学研究的另一个重要任务是要观照和审视文学所体现的艺术美。艺术美会体现在作品文本之中，也会体现在作家个体、流派、群落的美学主张之中，还会体现在一个民族、社会、时代的美学思潮之中。艺术美有可能体现为作家的自觉追求，但是也可能体现为一种非自觉的状态。非自觉状态可以表现为个人无意识与集体无意识。就是说文学中有时候呈现出一种不期然而然的艺术美，作者未必具有自觉的明确的审美意识，但其极具个性化的文本本身便是"有意味的形式"，这样的艺术美的产生，便是"无目的的合目的性"的艺术的美。审视和探求艺术美的生成状态、生成方式、生成原因、生成效应、生成意义，指出美与非美，总结艺术审美的经验和教训，提出积极的审美理想，这是文学研究者责无旁贷的重要使命和职责。如果放弃了这一使命，或者急功近利而以别的什么取而代之，那么就不能承认其所从事的是文学研究工作，而只能是别一种工作。如果偏要挂上"文学"的招牌，那么其仍然掩盖不了假冒伪劣的性质。一句话，文学批评家不能不研究艺术美，不研究艺术美就是失职，就不是完全的真正的文学批评家。这种"批评家"，实在应该受到大家的"批评"。

追求真、善、美，以指向关于"完全的人"的终极关怀。文学研究之人学思维，其要义在于以追问"人"之本质的自觉意识来观照审视"文学"，来探求"文学"的复杂本质，把握"文学"的发展规律。

基于建构"完全的人"这样一个人类进化的终极目标，文学批评学应该责无旁贷地在美学科学思想的统摄下，与别的姐妹艺术一道分担艺术美研究之神圣使命。这就是说，文学批评学的建构，应该明确为艺术哲学的属性，而不应该毫无规范地越位蜕变为伦理学、社会学、政治学，或者演变为滥考据学、泛文化学，诸如此类。文学批评学的基本性质是艺术哲学，是关于"文学"的艺术哲学。文学批评学的重要任务是研究与文学伴生的艺术美。政治学实际是体现着社会时代特征的伦理学，其根本的任务是，在相应的历史阶段规划并实施建构"完全的人"的系统工程。文学批评学需要这种政治伦理学的深厚底蕴。文学批评学并不是脱离了政治伦理学思想的什么非严肃的学术游戏。文学批评学需要考据学成果的铺垫和支撑，但文学批评学不是考据学、谱牒学本身。文学批评学需要人类学、文化学的知识背景和规律法则，但文学批评学不应该异变为泛文化学。一言以蔽之，对于文学批评家的原则要求是这样的：必须掌握朴学之手段，必须运用人学之思维，必须坚持文学之本位，必须具备美学之眼光，必须达到哲学之境界。

文学是人学。相信在良好的"文学生态"里，会孕育出一个个文学大家。

文学不是人学。相信随着文学批评学学科的科学定位和规范，将涌现出一个个理论大师。

（原载《太原师范学院学报》

2007 年第 5 期，略有改动）

后　记

　　白居易《编集拙诗成一十五卷，因题卷末，戏赠元九、李二十》云："一篇长恨有风情，十首秦吟近正声。每被老元偷格律，苦教短李伏歌行。世间富贵应无分，身后文章合有名。莫怪气粗言语大，新排十五卷诗成。"醉吟先生曾三番五次编辑整理他的诗集、文集，每每编成后，总有一些感慨，比如上引这首诗中，其实感情很复杂，既有戏谑调侃，又有辛酸不平。既有自夸，又有自嘲。我不是白居易，拙稿编成后，不能题诗卷末，没有太多复杂的喜怒哀乐，我想说的就是感谢。

　　我的文史研究，成果有限，大致包括考据、义理这样的类别。人民出版社特别能体会、照顾我的敝帚自珍的情绪，先后出版拙著《文史索隐》（侧重考据的）和《文史探赜》（侧重义理的）两部。河北大学文学院特别支持，先后两次给予出版经费资助。这让我特别感动。感谢人民出版社的王怡石老师，感谢河北大学文学院的刘金柱教授！

　　《文史探赜》共有拙文二十五篇，时跨二十六年。最早的一篇《才子佳人小说与〈红楼梦〉的真善美比较》刊发于1991年的《山西大学学报》，最近的一篇《略说高丽大儒李穑之亲佛》发表于2015年的《兰州学刊》，其韩文版则于2016年登载于韩国南冥学研究院的《南冥学》第二十一辑。先后刊载拙文的学报除上述三家外，还有《文艺理论研究》、《古代文学理论研究》、《南开学报》、《上海师范大学学报》、《河北大学学报》、《沈阳师范大学学报》、《保定学院学报》、《中国诗歌研究动态》、《晋阳学刊》、《太原师范学院学报》、《文学评论》《唐代文学研究》、《山西大学师范学院学报》等。这些学刊，是我锻炼成长的舞台，这些学刊的编审，是我的舞蹈老师。他们为人作嫁衣，令我心生感动，念想不忘。

由于才劣思钝，所以某些文章的产出，着实借力于贤者的智慧。霍贵高博士参加了我的谢灵运项目的后期研究，本书中的《晋宋"文义"与谢诗"玄学尾巴"成因》、《论谢灵运诗情、景、理之圆融》正是由贵高执笔并发挥而成的。贵高功不可没。《孔融之死新探》的主创，是张丽锋博士，他投稿时把我署成了第一作者，无疑地我成了欺世盗名者，想起来就汗颜。另外还必须提到的是《论陆云"文贵清省"的创作主张》和《论中唐通俗诗派》两篇文章，在研习与撰写的过程中，在有关学术见解或研究路径上，受傅刚先生论文和罗宗强先生专著的影响颇大，启发颇多。在此谨致以崇高的敬意和谢意。

《文史索隐》、《文史探赜》两部书稿的电子版都是由研究生黄蓉、刘丹录入和校对的，她俩付出了大量的时间和精力，在此向她们道一声：谢谢。

特别感谢百忙之中为拙著《文史探赜》赐序的中外学者郑羽洛教授（韩国）、方满锦教授、潘慧琼博士。

永远感谢为弟子传道、授业、解惑的恩师姚奠中先生、詹福瑞先生、孙昌武先生。

半个月之前，我正准备写后记的时候，大哥从东台老家打来电话，说老母亲健康状况非常不好。我投笔驱车，风雨中日夜兼程一千公里。然慈母子夜仙逝，我凌晨抵达，晚了四个多小时，没能见到母亲生前最后一面，哀恨不已！我兄弟四个，父母亲倾全力供我读书到大专。十五六年前，父母亲已八十岁的高龄，没有事先通知我，竟然从江苏东台乘长途汽车一昼夜，行程两千里来到河北保定，从汽车站一路打听才到达，给我带来了十斤菜籽油、五斤油炸的谁看了都会垂涎欲滴的猪肉丸子。老父亲仙逝时享年九十三岁，老母亲仙逝时享年九十六岁。我游学在外三十年，父母晚年我始终未能侍奉左右，甚为疚愧。父母之爱，恩深似海，永远报答不尽，我且用拙著两部，祭献我仙逝的严父慈母吧！

姜剑云

2017 年 8 月 3 日于古城保定

责任编辑:王怡石
封面设计:姚 菲

图书在版编目(CIP)数据

文史探赜——古代文学纵横论/姜剑云 著. —北京:人民出版社,2017.11
ISBN 978-7-01-017897-4

Ⅰ.①文… Ⅱ.①姜… Ⅲ.①中国文学-古典文学研究 Ⅳ.①I206.2

中国版本图书馆 CIP 数据核字(2017)第 162237 号

文史探赜

WENSHI TANZE

——古代文学纵横论

姜剑云 著

人民出版社 出版发行

(100706 北京市东城区隆福寺街 99 号)

环球东方(北京)印务有限公司印刷 新华书店经销

2017 年 11 月第 1 版 2017 年 11 月北京第 1 次印刷
开本:710 毫米×1000 毫米 1/16 印张:19.75
字数:300 千字

ISBN 978-7-01-017897-4 定价:56.00 元

邮购地址 100706 北京市东城区隆福寺街 99 号
人民东方图书销售中心 电话 (010)65250042 65289539